मोहम्मद आरिफ़

7 मई, 1961 को सुल्तानपुर, उत्तर प्रदेश में जन्मे मोहम्मद आरिफ़ सुपरिचित कथाकार हैं।

उन्होंने इलाहाबाद विश्वविद्यालय से आधुनिक इतिहास में एम.ए. किया है।

उनकी प्रमुख कृतियाँ हैं—'उपयात्रा' (उपन्यास); 'फिर कभी', 'फूलों का बाड़ा', 'चोर सिपाही', 'चूक', 'मैं और मेरी कहानियाँ' (कहानी-संग्रह)।

उन्हें 'प्रेमचन्द स्मृति कथा सम्मान' और 'वनमाली कथा सम्मान' से सम्मानित किया जा चुका है।

वर्तमान में बिहार के समस्तीपुर में निवास।

ई-मेल : cpssamastipur@gmail.com

उपयात्रा

मो. आरिफ

राधाकृष्ण पेपरबैक्स

यह आख्यान 2002 में प्रकाशित लेखक के अंग्रेजी उपन्यास 'दि ड्रीमी ट्रैवलर' का लेखक के द्वारा हिन्दी में पुनर्लेखन (अनुवाद नहीं) है।

पहला पुस्तकालय संस्करण
राधाकृष्ण प्रकाशन प्राइवेट लिमिटेड द्वारा
2006 में प्रकाशित

राधाकृष्ण पेपरबैक्स में
पहला संस्करण : 2023

राधाकृष्ण पेपरबैक्स : उत्कृष्ट साहित्य के जनसुलभ संस्करण

राधाकृष्ण प्रकाशन प्राइवेट लिमिटेड
जी-17, जगतपुरी, दिल्ली-110 051
द्वारा प्रकाशित

शाखाएँ : अशोक राजपथ, साइंस कॉलेज के सामने, पटना-800 006
पहली मंजिल, दरबारी बिल्डिंग, महात्मा गांधी मार्ग, प्रयागराज-211 001

वेबसाइट : www.radhakrishnaprakashan.com
ई-मेल : info@radhakrishnaprakashan.com

बी.के. ऑफसेट
नवीन शाहदरा, दिल्ली-110 032
द्वारा मुद्रित

मूल्य : ₹250

UPYATRA
Novel by Md. Arif

ISBN : 978-81-19092-44-4

अमरीका में बसे उस पुस्तक-प्रेमी
बुजुर्ग आरिफ सैयद के लिए, जिसकी सहृदयता
के बिना यह किताब सम्भव नहीं थी

तिथियों एवं स्थानों के नामों को छोड़कर इस पुस्तक में वर्णित सभी घटनाएँ एवं चरित्र काल्पनिक हैं।

अनुक्रम

1

चार दिसम्बर 92

मेरा नाम एम. फरीद है। और जैसा मेरे नाम से ही पता चलता है, मैं मुसलमान हूँ। स्वाभाविक है भारतीय भी हूँ। आप की दुआ से पढ़ा-लिखा भी हूँ। लेकिन इधर मैं कुछ कनफ्यूज्ड रहता हूँ। दरअसल मेरे पास सुनाने को एक कहानी है, लेकिन नहीं जानता कि इसे कैसे सुनाऊँ। जब कभी मेरी तबियत कुछ हलकी रहती है, या फिर उदास होता हूँ, खाली और अकेला होता हूँ, मैं उस रेल-यात्रा पर निकल पड़ता हूँ जो मैंने 1992 की सर्दियों में तय की थी। मुक्तसर में कहूँ तो दिसम्बर के पहले हफ्ते में। और साफ-साफ कहूँ तो वह दिसम्बर बानवे की चार तारीख थी। मैं उस यात्रा से लौटता हूँ तो और भी भ्रमित हो जाता हूँ। हर बार। लेकिन मुझे बार-बार अपने जीवन के उस दिन को जीना अच्छा लगता है। यह एक ऐसा अनुभव है, एक ऐसी खोज है, जिसमें मैंने एक झूठ ढूँढ़ा, एक सच पाया...और उन दोनों को मिला देने से एक उलझन पाई। फिर भी यह अच्छा लगता है।

इस यात्रा के दौरान कई स्टेशन आए, कई पड़ाव आए, कई यात्री टकराए, कई उपयात्राओं पर मैं निकला...निकलना पड़ा। उन तमाम उपयात्राओं, संबद्ध-असंबद्ध घटनाओं (यहाँ तक कि कुछ अघटनाओं में ही पूरी यात्रा के सूत्र बिखरे पड़े हैं। जिस दिन इस यात्रा से जुड़ी स्मृतियाँ और चित्र धुँधला जाएँगे, मैं एक मुक्ति-यात्रा पर अग्रसर हो जाऊँगा।

पर क्या आत्म-विस्मरण इतना आसान है ?

मैं जाने क्यों बार-बार इस यात्रा पर जाना चाहता हूँ, जाने क्यों उन स्मृतियों से दो-चार होना चाहता हूँ ? अयोध्या जाने वाले मेरे सहयात्री, वे टिकट कलेक्टर जिन्होंने टिकट चेक करते हुए मेरा नाम बोलकर मेरे मुसलमान होने की घोषणाएँ कीं, वह चायवाला जो वक्त पर नहीं पहुँचा जबकि मुझे एक प्याला चाय की बड़ी तेज तलब हो रही थी, इन्तजार करते मेरे वालदैन, मेरे गाँव वाले, सभी मेरी स्मृतियों की गुफा में कैद हैं। और मियाँ ? मियाँ हुसैन अली हिन्दाचल ? वह तो अपनी पवित्र पीड़ा के साथ मेरे अन्दर अभी भी जीवित हैं। बदजुबान सुमित्रा, मुस्लिम और मुस्लिम जननांगों के विरोधी चौधरी, और गोविन्द...जिसे मैं कभी भूल नहीं सकता, मेरी उस यात्रा में मेरे हमसफर थे। उन सभी से मैं नफरत करता हूँ, उन सभी से मैं प्यार करता हूँ।

लेकिन दोस्त, रजनीश के बारे में क्या ख्याल है, वह भी तो उस यात्रा में साथ था न। अब उसके बारे में क्या कहूँ ! पागल दिवाना...आशिक पुराना। रजनीश दीक्षित ! मेरा यार !

अकेले यात्रा करना जीवन के आदिम सुखों में से एक है। जब भी मैं ट्रेन में अकेले लम्बी यात्रा पर निकलता हूँ तो साथ अधिक सामान नहीं रखता। अंग्रेजी का एक अखबार, *इंडिया टुडे* और *हंस* या *वागर्थ* के ताजा अंक और एक छोटा-सा सूटकेस। बस। कोशिश करता हूँ कि अच्छे कपड़े पहनूँ और मेरे जूते चमकते रहें। इसके अलावा इस बात का भी ध्यान रखता हूँ कि मेरी दाढ़ी सेक्युलर लगे। यह सब इसलिए कि यात्रा के दौरान सहयात्री मुझे हलके-फुल्के ढंग से न लें। असर तो पड़ता है। मैंने देखा है कि भीड़-भाड़ रहने पर टिकट निरीक्षकों ने भी कई बार कम पैसे में ही मेरे लिए बर्थ की व्यवस्था की है। लेकिन सुरक्षित और मजेदार यात्रा की कीमत तो देनी ही पड़ती है। इस बात को मैं अच्छी तरह जानता हूँ। इसलिए ट्रेन में चढ़ने के बाद और उतरने से पहले किसी विवाद में नहीं पड़ता।

हर हाल में बचना चाहता हूँ। बात का बतंगड़ बनाना या बखेड़ा खड़ा करना मेरी फितरत में नहीं है। भारतीय रेल से मेरी मुठभेड़ कमोबेश सुखद और यादगार ही रही थी, जब तक यह घटित न हुआ था।

हुआ यों कि चार दिसम्बर उन्नीस सौ बानबे को मुझे आवश्यक काम से दिल्ली जाना था। वह ए.सी. कोच में मेरी पहली यात्रा होने वाली थी और स्टेशन पर खड़ा-खड़ा मैं स्वयं को बहुत महत्त्वपूर्ण समझ रहा था। उसी प्लेटफॉर्म पर रेलवे के 'बहुमूल्य यात्रियों' के साथ खड़ा होना एक तजुर्बा था। प्रतीक्षा करना भी अहं को तुष्ट करने वाली क्रिया हो सकती है, यह उस दिन मैंने बखूबी अनुभव किया। वहाँ खड़े होकर।

भारत के ये खास यात्री हिंगलिश बोलते हैं। आमतौर पर अंग्रेजी अखबार और कोई चमकती भड़कीली पत्रिका उलटते-पुलटते रहते हैं। बड़ी-बड़ी तोंद वाले भद्र पुरुष, बड़े सूटकेस, लदी-फँदी महिलाएँ, खाते-पीते बच्चे अच्छा दृश्य जमाए रहते हैं। उस समय सीन देखने लायक होता है जब कोल्ड ड्रिंक, आइसक्रीम या चॉकलेट वाला उनके बीच से गुजरता है।

मुझे वहाँ अपने सूटकेस, अंग्रेजी अखबार और हिन्दी की इंडिया टुडे के साथ खड़े होने में कोई परेशानी नहीं थी। वैसे तो थी यह मेरी पहली यात्रा, लेकिन सच्चाई यही थी कि पहले भी मैं इन्हीं लोगों के साथ प्लेटफॉर्म पर इन्तजार करता आया था, बस ट्रेन आने के वक़्त मैं अपने स्लीपर कोच की ओर बढ़ जाता था। इस बार तो मेरे पास सचमुच ए.सी. कोच का टिकट था और मैं कुछ घबराया-घबराया सा, कुछ-कुछ आवेश में था पर चेहरे पर भाव ऐसा बनाए हुए था जैसे मुझे इस आरामदेह यात्रा की कोई खास परवाह न हो, मानो मैं इसका आदी होऊँ।

एक चीज जो मैं उस सबके बीच नहीं खोना चाहता था वह थी पूड़ी-भाजी। साथ

में पसन्दीदा अचार और हरी मिर्च। इसलिए धीरे-धीरे मैं उस तरफ चल पड़ा जिधर सामान्य भारतीय इन्तजार कर रहे थे, खा रहे थे, पी रहे थे। मैंने झट एक प्लेट पूड़ी-सब्जी चट किया और जल्दी से खास लोगों के दल में पुनः शामिल हो गया। ट्रेन आने ही वाली थी, तो भी प्लेटफॉर्म के इस हिस्से के लोग बेपरवाह दिख रहे थे। कुली हमेशा के होशियार ठहरे, वी.आई.पी. लोगों के भारी-भरकम सूटकेस ठीक वहीं लाकर रख देते हैं जहाँ ए.सी. कोच खड़े होते हैं। ताकि उन्हें सामान चढ़ाने में खास परेशानी न हो।

ठीक मेरी दायीं ओर एक मुस्लिम परिवार था, जिसका आकर्षण एक राजसी भोलेपन से युक्त बड़ी-बड़ी आँखोंवाली महिला थी। हिजाब से झाँकती बड़ी-बड़ी दो आँखें ! उसका बुर्का उसकी आँखों की लुनाई को फीका बना रहा था, पर उसके पूरे वजूद को एक अलग शिनाख्त अवश्य दे रहा था। उसकी आँखों के अलावा उसके व्यक्तित्व में जो कुछ दृष्टिगोचर था उससे वह एक अर्ध-संभ्रांत रहस्यमयी नारी लगती थी।

उसका पुरुष साथी, शायद उसका पति, पूरे बाजू की शर्ट पहने हुए था। दाढ़ी के नाम पर उसके गालों और ठुड्डी पर चुटकी भर बाल थे और गंजे होते सिर पर गोल टोपी। एकदम पक्के मुसलमान युगल लग रहे थे दोनों।

उस परिवार के पास काफी सानान था, दो मध्यम आकार के लोहे के बक्से थे, एक हरे रंग का गन्दा-सा सूटकेस था, एक छोटा-सा बैग भी था। एक होल्डॉल भी था जो जरूरत से ज्यादा ही भरा हुआ था। सबसे बढ़कर, उनके पाँच बच्चे भी थे, सभी लड़कियाँ ! और सब की उम्र दस साल से कम ही थी। वह आदमी उन्हें एक-एक कर चुमकार रहा था, जबकि वह औरत चुपचाप अपने पीछे बैठी औरतों को देख रही थी। उसकी आँखों की हरकतों से लग रहा था कि उसे न तो बाकी औरतों के पहनने का ढंग पसन्द आया था न ही उनके रँगे-पुते चेहरे।

यह परिवार एक स्थिर चित्र के समान लग रहा था, उदासीन। उसके चारों ओर एक विशेष प्रकार की निस्संगता पसरी थी जबकि आसपास बैठे इन्तजार करते लोगों के चेहरों पर चमक साफ देखी जा सकती थी।

जिस बात का सुखद आश्चर्य मुझे हो रहा था और आसपास के परिवारों के चेहरों पर भी जो सोचकर मोनालिसा की मुस्कान फैल जाती थी वह यह कि वे भी वी.आई. पी. समुदाय के हिस्सा थे।

मुझे वह मुसलमान परिवार पसन्द आया और थोड़ा इधर-उधर के बाद मैं खिसककर उनके साथ ही खड़ा हो गया—उनके एकदम पास। न कोई बातचीत, न कुछ खाना, न ही कुछ इधर-उधर की। वे इन्तजार केवल इन्तजार करने के लिए कर रहे थे। मेरी ही तरह।

'दिल्ली जा रहे हैं ?' क्या मैं ? हाँ, मैं ही उस आदमी से सवाल कर रहा था। पता नहीं कैसे मैं अचानक ही उस अनजान मुसलमान से सवाल कर बैठा। मुझे आमतौर

पर अकेलापन पसन्द है, खासतौर से रेलयात्रा में। मेरी विनोदशीलता विरले ही बाहर आती है। आखिरकार कैसे मैंने उससे ये शब्द कहे ?

मैं बेवजह किसी से बात करने से बचता हूँ, विशेषकर तब जब सामनेवाला हमारे ही धर्म का हो। लेकिन यहाँ तो लगता है मैंने अपने बारे में अपनी ही समझ को गलत साबित कर दिया था।

मैंने अवांछित रूप से वे दो शब्द उस आदमी से कह डाले थे लेकिन मैं उसके जवाब के इन्तजार में नहीं था। उसने एक संदेहास्पद नजर मेरे घुसपैठिया चेहरे पर डाली और फिर अपने उर्दू अखबार में डूब गया।

'आप लोग दिल्ली,' उफ्फ ! मैंने फिर शुरू कर दिया। लेकिन इससे पहले मैं अपना वाक्य पूरा कर पाता, उस आदमी ने अचानक अपनी गर्दन उठाते हुए कहा—'जी मैं नहीं, वे।'

'ओह,' मैं हकला उठा, 'कौन ?'

'मेरी बच्ची और पोतियाँ। मैं यहाँ उनको विदा करने आया हूँ।'

उसने रुखा-सा जवाब दिया। फिर जल्दी से अखबार का पन्ना पलटा और नीचे सामान में झुककर पता नहीं क्या ढूँढ़ने लगा।

लड़की और पोतियाँ ! हाँ, यही तो उसने कहा था। खुद से बतियाते हुए मैं अपने पहले वाले स्थान पर लौट गया, इन्तजार का शेष भाग पूरा करने के लिए।

रेलवे उद्घोषक की सीधी-सपाट आवाज ने इन्तजार करते यात्रियों को कुछ परेशान कर दिया। हमारी ट्रेन दो घंटे देरी से चल रही थी। ये देर में चलती रेलगाड़ियाँ मेरे बड़े काम आती हैं। खासकर तब जब मैं सफर अकेला कर रहा होता हूँ। वक़्त इफरात हो जाता है। और मैं कुछ हवा-बदल के ख्याल से वर्तमान से हटकर भूत या भविष्य की सैर पर निकल पड़ता हूँ।

अब तो मेरे पास इधर-उधर यात्रा करने के लिए दो घंटे पक्के थे। वे मुसलमान सज्जन मुझे अपनी दाढ़ी और टोपी से अपने पुराने वरिष्ठ मित्र अजहर नौशाद की याद दिला रहे थे। अजहर नौशाद से मेरी दोस्ती काफी पुरानी थी। उनके प्रति मेरा सम्मान सच्चा और बौद्धिक था। दाढ़ीशुदा चेहरा, धर्मपरायण और अंग्रेजी बोलनेवाले अजहर साहब में ढेर सारी (अ)प्रिय खूबियाँ थीं। इस धर्मनिरपेक्ष भारत में उनका शायद ही कोई हिन्दू दोस्त रहा हो। पर शायद ही कोई दिन जाता हो जब वे अपने हिन्दू बॉस और सहकर्मियों को, जिनके साथ वह कभी काम कर चुके थे, याद न करते हों।

एक बार मैंने उन्हें अपने एक हिन्दू कर्मचारी का पक्ष लेते देखा था, वह भी गलत, वह भी तब जबकि पक्के मुसलमानों पर वह लगातार टीका-टिप्पणियाँ करता रहता था। अजहर साहब ने अपना सर्वश्रेष्ठ भाषण उस दिन दिया था, हालाँकि नाराज मुसलमानों को शान्त करने के लिहाज से उनकी बातों में धार्मिकता का पुट भी था, लेकिन उस आदमी का उन्होंने काफी निष्ठापूर्वक पक्ष लिया।

वे अल्लाह के पक्के बन्दे थे और मुझे उनसे ईर्ष्या होती थी। अगर उनकी आधी

धार्मिक निष्ठा भी मुझमें होती तो निश्चय ही मैं अल्ला मियाँ की जन्नत में जगह पाता। लेकिन हाय ! मैं अपनी कमजोर इच्छाशक्ति से जूझता, और अजहर साहब के धार्मिक कर्मों से ईर्ष्या करता बस मक्खियाँ उड़ाता। इस्लाम में उनकी आस्था अपने विश्वासों के कारण थी। वे अन्धविश्वासी तो कतई नहीं थे। खैर, जो भी हो, वे धर्म और दुनियादारी दोनों साथ-साथ निभाते थे। बारह वर्ष की उम्र से उन्हें एक भी दिन ऐसा याद नहीं था जब उन्होंने दिन में पाँच बार नमाज न पढ़ी हो। इससे मेरा सम्मान उनके प्रति और बढ़ जाता था।

हमलोग साथ-साथ लम्बी यात्राओं पर कई बार व्यावसायिक कामों के सिलसिले में गए थे। वे यात्राएँ बौद्धिक और आध्यात्मिक दृष्टिकोण से मेरे लिए परिपूर्ण यात्राएँ रहीं। उस दौरान उन्होंने धर्म को लेकर मेरी कई शंकाएँ दूर कीं और मुझे उनका सच्चा आस्तिक रूप भी देखने को मिला। नमाज को लेकर उनकी निष्ठा ट्रेन यात्रा के दौरान भी देखने लायक होती थी। यहाँ तक कि उनकी निष्ठा देखकर गैर-मुसलमानों का सम्मान भी उन्हें मिलने लगता। मौलवीनुमा आदमी को फर्राटेदार अंग्रेजी बोलता देख वे पहले से ही प्रभावित रहते। रही-सही आशंकाएँ भी उस वक़्त समाप्त हो जातीं जब वे उन्हें बीच-बीच में नमाज के लिए नियम से उठकर जाते देखते।

ट्रेन में हमलोग अक्सर दो-तीन बजे सुबह तक तरह-तरह की बातों में मशगूल रहते। और अचानक बातें करते-करते वे खर्राटे भरकर मुझे चौंका देते। मैं भी फिर उनकी साँसों का साँसों से, खर्राटों का खर्राटों से जवाब देने लगता। मेरे जैसे कमजोर इच्छाशक्ति वाले आदमी के लिए इतनी देर से सोने का मतलब होता कम से कम सुबह साढ़े नौ बजे तक सोना। लेकिन हमारे सोने के दो घंटे बाद ही उनके खर्राटे रुककर मेरी साँसों और खर्राटों का तारतम्य बिगाड़ देते। सचमुच कितना प्रेरणाप्रद होता था यह देखना कि वह आदमी कितनी क्रूरता से अपनी नींद तोड़कर पौ फटने से पहले अपनी नमाज अदा करता और ईश्वर से अपनी फरियाद करता। उन्हें देखने से ही देखनेवालों की आत्मा तर जाती। अचानक उनकी सोहबत में मैं सुरक्षित और महफूज महसूस करने लगता।

ऐसी ही एक यात्रा पर निकलते हुए हम स्टेशन पर गाड़ी के समय से आधे घंटे पहले पहुँचे थे। मेरे खयाल से भारतीय रेलवे स्टेशन तफरीह की सबसे अच्छी जगह है, अगर आपके पास सुरक्षित टिकट हो और आपको एक्सप्रेस ट्रेन की प्रतीक्षा करनी हो। हाथ में चाय का गिलास लिए, अखबार और मैगजीन दबाए, बेवजह उत्तेजित यात्रियों को देखना, उनका कोलाहल और कुलियों की झिकझिक सुनना, बीच-बीच में खाने-पीने के सामान की गन्ध का रसास्वादन करना, बस समझिये कि अच्छी यात्रा का समाँ बँध जाता है।

मैं और अजहर साहब स्टेशन पर चाय का दूसरा प्याला पी रहे थे कि उद्घोषिका की सुमधुर आवाज माइक्रोफोन पर गूँजने लगी, 'वैशाली एक्सप्रेस जल्दी ही आनेवाली है'। माइक्रोफोन पर आवाज तीन बार गूँजी। उसी वक़्त पास के मस्जिद से मुअज्जिन

की आवाज भी उठी। वह दोपहर के नमाज की सदा थी। अजहर साहब उस महिला की मीठी आवाज से ज्यादा उस मुअज्जिन के आध्यात्मिक बुलावे से प्रभावित लगे। वास्तव में मुअज्जिन की सदा के उतार-चढ़ाव से प्रभावित हुए बिना रहना मुश्किल था। वह बन्द आँखों से अज़ान खत्म होने की प्रतीक्षा करने लगे और अजान के अन्तिम शब्द के साथ ट्रेन धीरे-धीरे रेंगती हुई स्टेशन पर आ लगी।

हमेशा की तरह अजहर साहब वहाँ से हटे, वजू किया और बुकस्टॉल के पीछे अपनी जानमाज बिछाकर खड़े हो गए। मैंने बर्थ ढूँढ़ा और उसके नीचे अपना सामान रखकर उसका वैध हकदार होने की घोषणा कर दी। वैशाली एक्सप्रेस बरौनी-दिल्ली लाइन की अतिविशिष्ट ट्रेन है—वह जिला मुख्यालयों में तो दस मिनट रुकती है और गोरखपुर जंक्शन पर बीस मिनट। मुझे ट्रेन के छूटने की चिन्ता नहीं थी, मैं तो एक नजर अजहर साहब और दूसरी सामान पर लगाए था। मैं वैशाली एक्सप्रेस के स्वभाव से भली-भाँति परिचित था और मुझे पता था कि छूटने से पहले वह दो लम्बी-लम्बी सीटियाँ देती है। और कम से कम तीन बार हॉर्न बजाती है। इस स्टेशन पर एक और फायदा यह था कि लगभग सौ गज चलने के बाद ट्रेन अक्सर पता नहीं क्यों लगभग रुक-सी जाती थी और फिर अचानक तेजी से चल पड़ती थी।

मैंने अपना अखबार निकाला और फिलहाल उसे पढ़ने की बजाय उस पर नजरें दौड़ाने लगा। मैं दरअसल अजहर साहब को देख रहा था। मैं स्वयं पावन्द मुसलमान हूँ और इसलिए जानता था कि उनकी प्रार्थना समाप्त होने ही वाली थी और वे किसी भी पल ट्रेन के भीतर आ जाएँगे। मैंने अखबार मोड़कर सीट के कोने में रख दिया और धीरज के साथ प्रतीक्षा करने लगा क्योंकि कोई जल्दी नहीं थी। गाड़ी ने चलने के कोई भी लक्षण नहीं दिखाए थे। कुछ मिनट हमारे पास अभी आराम से थे। मैंने मन में बुकस्टॉल से डिब्बे तक की दूरी नापी और अपनी इस मूर्खता पर मुस्कुराने लगा। बमुश्किल चार मीटर दूर वह जगह थी, अजहर साहब बारह-तेरह कदमों में डिब्बे के अन्दर होते, जिसमें दस सेकेंड से भी कम समय लगता। निश्चिन्त होकर मैंने मैगजीन खोलकर पलटना शुरू किया कि शायद उसके चमकीले-भड़कीले पन्नों पर कुछ पढ़ने लायक मिल जाए। कुछ भी पढ़ने लायक नहीं लगा। मैंने अजहर साहब की ओर देखते हुए एक आलेख पढ़ना शुरू किया। कुछ भी पल्ले नहीं पड़ा। तो मैंने मैगजीन फेंककर फिर से अखबार उठा लिया। मेरी नजर अजहर साहब पर बराबर बनी हुई थी।

तब तक एक लम्बी सीटी बज चुकी थी या शायद दोनों मैं पक्का नहीं कह सकता। लेकिन हॉर्न की आवाज मैंने अभी तक नहीं सुनी थी। मैं कुछ उकताने लगा था कि गाड़ी के चलने में देर क्यों हो रही है, इस बीच अजहर साहब भी नमाज लगभग पूरी कर चुके थे। मैंने ओंठ बिचकाए, कन्धे झटके और ड्राइवर को देरी के लिए कोसने लगा, कम से कम अब भी जब अजहर साहब करीब-करीब फारिग हो चुके हैं।

मैंने रेलवे प्लेटफॉर्म पर भी नमाज पढ़ने के लिए उनकी दाद दी, जबकि वैशाली एक्सप्रेस आ चुकी थी और किसी भी क्षण चल सकती थी। वैसे आदतन वह कुछ दूर

चलकर फिर रुकती और अजहर साहब अगर छूटे होते तो वे अन्दर आ जाते। लेकिन अगर वह उतनी ही देर में ट्रेन में नहीं आ जाते तो ट्रेन उन पर कोई अतिरिक्त दया दिखाने वाली नहीं थी। अजहर भाई की प्रार्थनाओं में जो बात मुझे अच्छी लगी वह यह कि यात्राओं के दौरान वह पूरी नमाज तो नहीं पढ़ते थे लेकिन नमाज की अन्य औपचारिकताओं में वे कोताही नहीं बरतते थे। मैंने कभी उनको झुकने, खड़ा होने या सजदा करने में जल्दबाजी करते नहीं देखा। आपात अवस्था में भी नहीं। सच्ची नमाज इसी को कहते हैं। बुक्स्टाल की ओर देखते हुए मैंने फिर से पत्रिका उठा ली, इस बार पीछे से पलटने लगा।

और तभी मैंने देखा कि वे नमाज के एकदम अन्तिम चरण में थे और यहीं उन्होंने समय लगा दिया। लेकिन मैं जानता था कि उनको इसका ध्यान है कि ट्रेन चलनेवाली है और वे लम्बा नहीं खींचेंगे। अब वे अपने दोनों कन्धों पर बैठे अदृश्य दूतों के मार्फत अल्लाह को सलाम भेजेंगे, फिर हाथ उठाकर दुआ माँगेंगे। इससे पहले कि बाकी सारी क्रिया में लगने वाले समय का अनुमान मैं लगा पाता, मैंने ट्रेन का पहला हॉर्न सुना और देखा कि सभी टिकट चेकर अपने-अपने डिब्बों की तरफ तेजी से बढ़ने लगे हैं। अजहर साहब ने तो अभी अपना सलाम भी शुरू नहीं किया था और मेरे कानों में खतरे की घंटी बज उठी। मैं अपनी सीट से उठकर गेट की ओर दौड़ा कि मैंने दुआ में उठे उनके हाथ देखे और इसी बात ने मुझे दौड़ने से बचा लिया। मैंने राहत की साँस ली और अपनी सीट पर वापस आ गया। मैंने अखबार हाथ में ले लिया पर खोला नहीं।

इस बीच टिकट चेकर मेरे बगल वाली अजहर साहब की खाली सीट को घूरता गुजर गया। मैं उसकी मुस्तैदी पर हँसा और अखबार की मुख्य खबरों पर ध्यान जमाने लगा कि तभी मेरे कानों में आखिरी हॉर्न की आवाज आई और देर-सबेर वाले यात्री भी अन्दर की ओर भागे। मैं अचानक घबरा गया और आनन-फानन में प्लेटफॉर्म पर उतर गया। सोचा प्रार्थना करती उस मूर्ति को जगा दूँ और कह दूँ कि ट्रेन उनकी दुआ के लिए बस दस सेकेंड देनेवाली है। पर उन्हें डिस्टर्ब करने को मेरी हिम्मत न हुई। लेकिन ड्राइवर और गार्ड ने, जिन्हें अजहर साहब की दुआ की गहराई का तनिक ध्यान नहीं था, ट्रेन को चला दिया। जब वह रेंगने लगी तो मैं धीरे से चिल्लाया 'अजहर साहब' और गेट की ओर जान हाथ में लिए भागा। एक झटके में मैं अन्दर अपनी सीट पर था। मैं पूरी तरह भकबका गया था लेकिन आखिरी मौका अभी भी था। फिर अचानक मुझे ध्यान आया कि पिछली बार जब मैं इस ट्रेन पर चढ़ा था तो स्पीड पकड़ने से पहले वह सौ मीटर बाद वाला अपना हॉल्ट लेना भूल गई थी। ट्रेन अभी भी धीरे-धीरे ही चल रही थी और अजहर साहब कहीं नजर नहीं आ रहे थे। मेरे दिमाग ने कहा कि सामान उठाओ और गेट पर चलो। क्या पता ट्रेन पिछली बार वाली गलती फिर दुहराए और कुछ नहीं तो आखिरी वक़्त में कूदकर मैं अपने दुआ करते दोस्त के पास जा पाऊँ। एक धक्के के साथ ट्रेन ने स्पीड पकड़ी और मैंने उसी वक़्त ट्रेन से बाहर आने का फैसला कर लिया।

पहले मैंने सामान नीचे फेंका, फिर अपना मुँह ट्रेन की दिशा में किया, अजहर साहब और ईश्वर को याद किया, और जब प्लेटफॉर्म की कंक्रीट का एक मीटर हिस्सा बाकी रह गया तो मैं ट्रेन से कूद पड़ा। मैं अनियंत्रित ढंग से काँप रहा था, पहली बार ही ट्रेन से कूदा था और शायद अखिरी बार भी। लेकिन वह काँपना तो केवल शारीरिक बदलाव था। दिमागी तौर पर मैं अब भी शान्त था सिवाय इसके कि अजहर साहब से मुझे कुछ खुन्नस हो रही थी। मैं अपने सूटकेस पर बैठकर अपनी साँसों की गति को सामान्य करने लगा। थोड़ी देर बाद मैं उठा, जेब से संयुक्त टिकट निकाला और उसके टुकड़े-टुकड़े कर दिए। उसे कूड़ेदान में फेंककर मैं बुकस्टॉल की ओर धीरे-धीरे बढ़ने लगा, अजहर साहब का सामान उनके अल्लाह के भरोसे छोड़कर।

बुकस्टॉल के करीब आकर मैं और धीरे-धीरे चलने लगा, सीधा तनकर और निगाहें थोड़ी सख्त करके। शारीरिक और मानसिक तौर पर यह निश्चित करने के बाद कि मुझमें इतना नैतिक साहस हो गया है कि मैं अजहर साहब की आस्था और विश्वास को चुनौती दे सकता हूँ, मैं बुकस्टॉल के पिछवाड़े मुड़ गया, जहाँ अजहर साहब को होना चाहिए था। वे वहीं थे। जानमाज तह कर रहे थे। मैं उनके पास खड़े होकर उनके हाथों की शान्त हरकत को देखने लगा। फिर वे मेरे सामने खड़े हो गए लेकिन बोले कुछ नहीं क्योंकि अभी भी वे कोई आयत बुदबुदा रहे थे। मेरी नाराजगी को नजर अंदाज करते हुए उन्होंने प्लेटफॉर्म पर एक उचटती-सी निगाह डाली और अपनी दाढ़ी को दुलारने लगे।

जब वैशाली एक्सप्रेस नहीं दिखी तो उन्होंने पास खड़े एक टिकट कलेक्टर की ओर ऐसे गर्दन घुमाई मानो उसने बिना उनका इन्तजार किए ट्रेन को झंडी दिखा दी हो। मैं अब भी खामोश था। मैं किसी तरह अपने आपको जब्त किए हुए था और इन्तजार कर रहा था कि वह धार्मिक प्राणी अपने मूल रूप में लौट आए। उनको देखकर ऐसा लग रहा था जैसे उनको किसी ने सम्मोहित कर दिया हो—वे अपनी दाढ़ी पर हाथ फेरते, सिर को पीछे से ठोंकते शून्य में निहार रहे थे। क्या वे बोलेंगे या मैं अपनी बोलूँ। उन्होंने पास से गुजरते चायवाले को रोका और दो कप चाय के लिए कहा, एक अपने लिए और एक उस चायवाले के लिए। क्योंकि मैं तो उनकी चाय पीने वाला नहीं था। उन्होंने बुरा नहीं माना। जब मैंने चाय लेने से मना किया, तो उन्होंने चुप्पी तोड़ते हुए कहा, 'तो हमारी ट्रेन छूट गई।' मैं गुस्से से काँप रहा था, पर मैंने कुछ कहा नहीं। उन्होंने उत्सुकतावश इधर-उधर देखा। मैं समझ गया कि उनकी निगाहें क्या ढूँढ़ रही थीं। मैंने अपना ब्रीफकेस जोर से पकड़ लिया।

'हमसे वैशाली तो छूट गई, पर मेरा सामान ?' उन्होंने घबराहट से पूछा। 'जानते हो, फरीद, बक्से में मैंने कुरान रखा था और मुझे अपना सामान दिख नहीं रहा है। क्या तुम ट्रेन में मेरा सामान छोड़ आए ? कहाँ है, बताओ ?' वे एकदम से काफी चिन्तित लगने लगे। अगर सामान गलत हाथों में पड़ गया तो कुरान अपवित्र हो जाएगा।

मैं ढीला पड़ गया और मेरा गुस्सा पश्चाताप में बदलने लगा। मैंने उनके सामान

को लावारिस छोड़ दिया था, और अब तक प्लेटफॉर्म पर घूमनेवाले उचक्के उठा ले गए होंगे और सारी गलती मेरी ही होगी। अजहर साहब की हालत बद से बदतर होती जा रही थी। वे उस खास बक्से को लेकर काफी चिन्तित लग रहे थे। ग्लानिपूर्वक मैंने उनका हाथ पकड़ा और उस स्थान की ओर भागा जहाँ मैंने उनका सामान छोड़ दिया था। अजहर साहब के लिए बस उम्मीद ही की जा सकती थी। हँफहफी के मारे बुरा हाल था पर मैंने पूरे मन से अल्लाह को याद किया और उनके सामान की सलामती की दुआएँ भी माँगीं। अजहर साहब कुरान की कोई आयत पढ़ते जा रहे थे।

हमारी दुआ कामयाब रही। मुझे दूर से ही दो लावारिस बक्से दिखे। मैं रुक गया। फिर निश्चिन्तता से धीरे-धीरे उस स्थान की ओर बढ़ा, सामान उठाया और अजहर साहब को देने के लिए मुड़ा। लेकिन...ये क्या ? अजहर साहब तो वहाँ थे ही नहीं। जब देखने के लिए पीछे मुड़ा तो मैं हक्का-बक्का रह गया। वह कोने में जानमाज बिछा रहे थे। फिर उन्होंने सिर पर टोपी रखी और कानों पर उँगली। वे एक बार फिर से नमाज में थे। मेरे तो जैसे दिमाग ही खुल गए। सब कुछ बड़ा रहस्यमय भी लगा। पहले तो ट्रेन छुड़वा दी, और अब यह। फिर मेरा गला सूखने लगा और मैं पानी के लिए इधर-उधर देखने लगा। मैंने पास से ही पानी की एक बोतल खरीदी और उसे खोल ही रहा था कि अजहर साहब वापस आ गए, हँसते हुए।

'यह क्या, अजहर साहब ?' मैंने अविश्वास से कहा।

'बस सामान मिल जाने का शुक्रिया अदा कर रहा था', वे बोले और मैं सारी बोतल एक साँस में खाली कर गया।

'मैंने टिकट फाड़ दिया है, अजहर साहब', मैं धीरे से बोला। 'अब हम रेलवे से कोई दावा भी नहीं ले सकते।'

'कोई बात नहीं, वे उसी विश्वास से बोले, 'और ट्रेन छूट जाने का गम भी न करो भाई। याद रखो, अल्लाह जो भी करता है, भले के लिए ही करता है।'

अजहर साहब के शब्द केवल आश्वस्त करनेवाले ही नहीं होते थे बल्कि कभी-कभी वे घटित भी हो जाते थे। शब्दशः सच साबित हो जाते थे। मेरी छूटी यात्रा का फल मुझे मिल गया। घर लौटने पर पता चला मेरा बड़े दिनों का बिछुड़ा दोस्त, रजनीश, रजनीश दीक्षित, मेरा इन्तजार कर रहा है।

अगर मैं चला गया होता तो ? अजहर साहब नमाज न पढ़ते तो ?

उद्घोषिका ने एकदम से चौंका दिया। मेरी गाड़ी बस प्लेटफॉर्म पर पहुँचने ही वाली थी। सबकुछ ठीक-ठाक था। कुलियों ने भी सामान को इधर-उधर करना शुरू कर दिया था। अब सामान चढ़ाने के बाद वे पैसा माँगेंगे। कुछ कुली तो वाजिब मजदूरी से कहीं ज्यादा ही माँग करते हैं और लड़ने-झगड़ने पर भी उतारू हो जाते हैं। बेचारे वी.आई.पी. पैसेंजर ! आम यात्रियों में से किसी ने इंजन की आवाज सुनी और बस पूरे प्लेटफार्म पर हलचल मच गई। लेकिन अतिविशिष्ट सवारियों का छोटा-सा जत्था इस

सबसे विरक्त इन्तजार करता रहा। वे विशिष्ट कुली इंजन की ओर देखकर सामान उठाने बढ़े। इंजन इन्तजार करते लोगों के पास से गुजर गया, तो भी वे खास लोग इन्तजार ही करते रहे।

मुझसे अब और इन्तजार नहीं हो सकता था। मैंने अपना ब्रीफकेस उठाया और दो कदम आगे बढ़ा, फिर एक कदम पीछे, फिर डेढ़ कदम आगे। इस आवागमन से मेरे रक्त संचरण को कुछ मदद मिली। ट्रेन की रफ्तार तेजी से कम होती जा रही थी और फिर वह रुक गई। कुली, थुलथुल पुरुष, मोटी ताजी स्त्रियाँ और उनके मुटल्ले बच्चे, सभी को अपने यात्री-जीवन का सबसे बड़ा झटका तब लगा जब सम्भावित ए.सी. डिब्वों के स्थान पर उन्होंने देखा तीन सामान्य डिब्बे। वह भी मजदूरों-किसानों से भरे हुए। मैंने उन्हें विचित्र-से भाव से देखा। उनके भगवा माथे से यह तो लग ही गया कि एक अकेले मुसलमान यात्री के लिए वह अच्छा शगुन नहीं था। मेरे लिए यही चिन्ता की बात थी। उनकी चिन्ता ए.सी. कोचों को लेकर थी। चिन्ताओं में अन्तर काबिले गौर है।

पहले किसी को कुछ समझ ही नहीं आया कि आखिर माजरा क्या है—सभी यात्री उत्तेजित थे और इधर-उधर देख रहे थे कि वे ए.सी. कोच कहाँ गए आखिर। औरतों को तो और भी कुछ समझ नहीं आ रहा था और वे ठंडा, चॉकलेट आदि की माँग करने लगीं और अपने-अपने सामान पर धप्प से बैठ गईं। उनके पतिगण अधिक चिन्तित और विचलित दिख रहे थे और इस मुद्दे पर कुलियों से बहस कर रहे थे। मैं बेचारा-सा खड़ा था—कुछ खास इसका अंदाजा भी नहीं था कि इस तरह के हालात में क्या करना चाहिए। उनमें से कई जो कुछ सेकेंड पहले तक बड़ी अदा से ट्रेन का इन्तजार कर रहे थे अब इधर से उधर भाग रहे थे। लेकिन कुछ भी पता नहीं चल पा रहा था। भद्रजन धक्कामुक्की करते बड़े हास्यास्पद लग रहे थे। चारों तरफ भागमभाग और अफरा-तफरी का आलम ! देखने में मजा आ रहा था।

ए.सी. डिब्बे ट्रेन में नहीं थे और रेलवे की ओर से कोई बतानेवाला भी नहीं था। एक महिला शुद्ध पंजाबी में अपने पति से तू-तड़ाक करते कह रही थी कि वह पता करे कि क्या यह वही ट्रेन है जिसकी वे प्रतीक्षा कर रहे हैं या छुट्टियों के लिए विशेष तौर पर चलनेवाली कोई हॉलीडे स्पेशल है। इससे बाकियों में भी कुछ उम्मीद जगी। औरतें बच्चे, छोटे-बड़े सब निश्चिन्त हो गए कि उनकी ट्रेन देर से आएगी और वे अपने-अपने खाने की ओर लौट गए। केवल कुली मामले की नजाकत को भाँपते हुए अधीर हो रहे थे। उनके लिए रेलवे की इस तरह की गड़बड़ियाँ आम बात थीं और वे जानते थे कि इन यात्रियों के हाथ क्या आनेवाला था।

उलझन और अनिश्चितता अपने चरम पर थी कि दो बातें अचानक हुईं। एक विशिष्ट यात्री ने यह घोषणा की कि यह वही ट्रेन है और इससे पहले कि इन्तजार करता भद्र समूह इस सदमे को झेल पाता, अफरा-तफरी मच गई। भागते यात्रियों का एक झुंड मधुमक्खियों की तरह वहाँ आ गया। कुछ अनजाने में वी.आई.पी. लोगों से धक्का-मुक्की

करने लगे और कुछ जान-बूझकर वी.आई.पी. सामान पर चढ़े जा रहे थे। भगदड़ मचने ही वाली थी। भद्रता की जगह घबराहट और अति कार्रवाई ने ले ली। कुली वहाँ से गायब हो गए और पति-पत्नी सामान और बच्चों को उस भगदड़ से बचाने में लग गए।

थोड़ी देर में चीजें अपने आप को साफ करने लगीं क्योंकि रेलवे की ओर से कोई उस रहस्य पर से परदा उठाने नहीं आ रहा था। हाथ में टिकट लिए ए.सी. वालों ने तय किया कि वे खड़े रहेंगे। शायद मेरी हालत सबसे दयनीय थी क्योंकि मेरी ए.सी. यात्रा खटाई में पड़ चुकी थी। ए.सी. डिब्बा कहीं दिख तो रहा नहीं था, मुझे पहले पैसे वापसी की चिन्ता हुई।

इतने में न जाने कहाँ से एक टी.टी. प्रकट हुआ। अस्तव्यस्त, हाथ में ए.सी. यात्रियों की सूची लिए, मुँह में पान दबाए, वह किसी प्रकार की जल्दबाजी में नहीं था। उस टिकट चेकर ने लोगों को देखा, सामान्य डिब्बों को देखा, उसमें बैठे यात्रियों का मुआयना किया और फिर यह समझाने की कोशिश करने लगा कि ए.सी. डिब्बे उसमें क्यों नहीं लगे थे। मैं वी.आई.पी. यात्रियों की प्रतिक्रिया का अंदाजा नहीं लगा पाया क्योंकि दो-एक लोग ही उसे सुनने आए। सम्भवतः बाकी लोग रेलवे को गाली बकते खड़े थे कि रेल विभाग कितना हृदयहीन है कि महज एक टिकट चेकर को भेज दिया, जबकि यहाँ उनकी जान पर बनी हुई थी।

यह तो सबकुछ हो जाने के बाद की कार्रवाई थी, हालाँकि देर से हुई, पर बुरी नहीं थी। लेकिन वी.आई.पी. यात्रियों का रोना यह था कि इतनी थुक्का-फजीहत के बाद उनको एक अस्त-व्यस्त कपड़ों वाले टिकट चेकर के भरोसे छोड़ दिया गया था। उस टिकट चेकर ने साफ किया कि तकनीकी कारण से ए.सी. डिब्बे नहीं लगाए जा सके और प्रभावित यात्रियों को बदले में अलग सामान्य डिब्बों में जगह दे दी जाएगी। एक झटके में ही उसने रेलवे के खास पुत्रों को मिट्टी के लालों में बदल दिया। कुछ तो उस टिकट चेकर के स्वादहीन कथन को सुनकर जड़ से हो गए। कुछ बड़बड़ाने लगे, कुछ चिल्लाने लगे, कुछ शिकायत करने लगे—कुछ उस टिकट चेकर पर टूट पड़े। कुछ को इससे भी संतोष नहीं हुआ तो वे स्टेशन मास्टर के दफ्तर की ओर दौड़े, बताया गया कि वे आउट ऑफ स्टेशन हैं। और जब कोलाहल शान्त हुआ तो पता चला कि ढीले पड़े पुरुष तो स्लीपर क्लास में जाने को तैयार थे, लेकिन औरतों-बच्चों ने विद्रोह कर दिया। आखिरकार मैं और एक और वी.आई.पी. परिवार उस ए.सी. विहीन ट्रेन में सवार हुए।

2

मेरे हमसफर

भाइयो, मेरी असली यात्रा अब शुरू होने वाली है। चार दिसम्बर 92 को लगभग बारह बजे दिन में नई दिल्ली के लिए रवाना हुआ। यद्यपि यह गाड़ी अयोध्या होकर नहीं जा रही थी लेकिन उस पर बैठे मेरे अतिरिक्त लगभग सारे यात्रियों की मंज़िल अयोध्या ही थी। कारसेवकों से भरी गाड़ी और...मैं...और एक लम्बी यात्रा...जो दिल्ली के बजाय... लखनऊ में ही समाप्त हो गई।

वैसे तो भारतीय रेल से मैं पूरी तरह वाकिफ हूँ और इस तरह के झटके मेरे लिए कोई नई बात नहीं थे। पर यकीन मानिए, यह कुछ अलग था। कुछ नया भी। ए.सी. कोच की मेरी यात्रा तो खैर नहीं हुई और मैंने उसका कोई खास असर भी नहीं लिया। हवा में कुछ ठंडक की गमक थी और ऐसे में ए.सी. के बारे में कौन सोचता है।

मेरी मानसिक बनावट में ही कुछ ऐसा है कि मैं ऐसी दिक्कतों का सामना आसानी से कर लेता हूँ। मैंने हर परिस्थिति से लड़ने के लिए कुछ तकनीक और सिद्धान्त इजाद कर रखे हैं जो मुश्किल में मेरे काम आते हैं। मेरा पहला सिद्धान्त है, 'अपने परिवेश से अस्थायी समझौता।' इसके तहत मैं किसी विकट स्थिति में पड़ने पर पहले तो उसमें से बाहर आने की भरपूर कोशिश करता हूँ। यदि सफल नहीं हुआ तो कुछ समय के लिए परिस्थिति से समझौता कर लेता हूँ। बड़े काम की चीज है।

उसी प्रकार एक दूसरा सिद्धान्त है। उसे मैं अंग्रेजी में 'बैक थॉट' कहता हूँ। यह सिद्धान्त मुझे इतिहास में पीछे की ओर ले जाता है जहाँ मैं उस बात की पड़ताल करता हूँ कि क्या मुझे कभी इसी प्रकार की समस्या से दो-चार होना पड़ा था। और मैंने उसका मुकाबला कैसे किया था। 'बैक थॉट' एक बहुदृदेशीय एवं लचीला सिद्धान्त है जो कई प्रकार की परेशानियों से मुझे निजात दिलाता है। इसके बाद है बेडरेस्ट। बेडरेस्ट सिद्धान्त को मैं वहाँ इस्तेमाल करता हूँ जहाँ मेरे पहले दोनों सिद्धान्त काम नहीं कर पा रहे होते हैं। इस सिद्धान्त का मूलतत्व है, फरीद भाई, आँखे बन्द कर लो। जो हो रहा है होने दो, मुश्किल को हल करने के चक्कर में मत पड़ो, बस सोये रहो। एक बार मैं अगर बेडरेस्ट में चला गया तो इस बात की फिकर नहीं करता कि मेरे नाक के सामने क्या हो रहा या फिर मेरे पीठ पीछे कौन क्या बोल रहा है। मेरा अन्तिम अस्त्र है डी. कम्पनी, जिसके बारे में खुलासा कुछ देर में।

इन सिद्धान्तों से लैस होकर मैं उस दिन वैशाली एक्सप्रेस की बोगी नं. एस-13 में घुसा। मेरी यात्रा शुरू हो गई थी यद्यपि ट्रेन ने अभी चलना शुरू नहीं किया था। मेरा मानना है कि दिन के समय अगर आपको गाड़ी में खिड़की वाली सीट मिल जाए तो इस बात का महत्त्व नहीं रह जाता कि ए.सी. में यात्रा कर रहे हैं या गैर ए.सी. में। आय हाय ! खिड़की वाली सीट।

मैंने नजर दौड़ाई। किन्तु भातीय रेल के सभी वी.आई.पी. कोने पहले ही भरे हुए थे। मैं किसी तरह साइड वाली सीट के किनारे पर अटक गया और इस बात की प्रतीक्षा करने लगा कि कब पहुँचाने आए लोगों की भीड़ साफ हो और मैं वास्तविक यात्रियों को देख सकूँ। मतलब कि कबाड़ से कुछ काम का लोहा पा लूँ। और तभी शायद मुझे विंडो सीट भी मिल जाए।

आप सही सोच रहे हैं। जैसे ही गाड़ी खुली भीड़ कम हो गई और मैं खिड़की वाली सीट पर था। अब मेरे कूपे में मुझे लेकर कुल छः यात्री थे जिनमें एक महिला भी थी। मैंने गौर किया कि उन पाँचों में से कम से कम तीन, जिनमें वह महिला भी शामिल थी, और जो ठीक मेरे सामने वाली विंडो सीट पर थी, एक-दूसरे से अच्छी तरह परिचित थे। बाकी दो किसी से तो बातचीत नहीं कर रहे थे। आपस में भी नहीं। इसका अर्थ यह था कि कूपे का शक्ति-संतुलन उन तीनों के पक्ष में था।

—क्षमा करें, भाई साहब, कृपया इधर यहाँ आ जाएँ ताकि गोविन्द जी किनारे वाली सीट पर बैठ सकें। हम लोग एक ही साथ हैं। उस महिला ने, जिसे उसके साथी सुमित्राजी या फिर दीदी कहकर बुलाते थे, अपने कन्धे को हलका सा, शायद जान-बूझकर, उचकाते हुए कहा।

मैंने मार्क किया कि उसके स्वर में एक विशेष प्रकार की दृढ़ता थी। यद्यपि मैं उसे देख नहीं रहा था, फिर भी मैं समझ गया कि उसकी आदेशात्मक प्रार्थना किसी और से नहीं, मुझसे ही है। और यह भी आभास हो गया कि शायद उसकी प्रार्थना को मानना ही पड़ेगा। दरअसल मैं अपनी विंडो सीट को किसी भी दशा में छोड़ना नहीं चाहता था। सोचा, उसे बता ही दूँ कि आज रेलवे अधिकारियों की लापरवाही से मुझे कितना भुगतना पड़ा है और यह खिड़की वाली सीट जो मुझे मिली है असल में बस एक छोटी-सी सांत्वना भर है।

पर मैं चुप रहा। रोक लिया अपने आपको। यह सोचकर कि मेरी अनिच्छा भाँपकर वह चुप हो जाएगी।

लेकिन, मेरे भाई, वह महिला भी कुछ थी। पहले ही बिना किसी स्त्री-सुलभ संकोच के उसने स्वयं को कूपे में अच्छी तरह स्थापित कर लिया था। उसकी तेज-तर्रार आवाज ने मुझे सँभलने का ज्यादा मौका नहीं दिया। यद्यपि कि वह अभी चुप थी किन्तु उसकी चुभती उपस्थिति का एहसास मुझे हताश करने लगा था। उसकी बनावट ठोस थी, हाइट अधिक नहीं थी, पर लम्बी जैसी लगती थी और आवाज को क्या कहें, औरतों जैसी मधुर तो खैर एकदम नहीं थी। मैंने पहले ही देख लिया था कि उसके व्यक्तित्व में कुछ

ऐसा था कि उसके दोनों पुरुष साथी उसके मातहद ही प्रतीत होते थे। वास्तव में तीनों के तीनों ही अपनी वेशभूषा और रंगत से विशिष्ट लग रहे थे, विशेषकर वह महिला।

वह मेरी ओर से सकारात्मक उत्तर सुनने के लिए बेचैन लग रही थी। उसे हर हाल में किनारे वाली सीट चाहिए थी। पर मैंने उसे अपनी लंतरानी सुनाने की अपेक्षा सीधा-सा बहाना बनाया। आशा थी वह आगे तर्क नहीं करेगी।

मैंने उसके चेहरे पर नजरें साधते हुए शुरू किया—लेकिन बहन जी, दरअसल मुझे उल्टी की शिकायत है और यह खिड़की वाली सीट मुझे सूट करेगी। बोलकर मैं अपना अंग्रेजी अखबार देखने लगा।

लेकिन सुमित्रा दूसरी ही मिट्टी की बनी थी। मैं उसकी उँगलियों को देख रहा था, मोटी, छोटी और मर्दानी। उन उँगलियों ने उसके व्यक्तित्व में एक नया ही आयाम जोड़ दिया था।

—सुनिए, अगर आपको उल्टी की शिकायत है तो जाइए बेसिन के निकट खड़े हो जाइए। यहाँ हमें भोजन करना है, हम भूखे हैं। जाइए। उसने बड़े ही रूखे स्वर में बद्तमीजी के साथ कहा।

सुमित्रा पूरी तरह अशिष्टता पर उतर आई थी। मैंने उस मरकही गऊ के मुँह लगना ठीक नहीं समझा और अपने जवाब से उसे बिना और उत्तेजित किए अखबार पढ़ने लगा।

—सरदारजी सुनिए ! यह वही थी। एक बार फिर से अपने घरघराते स्वर के साथ। ऐसा है, गोविन्द जी को वहाँ बैठने दीजिए और आप यहाँ आइए। आइए-आइए यहाँ बैठिए। उसने अधिकारर्पूक कहा। इस बार वह अधिक रफ लगी। उसके स्वर में अशिष्टतापूर्ण दृढ़ता थी।

मैं अपने आंतरिक उद्वेलन को दबाए बैठा रहा। मैं वास्तव में अपने बचाव की योजना बना रहा था। पर उसे लगा जैसे मैं उसकी बातों पर कोई तवज्जो नहीं दे रहा हूँ। यह उसे बर्दाश्त नहीं था। बिना फुफकारे आक्रमण कर देने वाले कोबरा की भाँति वह फिर से हमला बोलने की तैयारी में थी। लेकिन इससे पहले कि वह मुझे आगे और बेइज्जत कर पाती, मैंने उसे रोक दिया।

—माफ कीजिए देवीजी, एक तो मैं सरदार नहीं हूँ दूसरे यह सीट मेरी है। धन्यवाद।

मैं अपने कन्धे को हलके से झटकते हुए अखबार पढ़ने लगा। मैंने महसूस किया कि अखबार के पन्नों की फड़फड़ाहट से मेरे आत्मविश्वास को कुछ बल मिला। अपने बोले हुए अन्तिम वाक्य से मैंने उस औरत के ऊपर नैतिक विजय हासिल कर ली थी।

लेकिन विश्वास मानिए, दृढ़ता से बोले गए मेरे वाक्यों की उसने बिलकुल परवाह नहीं की। अपनी भंगिमा को थोड़ा परिवर्तित करते हुए उस स्त्री ने व्यंग्यपूर्ण लहजे में उँचे दर्जे का कटाक्ष किया।

—तो आप हैं क्या श्रीमान् ? और क्या इस सीट की रजिस्ट्री करवाई है आपने ?

मुझे इतना तो अनुभव है ही कि ऐसे डंक मारने वाले कीट-पतंगों से कैसे निपटा जाए पर मैं इस लड़ाई को उतनी दूर तक नहीं ले जाना चाहता था। उसके दोनों सहयात्री उस पूरी बतंगड़ के दौरान बस मूकदर्शक ही बने रहे थे। मैंने कहा फरीद मियाँ सब्र से काम लो, अन्यथा ये दोनों भी उलझ सकते हैं। नाहक ही पूरी यात्रा खराब हो जाएगी। सहयात्रियों से लड़ते हुए जाना कहाँ की अक्लमन्दी होगी। मैंने अपना सामान समेटा और गोविन्द जी की जगह पर जाकर बैठ गया।

नाम में क्या धरा है :

सुमित्रा देवी मेरी सहृदयता से सन्तुष्ट नजर आ रही थीं। खाने की भारी भरकम पोटली खोलते हुए उन्होंने एक उड़ती-सी नजर मुझ पर डाली, रुकीं, और फिर पोटली खोलने लगीं। मैं कनखियों से उन्हीं की तरफ देख रहा था। उन्होंने स्वादिष्ट व्यंजनों को सीट पर फैला दिया था–कचौड़ियाँ, पीले आलू, हरी मसालेदार साबूत भिंडी, अचार और लड्डू। मेरे काले कलूटे शामी कबाब और सूखी रोटियाँ उनके बहुरंगी भोज के आगे कुछ भी नहीं थे।

टी.टी. बगल वाले कूपे में टिकटें चेक कर रहा था। मैंने अपना टिकट पहले से ही हाथ में निकाल लिया था। मैं टी.टी. को सार्वजनिक रूप से अपना नाम पुकारने का अवसर नहीं देना चाहता था। सुमित्रा और उसके साथी बस सब कुछ सफाचट किए जा रहे थे जब कि दूसरे दोनों यात्री, जिनकी शिनाख्त अभी भी रहस्य के पर्दे में थी, घुन्ने की तरह शान्त बैठे थे। अब टी.टी. हमारे कूपे के पास आन खड़ा था।

–बयालीस नं. राजकुमार, तैतालिस नं. राधेश्याम, उसने आवाज दी।

वे दोनों अजनबी अपनी जेबें तलाशने लगे और आनन-फानन में अपनी टिकटें टी.टी. के सामने पेश कर दीं। उन्होंने टिकट दिखाने में जो हड़बड़ी दिखाई थी, वह काबिले गौर थी।

लेकिन साफगोई की बात तो यह है कि इस रहस्योद्घाटन से कि ये दोनों भी हिन्दू हैं मैंने कुछ असहज-सा अवश्य महसूस किया। ऐसी स्थिति मैं कतई नहीं चाहता था कि मेरा नाम सार्वजनिक रूप से पुकारा जाए। मैं ऑड-मैन-आउट नहीं बनना चाहता था। चलती ट्रेन में पाँच हिन्दुओं के बीच एक अकेला मुसलमान होना एक अजीब-सा भाव जगाता है। इसे सब नहीं समझ सकते।

लगा टी.टी. ने जैसे मेरी मदद की। उसने बाकी बचे तीनों यात्रियों और मुझसे नाम पूछने की हिमाकत नहीं की। शायद उसने टिकट भी नहीं देखा। टिक किया और चलता बना। मेरी जान में जान आई और मैंने टिकट जल्दी से अपनी जेब में सरका लिया। मेरी सामने वाली सीट पर भोजन का ढेर कब का समाप्त हो चुका था।

अब क्या करूँ ? भूख तो मुझे भी लगी थी। सवाल था कि अयोध्या जा रहे हिन्दू सहयात्रियों के सामने जिसमें सुमित्रा जैसी तुनकमिजाज असहिष्णु महिला भी हो–अपना

नानवेज खाने का पैकेट कैसे खोलूँ। मेरे पेट और मस्तिष्क के बीच समन्वय गड़बड़ा रहा था। अन्ततः पेट ने मस्तिष्क को पटखनी दी और मैंने वहीं दिन के उजाले में ही कबाब खाने का निर्णय कर लिया।

चलो अगर इनकी भावनाओं को चोट पहुँचती है तो पहुँचने दो। हालाँकि मुझे विश्वास था कि कबाब की असलियत उनमें से किसी को पता न चल पाएगी।

लेकिन इससे पहले कि मैं अपना पैकेट खोल पाता, कयामत बरपा हो गई। वही टी.टी. फिर से सामने खड़ा था—हड़बड़ाया हुआ। उसने सीधे सवाल दागा—हाँ ये एम. फरीद कौन हैं ? उसने भेदने वाली दृष्टि से हम सभी को देखा।

सच मानिए, मेरे दिल की धड़कन बन्द हो गई। सभी सहयात्री भी सन्न थे। वे शायद मुझे ही घूर रहे थे। ऑड-मैन-आउट हो जाने का खतरा सर पर मँडरा रहा था। खाने के पैकेट पर से मेरी पकड़ ढीली पड़ गई और कुछ कबाब उसमें से लुढ़क पड़े। कम से कम एक तो सुमित्रा के पैरों के नजदीक पहुँच गया। टी.टी. ने अपना प्रश्न दुहराया और उस महिला और उसके दोनों साथियों के कान खड़े हो गए। मैंने धीरे से टिकट निकाला और बिना कुछ बोले टी.टी. की ओर अपना हाथ बढ़ा दिया। धुक-धुक-धुक।

—अच्छा तो आप ही हैं ए.सी. कोच के पैसेंजर। उसने टिकट लेते हुए कहा। मैंने सिर्फ सिर हिला दिया और उसने अपनी शीट में नोट कर लिया। यह कहते हुए कि आप अपना रिफंड नई दिल्ली स्टेशन पर ले लीजिएगा वह एक बार फिर चलता बना।

मैंने चुपके से गिरे हुए कबाब को अपने पैरों से सुमित्रा की सीट के नीचे खिसका दिया और खाना खाने लगा। मुझे नहीं पता कि मेरे सहयात्री वह सब ध्यान से सुन सके थे जो टी.टी. ने कहा था, पर एक बात पक्की थी कि वे सब अब मुझे लेकर कुछ अनिश्चित और असहज लगने लगे थे।

पर थोड़ी ही देर में सब कुछ एक बार फिर सामान्य हो गया जब ट्रेन अचानक एक छोटे से स्टेशन पर रुकी।

—भाई साहब, आप कहाँ जा रहे हैं ? सुमित्रा ने राजकुमार की ओर देखते हुए राधेश्याम से पूछा। दोनों ने सकुचाते हुए एक-दूसरे को देखा, और उनके चेहरों पर एक रहस्यमयी मुस्कान की एक पतली रेखा उभर आई। मेरे बाकी सहयात्रियों ने कुछ समझा न समझा, उनके भी चेहरे धीमे से खिल उठे।

राजकुमार और राधेश्याम

अब बहुत संक्षेप में राजकुमार और राधेश्याम का इतिहास। दोनों ही बिहार से थे और वहाँ की एक महत्त्वपूर्ण पिछड़ी जाति की उपशाखा से सम्बन्धित थे। वे पटना से बीस किलो मीटर दूर एक पिछड़े गाँव से आते थे। राधेश्याम ने बी.ए. तक पढ़ा था जबकि राजकुमार पाँचवी फेल। पिता की असामयिक मृत्यु के कारण वह आगे नहीं पढ़ सका

था। उसके पिता के मरते ही उसके चाचा और उसके चचेरे भाइयों ने परिवार की पूरी जमीन हड़प ली। राजकुमार और उसकी माँ के दिन मुश्किल से कट रहे थे ?

और फिर धान लगाने का सीजन आया, और साथ लाया बारिश, गैंगवार, कास्टवार और पुश्तैनी पारिवारिक झगड़े। जैसे ही राजकुमार किराये का ट्रैक्टर लेकर खेत पर पहुँचा, दोनों परिवारों में बाता-कहनी शुरू हो गई। बात बढ़ते-बढ़ते बढ़ गई। स्थिति खराब से खराबतर होती गई। गाँव वालों की मदद से स्थिति पर काबू तो पा लिया गया लेकिन घटनाएँ घटने के लिए तैयार खड़ी थीं।

और उन्हें घटने में अधिक समय नहीं लगा। अलसुबह ही धूरपुरवासियों ने जमीन-चोर चाचा की दिल दहला देने वाली हत्या के बारे में सुना। पर इस खबर के फैलने से पहले ही राजकुमार पटना जंक्शन पहुँच चुका था। और जब तक उसके चचेरे भाई आँखों में खून भरे, उसे ढूँढ़ते उसके घर पहुँचते, राजकुमार मुगल सराय स्टेशन पर दही बड़े खा रहा था। वह एक अनजान मंजिल की ओर बढ़ते हुए ऐसी ट्रेन पर बैठा था जो उसे भारत की राजधानी नई दिल्ली लिए जा रही थी।

सुबह वह नई दिल्ली स्टेशन पर था—जहाँ न तो किसी ने उसका स्वागत किया न ही किसी ने रिसीव किया। स्टेशन की बेंच पर बैठा वह अपने पिता के इकलौते भाई के बारे में सोच रहा था। पैसे के नाम पर उसकी जेब में एक अधेला भी नहीं था। तभी उसकी नजर कुछ हमउम्र बच्चों पर पड़ी जो यात्रियों से सामान उठाने के बारे में मोल-भाव कर रहे थे। था तो वह करीब-करीब अनपढ़ ही, पर था दिमाग का तेज। तत्काल समझ गया कि इस शहर में पैसा बनाना कितना मुश्किल है, और कितना आसान भी। उसकी बेरोजगारी तुरन्त दूर हो गई। फुटकर काम करते-करते—कभी सामान ढोने का, कभी घरेलू नौकर, तो कभी चपरासी, तो कभी प्लास्टिक फैक्टरी में मजदूर—राजकुमार अन्ततः दिल्ली में बसे यू.पी., बिहार के उद्यमियों के उस समूह में जा मिला जिसके सदस्य दिल्ली के कोने-कोने में पान, भूजा, सत्तू, भुजिया, सब्जी, जूस, पुराने कपड़े, जूते, सूटकेस आदि बेचते मिल जाते हैं।

उसने उपरोक्त लगभग सभी धंधों में अपना हाथ और भाग्य आजमाया। कभी-कभी तो महीने में दो दो बार अपने रोजगार को बदला। वह अन्ततः एक मेहनती बिहारी युवक के साथ मिलकर एक चलता-फिरता ढाबा खोलने में सफल रहा। धीरे-धीरे उसने गायकी अंदाज में बोली जाने वाली बिहारी हिन्दी को छोड़कर दिल्ली के सपाट और सीधे लहजे को पकड़ लिया। यह एक ऐसा ट्रेड सिक्रेट है जो बिहारी युवक दिल्ली पहुँचने के बाद सबसे पहले सीखते हैं।

पूरे तीन साल तक अपने गाँव से कटे रहने के बाद राजकुमार ने पहला पत्र लिखा—वह भी अपनी माँ को नहीं, बल्कि अपने बचपन के मित्र राधेश्याम को। उस पत्र में उसने सारी बातें खोलकर रख दीं। कैसे उसने अपने चाचा की हत्या की थी, कैसे भटकते हुए वह दिल्ली पहुँचा था, कैसे वह संघर्ष करते अपने बिजनेस पार्टनर की पत्नी के मोहपाश में फँसकर उससे विवाह रचाया, कैसे वह एक सिख के साथ

फूट ली, कैसे वह दिन पर दिन अमीर हो रहा है और कैसे वह अपना नाम बदलकर पुलिस चौकी की बगल में ही स्थायी निवास बना चुका है। उसने सब कुछ लिखा।

राधेश्याम ने लौटती डाक से जवाब दिया। उसने यह भी लिखा कि क्या राजकुमार उसे अपने ढाबा में कुछ लिखने-पढ़ने का काम दे सकता है। आखिरकार वह बी.ए. पास है। जल्दी ही राधेश्याम राजकुमार से आ मिला। पहले तो वह ढाबे में हेल्पर के तौर पर राजकुमार की मदद करने लगा लेकिन जल्दी ही वह पूरे दरियागंज इलाके में 'बेस्ट रोटी मेकर' के रूप में से मशहूर हो गया।

इसी बीच राजकुमार की माँ का देहांत हो गया। राजकुमार ने दो वर्ष और प्रतीक्षा की—कुल मिलाकर पाँच वर्ष, तब उसने गाँव लौटने का फैसला किया। राधेश्याम ने उसे बताया था कि उसकी चाची वहीं उसी गाँव के एक विधुर ब्राह्मण के यहाँ बैठ गई थी और सारी सम्पत्ति उसी के नाम कर दी थी। इस बात से खिन्न उसके दोनों चचेरे भाई कलकत्ता भाग गए थे। इस तरह उसकी चाची उसके पुश्तैनी मकान में मजे उड़ा रही थी।

जब वह घर पहुँचा तो उसकी चाची उसे पकड़कर ऐसे दहाड़ मार-मार कर रोई कि जैसे उसका अपना खोया बेटा उसे मिल गया हो। राजकुमार को वह पकड़कर खूब रोई, और जब तक रोई अपने सगे बेटों को बकती रही। पड़ोस की स्त्रियों ने किसी तरह उसे चुप कराया।

पूरे गाँव ने उन दोनों मित्रों के अमीर बनने की कहानी को बड़ी तन्मयता, आश्चर्य, ईर्ष्या और रुचि के साथ सुना। कइयों ने तो उनसे अपने बेटों को अपने साथ ले जाने एवं अपने जैसा बनाने की फरियाद भी कर डाली। या तो किसी को याद नहीं था कि राजकुमार ने ही अपने चाचा की हत्या की थी या फिर लोग सुविधापूर्वक जानबूझकर गड़े मुर्दे उखाड़ना नहीं चाहते थे। राजकुमार को ताज्जुब होता था कि लोगों की याददाश्त कितनी जल्दी धूमिल पड़ जाती है।

इतना आदर-सत्कार पाकर वह इतना अभिभूत हो गया कि एक बार तो मन हुआ कि वह सारी बात बताकर चाची और और गाँववालों से माफी माँग ले। लेकिन पढ़े-लिखे राधेश्याम ने उसे रोक लिया।

और फिर एक शाम राधेश्याम ने ही उसे वह बुरी खबर भी सुनाई। उसने बताया कि उसके नए चाचा को उसने थाने की ओर कई बार आते-जाते देखा है। उसने आगे बताया कि थाने का सिपाही भी राजकुमार की खोज-खबर में गाँव आया था। सुनकर राजकुमार सकते में आ गया। उसके होश फाख्ता हो गए।

उसी रात राधेश्याम और राजकुमार ने उस 'मुखबिर' की परमपिता परमेश्वर से भेंट करा दी और चाची के घर में जो कुछ मिला ले देकर चम्पत हो गए। दोनों बस से समस्तीपुर पहुँचे और बिहार से बाहर जाने वाली पहली उपलब्ध ट्रेन में जा घुसे। फिर से यह एक दिल्ली जाने वाली गाड़ी थी। लेकिन उनकी मंजिल दिल्ली कदापि नहीं हो सकती थी। इतना सब होने के बाद अब दिल्ली जाने का प्रश्न ही नहीं था।

तो फिर दूसरी सबसे सुरक्षित जगह क्या हो सकती थी, सिवाय अयोध्या के, जहाँ

उस समय हिन्दुस्तान के सभी नेक बन्दे चले जा रहे थे। ट्रेन पर बैठे-बैठे ही दोनों ने एक ऐसी जगह अपनी यात्रा को ब्रेक कर देने का फैसला किया जहाँ से वे एक उत्तम राष्ट्रीय कार्य के लिए अयोध्या जा सकें।

सुमित्रा ने सूँघ लिया था कि दोनों कहाँ जा रहे हैं, फिर भी उसने कुरेदा, वहीं न...लखनऊ से होकर...या फिर फैजाबाद वाले रूट से...?

दोनों भगोड़ों को बिलकुल नहीं पता था कि उन्होंने कौन-सा रूट पकड़ा है। वे कानून से भाग रहे थे और गलती से उनकी मंजिल अयोध्या हो गई थी। अपने राममन्दिर के संकल्प के बारे में उन्हें कुछ नहीं मालूम था। उन्हें तो बस कानून और पुलिस से अन्तरिम राहत चाहिए थी जो इस नए राष्ट्रीय मिशन ने उनके सामने प्लेट में परोस कर रख दिया था। और उसे उन दोनों ने दोनों हाथों से धर दबोचा।

वे अभी भी रहस्यात्मक ढंग से शान्त बैठे थे। किन्तु सुमित्रा देवी ने दोनों अपराधियों की समस्या का निदान बड़ी सरलता से कर दिया। उन्होंने दोनों की ओर मुखातिब होते हुए कहा—हमलोग लखनऊ उतर जाएँगे। उ. प्र. सरकार ने वहाँ से बसों का प्रबन्ध कर रखा है। कल ही अडवानी जी अयोध्या पहुँच रहे हैं। हमारे विश्वस्त सूत्रों से पता चला है कि कुछ मुस्लिम संगठन कुछ योजना बना रहे हैं। समस्या तो हो सकती है। पर कारसेवकों को ले जा रही बसों के आगे-पीछे सुरक्षाकर्मी होंगे। लखनऊ से अयोध्या वाले मार्ग पर कई मुस्लिम गाँव पड़ते हैं इसलिए हमलोग शॉर्ट कट ले सकते हैं। आप दोनों भी हमारे साथ ही चलें।

सुमित्रा...दीदी

भाइयो, सुमित्रा देवी के साथ पूरी की गई वह यात्रा मुझे आज तक याद है। यह कहने में मुझे कोई झिझक नहीं कि इन जैसे चरित्र से मेरी दुबारा कभी भेंट नहीं हुई। यह भी सही है कि मैंने उनकी काफी तीखी आलोचना की है, उन्हें 'पुअर लाइट' में दिखाया है, शायद कहीं-कहीं चरित्र-हनन भी हुआ हो। यह मेरे पक्षपातपूर्ण अवलोकन की वजह से हुआ जान पड़ता है। पर सच्चाई भी यह है कि उस यात्रा के दौरान मेरी मानसिक स्थिति ऐसी थी कि सुमित्रा देवी मुझे एक पक्की विलेन से अधिक कुछ नहीं लगी थीं। कुछ ऐसे ही एक-दूसरे सज्जन 'चौधरी' हैं जो किसी भी प्रकार से सुमित्रा देवी से कम नहीं थे। यदि मैं आज इन्हें फिर से आँकूँ तो शायद ये उतने बुरे न साबित हों। उस यात्रा के बाद मैंने अपने समुदाय में उनसे भी अधिक 'विषाक्त' चरित्र देखे, किन्तु उस दिन, उस यात्रा में, उस गाड़ी में, ऐसे लोगों की एक भीड़ थी, और मैं, यानी फरीद, निपट अकेला। तो लिखा-पढ़ा माफ।

राजकुमार और राधेश्याम को अपराध-बोध से मुक्त करने के बाद सुमित्रा देवी को जैसे जुनून सवार हो गया। मुसलमानों के खिलाफ़ वह ऐसी बहकीं कि फिर बहकती ही चली गईं। एकालाप में ऐसी माहिर हिन्दू महिला मैंने दूसरी नहीं देखी। हिन्दू संस्कृति

एवं सभ्यता की प्राचीनता एवं महानता पर उन्होंने लम्बे-लम्बे भाषण भी दिए। इस बीच मैंने एक विशेष बात नोट की। वे 'भारतीय', 'हिन्दू' एवं 'राष्ट्रीय' शब्दों को एक साँस में ऐसे प्रयोग कर रही थीं मानो तीनों पर्यायवाची हों। उन्होंने हिन्दुत्व पर एक भारी खतरे की बात की और हिन्दुओं के विरुद्ध अन्तर्राष्ट्रीय षड्यंत्र की विस्तृत चर्चा भी की। उनके अनुसार इस षड्यंत्र में अमेरिका, सऊदी अरब, पाकिस्तान और भारत के कुछ संगठन शामिल हैं। उनके अनुसार मन्दिर निर्माण हर भारतीय का राष्ट्रीय कर्तव्य है, और इसे उन्होंने अपने तर्क से सिद्ध भी किया। फिर बोलीं, विशेषकर मुस्लिम भाइयों के सामने तो अवसर है कि बता दें कि वे सिर्फ विध्वंसक नहीं हैं, सिर्फ तोड़फोड़ में विश्वास नहीं रखते हैं बल्कि सकारात्मक कार्य भी कर सकते हैं।

उस महिला की कूपमंडूकता निर्विवाद थी।

पर एक बात तो तय है वह थी अच्छी, ओजस्वी वक्ता। वैसे तो जो कुछ और जिस शैली में वह बोली थी, उसे मैं उसका बौद्धिक छिछोरापन ही मानता हूँ, पर उसकी भाषण कला का क्या कहूँ। बोलते समय अपने अंगों का, विशेषकर बाएँ हाथ और कन्धों का प्रयोग बड़े ही प्रभावोत्पादक ढंग से करती थी। जिस आक्रामकता एवं संकल्पशीलता के साथ उसने भाषण दिया था उससे साफ था कि वह किसी दक्षिणपंथी सांस्कृतिक समाजिक संगठन की महत्त्वपूर्ण सदस्य थी। हिन्दी भाषा पर उसका कमांड देखने लायक था। वह जिस भाषा में माहिर थी और जिसमें वह अधिकतर बोल रही थी उसके शुद्ध उच्चारण एवं व्याकरण का पूरा ध्यान रखकर ही बोलती थी। इस बात के लिए मैं उसकी अवश्य कद्र करता हूँ।

व्यक्तिगत स्तर पर मेरे लिए यह बड़ी विकट स्थिति थी। मैं खिड़की से बाहर झाँकता बैठा रहा बिना कुछ बोले। उसकी मुस्लिम विरोधी बातें मेरे मस्तिष्क में धीरे-धीरे घुसती पैठती जा रही थीं। अन्य सहयात्री मुस्कुरा रहे थे। पर मुझे रत्ती भर भी अच्छा नहीं लग रहा था।

अब तक वह दोनों अजनबी भी कुछ-कुछ खुलने लगे थे। अभी तक तो वे दोनों मुझसे लगभग सटे बैठे थे, पर अब उन्होंने बीच में अपना झोला रख दिया था।

'दीदी,' उनमें से एक सुमित्रा की तरफ झुकते हुए बोला, 'यह यूपी की हमारी पहली यात्रा है, हमें कुछ भी नहीं पता है। क्या आप हम लोगों को शॉर्टकट से ले चलेंगी ?

ढक कहीं का, दीदी कहता है ! मैंने मन ही मन उस गेरुआधारी महिला को रिजेक्ट कर दिया।

सचमुच मैं नहीं चाहता था कि ये दोनों भी उस महिला को दीदी कहकर बुलाएँ। लेकिन थोड़ी ही देर में पाँचों आपस में घुल-मिल गए और मैं पूरी तरह अलग-थलग पड़ गया। इसी बीच गोविन्द ने दो केसरिया रंग की पट्टियाँ निकालकर उन दोनों के माथों पर सजा दीं।

दरअसल पिछले कुछ महीनों में मैंने देखा था कि हर तरफ इसी रंग का बोलबाला था। रातोंरात मनुष्यों के सिरों से लेकर घरों की छतें और पेड़ों की फुनगियाँ सभी

केसरिया रंग में रँग गए थे और मुसलमानों के दिल धड़कना शुरू हो गए थे।

क्या ये लोग मुझे भी केसरिया पट्टी पहनाएँगे ? मेरे मन में थोड़ा डर, थोड़ी उत्सुकता और थोड़ी अरुचि एक साथ जाग उठी। धीरे-धीरे उन सभी ने अपने-अपने माथे पर भगवा पट्टी बाँध ली। वह महिला कुछ पट्टियों को अपने हाथ में झुलाती मुझे घूर रही थी।

न जाने क्यों भगवा रंग शनैः-शनैः मेरे दिमाग पर असर करना शुरू कर दिया था। लगा जैसे पूरा डिब्बा भगवा रंग में नहा उठा है भगवा एक बड़ा ही जीवित एवं क्रियाशील रंग है। यह मेरा भ्रम हो सकता है पर मैंने महसूस किया कि मानो विजय-गान गाते हुए, दुंदुभि बजाते हुए इस रंग ने पूरी गाड़ी को अपने पैरों तले रौंद दिया है। इसके अतिरिक्त किसी और रंग में इतनी तीव्रता नहीं है कि वह मन पर इतना गहरा असर कर सके। शायद काला रंग भी नहीं। या फिर मेरी रंग-अवधारणा में ही कोई खोट पैदा हो गई थी। मेरी अल्पसंख्यक मनोवृत्ति ने मुझे कोई और रंग ढूँढ़ने-देखने के लिए प्रेरित किया। कोई ऐसा रंग जो केसरिया, भगवा, यहाँ तक कि लाल और पीले से भी अलग हो। भगवा रंग के भार तले मैं दबता जा रहा था। सच कहूँ वह रंग मुझे भयभीत कर रहा था।

मैंने इधर-उधर नजरें दौड़ाईं कहीं हरा रंग दीख जाए—हरा रंग, जो मुझे भगवा के खौफ से राहत दे सके। लेकिन अफसोस ! मेरी आँखों को हरे का नजारा कहीं नहीं हुआ। पूरी की पूरी वह लोह-दानव रूपी गाड़ी लाल, पीले, केसरिया और भगवा रंग से लिपी-पुती लगी। नेहरू, शास्त्री, और फरीद का चहेता हरा रंग तो कहीं नजर ही नहीं आया। पर एक पते की बात थी। भारत की कोई भी रेलगाड़ी बिना हरे रंग के निर्देश के कदापि आगे नहीं बढ़ सकती थी। अगला स्टेशन आने तो दो। मेरा प्रिय 'हरा' अवश्य दिखाई पड़ेगा।

फिर स्टेशन भी आया। स्टेशन का मास्टर, चश्मा लगाए, बूढ़ा, पुराना, शायद खूसट भी, वेटिंग हॉल के बाहर खड़ा था, जैसे कोई टूटी-फूटी मूर्ति, और उसके हाथ में उसके जैसा ही पुराना हरा झंडा था जिसे उसने अपने गन्देले जूते की ओर किए हुए पकड़ रखा था। मेरी भगवा रंग में नहाई गाड़ी दहाड़ते चिल्लाते आई और उस बुड्ढे स्टेशनमास्टर के झंडे और उसके वीरान स्टेशन की परवाह किए बिना दनदनाती हुई निकल गई।

—लीजिए न भाई साहब, एक आप भी लीजिए। सुमित्रा देवी ने भगवा पट्टी को बड़े ही अभद्र ढंग से मेरी आँखों के सामने लहराते हुए कहा, और फिर बिना प्रतीक्षा किए एक पट्टी बलपूर्वक मेरे हाथों में दे दी।

मुझे लगा इस महिला ने मुझे बेआबरू कर दिया है, मेरे कपड़े उतरवा लिए हैं इसने। और लगा इसी हालत में यह मुझे परेड करायेगी। कुछ देर मैं वैसे ही निश्चल, किंकर्तव्यविमूढ़ बैठा रहा, बेबस। फिर मैंने कोशिश की मुस्कुराने की—ऐसी यातनापूर्ण कोशिश जीवन में पहले कभी नहीं करनी पड़ी थी। एक गरिमापूर्ण मुस्कुराहट चेहरे पर

लाने के लिए पूरी ताकत झोंक दी मैंने। अपनी मुस्कुराहट से मैं उसको बताना चाहता था कि दरअसल मैंने दबाव में नहीं वरन खुशी-खुशी उस पट्टी को थामा था। पर ऐसा हो नहीं सका। मेरी हार और मेरी विवशता उनके चेहरों पर साफ झलक आई थी। वे पाँचों बड़ी बेरहमी से मुस्कुरा रहे थे।

—भाई साहब कुल मिलाकर पाँच सौ मुसलमान बन्धु कारसेवा हेतु अयोध्या पहुँच चुके हैं। उसने उत्साहपूर्वक कहा और फिर उसमें एक ऐसा वाक्य जोड़ दिया जिससे लगा कि वह पूरी तरह पत्थर-दिल नहीं है। उसने कहा, लेकिन यह संख्या अच्छी नहीं है। पाँच सौ एक काफी शुभ रहेगा। लेकिन, भाई साहब, यह तभी सम्भव है जब एक और मुस्लिम भाई अयोध्या में पहले से ही कैंप कर रहे मुस्लिम कारसेवकों में शामिल हो जाएँ।

उसने यह बात बड़ी गम्भीरता से कही थी पर वाक्य समाप्त होते ही एकदम से हँस पड़ी। उसके चारों पिछलग्गू साथी मेरी ओर उम्मीद भरी नजरों से देखने लगे थे। पाँच सौ एकवाँ !

मुझे भी हँसी आ गई। मैं खुलकर हँसने लगा। मुझे देखकर वे पाँचों भी हँसने लगे। हम सभी एक साथ हँसने लगे और कुछ देर तक तो बस हँसते रहे। सहसा सुमित्रा एक सुन्दर स्त्री दीखने लगी थी। एकदम बदली हुई। अब मेरी बारी थी कि उस स्थिति का मैं कुछ फायदा उठाऊँ। पर जैसा दीख रहा था दरअसल वैसा था नहीं। वह तो बस एक क्षण मात्र के लिए नरम हुई थी। जैसे उसने देखा मैं कुछ सामान्य हो रहा हूँ, उसने एक विचित्र-सा प्रश्न जड़ दिया।

—भाई साहब, आप क्या सोचते हैं, बाबर ने जो किया, क्या वह ठीक था ?

इस प्रश्न का आखिर मैं क्या जवाब देता। मैं कुछ सोचने लगा।

बेहतर है इतिहास को इतिहासकारों पर ही छोड़ दिया जाए। यह मैंने कहना चाहा, पर मैं उस महिला से सीधी लड़ाई मोल नहीं लेना चाहता था।

उसने मेरे मस्तिष्क के सबसे पवित्र, सबसे निजी और सबसे गुप्त भाग में घुसपैठ करने की कोशिश की थी जहाँ मैं अपने विचार और दृष्टिकोण छुपाकर रखता हूँ—खासतौर से उन लोगों एवं उन घटनाओं के बारे में जिन्हें मैं पसन्द या नापसन्द करता हूँ।

बाबर के बारे में मेरा अपना नजरिया है, लेकिन मैं उसे किसी के सामने क्यों व्यक्त करूँ, विशेषकर सुमित्रा जैसी महिला के सामने। राम के बारे में भी मेरा एक दृष्टिकोण है, और यह दृष्टिकोण पूरी तरह लौकिक है। राम अपने समय के सर्वश्रेष्ठ एवं सर्वप्रिय राजा थे। उनका शासन काल भी सर्वश्रेष्ठ था। उनके राज में सभी समुदाय, सभी वर्ग, सभी जातियाँ स्वतन्त्र एवं सुखी थीं। एक बार तो एक शूद्र ने ही उन पर कटाक्ष कर दिया पर रामराज्य में उसका बाल भी बाँका न हुआ।

और बाबर ? मैंने सुना और पढ़ा है कि वह हिन्दुस्तान से बेपनाह मुहब्बत करता था। वह यहाँ की सरजमीन, यहाँ के फूल फल भोजन परिंदों नदियों पहाड़ों पर जी जान

से फिदा था। उसके अनपढ़ पोते को ये गुण विरासत में मिले जिन्हें उसने अपनी औलादों में कूट-कूट कर भर दिया था। बाबर और अकबर की वह विरासत हममें से बहुतों में आज भी जिन्दा है। बाबर की सन्तानें कभी हिन्दुस्तान से बाहर नहीं गईं। और हाँ, सुमित्रा तुम सुन रही हो न, यहाँ मैं उस आखिरी बदनसीब मुगल की बात नहीं कर रहा जो हिन्दुस्तान के बाहर बर्मा में कैद रहा और वहीं सुपुर्दे खाक हुआ। तुम सोच रही होगी बर्मा में रहते-मरते हिन्दुस्तान उसे याद न आया होगा। खुशी-खुशी दम तोड़ दिया होगा उसने। चैन की मौत मरा होगा वह। सुमित्रा, सोचने के लिए तुम स्वतन्त्र हो। तुमने इतिहास के बारे में मुझसे पूछा है तो सुन लो बहना—बाबर के इस आखिरी लाड़ले ने हिन्दुस्तान, जिसे वह मादरेवतन और कूए-यार कहता था, की आजादी की पहली लड़ाई का परचम लहराया था।

मैं बहकूँ, इससे पहले मैं दुहराना चाहता हूँ कि किसी भी मुद्दे पर राय देना न देना मेरा विशेषाधिकार है। मेरे मस्तिष्क के गुप्त कोनों में झाँकने की जुर्रत कौन कर रहा है ? इसे मैं अपने निजत्व के अतिक्रमण के रूप में लेता हूँ। खबरदार सुमित्रा ! पर ये माने तब न। शरीर औरत !

उसने फिर लफ्फाजी शुरू कर दी थी। ऐसे कठिन समय में जबकि अयोध्या के एक कोने में सम्पूर्ण भारतीयता पर घोर संकट आन पड़ा था, वह मेरी बातों पर कैसे ध्यान देती। मैंने बोलना मुनासिब नहीं समझा।

मैंने सोचा उसे कुछ कविताएँ और शेर सुनाऊँ ताकि उसका ध्यान बँट जाए और वह अपनी लफ्फाजी से बाज आए, मुसलमानों के खिलाफ विषबाण चलाना बन्द करे। सुनिए, आप तर्क-सम्मत बात नहीं कर रही हैं। यह आपकी ज्यादती है। लीजिए ग़ालिब का शेर सुनिए, निराला की कविता सुनिए।

मैं जानता था वह कुछ भी सुनने को तैयार नहीं होगी। एक तानाशाह की माफिक, तर्क उसे पसन्द नहीं थे, भावना वह जानती नहीं थी। सच मानिए, मेरे जजबातों की जरा भी कद्र नहीं की सुमित्रा ने। जरा भी नहीं।

वह कहती जा रही थी—हिन्दू-मुस्लिम विभेद की बात बिलकुल बेमानी है। सभी मुसलमान भाई इसी देश में पैदा हुए और यहीं के निवासी हैं। आखिर हमारे मुसलमान भाई हैं कौन ? ये भी तो हिन्दू ही हैं। इसमें क्या समस्या हो सकती है कि कुछ हिन्दुओं ने धर्म परिवर्तन करके इस्लाम या इसाई धर्म अपना लिया। लेकिन उन्हें उनके मूल हिन्दुत्व से कौन बेदखल कर सकता है ? असल में हम सभी पहले हिन्दू हैं। मुस्लिम इसाई या भारतीय बाद में। आखिर हिन्दू कहते किसे हैं ? जो आर्य जाति से हो और हिन्दुस्तान में रहता हो। बस। राम तो सभी भारतवासियों के हीरो हैं, सभी हिन्दुस्तानियों के देवता हैं। पर जो लोग बाबर को हीरो मानते हैं, बाबर की पूजा करना चाहते हैं, बाबरी मस्जिद में इबादत करना चाहते हैं, उनके लिए इस देश में कोई स्थान नहीं है। उन्हें पाकिस्तान ईरान या फिर सऊदी अरब चले जाना चाहिए। भारत तो बस सच्चे भारतवासियों के लिए है—जिनके दिलों में राम और राम जन्मभूमि के लिए प्रेम है, ऐसे

लोगों के लिए नहीं जो एक विदेशी आक्रमणकारी द्वारा बनाई गई मस्जिद की वकालत करते हैं।

यह हुई कुछ बात ! मुझे डर है कि सुमित्रा देवी की इतिहास की समझ काफी सीमित, संकुचित और खतरनाक थी। उन्होंने एक ही बात में वह सब कुछ धराशायी कर दिया जो मैंने अब तक इस देश के भूत के बारे में पढा या जाना था, या कि जो सच था। सच पवित्र होता है और सुमित्रा देवी ने पवित्रता का उल्लंघन किया था। यह एक गम्भीर बात थी। इंगलैंड में पैदा होने वाले सारे लोग अंग्रेज क्यों, हिन्दुत्व की जगह हिन्दुस्तानियत या भारतीयता क्यों नहीं ? मैं मन मसोस कर रह गया।

देखा जाए तो उन्होंने बड़ा ही जानदार भाषण दिया था। लेकिन भाषण में जो कुछ कहा था उससे मैं विचलित हो गया। मुझे कुछ भी अच्छा नहीं लगा था। कुछ रोक कर उन्होंने फिर बोलना शुरू किया। उनके पिछलग्गू साथी प्रशंसाभाव से उन्हें निहारे जा रहे थे।

—आप, श्रीमान जी, काफी पढ़े-लिखे और बुद्धिमान मालूम होते हैं। आप को आगे बढ़कर अपने आप को हिन्दू कहना चाहिए। आखिर यह शब्द उतना तो अछूत नहीं है जितना आप लोग समझते हैं। इसका अर्थ यह कदापि नहीं कि आप हिन्दू धर्म मानने लगे हैं। इसका तो सीधा-सा अर्थ हुआ कि आप प्राचीन समय से इस देश में रहते आए हैं और यह कि आप आर्य हैं। अगर आप लोग थोड़ी-सी समझदारी दिखाएँ तो हिन्दू-मुस्लिम समस्या जड़ से समाप्त हो सकती है।

—हिन्दू-मुस्लिम समस्या इससे कैसे हल हो जाएगी ? मैंने धीमे से पूछा। वह बोलीं, क्यों नहीं यदि सभी भारतीय हिन्दू शब्द के वास्तविक अर्थ को जान लें और स्वयं अपने को हिन्दू समझ लें, तो समस्या ही कहाँ है ?

बोलते हुए एक बार भी सुमित्रा देवी नहीं अटकीं। न ही उन्होंने आभास होने दिया कि वे कुतर्क कर रही हैं या अपनी अज्ञानता और हठ का नग्न प्रदर्शन। उनके एकालाप से साम्प्रदायिकता और नस्लवाद की तीव्र गन्ध आ रही थी। मैं चुपचाप सुनता रहा। वे आगे बोलीं—वास्तव में मुसलमान भाइयों के लिए अपनी विश्वसनीयता और देशभक्ति सिद्ध करने का यही समय है। उन्हें प्रमाणित कर देना चाहिए कि वे सच्चे भारतीय हैं, पाकिस्तानी नहीं। उनके पूर्वज राम हैं, बाबर नहीं।

मुझे लगा मेरे पास उनके तर्कों और तथ्यों का कोई माकूल जवाब नहीं है। मेरा दिमाग सुन्न जैसा हो रहा था। सुमित्रा मेरे ऊपर हावी होती जा रही थी। लगा जल्दी ही उन चारों गधों की तरह मैं भी उसका मुरीद बन जाऊँगा।

वह मेरा मान मर्दन करते हुए बोले जा रही थी—सभी इसाई और मुसलमान भाइयों को चाहिए कि वे इस कारसेवा में हिन्दू भाइयों का साथ दें और श्रीराम के जन्म-स्थान से उस अपवित्र एवं म्लेच्छ ढाँचे को हटाने में मदद करें। मुसलमानों को तो चाहिए कि समय को पहचानें, अपनी सीमाओं को जानें। नहीं तो...आज अयोध्या कल मथुरा, काशी...हजारों मस्जिदें...। वे हमारे देश में हैं तो रहें...क्या आपत्ति है...वे भी तो यहीं

पैदा हुए हैं। लेकिन उन्हें सहयोग तो करना पड़ेगा।

उन्होंने एक मैला-सा तौलिया निकाला और पसीना पोंछने लगीं। मैं चुपचाप बिना हिले-डुले अपनी जगह पर बैठा रहा। अभी-अभी बोले उनके शब्दों को मैं भूलने की कोशिश कर रहा था। यकीन मानिए, मेरे मस्तिष्क ने मेरे अंगों को निर्देश देना बन्द कर दिया था। मैंने आँखें बन्द कर लीं। पूर्व में आजमाये हुए मेरे सारे ट्रबुल-शूटर सिद्धान्त फेल हो गए। 'बैक थॉट' और 'बेडरेस्ट' की चिन्दी-चिन्दी उड़ गई थी। तर्क, दलील और नुक्ताचीनी के सारे दरवाजे बन्द कर दिए थे सुमित्रा देवी ने।

आज इतने अर्से के बाद कभी-कभी सोचता हूँ कि सुमित्रा के सामने मौन साधकर क्या मैं सिर्फ बात का बतंगड़ नहीं बनाना चाहता था या कि मैं भीतर से डर गया था ? नहीं मालूम कि जिससे अभी-अभी मैं गुजरा था वह काला जादू था या कि फिर हास्य-विनोद का एक प्रसंग मात्र। मैं नहीं जानता कि मुझे सुमित्रा देवी को मुँहतोड़ ज़वाब देना भी चाहिए था या नहीं। क्यों मैं एकदम से जड़ हो गया था। जैसे काठ मार गया हो। चलती ट्रेन में, भीड़ में, दिन में, क्या कोई डर सकता है ? क्या मैं वाकई डरपोक हूँ ? क्या मैं उस महिला के सामने अपना पौरुष गँवा बैठा था ? कायरता ने मुझे क्योंकर घेर लिया था ? शुभचिन्तकों ने वर्षों बाद बताया कि कायरता तब खराब नहीं मानी जाती जब मुफ्त में जान बचा ले।

लेकिन क्या वह मुफ्त में जान बचाती है ? पूरी कीमत वसूलती है। मैं आँखें बन्द किए बैठा था कि चाय वाले की 'चाय-चाय' की मधुर ध्वनि मेरे कानों में पड़ी। घंटों से सुमित्रा देवी की कुटिल वाणी सुनते-सुनते मन भारी हो गया था और ऐसे में 'चाय-चाय' ने मेरे पूरे शरीर में विचित्र-सी सुखद अनुभूति पैदा कर दी। मैंने चायवाले को आवाज देने के लिए गर्दन मोड़ी ही थी कि सुमित्रा देवी ने मेरी पीठ पर थपकी लगाकर मुझे रोक लिया और बोलीं—चाय पीना अच्छो बात नहीं श्रीमान जी। पानी दूँ ? पानी पिया करें...नहीं तो दूध। चाय वाला आगे बढ़ गया।

कुल मिलाकर मेरा निष्कर्ष यह था कि इस औरत के बारे में ठीक-ठीक कुछ नहीं कहा जा सकता। बीच-बीच में यह नरम भी पड़ती है। फिर अचानक मौखिक रूप से निर्दयी और हिंसक भी हो जाती है। आखिरकार मुझे इसके साथ एक लम्बी यात्रा करनी थी। मुझे कुछ करना ही पड़ेगा—इसे और नरम करने के लिए, इसे शान्त करने के लिए। इस दिशा में जो थोड़ा-बहुत प्रयास मैंने किया था वह सफल नहीं रहा था। मैंने एक पुराना मशहूर नुस्खा आजमाने की ठानी। वह नुस्खा था तारीफ—कुछ झूठी कुछ सच्ची। तारीफ—जो कि सुनते हैं महिलाओं की पहली कमजोरी होती है। वैसे सुमित्रा देवी जैसी महिला पर यह तरकीब चल पाएगी इसमें मुझे संदेह था। फिर भी मैंने सोचा चलो देख लेते हैं।

एक बात मैंने नोटिस की थी कि गोविन्द उसे हमेशा सुमित्रा जी कहकर बुलाता था जिसका अर्थ यह था कि उनके संगठन में दोनों का दर्जा लगभग बराबर का रहा होगा। मैंने यह भी गौर किया था कि इस तरह बुलाए जाने पर उसकी प्रतिक्रिया

कुछ औपचारिक, कुछ रूखी-सी होती थी। पर बाकी के चेले-चपाटे जब उसे 'दीदी' कहकर बुलाते थे तो वह स्त्री-सुलभ विनम्रता की शिकार हो जाती थी।

मैंने कुछ देर सोचा-विचारा, आगा-पीछा पर गौर किया और यह सुनिश्चित कर लेने के बाद कि वह थोड़ा थक-सी गई है, हमला बोल दिया। उसे सँभलने का तनिक भी मौका नहीं मिला।

मैंने कहा--दीदी, आपकी बोलने की शैली और भाषण कौशल वाकई अद्वितीय है। अगर आप बुरा न मानें तो मैं कुछ कहना चाहता हूँ...। उसने अपनी भृकुटी तानते हुए मुझ पर एक तिरछी दृष्टि डाली। मेरे 'अगर आप बूरा न मानें' कहने पर वह थोड़ा गड़बड़ा-सी गई थी। जैसे किसी ने बड़ी उद्दंडता के साथ उसके प्रभा मंडल में हस्तक्षेप कर दिया हो। वह कुछ अनमने-अनचाहे ढंग से मुझे देखने लगी। मानो कह रही हो—आपकी बातों में मेरी रुचि तो नहीं है लेकिन चलिए बोलिए। क्या कहना चाहते हैं ?

—दीदी आपकी हिन्दी बड़ी शुद्ध है। कहीं कोई त्रुटि नहीं। एकदम तराशा हुआ गद्य बोलती हैं आप। इस कठिन भाषा पर इतनी महारत कैसे हासिल कर सकीं आप ? आप हिन्दी की शिक्षिका...हैं...या फिर...कैसे... ?

मैं उनके चेहरे के भाव पढ़ने के लिए रुका। उनका चेहरा भाव-शून्य था पर उससे मैं निराश नहीं हुआ। मैंने आगे कहा--भाषा पर कमांड के अलावा, आप जिस प्रकार अपने विचारों को प्रकट करती हैं, उन्हें समझाती हैं...मेरा मतलब है आपकी मनमोहक शैली से...वह वाकई तारीफ के काबिल है। ऐसा पहली बार मैंने देखा है। ऐसे वक़्ता विरले ही होते हैं। भाषा पर यह पकड़ कैसे हासिल की आपने ?

सुमित्रा के लिए शायद इतना काफी था। उसके चेहरे की रंगत बदलने लगी। उसको मेरा चारा भा गया था। चारा खाते ही उसके चेहरे पर एक बनावटी गम्भीरता फुदकने लगी। प्रशंसा के प्रति स्त्री-सुलभ कमजोरी दिखाते हुए सुमित्रा देवी ने शेखी बघारी—भाई साहब, इसके लिए मैंने कड़ी प्रैक्टिस की है, दिन-रात की मेहनत की है। इसके अलावा मेरी दीदी...उसकी हिन्दी आप सुन लें तो बस सुनते रह जाएँ...उसने मदद की...फिर मेरे हिन्दी गुरुजी...सभी का योगदान रहा है। एक बात और सुन लीजिए, मैं कोई शेखी नहीं बघार रही...मेरी रिटेन हिन्दी तो और भी अच्छी है। देखिए मैं आपको एक नमूना दिखाती हूँ...।

आत्मविश्वास और आत्मश्लाघा से भरी हुई सुमित्रा अपने झोले में कुछ ढूँढ़ने लगी...शायद अपने दावे की पुष्टि के लिए अपनी लिखावट दिखाना चाह रही थी। कागज का टुकड़ा तो नहीं मिला पर सुमित्रा अधिक देर तक मुख्य विषय से भटकने वाली महिला भी नहीं थी। विषय बदलते हुए उसने कहा, लेकिन बन्धु, यहाँ हिन्दी का प्रश्न ही कहाँ है। न हिन्दुत्व ही कोई मुद्दा है। आज हर भारतीय के सामने एक ही प्रश्न है, और वह है कि रामलला को न्याय कैसे दिलाया जाए...उनकी मूर्ति को उनके जन्मस्थान पर कैसे स्थापित किया जाए ? बोलिए।

सुमित्रा फिर से एक बार अपने पुराने रंग में लौट आई थी। उसके अचानक बदले तेवर से मैं फिर घबराने लगा। लेकिन मैंने सोच लिया कि फरीद मियाँ अब हिम्मत से काम लेना पड़ेगा। साँड़ को उसका सींग पकड़कर ही हराया जा सकता है। मैंने इकबाल का वह शेर सुना देना चाहा जो उन्होंने बुतपरस्ती के खिलाफ लिखा है। लेकिन फिर वही झिझक। एक तो इकबाल मुसलमान, दूसरे उर्दू में उनका शेर। सुमित्रा जरूर बिदक जाएगी। मैंने कबीर का दोहा बाँच दिया जिसमें उन्होंने कहा है कि अगर पत्थर पूजने से भगवान मिलें तो मैं पहाड़ ही क्यों न पूजूँ।

मैंने अपने सहयात्रियों के चेहरों की ओर देखा। वे सभी शान्त थे। दोहा सुनकर बस चुप थे। लगा मैं अपने मकसद में सफल हो गया हूँ। कद्दू।

कबीर मुसलमान थे न ? उसने बड़ी टेढ़ी मुस्कुराहट बिखेरते हुए कहा। कुछ तिलमिलाहट भी थी स्वर में। मुझे वाकई कोई जवाब न सूझा। अब मैं क्या करूँ सुमित्रा बहन ?

पर ऐसे हार मानने वाला भी नहीं था मैं। मेरा पहला वार बैरंग गया था। मैंने फिर गोली भरी और इस बार मजे ले-लेकर मैं लालू यादव, मुलायम सिंह यादव, अब्दुल्ला बुखारी, इन्दिरा गांधी, महात्मा गांधी और यहाँ तक कि अटल बिहारी बाजपेयी पर अपनी स्व-रचित क्षणिकाएँ सुनाने लगा। असल में मैंने सोचा यह सब सुनकर मेरे सहयात्रियों का ध्यान बँट जाएगा और वे मुझसे सामान्य व्यवहार करने लगेंगे। अब्दुल्ला बुखारी की तो मैंने दाढ़ी ही नोच डाली थी और लालू को हिन्दुस्तान का सबसे बड़ा जोकर कह डाला था। गोविन्द, राधेश्याम, राजकुमार आदि पर तो इसका खूब असर भी हुआ और वे हँसने भी लगे। पर सुमित्रा किसी दूसरी ही माटी की बनी थी। अंग्रेजी में थोड़ा तोड़-मोड़कर कहें तो ए वेरी हार्ड नट टू क्रैक। उसने टूटने से साफ इनकार कर दिया।

मेरी हताशा बढ़ने लगी। आखिर कैसे कटेगी यह यात्रा। क्या इसी तरह। क्या सुमित्रा मेरे साथ कोई 'डील' करना चाहेगी। मैं बिलकुल तैयार हूँ। बस, बहना, तू थोड़ी इंसानियत दिखा, हिन्दुस्तानी औरत बन जा रे। मीठे बोल तुझे नहीं आते क्या सुमित्रा !

मैं उसकी हर बात मानने को तैयार था। पर उसके दिमाग में कुछ दूसरा ही घूम रहा था। उसने संस्कृत का एक श्लोक पढ़ना शुरू किया। मैं संस्कृत से ग्रेजुएट हूँ और मैंने झट ताड़ लिया कि संस्कृत पर उसकी पकड़ वैसी नहीं है। उसके उच्चारण में भी खोट थी। बहरहाल श्लोक के अर्थ का अनर्थ करते हुए उसने अपने कुतर्कों, अपनी हठधर्मिता को शास्त्रोचित ठहराने की भरपूर कोशिश की।

अब तक उसके पिछलग्गू पुरुष साथी कुछ-कुछ थके से लगने लगे थे और सम्भवतः वे उस वातावरण से थोड़ी देर के लिए मुक्ति चाह रहे थे। मैं...मेरी दशा...वास्तव में बड़ी दयनीय थी। मैं उसकी बातों का प्रत्युत्तर देने या उसका प्रतिकार करने की स्थिति में कतई नहीं था, और मुझे लगने लगा जैसे मेरा दम घुट जाएगा। पर मैं करता भी

क्या। मैं खुली हवा में साँस लेना चाह रहा था, शान्तिपूर्वक अपनी यात्रा पूरी करना चाहता था...पर...सुमित्रा देवी...तुमने ऐसा होने न दिया।

प्रभु, आपका नाम क्या है ?

मुझे उम्मीद थी कि इतना बोल लेने के बाद शायद वह अब आँख बन्द करके आराम करने लगेगी। पर यह तो मेरी खामखयाली थी। इस यात्रा में तो दूर-दूर तक ऐसी उम्मीद नहीं दीख रही थी। भारतीय संस्कृति एवं सभ्यता की ठेकेदार दहाड़े जा रही थी। अयोध्या, कश्मीर, वंदेमातरम्, हिन्दुत्व, गोहत्या और वे सारे विषय जो वह सोच सकी—सब पर बोले चली जा रही थी।

मैंने जम्हाई ली। सोचा कि वह इशारा समझ जाएगी। उसे हर्ट करने का कोई इरादा नहीं था। दरअसल मैं थक रहा था। पर मैंने एक सावधानी बरती। जम्हाई के साथ अमूमन हर मुसलमान 'या अल्लाह' का उच्छवास भी छोड़ता है। मैंने जानबूझकर ऐसा नहीं किया। पर सुमित्रा को इन बातों से क्या लेना-देना था। वह एक नई पारी की तैयारी में थी। मैंने भाँप लिया। सोचा, गेंद उसके हाथ से छीन लूँ। इरादा सिर्फ उसका ध्यान बँटाने का था।

—माफ करें, बहन जी, मैं बिहार में रहता हूँ। मैं वहाँ की कानून व्यवस्था के बारे में एक मजेदार किन्तु सच्चा वाकया सुनाना चाहता हूँ।

सारे पुरुष सहयात्री सुनने के लिए उत्तेजित हो उठे। सुमित्रा बस मुझे ताकती रही। फिर भी मैं शुरू हो गया।

—एक बार मोटरसाइकल पर सवार तीन अपराधियों ने एक प्राइमरी स्कूल के शिक्षक का अपहरण कर लिया। चौथी सवारी बना कर अपहर्त्ता उसे ले उड़े। लगभग पन्द्रह दिनों बाद अपहर्त्ताओं ने फिरौती की आधी रकम दस हजार रुपए लेकर शिक्षक को मुक्त कर दिया। शिक्षक के परिवारजनों एवं अपराध गिरोह के बीच समझौता हुआ कि बाकी रकम अगले तीस दिनों के भीतर दो समान किस्तों में अदा कर दी जाएगी। किन्तु जब तीन खतरनाक चेतावनियों के बावजूद रकम अदा नहीं की गई तो अपराधियों ने बाजार में सामान खरीद रहे उस शिक्षक को एक बार फिर उठा लिया।

मेरी कहानी समाप्त हो गई। मैंने सोचा लोग हँसेंगे और बिहार की कानून, समाज और पुलिस व्यवस्था पर आहें भरेंगे। पर उन्हें तो कुछ समझ में ही नहीं आया। खास तौर से चारों पुरुष तो बुरबक जैसे मुँह ताकते रहे। बोदा कहीं के !

और सुमित्रा ने घटना में निहित विडम्बना को धता बताते हुए लालू प्रसाद यादव की खूब खबर ली—देखिए, जो आपने बताया न, वह सही है। आज बिहार की ऐसी दुर्दशा क्यों हो रही है। बताइए क्यों हो रही है ? इसलिए कि लालू प्रसाद राम विरोधी हैं। राम-भक्तों के विरोधी हैं। कहकर वह चुप हो गई। मैंने धीरे से उसकी हाँ में हाँ मिला दी।

मैंने सोचा शायद अब कुछ आराम कर सकता हूँ। गोविन्द और कम्पनी नींद से बोझिल ऊँघ रहे थे। सुमित्रा नें आँखें बन्द कर ली थीं। मैंने ईश्वर को धन्यवाद दिया और डी. कम्पनी के बारे में सोचने लगा। पूरी यात्रा में पहली दफा मेरी आँख लगने लगी थी। चलिए, सुमित्रा की वाहयात बातों से कुछ देर के लिए छुटकारा तो मिला। जितनी देर सोयेगी, खैर रहेगी।

—प्रभु, आपका नाम क्या है ? सुमित्रा जोर से नहीं बोली थी पर मैं चौंक पड़ा। उसकी आवाज धीमी किन्तु सूखी और खुरदरी थी। लगा वह मुझे खरोंच रही है। जिस सम्मानित ढंग से उसने यह प्रश्न किया था उसमें मेरे लिए कोई आदर भाव तो कतई नहीं था। मैं मन ही मन बुदबुदाया, यह मेरा नाम तो जानती है। टी.टी. ने दो-दो बार लिया था। मैं मुसलमान हूँ इसे अच्छी तरह पता होगा। शायद भूल गई है। या फिर मेरा नाम मेरे मुँह से कहलवाकर लज्जित करना चाहती है, डराना चाहती है। मेरा सर चकराने लगा।

—बन्धु, आपका शुभ नाम ? उसने जिद की। व्यंग्य-भाव उभर आया था उसके चेहरे पर। एम. फरीद...शायद मेरे होठों तक आया। शायद मैंने बोला भी। पर वह और उसके साथी नहीं सुन सके। दूसरी गाड़ी बगल से गुजर रही थी और उसके शोर में वे नहीं सुन सके। मैंने राहत की साँस ली। पर यह राहत तो बस एक क्षण के लिए थी। कूपे में जैसे शान्ति बहाल हुई उसने एक अजीब अंदाज में अपने प्रश्न को दुहराया।

—हुजूरे अल्लाह, आप की तारीफ ?

उसकी गलत उर्दू पर मैंने प्रोटेस्ट करना चाहा। उसका 'हुजूरे अल्लाह' सुनकर मुझे रोना और हँसना एक साथ आने लगा। मैं बिना डरे हुए उसे आँखों में आँखें डालकर घूरने लगा। मेरे अन्दर न जाने कहाँ से इतनी शक्ति आ गई थी। व्यंग्य और उपहास मिश्रित दृष्टि से वह भी मुझे घूर रही थी। एकटक। मेरी पलक पहले झपकी। पर मैं स्वयं को शान्तचित्त बनाए रहा। मैं तुम्हें देखता रहूँगा और कुछ नहीं बोलूँगा। सुमित्रा देवी, तुम्हारी यही सजा है। मैं उसे और हर्ट करना चाहता था, उसके गुब्बारे जैसे अहं में सूई चुभो देना चाहता था। तेरी की !

उसने अपना प्रश्न फिर से अपनी त्रुटिपूर्ण उर्दू में दोहराया। मैंने गुस्से में अपना चेहरा दूसरी ओर मोड़ लिया। शायद वह समझ गई। उसने मुस्कुराते हुए हिन्दी में वही प्रश्न किया।

मेरा मूड खराब हो गया था। पर क्रोध ? क्रोधित होने के लिए जिस मानसिकता और जिस आत्मबल की आवश्यकता होती है, उस यात्रा के दौरान वह तो उड़नछू हो गए थे। क्रोधित होने की मोहलत ही नहीं दी थी सुमित्रा ने।

उस महिला का मेरा नाम मेरे मुँह से सुनने के लिए अड़ जाना मुझे बहुत नागवार गुजरा। ये मेरा नाम जानना चाहती है। तो सुन ढीठ औरत, मेरा नाम अकबर है, टीपू सुल्तान है, इब्राहीम गार्दी है, अशफाकुल्लाह खान है, अब्दुल हमीद है, नवाब पटौदी है, असलम शेर खान है, ए.पी.जे. अब्दुल कलाम है। जो पसन्द आए चुन ले। नहीं पसन्द

आया तो सुन, मेरा नाम बाबर है।

लेकिन भाइयो, मेरे गले से कोई स्वर नहीं फूटा। फिर अचानक माथे में जैसे टन्न से हुआ। मैंने धीरे से कहा, रजनीश...रजनीश दीक्षित। मैडम, मेरा नाम रजनीश दीक्षित है, मैंने अपनी आवाज को कुछ उठाते हुए कहा।

सुनते ही वे चारों जो उँघाये से बैठे हुए थे एकदम से पुनर्जीवित हो उठे और उस महिला का चेहरा तो बस देखने लायक था। एक क्षण में उसने कई रंग बदले। पीला, लाल, बादामी। रजनीश दीक्षित ! वह अविश्वासपूर्वक बुदबुदाई, जैसे कह रही हो यह कैसे हो सकता है ! वो चारों भी सन्न थे...मुझे ऐसे घूर रहे थे जैसे मैं दुनियाँ का नौवाँ आश्चर्य होऊँ। असल में वे सारे गड़बड़ा गए थे...और तुर्रा ये कि सँभल नहीं पा रहे थे।

मुझे मालूम था वे इतने मात्र से सन्तुष्ट नहीं होने वाले थे। उन्हें अब मेरे बारे में पूरी रिपोर्ट चाहिए। मैंने सोचा कि अब आगे और देर तक अपनी शिनाख्त को संदेहास्पद रखना मेरे हित में नहीं होगा। और ढिलाई का असर उल्टा हो सकता है।

मित्रो...। बस मैं अटक गया। आगे नहीं बोल सका। फिर मैं सोचने लगा...एक और कोशिश की, पर नाकाम। फिर कोशिश, फिर झिझका...फिर यह झूठ।

—दोस्तो, सच तो यह है कि मैं किसी और के टिकट पर सफर कर रहा हूँ। मेरे अभिन्न दोस्त, फरीद आज सुबह ही अपने बेटे को लेने के लिए दिल्ली जाने वाले थे। वह वहीं होस्टल में रहता है। फरीद भाई अचानक बीमार पड़ गए। उनकी जगह मैं जा रहा हूँ। असल में मैं आप ही में से एक हूँ। मुझे दुख है कि इतनी देर तक मैं अपनी पहचान छुपाए रखा। सॉरी।

मैंने ये बातें ऐसे कहीं जैसे कि मैं अपराध-बोध से ग्रस्त होऊँ। जबकि ऐसा था नहीं। पर इस बारे में ठीक से कुछ नहीं कह सकता। उन्होंने मेरे एक-एक शब्द को पूरी तन्मयता से सुना, हजम किया और फिर हँसने लगे। वे सभी। जैसे-जैसे मैं उन्हें रजनीश दीक्षित नजर आ रहा था, वैसे-वैसे उनकी हँसी भी बेधड़क होती जा रही थी।

वे अपनी मूर्खता का उत्सव मनाते हुए लगातार हँसते जा रहे थे। मुझे फिकर हुई अगर इस औरत ने टी.टी. को रेलवे टिकट के दुरुपयोग की शिकायत कर दी तो मेरा क्या होगा। पर मैं उसके लिए भी तैयार था। अगर काले कोट वाले ने मुझे जेल भेजने की धमकी दी तो मेरा जवाब होगा—अबे रेलमंत्री के लौंडे, मैं रजनीश नहीं फरीद ही हूँ। नहीं यकीन आता तो ले मैं पैंट खोल देता हूँ, देख ले। है न तुम लोगों से अलग।

वह गैंग अभी भी हँसता जा रहा था। और यह हँसी, खासतौर से सुमित्रा देवी की हँसी, मुझे अच्छी लग रही थी, मेरे दिल को सुकून बख्श रही थी। मेरी नसें ढीली पड़ने लगीं। तनाव कम होने लगा। खुदा की कसम मैं नहीं चाहता था कि सुमित्रा फिर से अपना पुराना रूप धरे।

3

रजनीश दीक्षित, मेरा भाई

साथ ही, भाइयो, रजनीश दीक्षित के बारे में वास्तविकता बताता चलूँ। नहीं तो आप कहेंगे कि बताया नहीं, छिपाया। आप देखेंगे कि यह कहानी जब भी शिथिल पड़ी, वह यात्रा जब भी मुश्किल हुई, मुश्किल तो वह शुरू से ही थी, तो कहने का अर्थ है जब ज्यादा मुश्किल हुई यानी कि जब मेरी यात्रा दुरूह और दूभर होने लगी...रजनीश दीक्षित ने मेरी मदद की। उसके साथ बिताए अच्छे दिनों के स्मरण ने, उसकी निश्छल दोस्ती, उसका हिन्दूपना, जो मेरे सहयात्रियों से अलग था...और उसकी सेक्स लाइफ ने मुझे उस यात्रा में जीवित रखा था। मैंने ज्यादा बखान उसके इसी जीवन का किया है। यह आज तक मैं नहीं समझ पाया कि उसका कामुक रूप ही बार-बार क्यों मुझे अपने आगोश में लेता रहा। क्या उसके इसी रूप में मेरी मुक्ति छुपी थी ? क्या उसके इसी रूप में मुझे उसकी इंसानियत नजर आई ? इंसानियत की, भाइयो मेरा विश्वास करें, उस यात्रा में मुझे कई बार जरूरत पड़ी थी। गोविन्द में भी मुझे यह नजर आई थी जिसका मुजाहिरा उसने यात्रा के दौरान कुछ एक मौकों पर किया था। इसीलिए आज मैं अपने कटु अनुभव से कह रहा हूँ कि जहाँ प्रेम और सेक्स की भरमार होती है वहाँ साम्प्रदायिकता नहीं होती है। वहाँ घृणा नहीं होती है। वहाँ सभी इंसान होते हैं और उनका शरीर होता है। उनकी आत्मा होती है। बस। जहाँ कामदेव होते हैं वहाँ रामभक्त और बाबर समर्थक नहीं होते हैं। वहाँ साधू-संन्यासी नहीं होते हैं। वहाँ मौलवी-मौलाना की भी फटती है। वहाँ मस्जिद तो होती है, मन्दिर की दावेदारी नहीं होती। वहाँ मन्दिर भी हो सकता है, पर बाबर का जनरल नहीं होता। काश ! उस सफर में सभी के सभी किसी न किसी के प्रेमी होते। काश ! सभी के सभी कामुकता से लबरेज होते !

वे हँसते-हँसते थककर ऊँघने लगे। पर सुमित्रा मुझे कनखियों से देखे जा रही थी। उसकी आँखों में अपने नाम के बारे में बोला गया मेरा झूठ तैर रहा था।

तो मैंने डी. कम्पनी का सहारा लिया। डी. कम्पनी अर्थात् कम्पनी ऑफ ड्रीम्स यानी सपनों के संग। डी. कम्पनी मोटे तौर पर 'बैक थॉट' और 'बेडरेस्ट' का ही विस्तार है। इसमें बेडरेस्ट और बैक थॉट एक साथ काम करते हैं। सुमित्रा ने मेरे लिए जो हालात पैदा कर दिए थे उनमें मेरे लिए और कोई विकल्प भी नहीं बचा था। सिवाय डी. कम्पनी के।

गाड़ी धीरे-धीरे एक अर्ध-सर्पीले मोड़ से गुजर रही थी। खिड़की से मुझे पटरियाँ साफ दिखाई पड़ने लगी थीं। चारों तरफ गन्दगी, सड़ी-गली पन्नियाँ, कागज के थैले, चीथड़े और चाय के कप बिखरे पड़े थे। पटरियों के पार, उसके समानांतर एक नदी थी, पर मेरे कान न तो उसकी कल-कल ध्वनि सुन पा रहे थे न ही आँखों को उसकी सुन्दरता सुहा रही थी। पटरियों में उलझी गन्दगी की तरह मेरे मस्तिष्क में सुमित्रा की बातें भी उलझकर रह गई थीं। और तो और, यह एहसास कि मैंने अपना नाम छुपाया है, झूठ बोला है, मुझे आत्म-ग्लानि से भर दिया था। स्वयं से खुंदक होने लगी थी मुझे।

खिड़की से बाहर दूर क्षितिज में झाँकते हुए मैं सालों पीछे अपने छात्रजीवन में पहुँच गया जब मैं इलाहाबाद विश्वविद्यालय में पढ़ता था। मेरी रेलगाड़ी पीछे की ओर भागने लगी थी। रजनीश दीक्षित, जिसके नाम का मैंने प्रायः उपयोग और दुरुपयोग किया है, मेरा सबसे नजदीकी, सबसे अच्छा मित्र था। छात्रावास में हम दोनों एक ही कमरे में रहते थे। तभी से हमारे बीच ऐसी बाँसुरी बजी, ऐसा टाँका भिड़ा कि वह आज तक कायम है। इस सम्बन्ध के बारे में इससे अधिक कुछ कहना या उसका अधिक बखान करना बेमानी होगा।

उसके बारे में बस इतना कहता हूँ कि लड़का दमदार था, एकदम हरफन-मौला। मस्ती और आवारगी उसके व्यक्तित्व पर खूब फबती थी। जैसे वह इसी के लिए बना ही था। आवारगी से मेरी मुराद आज के लौंडों वाली आवारगी से नहीं है। उसके सोने का वक़्त तब होता था जब हम पढ़ते थे। बाजार तब जाता था, जब बाकी सब चक्कर लगा वापस आ जाते थे। कभी-कभार एक-दो घूँट पी-पा लेना भी उसकी फितरत में था। उन्नीस सौ चौरासी में जैसे श्रीमती इन्दिरा गांधी की हत्या की खबर आई, कक्षाएँ निलंबित हो गईं। बन्दे ने बिना देर किए हुए अपने जुआड़ी साथियों के साथ अपने कमरे का दरवाजा जो बन्द किया तो टी.वी. पर राजीव गांधी के शपथ समारोह में भी शामिल नहीं हुआ। पर दिल का अच्छा था और पक्का कांग्रेसी भी। चालाक भी था। हम सब में सबसे बलिष्ठ और नक्शेबाज। किन्तु अपनी ताकत का इस्तेमाल बन्दे ने कभी भी हम जैसे निरीहों को कष्ट पहुँचाने में नहीं किया।

अब उसकी मस्ती उर्फ आदमखोरी की बात। हर रविवार की शाम को हमारे छात्रावास में मेस बन्द रहने का चलन था। और फिर रजनीश दीक्षित के कमरे में हमारी महफिल जमती और वह मसालेदार चावल में आलू डालकर तहड़ी पकाता था। ऊपर से हरा धनिया और चोरी का घी। महफिल में खाने की बहार ! अहा ! स्वर्गीय आनन्द की अनुभूति पृथ्वी पर ही हो जाती थी। कभी-कभार हम ढाल के मुहाने पर स्थित ढाबे में भी खाने चले जाते थे जहाँ पाँच रुपए में ढाबे वाले की बेटी के हाथ की थाली कुछ अधिक ही स्वादिष्ट हो उठती थी।

एक दिन उसने प्रस्ताव किया कि क्यों न इस रविवार की शाम उसके दूर के किसी मिश्रा अंकल के यहाँ 'आउटिंग' पर चला जाए। शनिवार की शाम को घर या करीब के रिश्तेदारों के यहाँ अचानक पहुँचकर कुछ खाने-पीने को हम लोग 'आउटिंग' कहते

थे। मुझे क्या, मैं ऐसी हर जगह जाने को तैयार था जहाँ मुफ्त में एक वक़्त का खाना मिल जाए। किल्लत में इस प्रकार की मिल्लत ! वाह भाई वाह, नेकी और पूछ-पूछ। मुझे याद है, कई बार यह तंगी इतनी बढ़ जाती थी कि हम शहर में आयोजित रात्रिभोज एवं एटहोम या किसी दावती समारोह में बिन बुलाए ही शामिल हो जाते थे। जल्दी-जल्दी खाना खाए और बिना पानी पिये ही चम्पत।

मैंने रजनीश दीक्षित के प्रस्ताव को सहर्ष स्वीकार कर लिया। हमने किराये की साइकिल ली और आधे घंटे में ही चचा जान के गेट पर घंटी बजाते खड़े थे।

उसके अंकल एक वकील थे। अधेड़, हँसमुख और शालीन। रजनीश ने अंकल से मेरा परिचय कुछ इस तरह ड्रामाई अंदाज में करवाया—अंकल जी, इनसे मिलिए, ये मेरे मित्र हैं, एम. फरीद जिन्ना। अपना नया सरनेम सुनकर मैं चौंका, पर उसे मैं जानता था। वह ऐसी हरकतें करता ही रहता था। उसने आगे कहा, फरीद भाई संस्कृत के विद्वान हैं। इतिहस में एम.ए. कर रहे हैं। यूनिवर्सिटी में इनके टॉप करने की पूरी सम्भावना है। पहले प्रयास में ही आइ.ए.एस. निकालने का दमखम रखते हैं। वह कुछ देर के लिए रुका, फिर बोला, जिन्ना साहब के बारे में एक बात और। ये पूरी तरह शाकाहारी हैं।

ये हुई न कुछ बात ! ऐसा जोरदार इंट्रोडक्शन मेरा पहले कभी नहीं हुआ था। जिस समय वह मेरे गुणों का गिन-गिन कर गा रहा था, मैं अपने कन्धे के उस पार झाँकता रहा। मैंने कानों में उँगली डाली, खुजलाया, और निकाल ली। गर्दन के आगे और पीछे भी हाथ ले गया। मैं उसके अंकल की चुभती हुई आँखों से बचना चाहता था। वे मुझे मेरे तमाम गुणों के वजन पर तौलते से लग रहे थे। वे मुझे लेकर, या कहें कि मेरी तमाम तारीफों को लेकर आश्वस्त नहीं लग रहे थे। भेदे जा रहे थे मुझे। रजनीश की बातों का प्रतिवाद मैं कैसे कर सकता था। उसने अपना काम कर दिया और अब मुझे उसके अनुभवी वकील चाचा को झेलना था।

उसके अंकल ने बिना मुस्कुराए हुए बातचीत की शुरुआत कुछ यों की—तो मिस्टर जिन्ना, आप...। उन्होंने कहा और वे एक शब्द भी नहीं बढ़ पाए कि हम तीनों जोर से हँस पड़े।

हमारी कान फाड़ू हँसी सुनकर आंटी भी बाहर आ गईं। एक ही नजर में वह गरिमामयी, सुशील, सुन्दर और भद्र महिला मुझे भा गई।

मिश्रा अंकल ने अपनी पत्नी के सामने मुझे कुछ इस प्रकार पेश किया—श्रीमती जी, ये हैं मिस्टर फरीद। रजनीश के मित्र। फिर वे कुछ रुक कर बोले, आप मुसलमान हैं और एम.ए. कर रहे हैं।

अंकल ने मेरा बहुत संक्षिप्त परिचय दिया था पर उन्होंने मुसलमान और एम.ए. शब्दों को एक साथ कुछ इस तरह कहा था जैसे दोनों आपस में कभी न मिलने वाले दो छोर हों। एक बात साफ कर दूँ। उनके इस तरह कहने में मुझे कोई दुर्भावना नहीं लगी थी। असल में वे मेरी प्रशंसा करना चाहते थे और बस भोलेपन में बोल गए थे।

फिर उन्होंने संस्कृत, आइ.ए.एस. यूनिवर्सिटी टॉपर और शाकाहारी वाली बात भी बताई।

आंटी की आँखें आश्चर्य से एकदम फैल गईं। अपनी संस्कृत के कारण मैंने चाची को मानो धाराशायी ही कर दिया। टापर, आइ.ए.एस...वह आश्चर्य से बुदबुदाती जा रही थीं। और फिर मुसलमान शाकाहारी तो उन्होंने कभी सुना ही नहीं था। मुझे उनके चौके में बिना टिकट प्रवेश मिल गया।

वे अन्दर गईं और जल्दी ही प्लेट भर नाश्ता ले आईं। कुछ देर बाद हम लोग खाने की टेबुल पर थे। चाची परोसती जाती थीं, और बोलती जाती थीं। तुम कहाँ के रहने वाले हो, मीट क्यों नहीं खाते, मुसलमान परिवार के होते हुए भी पढ़ने-लिखने में इतने तेज कैसे हो, क्या मेरे बुद्धू बेटे की कुछ मदद कर सकते हो, वह तो बिलकुल पढ़ता ही नहीं, तुम लोग हर इतवार को आ जाया करो...आदि आदि।

हम लोग देर रात वापस आए, पर उस हिन्दू परिवार से मेरा हनीमून शुरू हो गया था। लगभग हर संडे को हम दोनों वहाँ पहुँच जाते। फिर खा-पीकर ही लौटते। कभी-कभी मैं उनके बेटे को कुछ बता दिया करता। आंटी का पैसा वसूल हो जाता। जब कभी हम न जाते तो आंटी खुद बुलवा लेतीं या फिर अपने बेटे से इतना सबकुछ बनाकर भेज देतीं कि फिर हमें खाने की जरूरत ही न पड़ती।

भाइयो, वह क्रम बिना टूटे दो वर्षों से अधिक तक चला। पर उसे टूटना भी था। बड़ी ही दुखद स्थितियों में वह टूटा। फिर जुड़ा। और फिर टूटा। इस बार जुड़ते ही। आज सोचता हूँ कि मैंने उस परिवार के साथ दूसरी पारी की शुरुआत क्योंकर की। इसलिए नहीं कि उस परिवार से मैं दूसरी बार उसी शिद्दत से नहीं जुड़ सका, बल्कि इसलिए...कि रजनीश दीक्षित अपने दूर के अंकल की छोटी-सी दोगली दुनिया में सेंध लगा बैठा। और मैं उसका एकमात्र चश्मदीद गवाह बना। शायद अप्रत्यक्ष रूप से एक कारक भी।

हुआ यह कि मिश्रा आंटी अचानक ही चल बसीं। तीन महीने भी नहीं गुजरे थे कि मिश्रा अंकल ने फिर से घर बसाने का निर्णय ले लिया। जी हाँ, हमारी नई आंटी आने वाली थीं। मिश्रा अंकल ने अपनी पूर्व पत्नी की बहुत दूर की भतीजी के माँ-बाप को अच्छी रकम देकर पुनर्विवाह कर लिया।

उम्र में नईं आंटी अंकल की आधी थीं। लम्बी, गोरी और कुरूप ! जैसा कि जल्दी ही जाहिर हो गया, वह अर्धशिक्षित होने के साथ-साथ कुछ असभ्य भी थीं। गरीबी में पली-बढ़ी होने के बावजूद अपनी पृष्ठभूमि को झुठलाते हुए वे एक ही समय में मूर्खता की सीमा तक अशिष्ट एवं असंवेदनशील हो सकती थीं। प्रकृति ने उनमें सुन्दरता की कमी की भरपाई नहीं की थी।

मिश्रा अंकल ने हम दोनों को वीक-एंड डिनर के बहाने अपनी नई पत्नी से मिलने के लिए बुलाया। अंकल काफी खुश नजर आ रहे थे। अपनी पहली पत्नी की याद में कसीदे पढ़ रहे थे। ऐसा करते वक़्त उनके चेहरे पर कभी-कभी एक बनावटी उदासी

तैर जाया करती थी। इसी बीच हमारी नई आंटी दाखिल हुईं। उनके पीछे उनका नया घरेलू नौकर था—एक ट्रे लिए हुए। ट्रे में रखे कप मुझे जँचे नहीं। ट्रे में ही एक कोने में बिस्कुट का एक छोटा-सा ढेर हमें मुँह बिरा रहा था।

नई आंटी अपनी शादी वाले परिधान में थीं। उन्होंने बड़े भौंडे ढंग से चेहरे की पुताई की थी। अनावश्यक रूप से महँगी साड़ी आंटी के ऊपर न ही गरिमामयी लग रही थी, और न ही उत्तेजक। लब्बोलुबाब यह कि उन्होंने अपने आपको फूहड़ ढंग से प्रस्तुत किया था।

उन्हें देखते ही अंकल ने पैंतरा बदला। और बात का विषय भी। अपनी कुछ ही महीनों की पत्नी को उन्होंने दो नवागन्तुकों के सामने बड़ी ही बेतकल्लुफी, या कहें कि बड़ी ही बेपरवाही से कुर्सी पर बैठते हुए देखा। वे कुछ असहज से लगे पर यह कहना मुश्किल है कि उन्होंने बुरा माना। उस समय की उनकी मुस्कुराहट भी अर्थवान थी। मुझे याद पड़ रहा है कि लौटते समय हमने और रजनीश ने बहुत सारी बातें की थीं। उनमें एक बात यह भी थी कि वह मुस्कुराहट एक नवविवाहित की थी या एक नवविधुर की।

बहरहाल, अंकल उस दिन खूब बतियाए। जो भी विषय उन्हें सूझ रहा था उसी पर बोलते जा रहे थे। बीच-बीच में नई आंटी की तारीफों के पुल बाँधना तो खैर था ही। उनका उत्साह और उनकी ऊष्मा देखने लायक थी। एक बार तो उन्होंने आंटी को छेड़ भी दिया पर न तो वह महिला सकुचाई, न लजाई। अंकल को छोटा-सा झटका लगा पर उन्होंने कोई खास असर नहीं लिया। मुझे न जाने क्यों उनके ऊपर दया आ गई।

—इनसे मिलिए, ये हैं मोहम्मद फरीद, रजनीश के दोस्त। और रजनीश के बारे में तो कई बार बता ही चुका हूँ। अंकल ने अपनी ओर से एम. फरीद को मोहम्मद फरीद बना दिया था। शुक्र है, उन्हें 'जिन्ना' याद नहीं रहा था। फिर उन्होंने आगे कहा—मोहम्मद फरीद पढ़ने में बहुत तेज हैं। टॉपर हैं। अब जल्दी ही कहीं...।

मैंने गौर किया कि मेरा नाम सुनते ही आंटी एकदम से विचलित हो गईं, मेरी ओर गर्दन घुमा एक पल के लिए नजरें मुझ पर गड़ा दीं। आँखों में थी आश्चर्य और अविश्वास की एक महीन रेखा। फिर वे सामने रखे ट्रे को बड़ी बेचारगी से देखने लगीं। रजनीश दीक्षित को उन्होंने सबसे अन्त में देखा था।

उनकी चाय ठंडी होती रही। वे बिना बोले गम्भीर बनी बैठी रहीं। लगा जैसे कुछ नकार रही हों—कुछ रिजेक्ट कर रही हों। मैंने हवा को भारी होते हुए महसूस किया। अचानक ऐसा क्या हो गया कि सब चुप थे।

अंकल ने चुप्पी तोड़ी।—खाना बहुत बढ़िया बनाती हैं। आज खाओगे तो पता लगेगा। हाथ चाटोगे

इस घर का मुझे बस खाना ही तो पसन्द है। एक से बढ़कर एक शाकाहारी व्यंजन ख़ाए हैं यहाँ। यह मैं था। बोला नहीं, सोच रहा था। सचमुच सोचने का मुकाम था।

अचानक उन्होंने एक नजर मुझ पर डाली। फिर दूसरी नजर रजनीश दीक्षित पर। फिर उठीं और बिना कोई शिष्टाचार दिखाए अन्दर चली गईं। अंकल अपनी कुर्सियों के हत्थे को बेमन से बजाते बैठे रहे।

जाते ही उन्होंने नौकर को भेजा जो अंकल को अन्दर बुलाकर ले गया। करीब पन्द्रह मिनट बाद अंकल बाहर फिर से दिख—कुछ बुझे बुझे से। वे लॉन से दूर पोर्च में ही रुक गए थे। मैंने उनके चेहरे पर झिझक और असहमति के भाव देखे। एकदम साफ। फिर उन्होंने इशारे से रजनीश को अपने पास बुलाया और धीरे-धीरे कुछ समझाने लगे। झिझक और असहमति के स्थान पर अब सिर्फ एक भाव था उनके चेहरे पर। बेबसी से कुछ-कुछ मिलता भाव। ऐसे भाव हमारे चेहरों पर तब आते हैं जब हमें अपनी इच्छा के विरुद्ध कुछ करना ही पड़ता है—जब हम चाहकर भी लड़ नहीं पाते हैं...जब हम लाचार हो जाते हैं। कुछ वैसा ही जैसा मैंने उस समय महसूस किया था जब सुमित्रा ने बलपूर्वक मेरे हाथ में भगवा पट्टी थमाई थी।

रजनीश दीक्षित मुझे इशारा करते हुए पोर्च से सीधे गेट की ओर बढ़ लिया।

मैं हमेशा से एक तेज विद्यार्थी रहा था और यह बिलावजे नहीं था। मुझे उसी वक़्त आभास हो गया था कि आंटी को मेरी उपस्थिति नहीं जमी थी। मेरा वहाँ होना उनकी मध्ययुगीन मानसिकता से मेल नहीं खाया। और अंकल इसीलिए अन्त में इतने बेतरतीब और पशेमान नजर आए थे। पर कुछ कर नहीं सके थे वे उस महिला के अधकचरेपन के खिलाफ। अंकल जिस स्थिति में थे उसमें यह स्वाभाविक ही था।

भाइयो, इस तरह की स्थिति से मैं बचपन से ही दो-चार होता रहा हूँ। दर्जनों बार मैं स्वयं को अनुसूचित जाति वाले पाले में खड़ा पाया हूँ। सच बताऊँ तो आंटी की प्रतिक्रिया खराब तो थी पर इतनी नहीं कि आप मुझसे सहानुभूति करने लगें। इसका दोष एक व्यक्ति विशेष पर मढ़ देना उचित नहीं होगा। अंकल शायद इसे और बेहतर तरीके से हैंडिल कर सकते थे।

पर सबसे बुरी स्थिति थी मेरे दोस्त की। वह निश्चित रूप से कुछ बोलने या किसी प्रकार की सफाई देने की दशा में नहीं था। खामोश और अपने में बन्द, वह बस चलता रहा। स्वयं को मथते हुए, शायद अपने ऊपर ही दोषारोपण करते हुए। उसके दिमाग में एक जंग जारी थी। वह लड़ते हुए आगे चलता रहा। और मैं भी।

फरीद की फरीदाई

मुझे नहीं पता कि किसे किसकी आहत भावनाओं को मरहम लगाना चाहिए था। पर मैंने ही पहल की। मुझे उसका इस कदर गिल्टी फील करना अच्छा नहीं लग रहा था। बात ही क्या थी। अपने दाहिने हाथ को उसकी कमर में डालते हुए मैंने उससे कहा कि जो कुछ हुआ उसे भूल जाए। आखिर हुआ भी क्या। वह खामोश रहा।

हम उस सूनसान सड़क पर बिना बोले, बिना एक-दूसरे को देखे चलते रहे।

—हमारे डिनर का क्या होगा, डियर ? मैंने उसे छेड़ना चाहा पर उस पर कोई प्रभाव नहीं पड़ा। खामोशी ने उसे पूरी तरह से घेर लिया था।

सामान्य परिस्थितियों में वह ऐसी बातों पर तपाक से बोलता और मेरी बोलती बन्द कर देता। पर आज वह फॉर्म में नहीं था। वह ज्यादा ही बेचैन था। वह अपनी गुफा से बाहर नहीं आना चाहता था। मैं उसके जजबात की कद्र करते हुए चुप हो गया।

चलते-चलते तो मैं डिनर की बात भूल भी गया था। और तभी रजनीश दीक्षित बोल पड़ा—चल प्यारे, आज मैं तुझे अपने जीवन की सबसे अच्छी तहड़ी बनाकर खिलाऊँगा। बोलकर वह फिर चुप हो गया था।

मैंने हूँ-हाँ ही किया पर दिखाया इस तरह कि मानो मुँह में पानी आ रहा हो। सच बात तो यह थी कि मेरा मुँह अन्दर से सूखा हुआ था। उसमें पपड़ी जमी हुई थी। मुझे कोई रिजेक्ट कैसे कर सकता है ?

पर अब ज्यादा देर असामान्य रहना भी सम्भव नहीं था। मेरे अन्दर कुछ कुलबुला रहा था। शैतान सवार होने लगा था मुझ पर। दरअसल मैं आंटी से बदला लेने के हवाई किले बनाने लगा था। रजनीश को पता था कि मेरी एक आदत है। जब कभी कोई मुझसे अनावश्यक रूप से असहमत होता है, मुझे नकारता है या चोट पहुँचाता है तो मुझे उसके चेहरे, उसके हाथों या अन्य अंगों में खोट दिखाई पड़ने लगता है और मैं उसके अंगों की विशेष व्याख्या शुरू कर देता हूँ। उसमें मुझे विशेष अर्थ दिखाई पड़ने लगते हैं। यह मेरा अपना शरीर-विज्ञान है जो मैंने अपनी सुविधा और दूसरों की असुविधा के लिए विकसित किया है। आपको नहीं पसन्द तो इस अध्याय को छोड़कर आगे बढ़ लें। पर अपने शगल का मैं क्या करूँ।

—रजनीश, मैंने तुम्हारी आंटी के हाथों में कुछ अजीब-सी हरकत देखी है। मैंने धीरे से कहा। कुल मिलाकर उद्देश्य यह था कि मेरा मित्र बस नॉर्मल बातचीत शुरू कर दे। और उसने निराश नहीं किया।

—क्या देखा ? उसने संजीदगी से कहा। मैंने मार्क किया कि उसके स्वर में उत्सुकता की भनक थी। मैं चुप था।

—हाँ फरीद, क्या देखा तुमने ? उसने दबाव-सा डाला।

—वह अपनी बाँई कुहनी को दाहिने हाथ से छू रही थीं और बाएँ हाथ को दाहिनी कुहनी पर रखे हुए थीं। मैंने एक शारीरिक भाषा के विशेषज्ञ की भाँति पूरे आत्मविश्वास के साथ कहा।

—उससे क्या ? वह जैसे चौंका। उसके स्वर में उत्सुकता का स्थान चौकन्नेपन ने ले लिया था। और फिर इससे पहले कि हस्तविज्ञान के और रहस्य मैं खोल पाता, उसने चौंकते हुए पूछ ही डाला—क्या, क्या कहा तुमने...उनका हाथ कहाँ...कैसे रखा था उन्होंने अपने हाथ को... ?

असल में मैं स्वयं भूल चुका था कि मैंने क्या कहा था। सब गड्डमड्ड हो गया था...मेरा मतलब है कि अब तक हाथ और कुहनी की दिशा-दशा गड़बड़ा गई

थी। फिर भी मैंने बात सँभाली, बात को गम्भीरता का जामा पहनाते हुए बोलने लगा। मुझे चची जान से खुन्नस तो हो ही गई थी।

—रजनीश, उनकी भंगिमाएँ चौंकाने वाली थीं। मैं तुम्हारे पचास पार अंकल के बारे में सोच रहा हूँ...क्या होगा उस आदमी का। बेटे की उम्र की लड़की से शादी करके अच्छा नहीं किया।

मैंने गौर किया मेरी बातें उसे खराब नहीं लगी थीं। जबकि मैंने कोई बहुत अच्छी टिप्पणी नहीं की थी।

—तो क्या ? उसने एक खिलाड़ी की तरह मुस्कुराते हुए कुछ इस तरह कहा कि मैं उसकी जवान आंटी के बारे में और आगे बोलने के लिए बाध्य हो गया।

—बेटे, यह औरत दगा कर सकती है।

मैंने अपनी बात बिना किसी ग्लानि या झिझक के कही थी। रजनीश दीक्षित उस्ताद आदमी था। एक नम्बर का शिकारी। वार करने से पहलें कहीं कोई जल्दीबाजी नहीं। वह आराम से चलता रहा। मेरी बात सुनकर वह भले ही चौंका हो या कि उसे कुछ बुरा लगा हो पर उसने कुछ भी अपने चेहरे पर नहीं आने दिया। वह चुपचाप रहा।

छात्रावास अभी भी काफी दूर था और मुझे भूख लग रही थी। मैंने सोचा शायद मेरा दोस्त तहड़ी पकाने के बारे में सोच रहा है या फिर उस ढाबे के बारे में। पर उसके माथे में तो कुछ और ही पक रहा था।

—फरीद, क्या वह अपने सौतेले बेटे की ओर पेंगे मार सकती है ?

भाइयो, मैंने दूर-दूर तक ऐसा नहीं सोचा था। सौतेला बेटा ? सौतेले बेटे से...। कदापि नहीं। मैंने तो चाची पर अपना गुस्सा उतारा था। पर रजनीश ने मुझे चरने के लिए सीधा समतल हरा मैदान दे दिया।

—कुछ भी सम्भव है भैया। जहाँ एक बूढ़ा होता विधुर, एक विवाहयोग्य नवयुवक और एक चालू जवान औरत एक ही छत के नीचे रहते हों, वहाँ क्या नहीं हो सकता ?

मैंने सब कुछ जान बूझकर बड़े ही संजीदे और सोचे-समझे अंदाज में कहा था। रजनीश दीक्षित को चारा अच्छा लगा उसने झट निगल किया। उसके चेहरे पर उत्तेजना, उम्मीद और डर के भाव एक-दूसरे के साथ खेल रहे थे। वह कुछ सोचने लगा था। दूर की।

मुझे अच्छी तरह पता था जब वह किसी महत्त्वपूर्ण बात पर ध्यान केंद्रित कर रहा होता था तो उसकी चाल में भयानक तेजी आ जाती थी। कन्धों को उचकाते हुए वह तेज चलने लगा था। उसके साथ चलने में मुझे मुश्किल दरपेश आ रही थी। कुछ देर बार वह सामान्य हुआ तो मैंने पूछा।

—क्या तुम कुछ परेशान हो ?

—क्यों, हाँ। उसने भोलेपन से कहा।

—क्या तुम अंकल के यहाँ फिर आओगे ?

—क्यों नहीं भाई। असल में मुझे अंकल की ही चिन्ता है। मेरा भाई भी है। बिना

माँ का। उसे भी देखना पड़ेगा। सच पूछो तो आंटी की भी फिकर है। बेचारी चिरकुटों के इस शहर के बारे जानती ही क्या है। पता ही है, अंकल की मंडली रोज उनके घर पर डेरा जमाती है, और फिर मेरा भाई भी दिन-रात लफुओं से घिरा रहता है—और, फरीद भाई, ऐसे में बेचारी आंटी बेकार में सबको...खटकती रहेगी।

मेरा ध्यान तब भंग हुआ जब मैंने सुना कि वह बोलकर जोर-जोर हँसने लगा है।

रजनीश दीक्षित इस गेम का पक्का खिलाड़ी था। बंडलबाज ! वह मुझे टरकाने की कोशिश कर रहा था। इतनी सारी चिन्ताएँ जताकर वह मामले को उलझा रहा था। घाल-मेल करने में तो वह माहिर था। किसी सीधी-सपाट-सी दीखने वाली बात को ऐसे प्रस्तुत करता था कि असली बात बस गडबड़झाले में फँस जाए और उसका मकसद किसी की समझ में न आए।

तो जनाब अब अपने चचा जान का घर सँभालेंगे। भाई को रास्ता दिखाएँगे...चाचा को रास्ते से हटाएँगे और चाची को रास्ता भटकाएँगे। मैं भी देखूँ तो कैसे।

—तो कब वापस आ रहे हो तुम ? मैंने उसे टटोलना चाहा।

—जल्दी ही, और उसके बाद जल्दी-जल्दी वाक्पटु तो वह था ही। उसकी जल्दबाजी पर मुझे हँसी आ गई। दूसरे ही क्षण मैंने महसूस किया कि मेरी हँसी निश्छल नहीं थी। यह क्या ? क्या मेरे अन्दर ईर्ष्या के भाव पैदा हो गए थे। उसकी अधीरता, अपनी आंटी से उसकी सम्भावित निकटता मुझसे हजम नहीं हो पा रही थी। उसकी गम्भीरता, उसकी चुप्पी मुझे खतरनाक लगने लगी थी। मेरे मुँह में कुछ असामान्य रसायन पैदा होने लगे—ऐसे रसायन जिनसे मैं अभी तक अपरिचित ही रहा था। मैं उस रसायन को कुछ देर तक मुँह के अन्दर ही घोटता रहा फिर एक तरफ पिच्च से थूक दिया। अब मैं फिर से नॉर्मल था।

—तो अब तुम अपनी आंटी के लिए सास की भूमिका निभाओगे।

—न, वैसे नहीं। मेरा रोल तो अब इससे भी बढ़कर होगा। फरीद, मेरे अंकल तो अपनी दूसरी पत्नी के प्रेम में पागल हैं। उनकी बातचीत से तुम्हें क्या लगा ? सही न। मेरा भाई माँ के बिना अकेला पड़ गया है। मैं मूकदर्शक बनकर नहीं बैठ सकता। समझे।

अगर रजनीश यह सोच रहा था कि वह मुझे बेवकूफ बना लेगा तो वह उसकी भूल थी। मैं बातों के जाल में नहीं फँसने वाला था। जब मैंने हस्त-कुहनी गडबड़झाले की बात शुरू की थी तो मेरा तो सिर्फ एक ही मंतव्य था। उसे उसके अपराध-बोध से मुक्त कर दूँ ताकि वह अपनी नई नवेली आंटी की बेजा हरकत के बारे में सोच-सोच कर परेशान न हो। पर अब अगर वह पानी की थाह लेना ही चाह रहा है तो यह उसका पारिवारिक मामला है। मेरा क्या, ढाबा जिन्दाबाद।

भाइयो, क्या कहूँ। एक बात मुझे हमेशा सालती रही है। क्या मैंने उसे इस दिशा में उकसाया था ? क्या मैंने उसे वह राह दिखाई ?

आंटी न तो सुन्दर थीं, न ही सुशील। पर मेरा दोस्त कामदेव का पुजारी था। वह अपने इष्टदेव की पूजा कहीं भी शुरू कर सकता था। रजनीश ने एक और जानकारी

दी। कामदेव देवी-देवताओं में सर्वाधिक सेकुलर देवता हैं। वे मनुष्यों में किसी भी आधार पर कोई भेदभाव नहीं करते।

भाइयो, ऐसे में रजनीश दीक्षित की करतूतों के बारे में सोचते जाने से बेहतर क्या था—जहाँ न तो भेदभाव था, न ही नफरत, न दूरी। था तो बस शरीर। जो न हिन्दू था न मुसलमान। न काला था न गोरा। न ऊँच था न नीच। और इसमें थी अवगुणों और असहमतियों की बिना शर्त स्वीकृति।

मेरे सहयात्रियों से कहीं अच्छे थे कामदेव और उनका वह भक्त, मेरा भाई, और अपने चाचा का भतीजा, रजनीश दीक्षित।

बस भाइयो, इसीलिए मैं रजनीश दीक्षित के बारे में अगले स्टेशन तक और सोचना चाहता हूँ। इस उम्मीद में कि सुमित्रा का मन तब तक शायद हलका हो जाएगा। अगर अगले स्टेशन तक आप मेरे और रजनीश के साथ यात्रा नहीं करना चाहते हैं तो आप इस कथा के अगले खंड को पढ़ना शुरू करें और देखें कि आखिर सुमित्रा देवी के गैंग में इस बीच और कौन-कौन शामिल हो चुका था। और नाम छिपाने से मुझे क्या हासिल हुआ।

दोस्तो अब मैं क्या कहूँ। हरि अनंत हरिकथा अनंता। रजनीश दीक्षित की बात चले तो बस चलती ही जाए। हमने तब पहली बार जाना कि हमारे बीच एक लेडी किलर रहता है जब दो नर्सें रजनीश दीक्षित के बारे में पूछते हुए हमारे छात्रावास आ पहुँचीं। बकौल सीनियर छात्रों के, ऐसा पहली बार हुआ था कि एक फ्रेशर स्त्रीलिंग के आकर्षण का विषय बना हो और उससे मिलने दो नर्सें छात्रावास तक आ पहुँची हों। हाँ यह बात दीगर है कि सीनियर्स की कजन सिस्टर्स का छात्रावास में आना-जाना आम बात थी। बात आई गई हो गई। पर कुछ लोगों के कान खड़े हो गए। कई दिनों तक वे नर्सें डाइनिंग हाल में चर्चा का विषय बनी रहीं। छात्रावास के घाघ छात्रों ने रजनीश पर नजर रखना शुरू कर दिया। उसके कमरे की पहरेदारी होने लगी। माल पकड़ाया कि हिस्सेदार हाजिर। अड़ोसी-पड़ोसी भी इस दुस्साहसी जूनियर से चुंगी लेने के चक्कर में थे। पर हुआ गया कुछ भी नहीं। जब भी कोई पूछता वह कह देता—कि मेरी दीदी की दोस्त थीं, मुझसे मिलने आई थीं।

उसका सच्चा रूप और उसके व्यक्तित्व की दिल दहला देने वाली बातें हमें बाद में पता चलीं। पढ़ते-पढ़ाते वह कुछ ऐसा बोल जाए कि हम शिशुओं को अपने शैशवकाल पर तरस आने लगता। एक बार उसने कहा—भई, मुझे तो बुक्स और बूब्स के परे कुछ दिखाई ही नहीं पड़ता। मजा तब आया जब दूसरे वाले शब्द का अर्थ पता चला। एक बार प्रेम में हारे एक मित्र का रोना सुनकर वह बोला—मेरा तो उसूल साफ है—'फक एंड फॉरगेट। अरे मजनूँ, अब पछताए होत क्या जब चिड़िया गई ससुराल।'

मैं रजनीश दीक्षित को बस ताकता रह गया—अविश्वास से...वितृष्णा से।

लेकिन सबसे अच्छी बात जो रजनीश के बारे में थी वह यह कि पढ़ाई-लिखाई को

उसने ताख पर कभी नहीं रखा। हमेशा हम सबमें सबसे ज्यादा नम्बर उसी के आते। उसके दोनों हाथों में लड्डू थे। हमें वह गँवई ढोर कहकर चिढ़ाता था।

अजय सर हमेशा कहते थे यह जूनियर एक दिन छात्रावास का नाम रौशन करेगा। वे उसके प्रैक्टिकल सेक्स सेंस की तारीफ दिल खोल कर करते थे। सेक्स के बारे में रजनीश दीक्षित की कुछ अपनी ही मान्यताएँ थीं। उननें एक यह था कि वह फैशनेबल और मॉड लड़कियों के पीछे कभी नहीं भागा। वक़्त की बरबादी के साथ इसमें कन्याओं के भाइयों से भी खतरा बना रहता था। विवाहित महिलाओं को वह सुरक्षित समझता था। जब हमारी मित्रता प्रगाढ़ हो गई तो उसने अपनी उपलब्धियों के रोंगटे खड़े कर देने वाले किस्से सुनाए। मसलन उसने एक आई.पी.एस. अधिकारी की पत्नी के साथ सम्बन्ध बनाए। वह महिला, बकौल दीक्षित के, अपने पति के सर्विस रिवाल्वर को उसके 'पौरुष' के साथ रखकर नापी करना चाहती थी। और मेरे मित्र की जीत हुई थी। उसी तरह एक ऐसे व्यक्ति की पत्नी के साथ उसने एक घंटे बिताया था जिसका पति भी उसी बेड पर सोया पड़ा था और उसे भनक तक नही लगी। पर जिस एक वाकिए ने मेरी और उसकी दोस्ती को टूटने के कगार पर पहुँचा दिया था वह यह था कि उसने अपने ही सर्वेंट्स क्वार्टर में एक युवा सास-बहू जोड़ी के साथ एक ही बिस्तर पर रात गुजारी थी।

मुझे उससे घृणा होने लगी थी।

पर उससे मेरी घृणा स्थायी नहीं थी। उस स्थान पर मैं अकेला कटुआ था—अर्थात् मेरे जननांग की चमड़ी उतरी हुई थी—और अपने छात्रावास के रोजमर्रा के जीवन में मैं उस पर बहुत अधिक निर्भर था। तो उससे घृणा कैसे ? रैगिंग के दौरान सीनियर्स कपड़े उतरवाकर मेरे जननांग को ऐसे निहारते जैसे मैं कोई अजूबा होऊँ। एक थे भड़भड़िया राय जी। वे स्केल से छूकर कहते—क्या भाई, खोल को किसी बिल में भूल आए क्या ? फिर खूब ठठाकर हँसते। मैं पसीने में तर शर्म से गड़ जाता। पहली बार एहसास हुआ कि एक साधारण से धार्मिक अनुष्ठान के कारण मैं कितना विचित्र हो गया था। बहुत से छात्रावासी तो मेरे नाम में भी विचित्रता ढूँढ़ लेते। जबकि उसे बुलाने के लिए उन्हें अपनी जिह्वा टेढ़ी नहीं करनी थी।

प्रारम्भ में बहुसंख्य हिन्दुओं के बीच अकेले रहना मेरे मन में अजीब-सा भाव जगाता था। अपने अठारह वर्ष के जीवन में पहली बार था कि मैं खुली हवा और खुले समाज में साँस ले रहा था। मेरे अपने समाज में इतने खुलेपन की कल्पना भी नहीं की जा सकती थी। अपनी मेरिट के बल पर मैं वहाँ पहुँच तो गया था पर मेरी प्रकृतिगत असुरक्षा और हीनता की भावना मुझ पर हमेशा हावी रहती थी। वरिष्ठ और समकक्ष छात्रावासियों द्वारा मेरे मजहब, मेरी भारत के प्रति वफादारी, पाकिस्तान में मेरे रिश्तेदारों आदि के बारे पूछे गए चिड़काने वाले छोटे-छोटे सवाल मुझे हमेशा परेशान करते थे। यह उनकी महज उत्सुकता रही हो, पर मेरे लिए था यह सब परेशानी का सबब। कभी-कभी हवा इतनी भारी हो जाती थी कि मैं तथ्यों से परे खुश करने वाला जवाब

दे देता था। और फिर मानसिक रूप से उद्विग्न रहता था। आज यह सोचना अजीब-सा लगता है कि पढ़े-लिखे नवयुवकों के बीच भी हिन्दू-मुसलमान की भावना इतनी तीव्र थी।

रजनीश दीक्षित से मेरी दोस्ती समय के इसी पड़ाव पर शुरू हुई। अपने मुसलमान होने के कारण जितना मैं झुंझलाता, अलग-थलग पड़ता, रजनीश दीक्षित से मेरी निकटता और मित्रता उतनी ही गहराती जाती। कई बार तो ऐसा भी हुआ कि मुझसे पूछे गए आहत करने वाले प्रश्नों का जवाब वह स्वयं दे देता। और मैं बच जाता। यों तो वह खुद भी मेरे रहस्यमयी धार्मिक विश्वासों के बारे में जानने को उत्सुक रहता था। कभी-कभी तो मेरे धर्म और समाज को लेकर ऐसे मजाक करता कि मैं कट कर रह जाता। पर उसकी अपनी शैली थी, जो बहुत प्यारी थी। औरों की तरह उसने कभी आहत नहीं किया।

यह एक तथ्य है कि डपोरशंखी और दकियानूस हिन्दुओं की नजर में मुसलमान अछूत ही होते हैं। वैसे हमारे छात्रावास की दशा इतनी तो खराब नहीं थी—किन्तु वहाँ भी खाने-पीने के बर्तन आदि के मामले में मैंने अपने प्रति भेदभाव की एक अंडरकरेंट-सी महसूस किया था—विशेषकर छूने-छाने के मामले में। छात्रावास की प्राइवेट मेस में प्रवेश के लिए मुझे बड़े पापड़ बेलने पड़े थे। ऐसी स्थिति में मैं रजनीश को अपने साथ खड़ा पाता था। वह तब तक मेरे साथ सामान्य मेस में खाता रहा जब तक कि मेरा एडमीशन एक प्राइवेट मेस में नहीं हो गया। मेरा दिल रखने के लिए और शायद मुझे गुदगुदाने के लिए कभी-कभी फुलझड़ी छोड़ देता था—फरीद भाई, यह सब तो गांधी बाबा को भी बहुत झेलना पड़ा था दक्षिण अफ्रीका में। मैं उसके बर्तन आदि पूरी आजादी के साथ प्रयोग करता था—और वह मेरे। हम लोग एक-दूसरे के जूठे गिलास में पानी पी सकते थे और यहाँ तक कि दाल और रसेदार सब्जी तक एक ही प्याली से खा सकते थे। इस प्रकार मेरे छात्रावास की मुख्य धारा में शामिल होने में रजनीश दीक्षित की महत्त्वपूर्ण भूमिका थी।

आप यह न सोचें कि मैं अपने छात्रावास की बुराई कर रहा हूँ। इसकी तो मैं कल्पना भी नहीं कर सकता। उस छात्रावास में अपने सीनियर्स-जूनियर्स और बैचमेट्स के साथ मैंने अपनी जिन्दगी के सबसे खूबसूरत दिन गुजारे हैं—पूरे दस साल जनाब। मेरे अन्दर जो कुछ भी सकारात्मक है वह मेरे छात्रावास की ही देन है।

इसके बारे में कुछ और बातें बाद में। आप सोच रहे होंगे आखिर रजनीश दीक्षित की आंटी का क्या हुआ। वह बन्दा मिश्रा अंकल से दुबारा कब और कैसे मिला। भाइयो, बस थोड़ा-सा इन्तजार और। मैं आपको अपने एक प्रिय सीनियर की दुख भरी कहानी सुना देना चाहता हूँ। मत गुर्राइए कि सुमित्रा देवी को छोड़कर रजनीश दीक्षित को पकड़ लिया और उसकी मसालेदार कहानी को छोड़कर अब अजय सर के पीछे पड़ गया। पर उनकी कथा बयान करना निहायत जरूरी है। उस कथा के बिना यह पूरी कहानी अधूरी है। दूसरे, सुमित्रा के प्रताप से बचने का इसके अतिरिक्त रास्ता ही

क्या था कि मैं डी. कम्पर्न में आँखें बन्द किए पड़ा रहूँ। पता नहीं वह महिला कब जग जाए।

अजय सर की कहानी

अजय सर की कहानी को मैं कई लोगों को सुना चुका हूँ। और जब इस कहानी के अन्त में पहुँचता हूँ तो हर बार गला भर आता है, गले में कुछ फँसने लगता है, फिर रुलाई आ जाती है। पर भइयो, सुनने वालों में से एक भी बन्दे ने आज तक मेरा साथ नहीं दिया है। लोग बस यही कहते हैं—भई खूब रही, अजय सिंह जैसा चरित्र कभी न देखा न सुना। मजेदार आदमी थे, पर इसमें रोना क्या !

आप भी सुनिए, और सुनकर हँसिए, और दूसरों को सुनाकर उन्हें भी हँसाइए। इस कहानी पर रोने वाला तो बस एक बन्दा है—फरीद...अजय सर का प्रिय जूनियर।

कभी अज़य सर रैगिंग के बेताज बादशाह हुआ करते थे।

रैगिंग के बारे में बस उड़ते-पुड़ते सुना था। ये कि सीनियर बहुत खिंचाई करते हैं, कपड़े उतरवाकर दौड़ाते हैं, जूते पॉलिश करवाते हैं, दुकानों से बीड़ी-सिगरेट मँगवाते हैं और अगर जूनियर होने को औकात से बाहर गए तो मुर्गा बना देते हैं, फर्शी सलाम लगवाते हैं, नहीं तो दो-चार लगा भी देते हैं। बस। पहली बार जब डी.जे. हॉस्टल पहुँचे तो ये सब तो था ही, अलबत्ता कुछ और भी चौंकाने वाले तजुर्बे हुए—मसलन, सीनियर अगर पीड़ा पहुँचाते हैं तो प्रेम भी करते हैं। किसी संजीदा सीनियर की छाया मिल जाए तो रैगिंग क्या, हॉस्टल की हर बुराई से बच सकते हैं। वगैरह-वगैरह...।

एक पुराने खिलाड़ी ने समझाया था कि रैगिंग से बोल्डनेस आती है, और बोल्डनेस से सब कुछ। रैग होकर आदमी स्मार्ट हो जाता है। डर और हिचक की सच्ची मार है रैगिंग। रैगिंग से रैगिंग करने वाले और कराने वाले दोनों का फायदा होता है। धीरे-धीरे ही सही, रैगिंग के साथ बोल्डनेस बढ़ती रहती है। असल में सीनियरों को यही चिन्ता खाए रहती है कि सामने वाला बोल्ड क्यों नहीं है। पुराने खिलाड़ी ने आगे समझाया था कि अगर गाली-गलौज, डाँट-डपट से बचना है तो ऐसा दिखाओ कि सीनियर मग्घा न समझे। रिस्पेक्ट पूरी करो, पर आँखों में आँखें डालकर बात करो। आवाज ऐसी रखो कि पुराने मरीर्ज न लगो। गाली खाने के बाद भी मुस्कुराते रहो। कपड़े सही पहनो। टिपटॉप रहो। पीछे वाली जेब में कंघी रखो। सीनियर समझेंगे लड़का मँजा-मँजाया है, रैगिंग की खास जरूरत नहीं। फिर जहाँ और सब साथी रात-दिन इंट्रोडक्शन देते फिरेंगे, सीनियरों के सामने नजरें नीची किए खौफजदा खड़े रहेंगे या उनकी फरमाइश पर अधनंगे होकर डांस करेंगे, आप मौज करो।

पर विश्वास मानिए, जब नुस्खा आजमाने का समय आया तो बन्दे की सिट्टी-पिट्टी गुम। हम बोल्ड बनना चाहे पर उन्होंने शुरुआती असर डालने ही नहीं दिया। रिक्शेवाले के सामने ही ऐसी गत बनाई कि बेचारा बिना पैसा लिए भागा। आँख तीसरी बटन

पर फिक्स करके दोनों हाथों को समानांतर सीधा फैलाकर और घुटनों को तीस डिगरी मोड़कर अधखड़ा रहने के लिए पुलिसिया आदेश मिला। पहले तो कुछ समझ न आया, लेकिन बगल में ही एक गुर्गा पहले से ही उसी दशा में था। उसकी कंघी पीछे वाली पॉकेट से गिरने को थी। चुपचाप मैंने उसी की नकल की। देखते-देखते तीन और रंगरूट लाइन में अपने आपको जोकर बनाए अधखड़े हो गए। एक ने झुकने में कंजूसी क्या की अपनी शामत बुला ली। पूरी पी.टी. हो गई उसकी। देखते ही देखते सीनियरों का एक फुलफ्लेजेड गैंग इकट्ठा हो गया। उन सभी का मन लंच टाइम के बाद अठखेलियाँ करने को ललचा रहा था। किसी ने हमारी ठुड्डियों को छुआ, किसी ने बालों की लम्बाई ली, किसी ने कंघी ले ली। फिर कहा गया कि दौड़ो...एक पैर पर। जिसने दोनों पैरों का इस्तेमाल किया उसे घंटों बैठना नसीब न होगा। फिर जाते समय हमें आपस में सुबह-शाम मिलने पर एक-दूसरे को सलाम करने का तरीका भी बताया—दोनों हाथ ऊपर उठाकर हथेली से हथेली मिला दो और सींपो-सींपो करते हुए कम से कम सात बार कूदो।

इसके बाद रैगिंग का एक ऐसा अन्तहीन सिलसिला शुरू हुआ कि फ्रेशर और सीनियर शब्दों से भय खाने लगे। लगातार छः महीने तक सुबह, दोपहर, शाम जब जिसके दिल में आया रैगिंग करने लगा। हॉस्टल के अपने कानून-कायदे थे, अपनी परम्पराएँ और अपने अलग रीति-रिवाज थे—जिनका खुलासा करना उस शपथ का उल्लंघन होगा जो हमें बार-बार दिलाई गई थी कि बाहर कभी कुछ न खोलें—जिनको न मानने पर ऐसे कल्पनाशील और पेंचीदा दंड दिए जाते थे कि घर भाग जाने को मन करता।

हर हॉस्टल का अपना-अपना हॉस्टल गीत, हॉस्टल प्रार्थना, हॉस्टल भजन होता है जिन्हें सीनियर बन्धु लय, ताल, सुर के साथ कोरस में गाते हैं तो लगता है कानों में पिघला हुआ शीशा उँड़ेल दिया गया हो। इनमें बहुत से यूनिवर्सिटी टॉपर भी होते हैं या आई.ए.एस.आई.पी.एस. में सेलेक्ट हो चुके होते हैं।

पर सबसे खतरनाक, रुलाऊ, हड़काऊ और तिरस्कारपूर्ण रैगिंग अगर कोई करता है तो वे हैं सेकेंड इयर सीनियर्स। रैगिंग के मामले में उनका उत्साह, ऊर्जा और उनकी ढिठाई बेजोड़ होती है। उनके अपने घाव अभी हरे होते हैं, और वे निरीह फ्रेशरों से ऐसे पेश आते हैं जैसे बदला ले रहे हों। संक्षेप में कहें तो इनकी रैगिंग में शुद्ध रूप से टेरर होता है। अगर कभी किसी फ्रेशर ने हॉस्टल की छत से कूदकर या पंखे से लटककर आत्महत्या की है तो इन्हीं सेकेंड इयर सीनियरों के आतंक और अश्लीलता से बचने के लिए।

ऐसा नहीं कि सेकेंड ईयर सीनियरों से ऊपर वाले सीनियर कुछ खास नरम हो—असल में सब एक ही थैली के चट्टे-बट्टे होते हैं। पर कुछ सीनियर ऐसे भी होते हैं—और ऐसे सीनियर कमोबेश हर समय में हर छात्रावास में रहे हैं—जो रैगिंग का विरोध करते हैं, रैगिंग को एक अभिशाप मानते हैं और इसके विरुद्ध लड़ते हैं। ऐसे सीनियरों

की संख्या कम होती है पर वे अपने स्तर से रैगिंग की विभीषिका और इसकी वल्गरिटी को कम करते रहे हैं। फ्रेशर्स को ऐसे ही सीनियरों की तलाश होती है। ये लोग जिन फ्रेशरों को रैगिंग से बचा ले जाते हैं वे इनके भक्त हो जाते हैं, यों कहें कि कुछ महीनों के लिए इनके दास बन जाते हैं, उनके लिए हीटर पर चाय बनाते हैं, उनकी साइकिल साफ करते हैं, उनको अपना कोलगेट पेस्ट देते हैं, उनका नोट्स लिखते हैं, उनको पैसा उधार देते हैं और भूल जाते हैं।

कुछ ऐसे भी सीनियर होते हैं जो रैगिंग के खिलाफ लड़ते हैं, जूनियरों को बचाते हैं पर बदले में कोई सेवा नहीं लेते हैं। ये निःस्वार्थ भाव से अपना धर्म निभाते हैं। ऐसे सीनियर जूनियरों का रिस्पेक्ट पाते हैं। ऐसे सीनियरों की छवि मस्तिष्क में बस जाती है। उन्हें कभी भूला नहीं जा सकता। गाहे-बगाहे याद आते रहते हैं। ऐसे सीनियर लाखों में एक होते हैं। बादलों के बीच सूरज की एक किरण जैसे। हॉस्टल की बात चले तो इनके किस्से, इनकी सहृदयता लोग अपने बच्चों और पोते-पोतियों तक को सुनाते हैं। अजय सर ऐसे ही एक सीनियर थे। अजय सर !

मैं और सुरेन्दर पनिशमेंट में थे। रात की रैगिंग वैसे भी कमरतोड़ होती है। सीनियर्स फ्री माइंड होकर रैग करते हैं। निर्लज्जता करने से जरा भी हिचकिचाये क्या कि भेज दिया लॉन नापने—माचिस की डिबिया से। कितने माचिस लम्बा और कितने माचिस चौड़ा लॉन है, नापिए और फिर दोनों को गुणा करके लॉन का माचिस क्षेत्रफल निकालिए। समय आधा घंटे। और लॉन भी कोई छोटा नहीं। उस पर तुर्रा ये कि एक भी माचिस कम-ज्यादा हुई कि फिर से भिड़िए। पूर्वजों ने माचिस का भी नापी रिकॉर्ड रख छोड़ा था और घाघ सीनियरों को एक-दो माचिस की भी ढिलाई पता चल जाती थी। अगर आपने चतुराई दिखाई और किसी दरियादिल सीनियर से क्षेत्रफल पता करके बिना खेत काटे ही फसल लेकर पहुँच गए तो चतुराई दिखाने से बाज आइए। तुरन्त दूसरे साइज की नई माचिस पान वाले के यहाँ से मँगवाकर आपको थमा दी जाएगी। और एक बन्दा कुर्सी निकालकर तकवाही करने बैठ जाएगा। अब कीजिए बँधुआ मजदूरी।

मैं और सुरेन्दर आधी से अधिक बेगारी कर चुके थे कि अजय सर आते हुए दिखाई पड़े। वह धीरे-धीरे हमारी ही ओर आ रहे थे, फुर्सत से कश खींचते हुए।

—फ्रेशर्स ? उन्होंने बड़े मानवीय लहजे में प्रश्न किया। यद्यपि उन्होंने एक ही शब्द बोला था, उनका अंग्रेजी का उच्चारण अच्छा लगा। स्वर गम्भीर एवं सधा हुआ था।

हम लोग रुक गए, फिर खड़े हो गए। विनम्रता से सिर हिलाकर हामी भर दी।

—किसने कहा यह सब करने के लिए ? उन्होंने कुछ कड़ाई से पूछा। सुरेन्दर ने कुछ कहना चाहा लेकिन अटक गया।

—जोशी ? उन्होंने खुद अनुमान लगाते हुए एक नाम लिया। स्वर और भारी हो गया था।

—यस सर। हमारे मुँह से एक साथ निकला।

—और कौन-कौन था ? मेरा मतलब वहाँ दूसरे कौन-कौन से सीनियर्स हैं ? उनकी आवाज में सीनियरों के लिए तिरस्कार और हम दोनों के लिए हमदर्दी का पुट था।

—सर, जोशी सर के अलावा चार लोग और थे। मैंने डरते हुए कहा। उम्मीद थी कि अजय सर लॉन नपाई की मुश्किल घड़ी में कुछ और ठंडक पहुँचाने वाले शब्द बोलेंगे। अजय सर ने निराश नहीं किया।

—और किसी ने भी उस सुअर के बच्चे जोशी को यह सब करने से नहीं रोका ?

—किसी ने भी नहीं सर...बल्कि...। सुरेन्दर रिरियाया।

—सुनो, मैं इस हॉस्टल का सीनियरमोस्ट इनमेट हूँ। आई एम लीविंग फॉर न्यु डेलही फॉर माई आई.ए.एस. इंटरव्यु सून ! एनी वे, मैंने जोशी और उन गधों को इस बेहूदा रैगिंग के लिए मना कर दिया था। इस साल से एकदम नहीं। मुझे क्या मालूम कि...अच्छा फेंको माचिस तुम लोग...आओ चलो मेरे साथ...।

अजय सर हम दोनों को अपने कमरे में ले गए और आराम से बैठ जाने के लिए कहा। पर हम खड़े रहे। हम लोग सावधानी बरत रहे थे। जोखिम लेना ठीक नहीं था। इन सीनियरों का क्या भरोसा ! एक ही हाँड़ी के नहाए होते हैं सब। गलती करवा के दंड देने में परम सुख मिलता है इन्हें। आज तक किसी सीनियर के कमरे में कुर्सी या बेड पर बैठे न थे। उन्होंने फिर कहा, पर हिम्मत नहीं पड़ी। वह हँसने लगे—अरे बैठो बैठो, मैं जोशी नहीं हूँ।

—पर सीनियर तो हैं ! सोचते हुए हम लोग खड़े ही रहे।

फिर उन्होंने हमारे कन्धों पर हाथ रखकर खुद ही बैठा दिया।

उनकी सिगरेट खत्म होने वाली थी। उन्होंने लम्बा कश खींचा और बची हुई सिगरेट मेरी ओर बढ़ा दी। मैं सकपका गया। यह क्या ? अब इसका मैं क्या करूँ ? मैं और धुआँ छोड़ती सिगरेट ! अजय सर फिर हँसे। बोले, फेंक दो भाई बाहर। पीने के लिए नहीं कह रहे हैं।

उन्होंने दूसरी सिगरेट सुलगा ली। माचिस की तीली को हवा में हिलाते हुए बोले—बस यही एक बुरी आदत है। यह भी सीनियरों की देन है। बस थोड़ा कान्सेन्ट्रेशन के लिए...हाँ, तुम लोग बैठो आराम से...यहाँ कोई माई का लाल पर नहीं मार सकता है...मैं चाय बनाता हूँ।

अजय सर का कमरा बहुत ही व्यवस्थित और अनुशासित था। रैगिंग के लिए आज तक जिन-जिन कमरों में जाने का सौभाग्य प्राप्त हुआ था उन सबसे एकदम अलग ! दीवारें वालपेपरों से सजी हुई थीं। बीच-बीच में पोस्टर लगे थे, पर एक भी भड़कीला न था। अधिकतर साहित्यकारों, कम्युनिस्ट विचारकों एवं गजल गायकों के चित्र थे। जोशी का कमरा तो अर्धनग्न एवं पूर्ण नग्न चित्रों से पटा पड़ा था। इसलिए सुरेन्दर का मन वहाँ अधिक लगता था। कमरे के लुक से ही अजय सर के रिफाइंड टेस्ट और शराफत का भान होता था। अपने खादी के कुर्ते, जींस एवं अंग्रेजी और हिन्दी पर

एक-सी अच्छी पकड़ से वे पूरे इन्टेलेक्चुअल लगते थे। और थे भी।

उन्होंने अपना वाइसचांसलर-मेडल दिखाया, जो इस बात का प्रमाण था कि वे एक मेधावी छात्र रहे थे। उनके टेबल पर हिन्दी और अंग्रेजी की मोटी-मोटी पुस्तकें करीने से रखी थीं। कई तरह की पत्रिकाएँ अलग से। उनका पेन स्टैण्ड और टेबललैंप मुझे आज तक याद है। एक दिन पुराना *टाइम्स ऑफ इंडिया* बेड पर पड़ा था—जगह-जगह रेड पेन से अण्डरलाइन किया हुआ। पर जिस चीज ने मुझे चौंका दिया वह थी 'सरोज-स्मृति' की दो पंक्तियाँ जो उनके तकिये के निकट दीवार पर पेंसिल से उकेरी गई थीं—दुख ही जीवन की कथा रही, क्या कहूँ आज जो नहीं कही...। मैंने अजय सर की ओर गौर से देखा...और फिर उन दो पंक्तियों की ओर...। कुछ अजीब-सा लगा।

चाय तैयार हो चुकी थी। उन्होंने स्वयं कप धोए और हमें चाय दी। चाय की चुस्की के साथ वे जगजीत सिंह का कैसेट बजा रहे थे—धीमे-धीमे। कुछ देर के लिए कहीं खो गए थे अजय सर !...'दोस्त बन-बन के मिले मुझको मिटाने वाले...' लाइन को बार-बार रिवाइंड करके सुन रहे थे। हौले-हौले धुएँ के छल्ले छोड़ रहे थे। मुझे लगा उन्हें कोई दुख है, कोई पर्सनल ट्रैजेडी है...। वह पंक्ति उनके अन्तरंग को छू रही थी। वह भावविभोर...आँखें बन्द किए टेबुल के कोने पर धीरे-धीरे थपकी लगाते रहे।

फिर जैसे उनकी तन्द्रा टूटी...उन्होंने जगजीत सिंह और गुलाम अली के कैसेटों का अपना कलेक्शन दिखाया। बोले, इन दोनों के अलावा गजल और कोई नहीं गाता। बाकी सब तो गीत गाते हैं। उनके मित्रतापूर्ण व्यवहार से हम भी खुलने लगे थे। हमने पूछा, सर आप फिल्मी गानों का कैसेट नहीं रखते ? उन्होंने कहा—इलाहाबाद में फिल्मों से बचना। यहाँ फ्री मे फिल्म दिखाने वाले गली-गली टहलते हैं। अच्छा टेस्ट डेवलप करो। और यह फिल्म देखने से नहीं होगा। अच्छा संगीत सुनो। मौका लगे तो नाटक देखने जाओ। थियेटर में। किताबें पढ़ो। यहाँ आए हो तो कुछ करो...कुछ सीखो।

फिर उन्होंने अपने किताबों का कलेक्शन दिखाया। हिन्दी और अंग्रेजी के कई उपन्यास एवं कहानी-संग्रह। जिन पुस्तकों के बारे में सुना भर था उन्हें आज साक्षात् देख रहे थे। प्रेमचन्द का *गोदान,* धर्मवीर भारती का *गुनाहों का देवता,* टॉल्सटॉय, गोर्की, चेखव की रचनाएँ, डिकेन्स, हार्डी, नायपॉल, मंटो, बेदी...ग़ालिब के शेर...सभी थे उनके पास। *गॉन विद द विंड* मेरी तरफ बढ़ाते हुए बोले—इसे पढ़ो। ऐसी दूसरी किताब नहीं है...क्या स्टोरी है...रेट बटलर और स्कारलेट ओ हारा का क्या कैरेक्टेराइजेशन किया है लेखिका ने ! उनकी प्रेमचन्द और टॉल्सटॉय की स्टाइल पर बेबाक टिप्पणी मुझे आज भी याद है...उन्होंने फिर कहा, पढ़ा करो। पढ़ने से दृष्टिकोण बनता है...जब आप पढ़ते हैं तो विश्व की महान् आत्माओं से सीधे वार्तालाप करते हैं, उनके संसर्ग में आ जाते हैं। कोर्स की किताबें ही सब कुछ नहीं हैं।

मैं स्वीकार करता हूँ कि किताबों के प्रति मेरी रुचि उसी मीटिंग के बाद हुई। एक ही टेबुल पर तीन-तीन डिक्शनरी मैंने पहली बार देखी थीं।

फिर अजय सर ने अपनी कविताएँ सुनाईं—प्रेम एवं जीवन के संघर्ष से सम्बन्धित

कविताएँ। कविता पढ़ने को उनका अंदाज इतना मार्मिक था कि लगने लगा उन्होंने बहुत दुख झेले हैं। फिर कुछ बहकी-बहकी बातें करने लगे। उन्हें किसी से प्रेम था। पर उसकी शादी हो गई। उन्होंने कहा अब जीवन में कभी शादी नहीं करेंगे...प्रेम बार-बार नहीं होता है। हमें मना किया कि इन सब चक्करों में न पड़ें। कैरियर बनाने का समय है। बहुत मुश्किल से उबर पाए थे वह उस पीड़ा से।

मैं बता नहीं सकता मुझे उनके पास बैठना, उनकी बातें सुनना, उनके दुख में शरीक होना कितना अच्छा लग रहा था। मुझे उनसे हमदर्दी होने लगी थी। इतना स्मार्ट, बोल्ड और इंटेलेक्चुअल दिखने वाला व्यक्ति भी अन्दर से इतना टूटा हुआ, इतना दुखी हो सकता है ! उन्होंने बताया कि घर से मनीऑर्डर आना बन्द हो गया है। ट्यूशन से सारा काम चलता है। दो बार इंटरव्यू में सफल नहीं हुआ। इसलिए इस बार क्वालीफाई करने के बाद किसी को बताया ही नहीं। दो सालों से घर नहीं गए हैं। कुछ बन जाएँगे तभी घर जाएँगे।

अजय सर ने एक सिगरेट और जला ली थी। सुरेन्दर ने कोने में रखे हीटर पर चाय बनाने की कवायद शुरू कर दी। आधी सिगरेट रह गई तो उन्होंने सिगरेट वाला हाथ मेरी ओर किया, कहा—लो...पियो...पियो।—मैं चौंक गया...यह क्या...फिर से...। मेरी धड़कन बढ़ गई। आखिर अजय सर की मंशा क्या है ? थोड़ी ही देर में दूसरी बार उन्होंने सिगरेट ऑफर किया था। इस बार तो पीने के लिए साफ-साफ दबाव डाल रहे थे।

—सर मैं सिगरेट नहीं पीता। मैंने मुस्कुराते हुए कहा।

—क्यों ?

क्यों ?...उनके 'क्यों' पर मैं अकचका गया। क्या हो गया है अजय सर को ? उनका सिगरेट वाला हाथ अभी भी मेरी ओर था।

—मैं समझता हूँ यह एक खराब आदत है। मेरे खानदान में कोई सिगरेट नहीं पीता। मैंने सफाई दी।

—बीड़ी मँगाऊँ ?

—अरे नहीं...न...मैं कुछ नहीं पीता। मुझे लगा जैसे उन्होंने मुझे गुदगुदी लगा दी हो।

—वाइन ?—अजय सर ने पूरी गम्भीरता से कहा।

—अरे नहीं...नो सर...नो नो नो सर। मैं अपनी जगह से एकदम खड़ा हो गया। सुरेन्दर का चेहरा देखने लायक था।

—अच्छा सिगरेट थामो तो...थामो...पकड़ो पकड़ो...

उन्होंने सिगरेट मेरी उँगलियों के बीच फँसा दी।

—देखते हैं तुम क्या करते हो इसका। उन्होंने चुनौती-सी दी। सिगरेट एक-चौथाई ही बची थी। मैंने एक नजर अजय सर पर डाली...और फिर एक नजर सिगरेट पर। फिर एक झटके के साथ मैंने उसे कमरे के बाहर फेंक दिया।

अजय सर जैसे उछल पड़े...उत्तेजित होकर बोले—वेल डन...वेल डन माई ब्वाय, वेल

डन ! इट वाज ग्रेट ! आई लाइक इट ! अगर तुम पी लेते तो मैं तुमसे कभी बात नहीं करता। बल्कि जोशी से कहकर तुम्हारी रैगिंग करवाता। असल में मैं तुम्हारा टेस्ट ले रहा था। जानते हो मैंने यही गलती की थी एक सीनियर के कहने पर, डरकर। और आज तक पछता रहा हूँ...बस एक फूँक जी का जंजाल बन गई...खैर छोड़ो...कोई भी सीनियर इस तरह की चीजें ऑफर करे तो इनकार कर दो। हाँ ये चाय लो...ठंडी हो रही है...उधर शेल्फ में बिस्कुट हैं निकालो...खाओ...खाओ...सुरेन्दर को भी दो... सुरेन्दर ने अच्छी चाय बनायी है...क्यों भाई घर से सीखे हुए हो या जोशी ने सिखा दिया...।

अजय सर हँसने लगे। हम दोनों भी हँस पड़े।

अजय सर ने सॉरी बोलते हुए नई सिगरेट सुलगा ली। कहने लगे, मैं हमेशा से रैगिंग का विरोधी रहा हूँ। पहले की बात और थी। रैगिंग तो अब नए लड़कों को अश्लीलता सिखाने का साधन मात्र है। फिर अपने आदर्श सीनियरों के कुछ मनोरंजक किस्से उन्होंने सुनाए। जैसे एक सीनियर रोज रात अपने कमरे से गायब रहते थे और जब विश्वविद्यालय में टॉप किया तो लोगों ने कहा दाल में कुछ काला है। बाद में पता चला कि दूसरे हॉस्टल में एक मित्र के साथ तैयारी करते थे। आजकल जज हैं। एक-दूसरे सीनियर ने जब मेस मैनेजर की निकृष्ट ड्यूटी सँभाली तो पिताजी को टेलीग्राम भेज दिया कि 'मैनेजर' बन गए हैं, अच्छी बचत है। बाद में बैंक में पी.ओ. बन गए। एक सज्जन पैंतीस पूड़ियाँ खाकर एक फ्री पिक्चर की शर्त जीत गए थे। अजय सर के एक अन्य सीनियर ने इकतीस दिसम्बर की कँपकँपाती ठंड में रात बारह बजे नंगे होकर लॉन में स्नान किया था। और फिर उसी दशा में तालियों के बीच पूरे छात्रावास के तीन चक्कर लगाए थे। आजकल मुरादाबाद के डी.एम. हैं। एक साहब तो रात में अगर किसी ने दरवाजे पर दस्तक दिया तो कहते थे आ जाइए, खुला है। और अन्दर सब कुछ खोलकर एकदम निर्वस्त्र बैठे रहते थे। एक दिन उनके पिताजी भी नॉक करके अन्दर घुस गए। जनाब आजकल मेरठ के एस.एस.पी. हैं।

उन्होंने अफसोस जताया कि अब पहले वाली बात नहीं है। अब पढ़ाई नदारद, खाली नंगई बची है। लुच्चों-लफंगों का बोलबाला है। अब तो हर सीनियर-जूनियर दिन के उजाले में ही नंगा नाच करने को उतावला रहता है। जोशी तो कपड़े उतारकर ही पढ़ता है—दिन हो या रात। पढ़ता क्या है, हर समय अश्लील चौपाइयाँ लिखता है। और नम्बर देखिए तो शर्म आ जाए। थर्टी सेवन परसेंट। ऐसे लोग आई.ए.एस., आई.पी.एस. कभी नहीं बन सकते।

कुछ देर तक अजय सर सिगरेट का धुआँ छोड़ते रहे। फिर अचानक बोले, डिक्शनरी खोलो और पूछ लो कोई वर्ड। मेरी हिम्मत न हुई। कहीं अजय सर न बता पाए तो नाराज होंगे।...सुरेन्दर ने एक कठिन-सा शब्द खोजकर उनकी तरफ देखा। उन्होंने हौसला बढ़ाया—पूछो-पूछो। सुरेन्दर ने पूछा और अजय सर ने मीनिंग के साथ सिनोनिम एण्टोनिम सब बता दिया। फिर वे शान्त हो गए। हम लोगों ने अपनी-अपनी

पसन्द की एक-एक मैगजीन उठा ली। उन्होंने कहा ले जाओ, पढ़कर लौटा देना। फिर वे गुनगुनाने लगे। लगा अच्छा गाते होंगे...तेरी गलियों में न रखेंगे कदम आज के बाद...।

ठीक है तुम लोग जाओ—उन्होंने जैसे जागते हुए कहा—डरने की कोई बात नहीं है। अगर कोई इंट्रोडक्शन के लिए बुलाए तो मेरा नाम ले लेना। जोशी से कहना मैंने किसी सीनियर के कमरे में जाने से मना किया है। कोई परेशान करे तो सीधे कमरा नं. 131 में आ जाना।

मुझे लगा अजय सर से मिलना कितना अच्छा हुआ। मैं मन-ही-मन उस सीनियर को धन्यवाद देने लगा जिसने हमें लॉन नापी के लिए भेजा था, अन्यथा अजय सर हमें कैसे मिलते। मैंने फैसला कर लिया कि सीनियर होकर मैं भी जितना हो सकेगा भरसक रैगिंग का विरोध करूँगा। फ्रेशर्स को बचाऊँगा। अजय सर की माफिक। लगभग एक घंटे की मीटिंग में मुझे बहुत कुछ सीखने को मिला। किताबों एवं लाइट म्युजिक के प्रति मेरी रुचि के लिए अगर कोई जिम्मेदार है तो वह हैं अजय सर।

हम लोग निकलने लगे तो आदत के मुताबिक झुककर शाही सलाम करना चाहा। उन्होंने मना कर दिया। कहा, बिला वजह न झुका करो। अजय सर खुद बाहर तक छोड़ने आए। दूर सामने जोशी खड़ा था। घूरते। लगा, हमें कच्चा चबा जाएगा। कचर-कचर...। सुरेन्दर उसकी ओर देखकर मुस्कुराया। जोशी आपे से बाहर हो रहा था लेकिन जैसे ही उसकी नजर अजय सर पर पड़ी वह तेजी से दूसरी ओर मुड़ गया।

पहली बार लगा हम लोग फ्री हैं, आजाद हैं। कहीं किसी का डर नहीं। जोशी का भी नहीं। हमें अजय सर का वरदहस्त प्राप्त हो गया था। हमारा कोई कुछ नहीं बिगाड़ सकता था।

जब तक मैं अपने कमरे में पहुँचा, अजय सर की एक विशेष छवि मेरे मन में बन चुकी थी। वे निश्चित ही मेरे रोल मॉडल थे। मैं उन्हीं की तरह बनना चाहता था—मेधावी, पुस्तक-प्रेमी, रैगिंग-विरोधी और दुखी।

अपने छोटे से छात्रवासी जीवन में पहली बार मैं गुनगुना रहा था, बल्कि यों कहें कि मद्धम-मद्धम स्वर में गा रहा था—मेरे सपनों की रानी कब...। गाता जाता था और सोचता जाता था कि वह आए और मुझे धोखा देकर किसी और के साथ चली जाए। ताकि मैं अजय सर की तरह दुखी हो जाऊँ और बिना अपना दुख किसी से बाँटे, बिना उसका खुलासा किए, अपने दुख का आनन्द उठाऊँ। पहली बार रैगिंग का बोझ दिलो-दिमाग से जाता रहा। कम से-कम देर रात की बुलाहटों और फजीहतों से निजात तो मिली। जोशी और उसकी गुण्डा मंडली मेरे और सुरेन्दर के बारे में सपना देखना भूल जाए। अजय सर को देखते ही कैसे दुम दबा के भागा था शौचालय की ओर।

...तभी दरवाजे पर दस्तक हुई।

मुझे पूरा विश्वास था कि बगल वाले दरवाजे पर नॉक हो रही है। पर तुरन्त की अपनी भूल का एहसास हो गया। मैंने मजाक में अजय सर के सीनियर का जुमला दुहरा दिया—खुला है, चले आइएं।

सुरेन्दर था। कुछ-कुछ डरा हुआ।

—जोशी बुला रहा है। वह कुंठित स्वर में बोला।

—लेकिन क्यों ? तुमने अजय सर का नाम नहीं लिया ?

—मैंने लिया, दो बार। लेकिन वह सुअर की औलाद कुछ सुनने को तैयार ही नहीं। कहता है स्मार्टी को बुलाओ। अबे तुमको स्मार्टी कह रहा था...साला खुखुवाया है। सुरेन्दर भय-युक्त हँसी हँसने लगा।

मुझे सुरेन्दर पर क्रोध आ रहा था। उसका मन जोशी के ही कमरे में लगता है। फोटू देखता रहेगा बस—और कौन-कौन हैं—मैंने खीझते हुए पूछा।

—अपने बैच के सारे लड़के। सब लाइन में खड़े हैं...बिना शर्ट के।

हम लोग पहले अजय सर के कमरे की ओर गए। कमरे में ताला लगा था। सोचा मेस में होंगे। मेस में जाने की सोच ही रहे थे कि ब्लॉक के दूसरे कोने में खड़ा जोशी भौंका—अबे स्मार्टी, ओय चिकने, चल इधर, इधर आ। लँगड़ी दौड़ते हुए आना बे...

मैंने उसको घूरा और दोनों पैरों पर चलकर उसके पास पहुँचा।

—चल अन्दर साले। जोशी गरजा।

—लेकिन सुनिए सर, जोशी सर...एक मिनट...एक मिनट। अजय सर ने कहा है पढ़ाई करो। अगर कोई भी...।

—कौन ? उसने दहाड़ मारी, जैसे सुना ही न हो।

—अजय सर। मैंने बिना डरे जवाब दिया।

—अजय सर की माँ की ऐसी की तैसी, तू पहले अन्दर आ, चल...।

लड़ाई हारते हुए मैंने उसके कमरे में प्रवेश किया। बैच के सारे लड़के शर्टविहीन काया में नतमस्तक थे। मेरा जोश हिरन हो गया।

—शर्ट उतारकर लग जा लाइन में। जोशी ने आदेश दिया।

इस समय कमरे में कई सीनियर थे—हाफ पैंट, टी शर्ट, जींस, कुर्ता, लुंगी पहने हुए...हँसी के फव्वारे छोड़ते हुए...दया और तिरस्कार की मिश्रित दृष्टि हम पर डालते हुए। कोई कुर्सी पर था तो कोई उसके हत्थे पर। कोई टेबुल पर पसरा था तो कुछ लोग बेड पर लेटे बैठे थे—चाय की चुस्की लेते हुए।

—यह हीरो कहता है कि कोई अजय सर हैं जिन्होंने इसको किसी सीनियर के कमरे में जाने से मना किया है। जोशी ने मुझ पर फिकरा कसा। बाकियों ने जोरदार ठहाका लगाया।

—किसने कहा ? टेबुल की कोर पर बैठे सीनियर ने खिल्ली उड़ाने के अंदाज में पूछा।

—हैलो मिस्टर, आप फ्रेशर हैं या कुछ और ? किसी और ने व्यंग्यबाण छोड़ा। क्रोध

तो बहुत आया किन्तु मैं अजय सर के आश्वासनों को सोचकर चुप रहा। ले लो जी भर के रैगिंग...बस आज ही न...कल से देखेंगे।

पर तभी जैसे मेरे अवचेतन में कुछ सरसराया। कुछ ठनका। इस सीनियर की आवाज कुछ जानी-पहचानी लगी...यस...यस...मैंने इस आवाज को सुना है...श्योर...अच्छी तरह सुनी है...बड़ी देर तक...बस आधा घंटा पहले। अजय सर ? क्या यह अजय सर का स्वर है।...क्या उन्होंने व्यंग्यबाण छोड़ा है ?

मैं चकरा गया...कुछ क्षणों के लिए विवेकहीन हो गया। उस समय की मनःस्थिति का वर्णन करने के लिए मेरे पास शब्द नहीं हैं...। जोशी के कमरे में अजय सर की उपस्थिति की सम्भावना मात्र से मेरी नसों में खून की रफ्तार तेज हो गई, दिल की धड़कनें हिलोरें लेने लगीं...क्या चक्कर है भाई...पूरा घनचक्कर। अजय सर यहाँ, रैगिंग सेशन में ?

मैंने कनखियों से उस ओर देखा जिधर से "हैलो मिस्टर" की आवाज आई थी। सच मानिए, मेरे होश फाख्ता हो गए। एक झुरझुरी-सी दौड़ गई मेरे शरीर में। एक विचित्र अनिश्चितता से मैं भर गया...। लबालब...। मेरी आत्मा शरीर छोड़ते-छोड़ते रुकी। मुझे अपनी आँखों पर विश्वास नहीं हुआ। बिलकुल नहीं। आज इतने वर्षों बाद भी नहीं होता है। अजय सर बड़े आराम से बेड पर पैर फैलाए लेटे हुए थे। उनका सिर जोशी के सीने पर था और उनके पेट के निचले हिस्से पर तकिया रखा हुआ था। उन्होंने अपने हाथों की उँगलियों से तकिये पर सूर्यासन की मुद्रा बना रखी थी। मैंने सोचा शायद जोशी ने उन्हें बहला-फुसला कर बस मूड फ्रेश करने के लिए बुला लिया होगा। कोई बात नहीं, अजय सर मुझे तो पहचानते ही हैं, जोशी की हिम्मत है कि आगे और कुछ करे।

मैंने फिर से देखा। अद्‌भुत दृश्य था। दोनों एक ही सिगरेट को बारी-बारी से पी रहे थे। अजय सर सबसे वरिष्ठ छात्रावासी और ये जोशी ? बस साल भर पुराना पिल्ला...। जहाँ सीनियॉरिटी-जूनियॉरिटी को इतना महत्त्व दिया जाता हो, दोनों इस तरह टाँग फँसाकर कैसे लेट सकते हैं।

—सर, आप अजय सर हैं न ? मेरे मुँह से सहसा निकल पड़ा।

—कौन, मैं ? उनकी आवाज में एक अजीब-सा बेगानापन था। टोन बिलकुल रूखी थी।

—यस सर, आप। मैंने सावधानी से उन्हें एक बार फिर देखा। वे वाकई अजय सर ही थे।

—अबे तू मेरे बारे में पूछ रहा है ? वे तकिया सँभालते हुए उठ बैठे। चेहरा गुस्से से तमतमाने लगा था।

—यस...सर। उनके चेहरे का बदला हुआ रंग देखकर मैं लुढ़क गया। फिर सँभला।

—आप आज ही तो कुछ देर पहले अपने कमरे में बुलाकर हमसे बात किए थे...।

—अबे गधे, गधे की औलाद, मैंने तुमसे बात की थी ? कब बे ? क्या मैंने कभी किसी पिद्दी जूनियर से बात की है, वह भी अपने कमरे में बुलाकर ? अबे चिकने, मेरे कमरे में घुसने का टिकट लगता है। और ध्यान रख, मेरे कमरे में लौंडे नहीं आते हैं। अगर आते हैं तो मैं छोड़ता नहीं। मैंने तेरे साथ कुछ किया क्या ?

अजय सर बड़ी ही कुटिलता से मुझे घूरे जा रहे थे। गुस्से से उनके होंठ थरथरा रहे थे।

उस आदमी के निष्ठुर व्यवहार ने मुझे नर्वस कर दिया। सब कुछ बड़ा ही उलझाने वाला था। एकदम रहस्यमयी...।

समझ में नहीं आ रहा था क्या करूँ। वह दूसरी सिगरेट सुलगा रहे थे और जोशी उनकी मदद कर रहा था। उससे पहले कभी ऐसी स्थिति और ऐसे चरित्र से भेंट नहीं हुई थी। आखिर ये आदमी ऐसा कैसे कर सकता है ? सोचा कह दूँ—नाटक मत करो, सीनियर हो, सीनियर की तरह पेश आओ। लेकिन यह मुमकिन नहीं था। जूनियरों की मजाल नहीं कि सीनियरों से अशिष्टता करें, उनके मुँह लगें। मेरी हिम्मत जवाब दे गई।

जोशी ने अपनी सुराहीदार गर्दन ऊपर उठाई और जोर से हड़काया—स्मार्टी तीसरा बटन देख। ज्यादा चखचख नहीं।

मैंने जोशी की परवाह नहीं की। मैं अजय सर को टकटकी बाँधे देखे जा रहा था।

—लेकिन सर, आप अजय सर हैं न ? मैंने कुछ देर बाद फिर पूछा।

—नो, मैं पूरे जीवन में कभी अजय नहीं रहा। बेटे, तुमने किसी और को देखा होगा।

उनके सीधे-सपाट उत्तर से मैं चुप हो गया। एक बार मैंने उनकी ओर फिर देखा, आँखों पर जोर डालते हुए। कहीं कोई शक की गुंजाइश नहीं थी। यह सीनियर झूठ बोल रहा है। यह सब इसकी एक्टिंग है। यह वही है जिसने कुछ देर पहले मुझे चाय पिलाई थी...। कितनी अच्छी तरह बातें की थीं। झूठा...बहरूपिया...दोगला...।

—अच्छा एक गाना सुनाओ। अजय सर ने कहा। एक घंटे पहले वाली शराफत का नामोनिशान नहीं था।

—सर, सॉरी, मैं गाने नहीं जानता। मुझसे गाना निकलता ही नहीं।

—अच्छा खखारो। अमिताभ की आवाज में या रफी साहब की आवाज में खखारो तो।

मैंने कोशिश की लेकिन खखार नहीं निकली। सभी हँसने लगे।

—अच्छा बताओ मिस यूनिवर्स को हिन्दी में क्या कहते हैं ?

मैं नीचे देखता खड़ा रहा।

—कुमारी ब्रह्मांड, समझे।

मैं समझकर भी नासमझ बना खड़ा रहा।

—आई एम श्योर, आप अजय सर ही हैं। मैंने फिर रट लगाई।

—कैसे !

—आपका चेहरा, आपकी आवाज, आपका ड्रेस, सब कुछ तो वही है, सर। मेरा फ्रेण्ड भी आपके कमरे में मेरे साथ था। वह भी आपको पहचानता है।

—तुम्हारा फ्रेण्ड कौन है, बेबी ?

—सुरेन्दर शर्मा।

—क्या उसने मुझे कुछ ऐसा-वैसा करते हुए देखा ?

—नो सर, आई मीन...नो। मुझे उनकी बात पर हँसी आ गई।

उसने देखा या नहीं ? हिन्दी में बोल। अजय सर ने गाली बकी। उनकी आँखों में खून तैरने लगा।

—नो सर, नहीं देखा। मैंने धीरे से कहा।

—इसका अर्थ है सुरेन्दर वहाँ नहीं था। अजय सर ने सिद्ध कर दिया।

—लेकिन आप अजय सर हैं। मैंने दुहराया।

—अरे वह ब्लडी सुरेन्दर कहाँ है ? अजय सर चिल्लाए। वे वाकई में खूँखार लग रहे थे।

मैंने सुरेन्दर शर्मा की ओर इशारा किया।

—ऐ मिस्टर, क्या तुम इस मौलवी के साथ मेरे कमरे में थे ?

—सुरेन्दर कुछ बुदबुदाया जो मेरी समझ में नहीं आया पर अजय सर ने मान लिया कि वह हाँ कह रहा है।

—तो तुम वहाँ थे ?

सुरेन्दर की ठोढ़ी में कुछ हरकत हुई।

—अबे पिस्सू, खटमल, तू श्योर है कि तू वहाँ था ? सुरेन्दर ने जल्दी से नकारात्मक में सिर हिला दिया।

—नहीं, नहीं, तुम थे। अजय सर ने जोर डाला। सुरेन्दर चुपचाप खड़ा रहा। अजय सर ने अपनी सिगरेट उसकी ओर दिखाते हुए कहा—पियोगे ? इससे पहले कि सुरेन्दर कुछ बोलता, अजय सर ने जोशी से कहा—इस ब्राह्मण-पुत्र को जरा ये सिगरेट तो पिलाओ। इसको सब याद आ जाएगा।

जोशी ने जबरदस्ती सिगरेट सुरेन्दर के होठों से लगा दी, फिर चिल्लाया, खींचो ! अजय सर ने कहा—अगर नहीं पीता है तो पैंट उतार दो साले की।

सुरेन्दर ने घबराकर एक कश अन्दर लिया और बेतहाशा खाँसने लगा। वह भय से सिकुड़ गया। गर्दन नीची करके अपने अँगूठे को घूरने लगा।

आपका नाम क्या है, सर ? मैंने विचलित होते हुए पूछा। मुझे धीरे-धीरे अपने ऊपर संदेह होने लगा था।

—मेरा ?

—हाँ सर, मैं नहीं जानता कि मुझे क्या हो गया है ?

—क्या हो गया है ?

—मैं कनफ्यूज्ड हूँ। इक्सक्यूज मी सर।

—ब्रदर तुम ठीक कहते हो, जूनियर्स हमेशा ही कनफ्यूज्ड रहते हैं।

—लेकिन...सर...मैं...।

—तुम क्या जानना चाहते हो, जूनियर ?

—आपका नाम सर, और कुछ नहीं।

—तो सुनो, मेरा नाम अजय सिंह है। मैं यहाँ के सभी सीनियरों का बाप हूँ। मुझसे सभी की फटती है। थोड़ी देर पहले तुम और सुरेन्दर मेरे कमरे में गए थे। शुकर मनाओ कि तुम लोग अभी भी कुँवारे हो...। और सुनो, वह चाय फ्री की नहीं थी। बारह-बारह आने निकाल के रख दो। और उस मैगजीन का किराया अलग से।

दूसरे फ्रेशर्स मुस्कुराने लगे। अजय सर ने उन्हें छलनी कर देने वाली नजर से देखा और गुर्राये—सालो एक साथ सबकी चड्ढियाँ लाल कर दूँगा और दफा हो जाऊँगा। ढूँढ़ते फिरोगे।...खीस मत निपोरो...।

सारे लड़के तीसरा बटन देखने लगे। फिर वह मेरी ओर पलटे—मेरी जान, और कुछ ?

बिना किसी लाग-लपेट के अजय सर ने अपना इंट्रोडक्शन दे दिया था। वह लगातार दुष्टता के साथ मेरी ओर देखे जा रहे थे कि अगर मैं और कुछ पूछना चाहता हूँ तो पूछ लूँ। मैंने अपने गाल पर दो चाँटे लगाए—चट, चट, और तीसरे बटन देखने लगा।

सारे सीनियर अट्टहास कर रहे थे। गजब की चमक और जान थी उनकी राक्षसी हँसी में। अजय सर ने नई सिगरेट जला ली थी। जोशी रंगदारों की तरह घूमता हुआ हमारे नजदीक आया और अपनी खुर्राट आवाज में बोला, मच्छरो, तुम लोग कल से यूनिवर्सिटी में कक्षाएँ करने जा रहे हो। हॉस्टल की परम्परा के अनुसार पढ़ाई शुरू करने से पहले तुम लोगों को छात्रावास के सबसे वरिष्ठ सीनियर से आशीर्वाद ग्रहण करना है। जैसा कि तुम लोगों को पता है, हमारे बीच विराजमान हैं, यहाँ इधर, बेड पर, अपने माँ-बाप की इकलौती निकम्मी सन्तान श्री अजय सिंह जी महाराज। तुम्हें एक-एक करके आना है और यहाँ इस तकिये पर कम से कम एक रुपए और अधिक से अधिक दो रुपए का चढ़ावा चढ़ाना है। यदि प्रसन्न हुए तो महाराज आशीर्वाद दे देंगे। समझे।

हम अच्छी तरह समझ गए थे। सुरेन्दर बायीं ओर से पहला दर्शनार्थी था। जोशी मंत्रोच्चारण जैसा कुछ करते हुए अजय सर के पास खड़ा था। अजय सर आँखें खोले लेटे हुए थे—मंत्रमुग्ध। जोशी ने हमें सावधान किया—रेडी, तैयार हो जाओ। पहले सुरेन्दर, फिर अमरेन्दर...फिर तेजेन्दर...फिर...। पहले तुम लोग यहाँ देखो, यहाँ तकिये के पास। अजय सर आराम से लेटे थे...एकदम निस्तब्ध...शान्तचित्त। जोशी ने मंत्र पढ़ते हुए हाथ बढ़ाकर तकिये को एक ओर सरका दिया। हमने देखा...। पहले तो हम कुछ समझ नहीं सके, फिर जैसे हमें करंट लग गया। लगभग एक साथ हमारी गर्दनें दूसरी

दिशा में मुड़ गईं। हम सभी ही-ही-ही करने लगे। हँसी रोकने से न रुकती थी। अजय सर पेट के नीचे पूरी तरह नंगे थे। एकदम नंगे। वे अभी भी उसी तरह लेटे थे—निर्विकार...निश्चल...भावशून्य...।

जोशी ने सुरेन्दर की ओर इशारा किया—बढ़ो। सुरेन्दर चढ़ावा लेकर शर्माते-सकुचाते गर्दन मोड़े हुए आगे बढ़ा। जोशी ने चेताया कि ऐसे आशीर्वाद नहीं मिलेगा। दर्शनार्थी भक्तिभाव से आगे बढ़ें। सुरेन्दर ने गर्दन सीधी की और आदरभाव से एक रुपए की रेजगारी पेट पर रख दी। जोशी चिल्लाया—और नीचे ! सुरेन्दर ने सिक्के को नीचे सरका दिया।

हम सभी मुँह पर हाथ रखकर अपनी-अपनी हँसी रोकने का प्रयास कर रहे थे।

अजय सर ने अपना दाहिना हाथ एवमस्तु की मुद्रा में ऊपर उठाया और उनके मुँह से आशीर्वचन झर-झर बहने लगे—

जाओ पुत्र जाओ, कल से विश्वविद्यालय जाओ। आशिकी में नाम कमाओ। माँ-बाप की गाढ़ी कमाई पानी में बहाओ। फिर लौट आओ। फिर बाथरूम जाओ, शौचालय जाओ, इधर जाओ, उधर जाओ, फिर आ जाओ। खाओ, पढ़ो, सोओ, फिर उठ जाओ। फिर विश्वविद्यालय जाओ। रोज-रोज जाओ। फिर आ जाओ। कटरा जाओ, कर्नलगंज जाओ, हाथी पार्क जाओ, कम्पनी बाग जाओ। आते-जाते रेलिंग से लटके चेहरों और सूखते कपड़ों को धड़ल्ले से देखते जाओ। फिर मुँह लटकाये लौट आओ। अखबारों और पत्रिकाओं को गीता और कुरान की तरह पढ़ते जाओ, फिर एक कोने में उन्हें सजाकर रख दो। और खाना खाने मेस में जाओ। देर रात तक जागो, किताबों को भी जगाओ। उन्हें चाटो। और फिर सो जाओ। फिर उठो, इधर-उधर जाओ। घंटे दो घंटे चाय की दुकान पर बिताओ। फिर आ जाओ। आकर पढ़ने बैठ जाओ। घंटों किसी को मुँह न दिखाओ। फिर शौचालय जाओ। फिर आ जाओ। कभी-कभार पुस्तकालय जाओ। वहाँ पढ़ने वालों को देखो-दाखो, फिर लौट आओ। आते-जाते खोते जाओ। खोते-खोते रोते जाओ। रोते-रोते नंगे हो जाओ। जाओ पुत्र, जाओ। खोने-रोने और नंगे होने ही तैयारी में लग जाओ। जाओ।

अजय सर चुप हो गए। हमारी हँसी रुक गई थी। कमरे में सभी लोग चुप थे। सुरेन्दर वापस लाइन में आ गया। जोशी ने फिर से तकिया अजय सर के पेट पर रखना चाहा पर उन्होंने मना कर दिया। फिर वे खड़े हो गए। कुर्ता उतारने की मुद्रा में आते हुए बोले—भाइयो क्षमा करना...अब मैं पूरा नंगा होना चाहता हूँ। इसके बाद मैं आप लोगों को नंगा नाच दिखाऊँगा।

उन्होंने कुर्ता उतारकर फेंक दिया। एकदम वस्त्रविहीन हो गए अजय सर। सभी सन्न थे। शायद सोच रहे थे कि अजय सर नाहक ही सीमा से बाहर जा रहे हैं। वहाँ तक तो ठीक था। पर अब ये नंगनाच ! बेशर्मी की नुमाइश थी यह...नहीं नहीं...शायद वे अपनी नाकामयाबियों का ढिंढोरा पीट रहे थे। या कि तस्दीक करना चाहते थे कि उनका पतन हो चुका है...गिर गए हैं वे। कहीं के नहीं रहे...सब कुछ बेकार चला गया।

जो भी हो, हमारा खूब मनोरंजन हुआ।

अजय सर नंगे होकर नाचने लगे थे। वे झूम-झूम कर, घूम-घूम कर नाच रहे थे। मस्ती से नाचे जा रहे थे। नंगाई उन पर खूब फब रही थो। हम दीवारों से चिपक गए। पर वह कमरा छोटा पड़ रहा था। नंगानाच के लिए तो कतई छोटा। वे नाचते-नाचते दरवाजे से बाहर निकलने लगे। फिर वे कॉरीडोर में नंगानाच करने लगे। वहाँ अधिक जगह थी। वह झूम-झूम कर नाचे जा रहे थे। थोड़ी ही देर में उनके नंगानाच को देखने के लिए छात्रावासियों की भीड़ इकट्ठा हो गई। तालियों की लय पर वे नाचते रहे। नाचते रहे। इतना नाचे कि उनका नंगापन जाता रहा। वे एक नचनिया लगने लगे। कोई उनके नंगेपन को नहीं देख रहा था। सब उनके नाच में मगन थे। सबको अच्छा लग रहा था उनका नाच। मुझे और सुरेन्दर को भी।

4

रामलला

इंजन के भोंपू ने मेरी नींद तोड़ दी। सामान्यतः मैं डी. कम्पनी में सोता नहीं हूँ किन्तु रजनीश दीक्षित की दंतकथाओं एवं अजय सर के नंगानाच की ऊष्मा ने दिसम्बर की उस शीतल दोपहरी में मुझे नींद के आगोश में पहुँचा दिया था। गाड़ी का यह निर्धारित स्टॉपेज था और वह अब चलने के लिए चिंघाड़ रही थी। मैंने जम्हाई ली और खिड़की से बाहर झाँकने लगा। मन हलका हो गया था, जैसे सोने से पहले कुछ हुआ ही न हो। मेरे चारों पुरुष सहयात्री नीचे प्लेटफॉर्म पर चाय पीते खड़े थे जब कि सुमित्रा देवी अपनी सीट पर पसरी बड़े ही शर्मनाक ढंग से अपने नथुनों से अप्रिय संगीत निकाल रही थीं। आप समझे ? वास्तव में इसी मधुर संगीत ने, न कि बैशाली एक्सप्रेस के भोंपू ने, मेरी दस साल पहले की स्वप्निल यात्रा में खलल डाला था। सोते में भी सुमित्रा देवी अपना भाव गिरने नहीं देती थीं।

जैसे ही गाड़ी ने एक मामूली से धक्के के साथ रेंगना शुरू किया मेरे चारों सहयात्री बन्दरों की-सी चपलता के साथ कूद कर गेट के अन्दर थे। सबसे बाद में गोविन्द आया। एक हाथ में चाय का कुल्हड़ बड़ी नजाकत के साथ पकड़े हुए था। कष्ट में पड़े हुए लोगों को देखकर कभी-कभी मुझे बड़ा मजा आता है। उसकी कुल्हड़ वाली उँगलियों में बेतहाशा गर्मी पहुँच रही थी जिसकी गवाही उसका सिकुड़ता चेहरा दे रहा था। फिर भी उसने बर्दाश्त किया। वह चाय थामे मेरे नजदीक ही खड़ा था। उसका चायवाला हाथ मेरी नाक से कुछ ही दूरी पर था। अगर मैं कुछ हिम्मत दिखाता तो खाली गर्दन को थोड़ा आगे लाकर एक-दो घूँट पी भी सकता था। वह एक जाड़े की शाम थी। मैं सोकर उठा था और चाय का शौकीन हूँ। आप सोच सकते हैं कि मेरी क्या दशा हो रही होगी। अदरक और लौंग की मसालेदार सुगन्ध से लैस मिट्टी के कुल्हड़ से उड़ती भाप मेरे नथुनों में घुसपैठ कर रही थी और मैं एक कप चाय के लिए पागल होने लगा था। मैंने खुद को जल्दी न उठ पाने के लिए गाली बकी। मैंने सुमित्रा को कुछ और जोर से खर्राटा न लेने के लिए कोसा। हो सकता है उसके कारण कुछ जल्दी जग जाता। और तो और मैंने उस अनुपस्थित चायवाले को अन्दर आकर चाय गरम, चाय गरम न चिल्लाने के लिए खूब धोया। साला। बेअकल। नहीं मालूम गधे को कि चाय का मजनूँ इस गाड़ी पर दिल्ली तक के सफर पर है। गाड़ी ने तो सही वक़्त पर रुककर

अच्छा मौका मुहैया कराया था—पर आज ही उसको मरना था ! कामचोर !

अब/यह घोड़ी अँगड़ाई लेते हुए जागेगी और गोविन्द के हाथ से छीनकर एक घूँट में पूरी चाय सुड़क जाएगी। पूरी की पूरी लौंग अदरक वाली चाय। चाय अभी भी गोविन्द के हाथ में थी और उस खुशबूदार चाय की खनक से मैं अपने होश खोता जा रहा था। सुमित्रा अभी भी नाक से शोर मचाये हुए थी और मुझे लगा गोविन्द कुछ असमंजस में है। क्या वह इसे जगाएगा ? कुछ टाँका लगता है दोनों का। या खुद पी जाएगा ? मैंने उसकी ओर कनखियों से देखा किन्तु वह सुमित्रा को लगातार देखे जा रहा था। एक गरम घूँट की तलब मेरे पूरे शरीर में ऐंठन पैदा कर रही थी। और सर तो मानो फट ही जाएगा। और यह सब कुछ बस एक रुपए की चाय के लिए !

फिर कुछ हुआ। अचानक वह मेरी ओर देख रहा था। सीधे मेरी ओर। मैंने भी उसे देखा—फिर आँखें गड़ा दीं उस पर। उसके हाथों की नसें ढीली पड़ने लगीं। उसने धीरे से चाय वाला हाथ मेरी ओर कर दिया। मैंने झपटा और सुड़क लिया।

गोविन्द के चेहरे पर सुकून लौट आया था और वह बिना होठों में हरकत किए मुस्कुराए जा रहा था।

मैंने मन ही मन सोच लिया कि उतरने से पहले गोविन्द को धन्यवाद के दो शब्द अवश्य कहूँगा।

गाड़ी के चलने के आधे घंटे के अन्दर ही बोगी का माहौल पूरा बदल चुका था। हर छोटे-मोटे स्टेशन पर गाड़ी रुकने लगी। कभी-कभी तो बिना स्टेशन के भी। हजारों लोग स्टेशनों पर जमा थे और जैसे ही गाड़ी धीमे होती थी लोग डिब्बों पर हमला बोल देते थे। वे घुसते ही आ रहे थे। ये सभी कारसेवक थे और बस्ती लखनऊ होकर अयोध्या जा रहे थे। वे पूरे जुनून से नारेबाजी कर रहे थे। एक धक्का और दो, बाबरी मस्जिद तोड़ दो, रामनाम सत्य है, बाबरी मस्जिद ध्वस्त है। नारा लगाने वाले लोगों के—जिसमें नौकरी-पेशा और बेरोजगार, धार्मिक और अधार्मिक सभी थे—स्वर की समवेत शक्ति इन नारों को आसमान की बुलंदियों तक पहुँचा रही थी। किलोमीटर-दर-किलोमीटर। स्टेशन-दर-स्टेशन।

मैं कोने में बैठा कारसेवकों के सैलाब को देख रहा था। बोगी के अन्दर, बीच में, सामान पर, पायदान पर, छत पर, शौचालय में, यहाँ वहाँ—कहाँ नहीं थे वे लोग। लगभग हर पन्द्रह-बीस मिनट पर ट्रेन रुक जाती थी और नए लोग समाते जाते थे। सामान के नाम पर माथे पर एक भगवा पट्टी और कन्धे पर एक झोला। बस। हाँ, कुछ समूह ऐसे भी चढ़ते थे जिनके हाथों में हथौड़ा, बेल्चा, लोहे के रॉड जैसे औजार भी थे। मानो कारसेवकों का हुजूम नहीं बल्कि युद्ध क्षेत्र की ओर जा रहे सैनिक हों। हिला देने वाले नारों के साथ भगवा पट्टी से सजे सर एक खौफनाक झटके के साथ ऊपर जाते थे—जैसे कान और आसमान एक साथ फट जाएँगे। एक धक्का और...।

पर एक बात मैंने नोट की। वातावरण कितना भी ज्वलनशील और उत्तेजनापूर्ण रहा हो पर उसमें अनुशासनहीनता नहीं थी। नारे जब नहीं लगते थे तब भी शोरशराबा

था पर कारसेवकों ने न तो किसी वेंडर को लूटा न किसी कुली को धकेला न कोई तोड़फोड़ की और न ही किसी यात्री को परेशान किया।

वे सभी कारसेवक थे जो अपने सर पर भगवा कफन बाँधकर एक मिशन पर निकले थे। इतिहास को मिटाने, इतिहास को रचने, वास्तविकता को नेस्तनाबूत करने, मिथक को पुनर्जीवित करने। वे तारीख से बदला लेने जा रहे थे। वे जान देने जा रहे थे। वे जान लेने जा रहे थे। वे हिन्दुस्तानी तहजीब को भूल भारतीय संस्कृति की रक्षा के लिए और उसके गौरव के लिए जा रहे थे। वे एक कौम को शर्मसार करने और उसे उसकी औकात बताने जा रहे थे।

भारत सरकार की रेल इन्हें उस स्थान के नजदीक तक ले जाएगी और उ.प्र. सरकार की बसें इन्हें ठीक वहाँ पहुँचाएँगी।

मेरे बोगी के अन्दर का वातावरण अब तक दमघोटू बन चुका था। मैं उस बेचैन हुजूम को आत्मसात करता बैठा रहा। अब तक सुमित्रा देवी भी जग चुकी थीं और अपनी पहली प्रतिक्रिया उन्होंने अपनी नाक को बड़े ही बेढंगे तरीके से सिकोड़कर दी। वे नहीं चाह रही थीं कि उनके कूपे में ज्यादा लोग घुसें चाहे वे कारसेवक ही क्यों न हों। गाड़ी इस समय एक पुल से गुजर रही थी और इसी बीच धकियाते-मुकियाते कुछ और कारसेवक हमारे कूपे में ठुँस गए। शायद एक सुमित्रा के पैरों पर चढ़ बैठा। सुमित्रा चिहुँक उठी और गोविन्द जी जान से चिल्लाया—हटिए भागिए, यह कोई तरीका नहीं, यह कोई हिन्दू संस्कृति नहीं। एक महिला से सटे जा रहे हैं—उनके पैरों पर चढ़ बैठे। चिल्लाते हुए वह उठ खड़ा हुआ। सुमित्रा ने स्थिति की नजाकत को समझते हुए गोविन्द को किसी तरह शान्त किया।

उनमें से कुछ तो पूरे कारसेवक थे और कुछ आम यात्रियों जैसे लग रहे थे। तो कुछ आम यात्री और कारसेवक के बीच के। कुछ भगवा वस्त्र धारण किए हुए पूरे के पूरे साधू। पर संत नहीं। माथे पर डरावना टीका, गले में रुद्राक्ष, होठों पर जय श्रीराम का नारा। इनकी उपस्थिति मन को एक भाव से भर देती थी।

—भाई साहब महात्मा जी को जरा अपनी ओर बैठने दें। पिछले तीन-चार घंटों में सुमित्रा का मुझसे यह पहला संवाद था। उसने एक साधू को आदरभाव से देखते हुए मुझे इशारा किया कि मैं उन्हें बैठने दूँ।

राधेश्याम तो उकडूँ हो गया पर मैं हिला तक नहीं, क्योंकि मेरे लिए हिलने की भी जगह नहीं थी। इससे पहले कि सुमित्रा दुबारा कहती, वह साधू महोदय मुँह से सीटी-सी आवाज निकालते हुए मेरे ऊपर झुके और मुझे उठाना चाहा। मैंने कोई प्रतिवाद नहीं किया। उठ गया। ऐसी परिस्थिति में जब समय और स्थान का अकाल हो, जब सुमित्रा पैर कुचल जाने पर भी कुछ न बोले, जब भारत के रेल मंत्री कामकाज छोड़कर घर की खरीदारी करने निकल गए हों, मेरा कोई हक नहीं बनता था कि किसी साधू से प्रतिवाद करूँ। मैं वहीं अटक कर खड़ा हो गया।

खड़े-खड़े मेरे पैर घुटने के नीचे सूजने लगे थे। सहसा मेरी नजर साधू महात्मा की

नजर से टकराई। वह भी मुझे देख रहा था। उसने सुमित्रा की बर्थ की ओर इशारा किया। आश्चर्यजनक रूप से थोड़ी-सी जगह पेलमपेल में खाली छूटी रह गई थी। बस मैंने वहीं अपनी कुटी जमा ली।

उस साधू और सुमित्रा देवी को निकट आने में समय नहीं लगा। जल्दी ही वे बतियाने भी लगे। वे कारसेवा के बारे में बात कर रहे थे, अयोध्या में रुकने के बारे में बात कर रहे थे, ट्रेन की धीमी गति के बारे में बात कर रहे थे।

इसी बीच सुमित्रा ने साधू को मेरे बारे में बताया—ये सज्जन दूसरे के टिकट पर यात्रा कर रहे हैं। कहते हैं दीक्षित जी हैं पर टिकट है किसी मुसलमान का। और यह भी कि मैं अयोध्या नहीं बल्कि दिल्ली जा रहा था।

इस बीच सैकड़ों की संख्या में कारसेवक आते ही जा रहे थे। मेरा ख्याल है कि टिकटहीनता के भार से हमारी गाड़ी दबी जा रही थी इसीलिए शायद धीरे-धीरे चल रही थी। राधेश्याम, गोविन्द आदि ऊपर वाली बर्थ पर फँसे बैठे थे जबकि साधू के साथ अयोध्या जा रहे कुछ अन्य लोगों ने नीचे खाली जगह पर अपना डेरा जमा लिया था। सुमित्रा और उनका परिचय हो चुका था और अब वे आपस में अच्छी तरह हँस-बोल रहे थे। अव्यवस्था और हुडलम का माहौल जैसे शान्त हुआ, ट्रेन ने भी रफ्तार पकड़ ली थी।

भाइयो, वैसे आपको पता ही होगा कि साधू लोग आजकल सुन्दर और सुगठित शरीर के मालिक होते हैं। हमारे सामने बैठे साधू जी भी कुछ ऐसे थे। उनकी आवाज रोबीली थी। कुछ-कुछ कर्कश। अगर मैं सही शब्द का इस्तेमाल कर सकूँ तो कहना होगा कि वे दुस्साहसी थे और अपनी शैली एवं भावभंगिमा से सुसंस्कृत लोगों के एक वर्ग विशेष को प्रभावित एवं आकर्षित करने की क्षमता रखते थे। अच्छे नेता की तरह कम हँसते थे, पर जब हँसते थे तो जैसे कोई मस्तमौला। उनके साथ चार सहयात्री थे जिनमें से दो का नाम मुझे अभी तक याद है। एक थे मेहरा जी जो अंग्रेजी में पंजाबी मिलाकर बोलते थे और बैंक में कैशियर थे। दूसरे थे शर्मा जी जो हर बात में हाँ में हाँ मिलाते थे। वे कभी-कभी हँसने की भी कोशिश करते थे पर हँसी उनसे निकलती नहीं थी। नगर पालिका में थे। और साधू महाराज साधू थोड़े ही थे। डिस्ट्रिक्ट ट्रेजरी में बड़े बाबू थे और अपने जिले के गोहत्या विरोधी सभा के महासचिव थे। असली नाम कुछ चौधरी था। चौधरी ने अपनी कारसेवकों की मंडली तैयार की थी जिसमें मेहरा और शर्मा भी शामिल थे।

सामान्यतः मैं अपने सहभागियों के प्रति द्वेष भाव नहीं पालता। पर बन्धुओ, यकीन मानिए सुमित्रा और चौधरी कुछ अलग थे। चौधरी तो खैर सुमित्रा से भी दो हाथ आगे ही थे। चौधरी के कटाक्ष और व्यंग्य बड़े ही क्षुद्र किस्म के होते थे। सुमित्रा से भी अधिक तिरस्कारपूर्ण। चौधरी अपने को स्कॉलर कहते थे और एक बार तो उन्होंने यह भी कहा कि वे एक धार्मिक बुद्धिजीवी हैं—रेलिज्यस इंटेलेक्चुअल ! क्योंकि ट्रेजरी में सिर्फ नोट नहीं गिने थे उन्होंने मित्र बनाए थे मित्र ! हिन्दू, मुस्लिम, सिक्ख, इसाई सभी उनकी

मित्र मंडली में थे। और उनसे विभिन्न धर्मों के बारे में सालों साल बातें की थीं, पुस्तकें पढ़ी थीं, और सभी धर्मों के बारे में नॉलेज हासिल किया था।

मेरे लिए धार्मिक बुद्धिजीवी का अर्थ समझना कठिन था। तब भी और आज भी। मैंने सर हिलाकर उन्हें हिकारत से देखा, उन्होंने समझा मैं प्रशंसा भाव से देख रहा हूँ। और वे शुरू हो गए। वे खबर, व्यक्तिगत राय, कल्पना और अर्जित ज्ञान को फेंटकर परोसने लगे।

एक बात थी। उस व्यक्ति की तथ्यों के प्रति सजगता उसके प्रति आदर का भाव जगाती थी। साथ ही उसने इस्लाम और ईसाइयत के कुछ आधारभूत सिद्धान्तों को चुन चुन कर कंठस्थ कर लिया था। यहाँ तक कि कुरान और बाइबिल की पंक्तियों को बिना सन्दर्भ या प्रसंग के उद्धृत करते चलते थे। अपनी पूरबी में यदा-कदा अंग्रेजी और उर्दू भी मिश्रित कर देते थे। पर उच्चारण की अशुद्धता के कारण वे मेरे अन्दर अजीब-सा भाव जगाते थे। लेकिन सुमित्रा की तुलना में चौधरी की संस्कृत अच्छी थी। और जब वे अपने तर्कों के समर्थन में भोजपुरी मुहावरों का सटीक प्रयोग करते थे तो जैसे उनका भक्त बन जाने का मन होता था। कुल मिलाकर उनकी विद्वता सन्दिग्ध और असन्दिग्ध दोनों थी।

उच्चारण और लहजे को छोड़ भी दें तो विभिन्न भाषाओं से सहारा ले-लेकर तर्क-कुतर्क प्रस्तुत करने की उनकी दक्षता एवं तर्क नहीं सूझने पर गाली-गलौज तक पर उतर आने की उनकी क्षमता ने उस दिन उस गाड़ी पर अपने साथ यात्रा कर रहे लोगों का दिल जीत लिया था। और जैसे ही कोई प्रशंसा भाव दिखाता वे बिना किसी झिझक के एक से एक आकर्षक वाक्य-विन्यास के जाल में फँसने लगते।

चौधरी अगली सीट पर आलथी-पालथी मारकर बैठे थे। भीड़ में भी बैठने की उनकी यह अदा उन्हें बोलते समय बड़ा विश्वसनीय बना रही थी। उनकी बोलने की अदा का एक नमूना पेश है। किसी गलत या अनुचित बात को सही ठहराना होता तो पहले वे एक भारी-सा वाक्य बोलते और फिर एक कृत्रिम चुप्पी साध लेते। और इस चुप्पी के दौरान किसी वस्तु विशेष या व्यक्ति विशेष पर आँख नहीं टिकाते थे। हवा में देखने लगते थे। तब जाकर एक दूसरा लम्बा वाक्य बोलते थे, इस प्रकार कि दोनों वाक्य मिलकर एक महत्त्वपूर्ण तर्कवाक्य बन जाएँ। अगर उन्हें लगता कि पहला वाक्य उतना दमदार या विश्वसनीय नहीं बन पड़ा था तो पहले वाक्य के बाद वाली चुप्पी कुछ अधिक लम्बी हो जाती...मुँह उसी मुद्रा में कुछ अधिक देर तक खुला छोड़ देते...साँस तक का आना-जाना बन्द कर देते...और दूसरा वाक्य समझ-बूझकर निकालते और पहले की कमी पूरी कर देते।

ऐसे थे साधू महराज चौधरी जी। अल्पसंख्यकों के बारे में उनकी तमाम टिप्पणियाँ, उनके तमाम तर्क, तथ्य एवं आँकड़े त्रुटिपूर्ण थे, किन्तु वे उनका प्रयोग एवं उनकी व्याख्या सुविधानुसार कर लेते थे। मसलन, उनका कहना था कि सभी मुसलमान एक से अधिक पत्नी रखते हैं ताकि मुसलमानों की जनसंख्या बढ़ा सकें। उनके अनुसार

भारत की कुल आबादी की चालीस प्रतिशत जनसंख्या अल्पसंख्यकों की हैं। और यही आज राष्ट्र के सामने, हिन्दुओं के सामने सबसे बड़ी चुनौती है। एक बार तो उन्होंने यहाँ तक कह डाला कि बाबरी मस्जिद से भी ज्यादा खतरा अल्पसंख्यकों की बढ़ती जनसंख्या से है। इस पर सुमित्रा का समर्थन नहीं मिला तो बात बदल दी।

फिर उन्होंने कुरान से दो पंक्तियाँ कोट करते हुए कहा, देखिए यहाँ क्या कहा गया है...सुनिए ध्यान से। इसमें इनके खुदा कहते हैं हर मुसलमान को बकरीद के दिन एक बकरा या बकरी या भेड़ या ऊँट की हत्या करनी चाहिए, जो ऐसा नहीं करेगा, वह मुसलमान नहीं होगा।

मुझे बहुत बुरा लगा यह आदमी जो नहीं जानता वह सब कैसे बोल सकता है ? मन ही मन मैंने उन्हें खूब लताड़ा। कूपे में बैठे लोग मजा ले-ले कर हँसने लगे। लेकिन चौधरी अपनी कृत्रिम चुप्पी धारण किए हुए दूसरे वाक्य की प्रतीक्षा में थे—मुँह व्यंग्य एवं उपहास में आधा खुला ही छोड़ दिया था...चेहरा विद्रूपता से भर उठा था। फिर उन्होंने दूसरा वाक्य बोला—और उसे उस पशु की हत्या अपने हाथों से करनी चाहिए, किसी बूचड़ से नहीं। मैंने गौर किया कि 'हत्या' शब्द को उच्चारित करते समय उन्होंने अपनी आँखें मिचमिचाकर बन्द कर ली थीं और जब 'किसी बूचड़ से नहीं' वाला भाग बोले तो माथा सिकुड़ गया था, दाँत किटकिटा रहे थे...और वे चारों अपवित्र शब्द मुँह से इतनी शक्तिपूर्वक एवं इस प्रकार भिनभिनाती शैली में बाहर लाए कि पहले तीनों शब्दों ने अन्तिम शब्द 'बूचड़' में भयंकर घिन और खौफ पैदा कर दिया।

और अन्त में उन्होंने अपना अभिमत दिया—ताकि मुसलमानों के अन्दर भी बूचड़ों जैसी निर्दयता एवं हिंसात्मक प्रवृत्ति पैदा हो जाए।

सभी चुपचाप सुन रहे थे। बहुत कम लोग ही उनके निष्कर्ष से सहमत दिखे। पर उनकी दबंगई और दबिश के कारण मुस्कुरा दिए। फिर उन्होंने मिस्टर मेहरा को बिन माँगी सलाह दे डाली—मेहरा जी, इनके मुहल्लों में औचक न चले जाइएगा। नहीं तो आपको भी गाय-बैल समझकर...। मेहरा जी बस मुस्कुराकर रह गए।

अब सभी उनकी ओर उत्सुकतापूर्वक देख रहे थे। सुमित्रा भी। इस समय केन्द्र में वह नहीं थी। यद्यपि कि मैं हेकाल रचित मुहम्मद की जीवनी पर नजर गड़ाये था पर कान उधर ही थे। उनका अन्धेर बर्दाश्त करता जा रहा था। बूचड़ वाली बात पर जब सब मुस्कुराए तो मैं भी मुस्कुरा दिया था। बल्कि सबसे पहले ही। क्या करता ?

पर चौधरी को इतना सब बोल लेने पर सुकून नहीं हासिल हुआ था। वह कुछ व्यग्र से लग रहे थे। व्यग्रता और असहमति के लक्षण चेहरे पर साफ थे। कारण था कि चौधरी बोल रहे थे पर एक बन्दा किसी पुस्तक पर नजरें टिकाए हुए था। वे बोलें तो सब सुनें। हुंकारी भरें। सबके सब उनकी बौद्धिकता एवं विद्वता का सम्मान करें। कुछ देर तक मुझ पर नजरें तरेरने के बाद झूठी हँसी हँसते हुए पूछ बैठे—हाँ, तो महोदय, आपका नाम दीक्षित है न ? और फिर खुद ही उत्तर में बोल पड़े—हाँ, हाँ रजनीश कुमार दीक्षित। मेरे मित्र के नाम में कुमार उन्होंने अपनी ओर से जोड़ दिया था।

मैंने कुछ नहीं कहा। पृष्ठों के बीच मार्कर लगाकर मैंने पुस्तक बन्द कर दी और आदरपूर्वक अपनी गोद में रख लिया। मैं उनकी ओर देखने लगा। यह बताने के लिए कि मेरे दोस्त का नाम वे कृपा करके न बिगाड़ें। और यह भी कि चौधरी जी उलटा-सीधा राग अलापना बन्द करिए। आप अधजल गगरी हैं, नीम हकीम हैं, देश के दुश्मन हैं, समाज के पिस्सू हैं, हमारे गाँव के इमाम मौलवी नज्जू से एक पैसा कम नहीं हैं। बल्कि ज्यादा ही हैं। लेकिन जिस निश्चिन्तता और बेफिक्री के साथ वे अपनी खैनी बना रहे थे उसे देखकर मैं ढीला पड़ गया। मेरे मुँह से निकला, जी ?

चौधरी मुझे और पुस्तक को बारी-बारी से देखते रहे। खैनी ठोकते रहे। मुस्कुराते रहे। पर बोले कुछ नहीं।

बचपन से ही मुझे तम्बाकू और चूने की गन्ध अच्छी लगती है, पर तब, जब कि दोनों को जल्दी से मिलाकर, ठोक-बजाकर फाँक लिया जाए। इस तरह धीरे-धीरे गुस्सा दिलाने वाले अंदाज में नहीं, जैसा चौधरी जी कर रहे थे। मैंने महसूस किया कि नाहक ही मेरी किताब सब का ध्यान खींच रही है। सोचा इसे ब्रीफकेश में रखकर *गोदान* निकाल लूँ। चौधरी समझ गए और पूछ बैठे—तो दीक्षित जी, यह कौन-सी पुस्तक पढ़ रहे हैं आप ? अंग्रेजी में है...इतनी मोटी...इसे कैसे पढ़ लेते हैं आप ? जब मैंने संक्षेप में पुस्तक के बारे में बताया तो वे बोले—दीक्षित जी, मुसलमानों के देवी-देवताओं के बारे में इतनी मोटी पुस्तक आप पढ़ रहे हैं...आप हिन्दू हैं कि क्या हैं ?

मेरी कजा आई थी जो मैं उस ट्रेन पर चढ़ा, चौधरी जी।

मैंने धीरे से कहा कि पुस्तक मेरे दोस्त फरीद की है। पर सच पूछिए तो उनकी बात पर मुझे दुख हुआ, और उनकी अज्ञानता पर धक्का भी लगा। चौधरी तेज आदमी थे, ताड़ लिया। रुके, मुँह के जहर को खिड़की के बाहर थूककर अगले राउंड के लिए तैयार हो गए। पर इससे पहले ही पूरी मुलायमियत अख्तियार करते हुए मैं बोल पड़ा—चौधरी जी, आखिर आप भी इस्लाम के बारे में जो कुछ बोल रहे हैं किसी पुस्तक में ही पढ़ा होगा।

चौधरी को बिलकुल देर न लगी, बोले, लेकिन ऐसी मोटी-मोटी पुस्तकों से नहीं। इस्लाम को समझने के लिए मैंने मस्जिदों के चक्कर लगाए हैं, एक मौलवी से दूसरे मौलवी के पास दौड़ा हूँ, और अब तो मैं मुसलमानों को भी इस्लाम पढ़ा सकता हूँ।

उनकी पिलपिली उक्तियों के लिए मेरे पास माकूल शब्द नहीं थे, फिर भी मैंने कोशिश की—मैं आपकी ही तरह इस्लाम समझना चाहता हूँ पर मेरे एक मुस्लिम मित्र ने बताया था कि इस्लाम को अच्छी तरह जानने-समझने के लिए पैगम्बर मोहम्मद की जीवनी पढ़ना आवश्यक है।

—आपके मित्र इस ट्रेन पर हैं ? चौधरी ने पूछा। मैं चौंका। पूरा हड़बड़ा गया। फिर सँभलते हुए कहा, जी नहीं, वे तो घर पर हैं।

—तो उन्हें भूल जाइए। उन्होंने गलत समझाया आपको। इस्लाम समझना है तो मौलवी से भेंट करनी ही पड़ेगी। किताबें आपको वह सब नहीं पढ़ा सकती हैं। मौलवी

से बात करिए तो खुद समझ जाइएगा कि इस्लाम पर अटैक कैसे करें। इसमें क्या कमियाँ हैं।

यह बड़ा ही बुद्धिमत्तापूर्ण नुस्खा था। इस्लाम की कमियाँ जानना हो तो मौलवी के पास जाइए। शायद गलत नहीं कहा था चौधरी ने। बड़ा प्रैक्टिकल एप्रोच था उनका। अपनी कुटिलवाणी में स्वादहीन बातों को बोलते हुए वह ऐसे लग रहे थे जैसे अन्धकार युग में अरब के रेगिस्तान में कोई प्रस्तर मूर्ति आलथी-पालथी मारे एकालाप कर रही हो।

सारे सहयात्री उनकी शेखी के पूर्ण प्रभाव में आ चुके थे। भाइयो, समय कुछ ऐसा था कि कोई भी बात तभी रोचक और सुनने लायक हो सकती थी जबकि वह मुसलमानों के खिलाफ बोली गई हो। और दिसम्बर 92 के पहले हफ्ते की बात ही कुछ और थी ! बात निकलनी थी और देर-सबेर अल्पसंख्यकों पर आकर अटक जानी थी। रेल, बस, बाजार, चौक-चौराहे, हर जगह यही हो रहा था।

शर्मा जी जानना चाहते थे कि यह गाड़ी यदि इसी रफ्तार से चली तो अयोध्या कब पहुँचेगी। फिर मेहरा ने उन्हें सुधारते हुए कहा कि यह गाड़ी अयोध्या नहीं जा रही है। लखनऊ से हम बस द्वारा जाएँगे। चौधरी समय की माँग पूरी करने पर तुले थे। बोले, बस और गाड़ी की बात छोड़िए। पहले यह बताइए कि...और दीक्षित जी आपके प्रिय मित्र भी मुसलमान हैं...आप भी बाताइएगा...मुसलमानों में जो जननांग काटने... मेरा मतलब है...आप लोग समझ गए न...जिसको वे लोग कटना या खतना...क्या कहते हैं...ऐसा क्यों करते हैं। इनकी सारी कुरीतियों में यह सबसे खतरनाक है। उनके ही लिए क्यों...यह हमारे लिए भी कम नुकसानदेह नहीं है।

वे बोलकर हँसे। सुमित्रा देवी झेंप गईं। बगलें झाँकने लगीं। कभी इधर तो कभी उधर। पर सारे के सारे पुरुष सहयात्री टनाटन हो चौधरी के मुँह से इस अंग विशेष पर और कुछ सुनना चाहते थे।

मैं बोल पड़ा। चौधरी जी, आप उनकी इस प्रथा के खिलाफ क्यों हैं ? और इससे हमें क्या नुकसान ?

चौधरी को जैसे पागल कुत्ते ने काट लिया। बौखला गए।

—क्यूँ, आप पूछते हैं क्यूँ। अरे भाई, इसीलिए कहता हूँ किताब पढ़ने से कुछ नहीं होगा दीक्षित जी। भाई खतना उन्हें सेक्स की दृष्टि से मजबूत बना देता है और नतीजा आपके सामने है...कितनी तेजी से बढ़ रही है इनकी आबादी। मामला साठ-चालीस का रह गया है। क्या इस कुप्रथा को समाप्त करने के लिए यह सब कुछ पर्याप्त नहीं है ?

मेरा माथा चकराने लगा था। इस भीड़ भरी स्लो ट्रेन पर मैं चौधरी के कुतर्कों को सुनने के लिए नहीं चढ़ा था। इस पे सवार होने से पहले ही क्यों नहीं उतर गया था मैं ? मेरी मति फूटी थी चौधरी जी।

जैसे कुछ कमी रह गई थी। चौधरी ने अपने विचारों को हास्यास्पद ऊँचाई बख्शी।

—बच्चेपन से ही इन्हें सिखाया जाता है कि ये हमसे आपसे अलग हैं। और तो

और इन्हें विश्वास दिलाया जाता है कि हिंसा तो अपने शरीर से ही शुरू हो जाती है, यह तो जीवन का एक हिस्सा है। खून से डरना नहीं चाहिए मेहरा जी, आपने देखा है या नहीं। नहीं, नहीं आप देख नहीं पाएँगे। छोटे-छोटे बच्चों के गुप्तांगों को चाकू से कैसे काटते हैं ! कैसी जंगली प्रथा है इनकी ! ये चंगेज खान, महमूद गजनी, बाबर की असली सन्तानें बस हँसती रहती हैं। मैं तो घृणा करता हूँ ऐसे किसी भी व्यक्ति से जिसका जननांग कटा हुआ होता है—मेरा मतलब है...ये असभ्य जंगली हमारे बीच आखिर हैं क्यों ?

चौधरी के चेहरे का रंग एकदम से बदल गया। वह जो कह रहे थे पूरी गम्भीरता से कह रहे थे। यह मजाक जैसा नहीं था। उनका डर था। अगर वह ऐसे किसी व्यक्ति या व्यक्तियों से डरते हैं या उनसे घृणा करते हैं तो बात मामूली नहीं है। फरीद मियाँ, इसके खतरे को समझना होगा। सच कहूँ तो मुझे एक बार फिर से उस कूपे में असहजता महसूस हुई और साफ शब्दों में उसे आप निपट अकेलापन कह सकते हैं। अरे गोविन्द, कहाँ हो भाई, कहाँ हो प्यारे। तुम भी तो हिन्दू हो। कितने अच्छे हो भाई। मैंने ऊपर देखा पर वह सो रहा था। रजनीश दीक्षित, तुम कहाँ हो, दोस्त ?

—लेकिन चौधरी जी, यह तो उनका महज धार्मिक रिवाज है। जैसे हमारे अपने रीति-रिवाज हैं। इसमें डरना क्या ? मेहरा ने उन्हें प्रोवोक किया।

चौधरी उबल पड़े—हिन्दुओं में ऐसी कोई प्रथा नहीं है जो हमें दूसरों के ऊपर कोई शारीरिक श्रेष्ठता प्रदान करती हो। शर्मा जी, नहीं है न ?

शर्मा जी ने नकारात्मक में गर्दन हिलाई। पर बोले कुछ नहीं।

चौधरी दुखित होते हुए बोले—यह अनुचित है। सर्वथा अनुचित। यदि वे भारत में रहते हैं, तो उन्हें सभ्य नागरिकों की तरह ही रहना चाहिए। सबके लिए एक सिस्टम होना चाहिए, पर्सनल कुछ नहीं।

इस मुस्लिम जननांग की चमड़ी उधेड़े जाने के दौरान सुमित्रा देवी ने अभूतपूर्व ढंग से अपनी गरिमा बनाए रखी थी।

मैंने हस्तक्षेप करना चाहा और किया। पर जननांग वाले प्रश्न पर नहीं। अपने इतिहास के बारे में।

—चौधरी जी, ताजमहल का निर्माण करने वाली कौम क्या इतनी जल्लाद और जंगली हो सकती है जितना आप सोचते हैं ? मुझे लगा उस छोटे से प्रश्न से मैंने उनकी मुहिम की हवा निकाल दी। पर नहीं। उन्होंने तो मेरी हवा निकाल दी।

—अरे आप तो उन्हीं की तरफ से बोल रहे हैं। अच्छा, बताइए पैसा किसका लगा ? बीस हजार मजदूर कहाँ के थे ? पत्थर कहाँ से आया ? जमीन किसकी थी ? और तो और, ताजमहल की भला क्या उपयोगिता है ? वे मुझे घूरने लगे। मैं चुप पड़ गया।

—हमें खतना की प्रथा अपनाने से आखिर कौन रोक रहा है ? अगर इसमें श्रेष्ठता की बात है तो हम भी अपना लें। मेहरा जी ने दबे स्वर में कहा। मैंने डरते-डरते मेहरा

के प्रश्न का समर्थन कर दिया।

चौधरी तो जैसे खाए खाए बैठे थे। भड़कते हुए बोले—अरे नहीं, कभी नहीं, दीक्षित जी, मेहरा जी, कभी नहीं। अच्छा दीक्षित जी पहले यह बताइए आप क्या हैं...हिन्दू या मुसलमान ? लेकिन एक सच्चा और पक्का हिन्दू म्लेच्छ लोगों की प्रथा को कभी नहीं अपनाएगा। और सुनिए, कल हम सिद्ध कर देंगे कि हम कौन हैं। बहुत हो चुका। दीक्षित जी, अब अयोध्या में साफ हो जाएगा कि कौन क्या है। और सुनिए, इधर देखिए...हमारी ओर...अयोध्या तो बस शुरुआत है। असली लड़ाई तो अभी बाकी है। हिन्दुओं में अब जागरण हो चुका है। अच्छा, आप अयोध्या क्यों नहीं चलते हमारे साथ। चलकर देखिए न कि हिन्दुत्व आखिर है क्या ! यह देश अब बदल कर रहेगा। हिन्दू अब और अत्याचार नहीं सहेगा, नहीं सहेगा, नहीं सहेगा...नहीं... ।

बोलते-बोलते चौधरी की साँस जैसे फूलने लगी थी। उनका चेहरा तमतमा गया था। वे क्रोध के मारे काँप रहे थे, आँखे लाल हो आई थीं। लगा कि मांस-मज्जा भस्म कर देंगे चौधरी जी ! दिल का भेद खोलूँ तो मैं भीतर से काँप गया। यह आदमी कुछ भी कर सकता है। मुझे किसी बूचड़ से कम नहीं लग रहा था वह व्यक्ति। जीवन में पहली बार इस तरह के एक बीमार दिमाग से भेंट हुई थी। मैंने पहले भी अपने समुदाय में कठमुल्लों को हिन्दुओं के खिलाफ आग उगलते हुए, नफरत की उलटी करते हुए देखा और सुना था। लेकिन यह तो एकदम अलग था। एक अलग तरह का मौखिक रक्तपात था यह ! इसमें मैं अकेला ! अकेला मुसलमान जिसके जननांग की चमड़ी हटी हुई थी !

अब चौधरी के प्रति नफरत से अधिक मुझे उस आदमी से डर लगने लगा था। मैं चौधरी से वाकई डर गया था। मेहरा, शर्मा, सुमित्रा, सुधाकर, राधेश्याम और गोविन्द से भी। क्या ये लोग मेरे साथ कुछ करेंगे ? क्या ये मुझसे कहेंगे पैंट उतारो, देखेंगे कि तुम हिन्दू हो या मुसलमान ? मैंने टैगोर की प्रसिद्ध कविता की पंक्तियाँ याद करनी चाहीं—जहाँ मन में कोई भय नहीं, जहाँ मस्तक उठाकर चल सकें...पर वे सही समय पर दगा दे गईं।

मुझे याद पड़ रहा है कि मैंने बैठे-बैठे छोटी-मोटी कई तिकड़में की थीं, ताकि चौधरी का ध्यान मेरे ऊपर से हट जाए या फिर वे कुछ ढीले पड़ जाएँ। वे मुझे घूरे जा रहे थे।

मैं चुपचाप *गोदान* पर नजरें जमाये हुए था जब उन्होंने धीरे से कहा—रजनीश जी, कुछ चाहिए ? खैनी, सिगरेट, पान...कुछ भी ?

अपने मित्र का नाम चौधरी के मुँह से सुनकर मैं फिर चौंक पड़ा। आप हँसेंगे। चौधरी और आगे बोलते कि मेरा बायाँ हाथ उन्हें चुप कराने की मुद्रा में एकदम से उठ गया। कहना तो मैं चाहता था...नहीं चौधरी जी, अब नहीं, आगे कुछ न बोलिएगा। मेरा ख्याल कीजिए। लेकिन अपनी बड़ी भूल महसूस करते हुए मैंने झट हाथ वापस कर लिया और अपना गाल खुजलाने लगा।

क्या इस आदमी को मेरी शिनाख्त के बारे में कोई शक है ? क्या यह सोचता है

कि मैं अपना नाम छुपा रहा हूँ। हो सकता है, सुमित्रा को पहले से ही थोड़ी शंका थी। चौधरी बड़े सड़े मूड में है। यह आदमी कुछ भी कर सकता है। हत्या तक ! मेरी सोचने की शक्ति खंडित हो रही थी। खून जैसे जम गया था। लेकिन दिल की धड़कनें सीने की हड्डियों से टकरा रही थीं—टक्...टक्...टक्।

लगा मैं बहुत छोटा हो गया हूँ...चिड़िया के बच्चे जैसा। मुझे एक कौआ भी खा सकता है। मन में आया कह दूँ—नहीं सर, धन्यवाद। खैनी, सिगरेट छोड़िए...बस आप कुछ मीठा बोलिए...कुछ अच्छा सा...मुसलमानों की तारीफ में कुछ बोलिए न।

पर मेरे मुँह से एक लफ्ज भी न फूटा।

सोचने लगा, कह दूँ मैं कौन हूँ...और यह भी कि मेरी 'खतना' में मेरा कोई दोष नहीं है। उस समय तो मैं बहुत ही छोटा था। पर यह सब खामख्याली थी। मेरी हिम्मत जवाब दे गई थी।

फिर मैंने यह सब कहने का विचार एकदम से त्याग ही दिया क्योंकि मुझे पेशाब लग आया था।

भीड़ बहुत थी, और जैसे ही मैं अपनी जगह से उठने लगा मेरी नजर चौधरी पर पड़ी। यह देखकर मुझे राहत महसूस हुई कि बन्दा बैठे-बैठे ऊँघ रहा है। मैं चुपचाप यूरिनल की ओर सरक गया। गन्दे बदबूदार यूरिनल में मुझे थोड़ी देर के लिए बड़ी सुरक्षा महसूस हुई। आज इतने दिनों बाद सोचता हूँ कि मेरा बस चलता तो अपने सहयात्रियों से बचकर उसी पेशाब-घर में बैठकर यात्रा पूरी कर लेता ! पर बहुत से दूसरे यात्रियों को भी पेशाब लगा हुआ था।

मैं पेशाब कर ही रहा था कि मेरी नजर दरवाजे पर बने रेखाचित्रों पर अटक गई। पेन और पेंसिल से स्त्री-पुरुष जननांगों के चित्र बड़ी ही अश्लीलतापूर्वक बनाए गए थे। कहीं-कहीं अंगों में मेल-मिलाप भी दर्शाया गया था। उनसे भी अश्लील थे उनके ऊपर नीचे लिखे हुए वाक्य। न जाने क्यों मैं उन्हें ध्यानपूर्वक देखने लगा। और मैंने देखा कि सभी के सभी लिंग बिना चमड़ी के थे ! मन प्रसन्न हो गया। मैं काफी हलका महसूस करने लगा। बड़ा बल मिला मुझे।

बाहर निकलते मुझे गुदगुदी होना शुरू हो गई थी। चौधरी ज़ी जगे हुए थे और खैनी रगड़ रहे थे। विश्राम की मुद्रा में बैठे कोई पुराना फिल्मी गीत गुनगुना रहे थे। फिर सार्वजनिक जीवन की शिष्टता को ताख पर रखते हुए उन्होंने जोर से अपनी नाक छिनकी और हँथेली से ही बचे माल को रगड़ते-पोंछते उठ खड़े हुए। शायद वाशबेसिन की ओर...और फिर ट्वायलेट भी। मुझे कुछ सूझी। मैंने कहा—महोदय, बाएँ तरफ वाला गन्दा है, दाएँ वाले में जाएँगे। जिसमें मैं गया था। दस मिनट में ही चौधरी जी वापस आ गए पर उनका चेहरा देखने लायक था। जैसे मुझसे कुछ चुरा रहे हों। पहली बार चौधरी कुछ पलों के लिए दबे-दबे से लगे। फरीद बाबा खुश हुए...पर खुशी जाहिर नहीं होने दिए। यही तो विडम्बना है...कोई सुन रहा है कि नहीं।

भाइयो, चौधरी के बाथरूम से लौटने के बाद से लगभग एक घंटे तक हमारे कूपे

में क्या-क्या हुआ मुझे अच्छी तरह याद नहीं है। शायद मुझे नींद आ गई हो। सोने की गुंजाइश तो नहीं थी जैसे-जैसे हम लखनऊ के करीब पहुँच रहे थे, डिब्बे में उधम बढ़ता जा रहा था। मुझे वहाँ से फिर याद पड़ रहा है कि जब मेरी आँख खुली तो मैंने देखा चौधरी को पलीता लगा हुआ था। बड़े ही अनुदारपूर्ण ढंग से वे उस बीभत्स योजना पर अमल की सीख दे रहे थे, जिसके अनुसार बाबरी मस्जिद को ढहा कर ठीक उसी स्थान पर राममन्दिर का निर्माण करना था। वे बिना लगाम के जंगली घोड़े तरह के सरपट बोले जा रहे थे। मैंने सोचा, अब और अधिक चुप रहने से क्या ? बता दो सब। शक तो है ही इन्हें। कुछ बातों का जवाब तो इन्हें सुनना ही पड़ेगा। इनमें से कई तो पढ़े-लिखे हैं, शरीफ भी हैं, मुझे कम से कम जान से तो हाथ नहीं धोना पड़ेगा।

इसी मुकाम पर मैं पहुँचकर फिर लटपटा गया बात मेरे ऊपर खतरे की उतनी नहीं थी। मेरे अन्दर एक हिचकिचाहट थी। अगर मैं बता देता हूँ कि मेरी वास्तविकता क्या है तो, मेरे सहयात्री शायद झेंप जाएँगे। मैं नहीं चाहता था कि जो कुछ उन्होंने बोला था उसके लिए शर्मिंदा हों या झेपें या अपराधबोध से ग्रस्त हों। दूसरे, चौधरी की शान में खलल डालने की मेरी हिम्मत अभी नहीं हुई थी। पर मैं जो कहना चाहता था वह आपको तो बता ही सकता हूँ—देखिए चौधरी जी, आप गांधी जी के हत्यारे नाथूराम गोडसे की तरह क्यों बके जा रहे हैं ? फिर मैं कहना चाहता था—चौधरी जी, यह दक्षिण अफ्रीका नहीं है। कम से कम सफर तो आराम से पूरा कर लेने दीजिए। मेरे पास वैध टिकट है और मेरा रंग-रूप भी आपसे मिलता-जुलता है।

इसी बीच मैं एक बहुत ही छोटी-सी बात बताता चलूँ। वैसे तो इसमें न कोई घटना है न चौधरी या सुमित्रा का डॉयलाग है। पर यहाँ चौधरी की उपस्थिति ही काफी है। सोचता हूँ तो आज इतने दिनों बाद भी अपने ऊपर हँसी आती है।

जब मैं उपरोक्त दोनों बातें बोलना चाह रहा था तो उसी समय चौधरी ने लगभग घूरते हुए मुझे देखा और मैं सन्न पड़ गया। मैंने *गोदान* पर नजरें जमा लीं। फिर पता नहीं कैसे मुझे लगा कि दरअसल चौधरी ने उस समय मेरी ओर देखा ही नहीं था। जबकि मैं सोच रहा था उन्होंने देखा। दरअसल उन्होंने मेरे सर पर खड़े वेंडर को देखा था। जबकि मैंने सोचा उन्होंने मुझे देखा। तो मैंने सोचा एक जोक सुनाऊँ ताकि यह लोग कुछ तनावमुक्त होकर दूसरी बातें करने लगें। लेकिन वह वेंडर अभी भी मुझसे सटकर खड़ा था और उसे देखने के बहाने या क्या...चौधरी जी ने अपने दृष्टि-जाल में मुझे बींध लिया था। मुझे भय हुआ कि चौधरी कहीं एक तीर से दो शिकार न कर रहे हों—वेंडर के बहाने कहीं मेरे सर को ही न देख रहे हों। अगर ऐसा है तो फिर जरा-सा कोण बदलकर वे मुझे यानी मेरे चेहरे और आँखों को अपने दृष्टि क्षेत्र में सायास ही ले सकते थे। वही मैं नहीं चाहता था। चौधरी घूरकर मुझे न देखें। मैं उन्हें न देखूँ। बस।

उन्हें हँसाने की गरज से मैंने स्वरचित सबसे प्यारी दो क्षणिकाएँ सुना डालीं। वे कुछ इस प्रकार थीं—

कब देखा कोई मुस्लिम नेता
जो दलबदलू हो भाई
नहीं है मुश्किल कारण पाना
बस सोचो दो पल भाई
जहाँ पड़े हैं वहीं पड़े हैं
बीजेपी के लिए सड़े हैं
कांग्रेस जेडी एसपी में
बेगैरत की तरह खड़े हैं।
अंग्रेजी पर पकड़ नहीं है
हिन्दी उनका शगल नहीं है
सो जहाँ पड़े हैं वहीं पड़े हैं
सालों को कुछ सूझ नहीं है
अपनी कौम को भूल गए हैं
इसीलिए तो पूछ नहीं है।

अब दूसरी क्षणिका। इसे मैं मौलवियों को चिढ़ाने के लिए कभी-कभी उनके मुँह पर ही बोल देता हूँ।

मौलवी खड़ा है मस्जिद में
देता अपना भाषण
दंगा पंगा जमुना गंगा
उच्छल जलधि तरंगा।
प्यार करे दाढ़ी को अपनी
बोले खालिश उर्दू
तर्क वितर्क से दूर रहे वह
डरे, हो जाए न हिन्दू।

पहली कविता सुनकर तो उन लोगों ने कोई खास प्रतिक्रिया नहीं प्रकट की। 'सालों को कुछ सूझ नहीं है' सुनकर वाह, वाह का एक अनमना-सा कोरस मेरे कानों से टकराया। बस। लेकिन दूसरी कविता ने जैसे जान फूँक दी। मेरे मनमुताबिक उत्तेजनापूर्ण मुस्कुराहट तैरने लगी सभी के चेहरों पर। सुमित्रा ने शिकायत की यह कविता मैंने पहले क्यों नहीं सुनाई। मि. मेहरा ने सलाह दी कि इसे किताब में छपवाकर जामा मस्जिद के आसपास दुकानों पर रखवा दूँ। शर्मा जी ने ऐसा करने से मना किया। कहा इससे बेहतर होगा कि मदरसों के पाठ्यक्रम में लगवा दिया जाए। मैंने उनका समर्थन किया पर उन्हें पता नहीं चलने दिया। चौधरी ने कहा कविता कमजोर है। मैंने पूछा क्यों ? बोले इसमें दंगा, पंगा, दाढ़ी जैसे कुछ और शब्द होने चाहिए थे।

जहाँ तक ठहाकेदार हँसी का प्रश्न है, कविताएँ कुछ खास असरदार साबित नहीं हुई थीं। मुझे डर था कि चौधरी किसी भी क्षण धमाकेदार वापसी कर सकते हैं। उन्हें

बीच में रोकना आवश्यक है।

मैंने कहा मित्रो, सत्य घटना पर आधारित एक जोक सुनें। फिर चौधरी जी का विशेष ध्यान आकर्षित करते हुए उन्हें जोक के दौरान इधर-उधर की सोचने से आगाह किया। अन्यथा उनका मजा किरकिरा हो सकता है। वे तनकर बैठ गए। आधी बनी हुई खैनी खिड़की से बाहर झाड़ दी। चौधरी पहली बार मेरे प्रभाव में लगे।

हाँ, तो जोक यह रहा। मौलवी अल्लारक्खा नरहूम के लौंडे का खतना जुमे को होना तय था। नाई ने बयाना थाम लिया था, गोया वह भी तय था। पर ऐन वक़्त पर ससुरे को लकवा ने झुला दिया। हाथ में कँपकँपी को रहनवारी हो गई। फिर भी काँपते हाथों में उस्तरा झुलाते पहटते आ पहुँचा ऐन वक़्त पर। काटना था कुछ, कट गया कुछ। कटा तो वही जो कटना चाहिए था पर दूर से देखने वालों को लगा कि कुछ और ही कट गया। फिर वे उसे कटुआ कहकर चिढ़ाने लगे। वह कहता फिरे कि कुछ गलत नहीं कटा है, पर वे मानें तब न। उसके घर वालों को चिन्ता हुई। अकेला लौंडा। कटुआ बना फिर रहा है। फिर से वही नाई बुलाया गया और फिर उसकी तो खूब आमदनी हुई। बच्चे को संगत देने के लिए सबके सब कटुआ हो गए। अगल बगल के लोगों को खूब मजा आया। अब भी आता है।

इस बार सुमित्रा देवी उठकर वाशबेसिन की ओर चली गईं। उनका मन खट्टा हो गया था। पर मेरे अन्य सहयात्री जो हँसे तो हँसते चले गए। जोक सुनाने की मेरी कला की प्रशंसा भी हुई। पर मुझसे एक गलती हुई। अपने जोक पर खुद नहीं हँसना चाहिए। पता तो था पर हँसने लगा। हँसने का बहुत मन जो था। ललक गई थी जो तबियत हँसने के लिए। इस नामुराद गाड़ी पर किसी ने हँसने ही नहीं दिया था। मौका मिलते ही हँस पड़ा। फिर मौका मिले न मिले। अब मैं अपनी सबसे अच्छी हँसी हँस रहा था। दबी कुचली हँसी।

मैं हँसता जाता था और उन पर नजर भी थी। कहीं मेरी हँसी उनकी हँसी से अलग न लगे। तो मैं उतनी जोर से हँस रहा था जितनी कि वे, उतना फ्री होकर जितना कि वे, उतने ही उपहासपूर्ण ढंग जितना कि वे, लेकिन थोड़ा सचेत था। मैं उन्हीं के साथ हँसी की रफ्तार बढ़ा देता था, फिर उन्हीं के साथ घटा भी लेता था। अन्यथा वे मेरे प्रति शंकालु हो सकते थे, कहीं यह अल्पसंख्यक हँसी तो नहीं है।

मैंने लय और लम्बाई के लिए मेहरा की हँसी को पकड़ रखा था, बीच-बीच में चौधरी की हँसी पर भी नजर थी। बाकी लोगों की मुझे परवाह नहीं थी। सुमित्रा की हँसी में चूँकि स्त्रियोचित गुण नहीं थे, इसलिए वह तो खैर कोई अर्थ नहीं रखती थी। मैंने शर्मा की हँसी पर गौर किया तो पाया कि बन्दे ने तो हँसते-हँसते खुद को हँसी का पात्र बना लिया था। ऐसे साम्प्रदायिक माहौल में भी बेचारा मर्म को नहीं पकड़ सका था और एकदम से बेसुरी हँसी हँसते जा रहा था। साम्प्रदायिक स्थिति आपको अपनी हँसी को धारदार बनाने और उसके साथ प्रयोग करने का अवसर देती है, पर शर्मा जी मौके का फायदा नहीं उठा सके। रुक-रुक कर हँस क्या रो रहे थे। बस किसी प्रकार से

बिना उचित हँसोड़ आवाज निकाले हुए हँसने की औपचारिकता निभा रहे थे। क्या उनकी हँसी बनावटी थी ? क्या कोई और भी शर्मा जी की तरह हँस रहा था उस कूपे में ?

मेरा ध्यान टूटा और अनजाने में मेरी हँसी चौधरी की हँसी से लम्बी खिंच गई। मैंने जल्दी से हँसी को छोटा किया। यह देखकर कि मेहरा और चौधरी पेट पकड़कर हँस रहे हैं, मैंने भी अपना पेट पकड़ लिया। इतनी जोर से कि दर्द होने लगा। मेरा अनुभव कहता है कि साम्प्रदायिक हँसी कोई आसान बात नहीं है। इसके लिए अभ्यास और अनुभव चाहिए। धर्मनिरपेक्ष और लोकतांत्रिक हँसी वह होती है जो अपने ऊपर हँसी जाती है। न कि दूसरों के ऊपर। पर उस गाड़ी में कोई अपने ऊपर हँसने को तैयार ही नहीं था। मैंने कोशिश जरूर की थी, बीच-बीच में शर्मा और मेहरा ने भी की थी, पर वह बात आई नहीं।

भाइयो, हँसी के फव्वारों के बीच चौधरी और सुमित्रा योजनाबद्ध तरीके से अपनी-अपनी हँसी लेकर अलग हो गए। इतनी देर तक सुमित्रा लाइमलाइट से दूर रहें, असम्भव था। समय आ गया था कि वह अपनी वास्तविक नम्बर वन की भूमिका में आ जाएँ।

वे झुकीं और अपनी सीट के नीचे रखे पुलिंदों में कुछ टटोलने लगीं। उन्हें कठिनाई हो रही थी, उनकी मुद्रा भी झुके-झुके विचित्र-सी हो गई थी, पर वे पूरे मनोयोग से कुछ खोलबन्द करने में लगी रहीं। गोविन्द ऊपर की बर्थ पर हाथों-पैरों के बीच इस कदर दबा-फँसा था कि बस सहानुभूतिपूर्वक देख भर रहा था। अन्ततः सुमित्रा देवी श्रद्धापूर्वक लाल कपड़े में लिपटी वह चतुर्भुजाकार वस्तु निकालने में सफल रहीं। जी हाँ, क्या वह एक पवित्र पुस्तक थी ? एक मोटी-सी, बहुत ही मोटी और भारी पुस्तक जैसी ही वस्तु थी वह। एक धार्मिक पवित्र पुस्तक ! प्रिय पूज्य ग्रन्थ जिसमें पवित्र संदेश रहे होंगे, जिसमें उनका 'मिशन' अंकित होगा।

जैसे ही सुमित्रा देवी ने उस पवित्र वस्तु को आदरपूर्वक अपनी गोद में रखा, चौधरी और दूसरे सहयात्री कुछ चौकन्ने होकर ताकने लगे। उनकी आँखें कपड़े में लिपटी उस वस्तु को जिज्ञासापूर्वक देख रही थीं—पूरी तल्लीनता से। उस हँसमैराथन के बाद मैं आँखें बन्द करके एक झपकी लेने की फिराक में था जब उन्होंने उसे खोलना शुरू किया। लोगों के सरों के बीच में सें मैं सिर्फ उनकी मोटी-मोटी उँगलियों को बड़ी सावधानी से गाँठें खोलते देख पा रहा था। मखमल के कपड़े के नीचे निश्चित रूप से एक पुस्तक ही थी, काफी मोटी—जैसे एक भारी-सा शब्द-कोश। मेरी नजरें अभी भी उस वस्तु पर गड़ी थीं जब सुमित्रा ने कपड़े की अन्तिम परत उस त्रिआयामी वस्तु से हटाई। वस्तु और उसकी ललाई ने सबको एकबारगी चौंका दिया। एक पल के लिए सभी ठिठक गए कहें तो ज्यादा उचित होगा। भाइयो, यह एक सामान्य-सा दीखने वाला ईंट था जिस पर सफेद रंग से 'जय श्रीराम' लिखा हुआ था।

सुमित्रा कुछ देर तक आत्म-मुग्ध-सी उस ईंट को निहारती रहीं, उसे सहलाती रहीं।

मैं ईंट से ज्यादा उनके चेहरे को देख रहा था। सुमित्रा देवी बहुत भावुक हो गई थीं, उनकी आँखें नम थीं। कपड़े के खोल में पुनः रखने से पूर्व उन्होंने उस पवित्र ईंट को दोनों हाथों से ऊपर उठाया और फिर अपने ललाट को तनिक नीचे लाकर बड़ी श्रद्धा से ईंट को चूम लिया और फेर माथे को उस पर रख दिया। बड़ा ही जादुई, मन हर लेने वाला दृश्य था। उस तनावपूर्ण क्षण में भी अगर मैं मन की बात कहूँ, तो यह मुझे अच्छा लगा। मैं कह सकता हूँ कि सुमित्रा देवी के लिए यह मात्र लाल ईंट नहीं वरन् काबे शरीफ का काला पत्थर था। वह कुछ देर तक उसी मुद्रा में आँखें बन्द किए ईंट पर झुकी रहीं।

सुमित्रा देवी की भक्तिपूर्ण तरलता से प्रभावित चौधरी जी के चेहरे पर एक दैवी-उत्तेजना तिर आई थी उनका मुखमंडल, उनका मस्तक अचानक बड़ा भव्य और विराट लगने लगा था। यह भक्ति की शक्ति थी या फिर किसी सम्भावना को लेकर उनके शरीर में रक्त प्रवाह अचानक तीव्र हो गया था।

किसी तरह उन्होंने अपने भारी शरीर को कुछ आगे किया और एक झटके में उस पवित्र ईंट को सुमित्रा देवी के हाथ से झपटते हुए आधा खड़े हो गए। ईंट को ऊपर उठाकर पूरी शक्ति से, पूर्ण भक्ति से, चिल्लाए--राम लला हम आएँगे, मन्दिर वहीं बनाएँगे। राम लला हम आएँगे, मन्दिर वहीं बनाएँगे। और तीसरी बार वे पहली ही पंक्ति बोल पाए थे—राम लला हम आएँगे...दूसरी पंक्ति को सुमित्रा देवी ने लपक लिया—मन्दिर वहीं बनाएँगे। सुमित्रा देवी इस पंक्ति को जिस प्रकार बोली थीं वह अवर्णनीय है। उस भाव, उस भक्ति, उस भंगिमा, उस शक्ति, उस प्रेम को इन निर्जीव पन्नों में उतार पाने में मैं अपने आपको असमर्थ पा रहा हूँ। मेरे जीवन की वह एक अविस्मरणीय घटना है, कभी न बिसरने वाला एक क्षण जिसे मैं अपने पास हमेशा सुरक्षित रखना चाहूँगा। आज भी जब सोचता हूँ, उस दृश्य को आँखों के सामने लाता हूँ, तो समय एक पल के लिए ठहर जाता है।

उसके बाद चौधरी और सुमित्रा देवी एक साथ पहली पंक्ति बोले—राम लला हम आएँगे...और फिर उस कूपे में बैठे, रास्ते में खड़े, सामान पर लदे, पायदानों पर अटके, यहाँ और वहाँ फँसे-दबे कारसेवकों ने एक साथ एक स्वर में लयबद्ध उत्तर दिया—मन्दिर वहीं बनाएँगे। लोहे की वह गाड़ी कारसेवकों की आत्मा से निकले उस नारे की भावात्मकता से, उसकी तीव्रता से गुंजायमान हो गई। मेरे कानों में जैसे कोई मधुर संगीत घोल रहा हो। मुझे अच्छा लग रहा था। डर का कहीं नामो-निशान नहीं।

वे नारे लगाते रहे। एक स्वर में आशा और अनुशासन के साथ वे नारा लगा रहे थे। उस गाड़ी में कोई भी ऐसा नहीं था जो उस नारे में सम्मिलित न हो। क्या मैं भी ? जी हाँ, मैं भी। मैं भी उस नारे में शामिल था। पर मेरी आवाज किसी ने नहीं सुनी। हर पल उत्तेजना बढ़ती ही जा रही थी। पवित्र ईंट एक हाथ से दूसरे हाथ दूसरे से तीसरे हाथ में पहुँचती रही और फेर पूरी बोगी में ऐसा दृश्य उत्पन्न हो गया जैसे बाढ़पीड़ितों के बीच खाने के पैकेट बाँटे जा रहे हों।

यह नारा-उत्सव निर्बाध गति से तब तक चलता रहा जब तक कि कारसेवकों के गले फँसने नहीं लगे, मुँह सूख नहीं गए, होंठ चिपक नहीं गए, और उनकी पूरी ऊर्जा समाप्त नहीं हो गई। धीरे-धीरे जोश और शोर अपने ही भार के नीचे दब गया।

मैं चुपचाप ऊपर पड़ा हुआ था। वह नारा अभी भी मेरे दिमाग पर छाया था। उसकी कोमलता और उसकी भावुकता ने मेरे वजूद को ही तर कर दिया था। अपनी सादगी, अपनी अपील, अपनी आत्मीयता, अपने मर्म और अपने असर में यह नारा कुछ वैसा ही था जैसे इन्दिरा गांधी और राजीव गांधी की शहादत को लेकर बनाया गया नारा–माँ बेटे का यह बलिदान, याद करेगा हिन्दुस्तान।

मुझे पहली पंक्ति 'राम लला हम आएँगे' में निहित भावनात्मक आश्वासन और 'मन्दिर वहीं बनाएँगे' की वचनबद्धता एवं संकल्प ने झकझोर दिया था। न तो इसमें मेरे लिए कुछ ठेस पहुँचाने वाला था, न ही कुछ अपमानजनक। इसमें तो एक सच्चे वादे की खुशबू आ रही थी। चाहने वालों की चाहत, प्यार करने वालों का प्यार, भक्तों की भक्ति...और था ही क्या इसमें ? रामलला हम आएँगे ! मेरी मानवीय संवेदनाएँ लहलहा उठीं।

पर तभी सुमित्रा ने मेरी स्वप्निल तंद्रा से मुझे झँझोड़ कर उठा दिया। वह उठीं, खखारीं और फिर अपने बदसूरत हाथों को हवा में लहराते हुए चिल्लाईं–और नहीं कुछ गाल पे तमाचा है, मस्जिद नहीं कलंक का ढाँचा है। लगे हाथों उन्होंने अपनी पूरी शक्ति झोंकते हुए दूसरा नारा भी ठोंक दिया--तेल लगाओ डाबर का, नाम मिटाओ बाबर का। बाबरवंशी होश में आओ, मस्जिद-मस्जिद मत चिल्लाओ। बाबरवंशी...।

कारसेवकों ने नारों को झट लपक लिया और सुमित्रा के सुर में सुर मिला दिया। मिलाते चले गए। एक क्षण में ही वह पहले नारे की उदात्तता, उसकी गरिमा और मर्यादा, उसकी निर्मलता, उसकी मासूमियत और उसका आकर्षण सुमित्रा देवी के ओछेपन का शिकार हो गया। मृत्यु हो गई उस पहले नारे की। कारसेवकों का सारा अनुशासन उस महिला के छिछोरेपन और संवेदनहीनता की भेंट चढ़ गया।

मुझे खराब लगा। मन खटास से भर गया। क्या करता। मैंने आँखें बन्द कर लीं। कानों पर हाथ धर लिए। और तभी रामलला ने मेरी बन्द अँधेरी दुनिया में प्रवेश किया। भाइयो, मैंने एक छोटे से बालक को देखा। वह राजसी मुकुट धारण किए हुए, मन्द-मन्द मुस्काते मेरी ओर आ रहा था। उसकी नन्ही-सी, सुन्दर-सी पत्नी उससे दो कदम पीछे चल रही थी। क्या मनभावन जोड़ी थी ! पूरे ब्रह्मांड में बस एक ही। बोलो सियावर रामचन्द्र की जय !

5

एक दुःस्वप्न

भाइयो, इसके बाद चौधरी और सुमित्रा ने मिलकर इस्लाम, कुरान, पैगम्बर मोहम्मद, मदरसों और मुसलमानों के बारे ऐसी-ऐसी आपत्तिजनक दुर्लभ टिप्पणियाँ कीं, और इस प्रकार चोट पहुँचाने वाली शैली में कीं कि उनकी तुलना में उनकी पहले वाली उक्तियाँ बस बचकानी लगती हैं। चौधरी जी उन्मत्त हाथी की भांति मेरी संवेदनाओं पर काले-मोटे पाँव रखते हुए बढ़े जा रहे थे। पता नहीं अपने धर्म, अपनी खंडित संस्कृति और अपने अस्पष्ट इतिहास से मेरा मोह था...या कुछ और...कह नहीं सकता...पर मैं बहुत दुखी हुआ। विश्वास मानिए, बहुत ही...। विशेषकर चौधरी द्वारा कुरान की आयतों का मखौल उड़ाना, सन्दर्भ से बाहर रखकर उन्हें हिंसा की जननी सिद्ध करना, पैगम्बर पर लाँछन लगाना, आतंकवाद युद्ध और जनसंख्या वृद्धि से लेकर मुसलमानों के शैक्षिक पिछड़ेपन के लिए इस्लाम को दोषी ठहराना, मुसलमानों को बात-बात पर पाकिस्तानी, देशद्रोही, आतंकवादी, जेहादी कहना मुझे क्रोध ग्लानि और संदेह से भर दिया।

क्या यह भ्रष्टाचार, शोषण और वादाखिलाफी को पचास-साला परिपाटी के स्थान पर उन्माद, नफरत और भय की संस्कृति की शुरुआत नहीं थी ? क्या हिन्दुत्व का सूत्रपात हो चुका था ? क्या मुझे इसके खिलाफ डंका नहीं बजाना चाहिए था ? क्या मुझे इसके खिलाफ तर्क नहीं पेश करने चाहिए थे ? क्या मुझे इनके सामने अपना मुँह नहीं खोलना चाहिए था ? पर मैं पंगु हो गया था।

सोचा, सो जाऊँ, पर नींद कहाँ ? सोचा, चलो हँसता हूँ...और घोर आश्चर्य...मुझे हँसी आने लगी। अपने ऊपर, और चौधरी के ऊपर। मैं चौधरी से कुछ कहना चाहता था...बिना कहे रहा नहीं जा रहा था। सुमित्रा और चौधरी के साथ पूरी यात्रा में मैंने कई बार बोलना चाहा था...उनका प्रतिवाद करना चाहा था...पर बोलते-बोलते रुक गया था। लखनऊ करीब आ रहा था। अब ये लोग उतर जाएँगे तो मेरे मन की बात मन में ही रह जाएगी। सोचता रहा, कैसे शुरू करूँ। इसी उधेड़बुन में मेरी आँख लग गई। और मैंने चौधरी से एक लम्बी बात की। भाइयो, आप सुनोगे तो सोचोगे कि मैं चौधरी और सुमित्रा से ऐसे कैसे बोल गया ? चौधरी की तरह कुछ-कुछ पूरबी मुझे भी आती है। मेरी आस्था और मेरे विश्वास को निशाना बनाकर आपने ठीक नहीं किया चौधरी जी ! मैं आपको माफ नहीं कर सकता।

तो चौधरी जी, आपके अनुसार कुरान कहता है नसरानी, यहूदी, काफिर जहाँ मिलें मारो। यह सत्य है कि कुरान में यह लिखा है। पर सन्दर्भ का पता है आपको ? और जरा बताइए कि आपको कुरान की उस आयत का पता है जो साफ-साफ कहती है—जिसने एक निर्दोष व्यक्ति की हत्या की उसने पूरी मानवता की हत्या की। नहीं पता न।

चौधरी जी, अभी-अभी गीता को एक नई नजर से देखना शुरू किया हमने। और क्या देखते हैं कि गीता एक जिंगोइस्टिक पुस्तक की तरह दिखाई पड़ रही है। जिंगोइस्टिक धर्मग्रन्थ। युद्ध और हिंसा की खुल्लमखुल्ला वकालत करने वाली ईश्वर की पवित्र किताब। चौधरी जी, क्षमा याचना, पर चकित हूँ—ऐसा ही हुआ। आपकी तर्ज पर सुविधानुसार श्लोकों को कोट करने का आनन्द ही कुछ और है। अब देखिए ना, आप बड़ी घृणा से कहते हैं कि आतंकवाद की जड़ कुरान है। युद्ध का कारण कुरान है। कुरान ने बाईनेम, ईसाई, यहूदी, काफिर से युद्ध करने एवं जहाँ भी मिलें पकड़ कर मार डालने के लिए कहा है। नाम ले-ले कर। कोई दैवी ग्रन्थ ऐसा कह सकता है ? काहे नहीं, चौधरी जी सब कहता है। गीता ने भी कहा है। बार-बार कहा है। आप अभी बोले थे न ईश्वर और अल्ला एक हैं। तीनों जहान के मालिक ईश्वर अल्ला ने गीता की इस आयत में सीधे कहा है। एक हजार साल बाद शत्रु बदल गए थे तो उसी बात को कुरान में कहा। जिसको लेकर आप बहुत हल्ला मचाते हैं। गीता की आयत देखें।

"यह द्रोणाचार्य, भीष्म पितामह, जयद्रथ, कर्ण तथा बहुत से आए हुए शूरवीर मेरे द्वारा पहले ही मारे जा चुके हैं। तू निशंक इनको मार। भय मत कर। निःसंदेह विजयी होगा। उठ खड़ा हो। युद्ध कर।"

(गीता—11वाँ अध्याय, श्लोक-34)

चौधरी जी किताब को छोड़िए। ऐसे बताइए। क्या कुछ परिस्थितियों में अपने परिजनों के विरुद्ध युद्ध आवश्यक हो जाता है ? क्या स्थिति आ सकती है कि परमब्रह्म परमेश्वर स्वयं एक व्यक्ति/वर्ग विशेष के साथ सशरीर रूप से युद्ध में भाग लें। खड़े होकर दार्शनिक अंदाज में हिंसा के लिए उकसाएँ। कहीं यही जेहाद तो नहीं। धर्मयुद्ध ! भगवान स्वयं कुछ व्यक्तियों, समूहों का नाम लें, कहें उन्हें मारो। तनिक भय न खाओ। मैं खड़ा हूँ। युद्ध अच्छी बात है। ऊपर वाली आयत फिर से पढ़ें। इसमें भीष्म पितामह का नाम भी है और सहोदर कर्ण का भी। आप कहेंगे इसमें तो गूढ़ दर्शन है। मैं कहता हूँ जब आपके अस्तित्व, आपके विश्वास, आपके मार्ग, आपके राज्य और आपके धर्म को कोई चुनौती दे और उसे समाप्त करने की योजनाबद्ध चेष्टा करे, आपका शोषण करे, आपको सताए और आपकी सम्पत्ति छीन ले तो पहले गीता और बाद में कुरान के अनुसार जेहाद अनिवार्य है। ऐसे में इसाई, यहूदी, काफिर तो छोड़िए, रिश्तेदार तक को, भाई तक को, गुरु तक को, और रावण जैसे विद्वान तक को न बख्शिए। राम, कृष्ण, मोहम्मद, अमरीका सबने यही सिखाया, यही किया। हैरान काहे होते हैं, चौधरी जी। आतंकवादियों तक सीमित रहिए। कुरान और मोहम्मद साहब को क्यों भला-बुरा

कहते हैं। यहाँ ओरिजिनल में जेहादी डंका बज रहा है। कौरवों (पढ़िए काफिरों) को नेस्तनाबूत करने के लिए भगवान ने कुरान वाला हथकंडा अपनाया है कि नहीं—

"तुम क्षत्रिय हो। क्षत्रियों का धरम धर्मयुद्ध से बढ़कर कोई नहीं। यह तुम्हारा धर्मयुद्ध है। इसमें शंका या भय की क्या आवश्यकता है।"

(गीता—दूसरा अध्याय, श्लोक-31)

चौधरी जी कहते हैं कि जेहाद का कोई उद्देश्य नहीं। कुरान में लिखा है कि मारो-काटो लूटो-पाटो, बाँटो। खजूर बाँटो। सोना-चाँदी बाँटो। ऐश करो। जेहाद यही है। बन्दूक का बहुत फैदा है। कुरान सिखाता है। तो गाय-बकरी के लिए तो आर्य भी लड़ते थे। इधर-उधर क्यों भटकिए। डाइरेक्ट गीता पे आते हैं। ईश्वर फरमाये हैं—

'अर्जुन ! तू खड़ा हो। यश प्राप्त कर। कौरवों को परास्त कर और उनके धन-धान्य से सम्पन्न राज्य को भोग।'

(गीता—11वाँ अध्याय, श्लोक-33)

चौधरी जी को एक भारी आपत्ति है। बिना बात के। कुरान और हदीस से एक पंक्ति हर शो में पढ़कर सुनाते हैं। लोग सुनता है ताली बजाता है। अगर जेहाद नहीं किया तो खुदा की नियाम्त नहीं मिलेगी। यहाँ तक कि तुम्हारी दौलत तुम्हारी इज्जत अल्ला मियाँ वापस ले लें। तुमको दुनिया भर में बदनामी मिलेगी। कोई धर्मग्रन्थ क्या इस तरह से मजबूर कर सकता है लड़ने के लिए। कहते हैं कि इसी डराने-धमकाने से मुसलमान सब जेहादी हो रहा है। देश को खा रहा है। अमरीका तक को दबा दिया है। पता नहीं कि यह सब कब से चल रहा है ? देखें।

'अगर तुम इस धर्मयुद्ध (जेहाद) में भाग नहीं लोगे तो स्वधर्म और कीर्ति के बदले तुम पाप के ही भागी बनोगे।'

(गीता—दूसरा अध्याय, श्लोक-33)

कहते हैं, इस्लाम धर्म परिवर्तन कराता है। चौधरी बोले कि जो काफिर है उसको मार दो—ऐसा कुरान कहता है। कब और क्यों कहा, इससे उन्हें क्या लेना ! फिर कलमा पढ़कर सुनाए। कहने लगे जिसको नहीं आता था मोहम्मद साहब उसका गला कटवा देते थे। कुरान से ही कोट करता हूँ।

'(ऐ मुहम्मद) सब को अल्लाह के मार्ग पर (इस्लाम की ओर)। बुलाओ। पर प्रेम से और तर्क से। उन्हें (इस मार्ग के बारे में) समझाओ-बुझाओ।

(कुरान 16:125)

'मजहब के मामले में किसी से जोर-जबरदस्ती न करो।'

(कुरान 2:256)

'ऐ मुहम्मद जो लोग इस्लाम नहीं मानते हैं, उनसे कह दो—तुम्हारे लिए तुम्हारा मजहब है, मेरे लिए मेरा।'

(कुरान 1.9:1-6)

आप कहेंगे यहाँ धर्म का अर्थ कुछ और है। कुछ और नहीं, वही है जो लिखा है।

वही जो हम समझ रहे हैं। जेहाद का असली अर्थ क्या है—पता है ? स्वयं से संघर्ष करना। मोहम्मद साहब कहते हैं। कुरान कहता है। जेहाद पहले आत्मा की बुराइयों से संघर्ष है। उसके बाद धर्मयुद्ध, यदि आवश्यकता पड़े। लेकिन एक बात है। मूर्तिपूजा हमसे नहीं होगी। एक बार हम मन्दिर गए थे। चौधरी जी सुनते हैं ? एक बार गए थे अपने दोस्त के साथ। जैसे मालूम हुआ म्लेच्छ आया है—यवन-तुरुक तो बिदक गए। घुसने नहीं दिए। कहे कि धुलाई चल रही है। हम पूछे किसकी, कहे मूर्ति की। जगजीवन राम छू दिए थे। सेवा करने का काम छोड़कर पूजा करने आए थे। छू दिए। झंझट बढ़ा गए। जाड़े के दिन में नहलाना-धुलाना पड़ा। जगजीवन बाबू बुरबक। भगवान भेद कर दिए हैं तब भी लक्ष्मण रेखा लाँघ गए। पवित्र ग्रन्थ में लिख दिए हैं तब भी—

'खेती, गोपालन तथा सद्व्यवहार द्वारा व्यापार करना वैश्यों का, और सब वर्णों की सेवा करना शूद्रों का स्वाभाविक कर्म है।'

(गीता—अठारहवाँ अध्याय, श्लोक-पद)

चौधरी जी, तब से हम मन्दिर का मुँह दुबारा नहीं देखे। आप तोड़िए बनाइए। अपना धर्म निभाइए। कुरान में लिखा है कि सब मुसलमान बराबर हैं। कन्धा से कन्धा मिलाकर नमाज पढ़ो। छोटका बड़का काला पीला सब एक साथ। एक थाली में खाओ। ऊँच नीच का भेद न करो। करोगे तो दोजख में राख कर देंगे। रसोइया रखने से पहले जात पात न पूछो। कुरान का आदेश है, नहीं पूछते हैं। अंबेदकर बाबा आपसे अलग काहे हुए थे ?

चार-चार बीवियों से आप टेरराइज्ड हैं। कहीं देखे हैं चार बीवियों का सरदार ? मेहर देना पड़ता है...कहाँ से लाएँगे इतना पैसा—कैसे पालेंगे—पंचर बनाते-बनाते, कपड़ा सीते-सीते। आपके यहाँ दहेज के नाम पर सती करके कुछ लोग चार का आँकड़ा पा ही लेते हैं। चार बीवियों के बावजूद विश्व के चालीस से अधिक मुस्लिम देशों की कुल जनसंख्या सौ-सवा सौ करोड़ के लगभग है। पिछले सौ सालों में यही प्रगति हुई है। आप अकेले अस्सी करोड़ से अधिक हैं।

कभी सोचे, चौधरी बाबू, कि जिन्ना कभी के कांग्रेसी से लीगी कैसे बन गए। कभी सोचे कि गाना गाकर इकबाल क्यों बदल गए। इकबाल सड़क छाप नहीं थे। न दल बदलू। गम्भीर बात है। आप कहते हैं कि मुसलमान सब आतंकी को पूजता है। कुछ सरफिरों ने किया होगा। नाथूराम गोडसे को कुछ सरफिरे हीरो मानते हैं कि नहीं ? शिवरासन का फोटो श्रीलंका के हिन्दू मन्दिर में शिवजी के नजदीक रखा है कि नहीं ? काहे छेड़ते हैं।

एक भारत माता के सपूत आप ही नहीं हैं। बड़े हैं तो क्या, धरम निभाइए बड़े भाई का। लात-जूता का बात न कीजिए। जो लोग रास्ता भटक गया है—रास्ता पे लाने का सोचिए। बुद्धि से। विवेक न खोइए। विपत्ति का समय है। दुश्मन तैयार हैं। पूरी यात्रा भर हम बोल नहीं पाए। चुप्पी ठीक नहीं है। इसको तोड़वाइए। देश का फिर से

अनर्थ न कीजिए। और कुछ तोड़ने का काम न कीजिए। दिल को तो एकदम न टच कीजिए।

एक बात और। गोहत्या पर बड़ा चिल्ल-पों मचाते हैं आप। गोहत्या और बीफ खाने को एक ही मत मानिए। बूढ़ा बैल, बीमार और अनुपजऊ भैंस अधिक खाते हैं। मात्र दस रुपया में एक किलो मिलता है। आप एक सौ बीस रुपए किलो वाला खाइए। दूसरा, नहीं खाएँगे तो जानवर रास्ता चलने नहीं देगा। बूढ़ा आदमी सब को तो खिला नहीं पाते। बूढ़ा जानवर के लिए चारा कहाँ से लाइएगा। शिक्षा नौकरी में तो पिछड़े ही हैं। एक जून का खाना तो खाने दीजिए।

चौधरी जी, अब आप एक अकाट्य प्वाइंट रेज करेंगे' कहेंगे माना कि गीता में भी जेहाद की बात है। धर्मयुद्ध का आदेश है पर हिन्दू उसको नहीं मानता है। लेकिन मुसलमान उसी क्रिमिनल आयत को पढ़-पढ़ कर जेहादी बन रहा है। चौधरी जी उसे रोक कर रहेंगे। तनी बताइए तो श्रीलंका में हिन्दुओं द्वारा, पंजाब में सिक्खों द्वारा, मणिपुर-त्रिपुरा-नागालैंड में हिन्दुओं/इसाइयों द्वारा, आयरलैंड में इसाइयों द्वारा किए गए/हो रहे फिदाइन हमले गुरुग्रन्थ साहब, गीता या बाइबल के कारण हुए। और आप इसको हिन्दू आतंकवाद या इसाई आतंकवाद क्यों नहीं कहते। बोलिए। जेबों से लिखे हुए पर्चों के मिलने से क्या। पर्चे इस कुकृत्य का कारण नहीं हो सकते। पर्चे तो मात्र पर्चे हैं। कारण वही हैं जो श्रीलंका में हैं, जो आयरलैंड में हैं, जो उत्तरपूर्व में हैं, जो पंजाब में थे। अल्लाह का खौफ, मोहम्मद की हिदायतें, कुरान की आयतें, दाढ़ी वाले मौलवियों की नसीहतें जब इन नौजवानों को पाँच वक़्त का नमाजी नहीं बना सकते हैं तो क्या इन्हें भरी जवानी में कमर में बम बाँधने के लिए तैयार कर सकते हैं ? रिसर्च कर लीजिए। कोई फिदाइन मदरसे से नहीं निकला है। अधिकतर अंग्रेजी में फर्राटा होते हैं। सही बीमारी पता कीजिए सर। कैंसर की सम्भावना दीखती हो तो पहले ही इलाज कर दीजिए। बाद में क्या होगा—जानते हीं हैं—अंग काटना पड़ेगा।

जेहाद की ओर भगने वाला मुसलमान नौजवान बिलकुल धार्मिक नहीं हैं। यह निकम्मा, शंका एवं घृणा का पात्र युवक धर्म में उसी प्रकार शरण लेता है जैसे एक पाजी व्यक्ति देशभक्ति में, और एक फासिस्ट सांस्कृतिक राष्ट्रवाद में।

हाँ, हम कहते थे कि आप अकेले भारत माता की सन्तान नहीं है। ठीक ही तो कहे हैं। आपके हमसफर रहे हैं। कन्धा से कन्धा मिलाकर चले हैं। भारत माता के लिए, चौधरी बाबू। सुख में भी, दुख में भी। पर बोलने में जरा हिचकते हैं। आप की नाईं चिल्लाकर, ताल ठोककर नहीं बोल पाते हैं। बाबर के खिलाफ़ इब्राहीम लोदी की सेना में हम थे। जब अहमदशाह अब्दाली का बच्चा आया था तो इब्राहीम गार्दी बन हमीं तो लड़े थे। सन् पैंसठ में सरगोधा में आप हमको देखे थे कि नहीं ? देखते कैसे ? चार ही टैंक तोड़ पाए थे कि दाग दिया। वहीं ढेर हो गए मुला पाकिस्तानी जनरल को दिल्ली में चाय नहीं पीने दिए। नाम है—वीर अब्दुल हमीद। धर्म—इस्लाम। माता—भारत।

उम्र—23 साल।

और सुने हैं कि नहीं हमारा नाम। इनामी भगोड़ा तात्या टोपे को हमीं घर में छुपा लिए थे। अंग्रेज सब बाहर से ही देख के चला गया। सत्तावन में तो हमसे बहुत नाराज हुआ, गोरा सब। बाद में भगत सिंह चन्द्रशेखर के साथ हमको भी सब हत्या-डकैती में फँसाया था। फँसाया क्या था, काम तो किए ही थे। बाद में बोस बाबू के साथ रहे-लड़े। गांधी टोपी भी पहिने। सीमा पे बन्दूकचियों के बीच शान्ति को अंजाम दिए। लेकिन अफगानिस्तान लड़ने के लिए कभी नहीं गए। कश्मीर भी नहीं गए। उ सब तमाशा वहीं का कुछ लोग कर रहा है। उसको ठंडा दिल से देखिए, बूझिए। जरूरी हो तो कड़ाई कीजिए।

हाँ, इसी पर एगो बात याद आ गया। एक दिन देखते क्या हैं कि छोटा भाई कमर में कुछ खोंस रहा था। माथा ठनका। जवान खून है, कहीं...जेहा...। दो तमाचा जड़ दिए। बुरा-भला कहे। टटोले। खूब झाड़-पोंछ किए। सोचे कहाँ लुका दिया। शर्ट उठाते हैं तो दंग। खाली पेटी था। मरैल कमर में खाली बेल्ट।

जानते हैं चौधरी जी, दिमाग जब काम नहीं करता है तो एक बात के बाद दूसरा बात, दूसरा के बाद तीसरा बात याद आता है। दिमाग में कनफ्यूजन बढ़ता है।

कहते हैं जंजीर तोड़िए—आगे बढ़िए। प्रगतिशील बनिए। हमें पता है रास्ते में अड़चने हैं। मुल्ला मौलवी हैं। और सब फैक्टर हैं। पर रास्ते में कुरान नहीं है। मोहम्मद साहब नहीं हैं। दोनों तो रास्ता दिखा रहे हैं। जो लोग रास्ता रोक रहे हैं उनके दिन कम हैं। जो देश निकाला देना चाहते हैं उनके भी दिन कम हैं। देखिए ऊँट किस करवट बैठता है चौधरी जी।

पता नहीं अनजाने में हमसे आज कुछ नया हो गया। कुछ मौलिक, कुछ सच। कुछ अप्रिय सच। पूछते हैं उन्हीं से। चौधरी जी, मैंने कुछ उलटा-सीधा लिखा क्या ?

आप, आप बहुत ही कुटिल हैं। बदले की भावना से काम करते हैं। गीता को तोड़-मरोड़ दिए। जो नहीं है वह अर्थ निकाल रहे हैं। सच्चाई छुपा गए। कुछ और लिखे हैं जो झूठ है।

चौधरी जी, गुस्सा मत खाइए।

नहीं-नहीं आप धोखा दिए। संस्कृत इसी मारे पढ़े थे ? किसी ने साहस नहीं किया था आज तक गीता में हिंसा देखने की। आप सिद्ध किए हैं कि गीता हिंसा बढ़ाती है। यही बुद्धि है आपका। सुनते थे अल्प ज्ञान खतरनाक होता है, आज देख लिए। आप भारतीय नहीं हो सकते। पाकिस्तानी नहीं तो कश्मीरी हैं।

चौधरी जी सुनिए, रुकिए। पाकिस्तान में मेरी सगी खाला और मेरे भाई बन्धु रहते हैं। मेरा उनसे साफ्ट कार्नर है। उस पर बम नहीं गिराइएगा। अच्छा, खाली कराची छोड़ दीजिएगा।

सुनिए, आप जो किए हैं ठीक नहीं है। लिख के छुप गए हैं। खुल कर आइए न। फरिया लेते हैं। नहीं, नहीं चौधरी जी, आपके कुतर्क में भी युनीफार्मिटी है। हमसे न

होगा। हमें छोड़िए। लिखने का बात है तो अभी और लिख सकते हैं। कुछ किताब तो पलटे ही नहीं। मनुस्मृति सामने है। वेद-पुराण सामने है। जिसमें लिखा है सूद ब्रह्मा के तलवे से पैदा हुआ है सबका तलवा चाटने। आप तो सूद और मुसलमान दोनों को अछूत मानते हैं न। रामचरित मानस भी सामने है जिसमें लिखा है—ढोल गँवार सूद पशु नारी, ये सब ताड़न के अधिकारी। कहिए तो मनुस्मृति और वेद से एक-एक श्लोक जहाँ-तहाँ से उठा लें और आपको फँसा दें। पर अभी छोड़िए। आपका जवाब देख लें तो बताएँ।

पता है चौधरी जी, जब हम बच्चा थे तो घर के लोग बड़े-छोटे औरत-मरद सब बजार में रामलीला देखने जाते थे। सबके साथ मिलकर हर दस मिनट में नारा लगाते थे—बोलो सियावर रामचन्द्र की जय। बहुत मजा आता था। आवाज गूँजता था आसमान तक। इधर जब से नया-नया नारा चला दिया तो घर वाले जाना बन्द कर दिए। पर यहाँ बाजार में रामलीला हो तो घर पर मन नहीं लगता था। अकेले निकल लेते थे। एक दिन ग्राउंड में चार ठो राम-भक्त बाँही पकड़ हमको दबा दिए। बोले-मोलबी साहब, कहिए तो—राम नाम सत्य है, बाबरी मस्जिद ध्वस्त है। नेटा चाँपे थे सो डर से बोल तो दिए, मुला दोहरा के रामलीला ग्राउंड नहीं गए। बच्चा सबको भी मना कर दिए हैं। नगाड़ा और हरमुनिया बजता है तो कान में उँगली डाल लेते हैं। जैसे सुने ही नहीं। बहुत-सा चौपाई याद था, सब भूलते जा रहे हैं।

चौधरी जी, सुमित्रा जी, मेहरा जी, शर्मा जी, गीता के जिन श्लोकों को मैंने उद्धृत किया है मैं गीता को उनके लिए नहीं पढ़ता हूँ। मैं तो गीता को इसलिए बार-बार पढ़ता हूँ कि इसमें दो अनमोल पंक्तियाँ हैं। इनसे बेहतर, इनसे अधिक सार्थक और अर्थवान दो पंक्तियाँ मैंने एक साथ लिखी हुई और कहीं नहीं देखी हैं। इन दो पंक्तियों ने मेरा बड़ा कल्याण किया है। इन्हें पढ़ने से बड़ी शान्ति मिलती है। दोनों पंक्तियाँ मेरी सभी समस्याओं, सभी दुविधाओं और तनावों का हल हैं। ये मेरे लिए मुलायम तकिया हैं। जब मुझे नींद नहीं आती है तो मैं इन पर सर रख लेता हूँ। पर चौधरी जी, सारा खेल खत्म हो गया। हाँ, मेरी पूरबी पसन्द आई क्या ?

तो मैं चौधरी जी के चक्कर में कुछ देर के लिए वाकई सो गया था। लखनऊ आ रहा था। आ गया था। बड़ी सुकून वाली नींद आई थी मुझे। ऐसी अच्छी मीठी नींद, चार दिसम्बर को जिसकी कल्पना भी नहीं की जा सकती थी। एक दैवी स्वप्निल निद्रा ! अचानक मैं एक झटके से जग गया। कोई मेरे पैर को खींच रहा था। गोविन्द ? हाँ वही था। फिर घूमकर वह मेरे कान के पास आ गया। फुसफुसाते हुए बोला—लखनऊ से पहले एक छोटा स्टेशन है। गाड़ी वहाँ नहीं रुकती है। मैं चेन खींचूँगा, आप उतर जाइएगा। आगे ठीक नहीं है।

मैंने वैसा ही किया था। पर गाड़ी छोड़ने से पहले मैं उसे धन्यवाद के दो शब्द कहना चाहता था। उनकी सलाह के लिए, उस अदरक लौंग वाली चाय के लिए, उस

मुश्किल घड़ी में उसकी सहानुभूति के लिए। पर वह मेरी तरफ नहीं देख रहा था। सुमित्रा देवी का सामान नीचे से निकालकर ऊपर रखने लगा था। मैंने एक बार और कोशिश करनी चाही पर वह अपने साथियों और सुमित्रा देवी के साथ मिलकर जय श्रीराम के नारे लगा रहा था। बाबरी मस्जिद को मटियामेट कर देने की बातें कर रहा था। अयोध्या के बाद काशी और मथुरा के लिए कसमें खा रहा था। जैसे पागल हो गया था।

मुझे जल्दी थी। भीतर से मैं डर गया था। वह समय शायद शिष्टाचार या भावुकता के लिए उपयुक्त नहीं था। फिर कभी, मेरे दोस्त, फिर कभी मन ही मन सोचता मैं बाहर निकल आया था।

मुझे तो भारत की राजधानी नई दिल्ली जाना था। मैं उस छोटे से स्टेशन पर क्या कर रहा था। मैं एक टेम्पो पर सवार होकर दूसरे मार्ग से लखनऊ स्टेशन पहुँचा। उत्तर प्रदेश की राजधानी लखनऊ। नवाबों का शहर लखनऊ। नफासत और नजाकत का शहर लखनऊ। उर्दू जुबान का शहर लखनऊ। वह शहर जो कभी भद्देपन और भौंडेपन से नफरत करता था। संगीत, शतरंज, कबूतरबाजी-पतंगबाजी का शहर। रूमाली रोटी, टुंडे कबाब, अवधी गोश्त और खमसा बिरियानी का शहर। रेजीडेंसी, भूलभुलैया, इमामबाड़ा और गंजों का गंज, हजरतगंज का शहर। खुशनुमा शाम, अदब, तमीज और तालीम का शहर लखनऊ, जहाँ के लोग माँ-बहन की गाली खाने के बाद अपने खास लखनवी अंदाज में गाली का जवाब ऐसे देते थे--हुजूर माफ करेंगे, अब मैं भी आपकी माँ-बहन की खिदमत में कुछ अर्ज करना चाहता हूँ। लखनऊ ! जहाँ से मिशन अयोध्या पर नजर रखी जा रही थी। जहाँ से कारसेवक उस शहर की आत्मा को कुचलते रौंदते फैजाबाद की ओर बढ़े जा रहे थे।

पूरा स्टेशन--स्टेशन के सभी प्लेटफॉर्म--भगवापट्टोधारी और जय श्रीराम का जयघोष करते कारसेवकों से पटा हुआ था। गाड़ियों से कारसेवक उतरकर नारा लगाते हुए बेतहाशा निकास की ओर भागे जाते थे। उन्माद अपने चरम पर था और ऐसे में मुझे सावधानी से काम लेना था। दूर-दराज के गाँवों से, कस्बों से, शहरों से, दूसरे प्रदेशों से कारसेवकों का रेला लखनऊ स्टेशन पर ऐसे कार्य के लिए उमड़ पड़ा था जो इनके विचार में न्यायोचित था और जो काफी दिनों से संपादित होने के लिए प्रतीक्षा कर रहा था। वास्तव में देखने लायक दृश्य था। अद्‌भुत ! गरीब, किसान, मजदूर, आदिवासी उनसे कहीं अधिक थे जिनके लिए यह मिशन मात्र धार्मिक विश्वास और राष्ट्रवाद से बढ़कर कुछ पा लेने का एक साधन था।

कर्णभेदी नारे लखनऊ की भारी हवा में प्रतिध्वनित होकर मेरे कानों की परीक्षा ले रहे थे। क्या इस अनिश्चितता और कठिनाई की घड़ी में मैं अपनी यात्रा जारी रखूँ ? क्या मैं दिल्ली की गाड़ी पर बैठूँ ? मैं उत्तर-विहीन हो गया। मैं कोई फैसला नही कर पा रहा था। सचमुच यह फैसले की घड़ी थी।

मैंने सामान सँभाला और सामने चाय की स्टाल पर जा पहुँचा। चायवाले से ही

मालूम हुआ कि घर के लिए मुझे लगभग एक घंटे बाद एक यात्रीगाड़ी मिल सकती है। मैं घर की राह लूँ या दिल्ली जाऊँ ? मेरे मन का तराजू ऊपर-नीचे हो रहा था। घर !

रेलवे प्लेटफॉर्म पर प्रतीक्षा करना मेरे लिए कभी भी समस्या नहीं रही है। दिन हो या रात, सुबह हो या शाम, गाड़ी की प्रतीक्षा करने में मुझे कभी बोरियत नहीं होती है। रेल यात्रा से जुड़े रोमांच आनन्द और खुली हवा में साँस लेने की अनुभूति सामान्यतः प्लेटफार्म पर पहुँचने के साथ ही शुरू हो जाती है। कहीं गाड़ी का इन्तजार भी करना पड़े तो फिर तो कहना ही क्या ! सच्ची कहूँ तो ट्रेन जब लेट आती है तो मुझे बहुत भाती है। इससे मुझे व्हीलर बुकशाप पर किताबें देखने और उलटने-पुलटने का मनचाहा समय मिल जाता है। या फिर यों ही बैठे-बैठे कुछ सोच-विचार करने का। अतः घर पर बैठकर सर धुनने से तो अच्छा है कि प्लेटफार्म पर प्रतीक्षा ही की जाए।

किन्तु चार दिसम्बर बानबे की उस उत्पाती रात में मैं लखनऊ जंक्शन पर किताब पढ़ते हुए या प्रतीक्षालय में ऊँघते हुए कतई नहीं बिताना चाहता था। नहीं बिता सकता था। और स्टेशन की खौलती चाय पीकर भी पुराने लखनऊ के किसी सस्ते होटल में रात बिताने का विचार मुझे गर्म नहीं कर पा रहा था। क्या करूँ ? मैंने और एक कप चाय का आर्डर दिया और भीड़ को निकास गेट की ओर गाते-बजाते जाते देखने लगा। जीवन में मैंने इतने लोगों को एक साथ एक ही उद्देश्य के लिए इतने उत्साह, इतनी ऊर्जा, इतने संकल्प, इतने विराट उन्माद के साथ आगे बढ़ते नहीं देखा था। अगर ये लोग इस असीम ऊर्जा के साथ अनियंत्रित हो गए तो ?

यही विचार मुझे आशंकित ही नहीं भयाक्रांत भी कर रहा था। रुकूँ या रात में ही घर लौट जाऊँ ? इस मानसिक उठा-पटक में तो मैं वाकई चित ही हो जाता यदि वजन बताने वाली मशीन के नजदीक खड़े उन दोनों कारसेवकों पर मेरी नजर न पड़ती।

मैंने देखा कि कम से कम दस में से पाँच कारसेवक उस दुप-दुप करती मशीन के पास अवश्य रुक जाते थे। पावदान पर चढ़ते, रोलिंग डिस्क को शीशे के बाहर से सहलाते मुस्कुराते, हँसते और फिर बिना पैसा डाले उतरकर अपनी राह लेते।

वे दोनों नौजवान कारसेवक उसी मशीन के करीब काफी देर से खड़े होकर अन्य कारसेवकों की गतिविधियाँ देखे जा रहे थे। उनके कपड़े और उनका चेहरा-मोहरा तो आपस में बिलकुल नहीं मिलता-जुलता था, पर अपनी हाइट और शारीरिक बनावट में वे जुड़वाँ दिखते थे। क्या कहूँ मैं, वे बस देखने की चीज थे। तार जैसे पतले ! पर थे कारसेवक।

स्टेशन की बदरंग चाय पीते हुए बस मैं उन्हें बीच-बीच में देख लेता था। नहीं कह सकता क्यों। अगली बार जब मेरी नजर पड़ी तो वे मशीन के पावदान पर थे। दोनों एक साथ एक ही पावदान पर ! विश्वास मानिए, मैं सही कह रहा हूँ। फिर उनमें से एक ने जेब से सिक्का निकाला और कट में सरका दिया। उन्होंने खट-खट का

इन्तजार किया और फिर भार और भाग्य बताने वाले टिकट को लेकर उतर गए। वे उस टिकट पर किसी इबारत को पढ़ने-समझने की कोशिश करते हुए टी-स्टाल की ही तरफ घिसटते आ रहे थे। कुल्हड़ फेंककर मैं जैसे ही मुड़ा, वे मेरे नजदीक खड़े थे। उनमें से एक टिकट पर छपे बॉलीवुड की किसी बी. ग्रेड तारिका के चित्र को घूरे जा रहा था। झिझकते हुए उसने टिकट मेरी ओर बढ़ाया और बोला—भैया, तनी पढ़ दीजिए तो। मैंने उन दोनों पतली आकृतियों की ओर देखा तो मुझे जैसे किसी ने गुदगुदी लगा दी। कितने पतले ! फिर मैंने पढ़ दिया—सत्तावन किलोग्राम। जी हाँ, दोनों का संयुक्त वजन था मात्र सत्तावन किलोग्राम। मुझे खामखा हँसी आ गई और मैं हँसता ही चला गया।

वे कृतज्ञतापूर्वक मुझे देखे जा रहे थे। मैंने उन्हें उनके भगवा सर से लेकर नंगे पैर तक फिर से देख डाला। जैसे एक ग्लव उँगलियों में सटीकता के साथ फिट हो जाता है ठीक उसी प्रकार तार का विशेषण उन दोनों पर फिट बैठता था। इतने में दूसरे ने टिकट छीनते हुए मेरी ओर फिर बढ़ा दिया—भैया इसे भी तो पढ़िए। मेरी गाड़ी में अभी भी समय था। कुछ समय वहाँ रुके रहने में कोई हर्ज नहीं था। मैंने देखा, टिकट पर पीछे छपा था—आप दूसरों के कल्याण के लिए सब कुछ करते हैं। मैंने अंग्रेजी वाली पंक्ति धीरे से पढ़ दी। पर उन देहातियों को कुछ पल्ले नहीं पड़ा। वे हिन्दी में सुनने के लिए लालायित थे। और अब तक मुझे कुछ सूझने लगा था। कहाँ बेचारी अकेली बूढ़ी बाबरी मस्जिद, और कहाँ लाखों कारसेवक ! फरीद मियाँ, कुछ तो करना पड़ेगा। मैंने आँखें सिकोड़ते हुए टिकट को गौर से देखा और पढ़ दिया—घर वापस जाइए, घर वापस जाइए।

वे कुछ देर तक बिना किसी प्रतिक्रिया के मुझे देखते रहे, फिर मुँह उधर करके झेंप से गए। फिर मैंने उन्हें यकीन दिला दिया कि वही लिखा है, जो मैंने पढ़ा है। वे अचरज से मुझे देखने लगे। मैंने देखा कि वे आपस में कुछ बहुत धीरे-धीरे बतिया रहे हैं। फिर वे मुड़ गए। स्टेशन के निकासगेट की ओर नहीं, जिधर सारे कारसेवक जा रहे थे, बल्कि स्टेशन पर ही, दूर स्थित दूसरे टी-स्टाल की ओर।

मैंने टिकट नहीं खरीदा। उसकी कोई आवश्यकता भी नहीं थी। घर की ओर जाने वाली लगभग खाली गाड़ी में मैं एक अवैध यात्री के रूप में बैठ गया। एक दूसरा यात्री भी मेरी तरह शायद आगे की यात्रा स्थगित कर अपने घर की ओर जा रहा था। मेरी ही बोगी में एकदम गेट के नजदीक वाली सीट पर स्वयं से बातें करते बैठा था। बिना किसी चकल्लस के मैंने खुद को ऊपर वाली बर्थ पर डाल दिया। उत्तर भारत में कड़ाके की सर्दी शुरू होने में कुछ देर थी, पर ठंडक कम नहीं थी। जिस उन्माद और मदान्धता का नजारा मैंने सुबह से अभी तक किया था उसका प्रभाव मेरे दिमाग पर पड़ने लगा था। बस अब मैं अपनों के बीच होना चाहता था। अपनों के बीच ! जल्द से जल्द।

पर यह कल सुबह से पहले मुमकिन नहीं था। मैं ऊपरी बर्थ पर तनहा लेटा हुआ दो जड़ पंखों को देखे जा रह था। दूर होते नारे अभी भी सुनाई पड़ रहे थे। पर मेरा

डर अब वैसा नहीं रहा था। हाँ, अकेलापन दिल को छोटा जरूर कर रहा था। और तभी कम्पार्टमेंट के दरवाजे के खटखटाने की आवाज आई। रजनीश दीक्षित ? हाँ वही था। सुनिश्चित कर लेने के बाद कि यह दीक्षित ही था, मैं उठा और चारों ओर की अराजकता, हुल्लड़ और उन्माद के बीच से होता हुआ अपने मित्र के पास जा पहुँचा। रजनीश दीक्षित, मेरे सपनों का साथी। यह मुश्किल घड़ी अकेले कैसे कटती ? रजनीश दीक्षित सही समय पर पहुँचा था।

6

रजनीश दीक्षित की कारस्तानियाँ और सच से भेंट

छात्रावासी जीवन को दरकिनार करके रजनीश दीक्षित को याद करना मेरे लिए कोई मानी नहीं रखता। भाइयो, मेरे घर की ओर ले जा रही उस अँधेरी ट्रेन में ऊपर की बर्थ पर लेटे लेटे मेरा छात्रावास अपने छोटे छोटे कमरों और भव्य प्रवेश-द्वार के साथ मेरे मन-मस्तिष्क पर छाने लगा। छात्रावास के कमरे उसकी दीवारें, उसका हरा-भरा लॉन, उसके गलियारे, वहाँ रहने वाले छात्रों के सपनों के हमसफर और मूकदर्शक दोनों होते हैं। इनमें से बहुत तो दूर-दराज, गाँव खेड़ा या छोटे-छोटे कस्बों से आए छात्र होते हैं जिनकी आँखों में सपने आप दूर से ही देख सकते हैं। दूसरे ऐसे होते हैं जो अपने सपनों की खातिर रात-दिन एक किए हुए किताबी कीड़ा बन जाते हैं। तीसरे वे होते हैं जिनके सपने बिखर गए होते हैं और जो अब सपनों की दुनिया से बाहर यथार्थ के धरातल पर दिशा-हीनता के मरीज बनकर ठोकरें खा रहे होते हैं। ये लोग किरानी की नौकरी से लेकर टीचरी, सेल्समैनी या फिर ऐसी ही फीकी-फाकी नौकरियों की ओर अनिच्छापूर्वक भागते रहते हैं। उच्च शिक्षा एवं उच्च पदों की प्रत्याशा में आए इन उम्मीदवारों में आधे से अधिक बिना किसी जातिगत, धर्मगत भेदभाव के, अपने गाँवों, कस्बों को बैरंग वापस लौट जाते हैं। सड़ने के लिए, और अपने बूढ़े होते माता-पिता को सालने के लिए।

कुछ भी हो, छात्रावास का सुख वही जाने जो वहाँ रहा है। अनजाने-अनदेखे अन्तःवासियों के बीच मित्रता और अपनेपन की ऐसी रस्सी बनती है जो सालों साल नहीं टूटती। एक-दूसरे के दुख-सुख सफलता-असफलता में शामिल ये लोग एक ऐसे अस्थायी समाज का निर्माण कर लेते हैं जो अन्तर्निर्भरता के सिद्धान्त से कहीं आगे जाकर सहअस्तित्व का आमंत्रण देता है। छात्रावास में कठिन समय तो जैसे होता ही नहीं। जेब में पैसा है तो अच्छा, जेब खाली है तो उससे भी अच्छा।

इलाहाबाद शहर आज भी अपने भद्रजनों के लिए जाना जाता है। इस शहर की आबादी का एक अच्छा हिस्सा वकीलों, जजों, रिटायर्ड प्रशासनिक अधिकारियों, यूनिवर्सिटी शिक्षकों, साहित्यकारों, लेखकों, पत्रकारों एवं कलाकारों का है। इन लोगों ने इलाहाबाद को अनूठा सांस्कृतिक आयाम दिया है, इनकी अपनी अलग जीवन शैली है, अलग मूल्य हैं और अलग ठसके हैं, अलग किस्से हैं। अभी भी इस शहर में सेमिनार,

सिंपोजियम, थियेटर, कला-संगम, साहित्य-संगम आयोजित होते रहते हैं जिनमें जाना और भाग लेना लोगों के लिए प्रतिष्ठा का विषय होता है। स्टेटस सिंबल ! कॉफी हाउस कभी खाली नहीं रहता। वर्दीधारी-वेटर इन बुद्धिजीवियों और साहब लोगों की खिदमत में हाजिर रहते हैं। एक कप कॉफी के ऊपर ये लोग घंटों गरमागरम बहस मुबाहिसा में मुब्तिला रहते हैं। किसी जज की नई प्रेमिका से लेकर सरकारी नीतियों और नई-नई आई हिन्दी-अंग्रेजी पुस्तकों तथा प्रयाग संगीत समिति या बंगाली थियेटर में चल रहे नाटक तक किसी भी विषय पर धड़ल्ले से चिल्ल-पों होती ही रहती है। यही इलाहाबाद को अभी भी सांस्कृतिक रूप से एक जीवन्त शहर बनाता है।

इस सबका प्रत्यक्ष-अप्रत्यक्ष असर पड़ता है इलाहाबाद विश्वविद्यालय के छात्रावासों पर। और विश्वविद्यालय तथा छात्रावासों की आबोहवा का असर लौटकर उस शहर पर पड़ता है। पिछली से पिछली शताब्दी से यही हो रहा है।

यहाँ अभी भी छात्र स्वयं को इंटेलेक्चुअल साबित करने के लिए अपने पहनावे से लेकर अपने चेहरे अपनी पत्रिकाएँ अपनी किताबें अपने अखबार और अपना झोला तक बदलने को तैयार रहते हैं। केबल टी.वी. और इंटरनेट के समय में नव-बुद्धिजीवियों द्वारा उर्दू शायरी, खास तौर से गालिब या फिर अपने लोकल फिराक साहब की कुछ चुनी हुई रचनाओं को समय-कुसमय उगल देना आम बात है। इसके माध्यम से लोग संदेश देना चाहते हैं कि वे सब कुछ पढ़ते हैं और यह कि उनके पास रिफाइंड टेस्ट है, और वे कुछ ऐसे ही माहौल से आए हैं। इन उर्दू प्रेमियो के लिए उर्दू उच्चारण की खूबसूरती 'श' और 'ज़' के अधिकतम प्रयोग में निहित है। शीने शे लगाया, ज़ाम पिलाया, ताज़महल दिखाया जैसी पंक्तियाँ बिला हिचक लोग फेंकते चलते हैं। इसी चक्कर में शोला सोला, शराब सराब, ज़मीन जमीन, नज़र नजर बन जाता है। ऐसा अंग्रेजी में भी देखने को मिल जाता है। उच्चारण और बहुत कुछ ! हमारे एक सीनियर को जब वाइस चांसलर ने छात्रावास के एक कार्यक्रम में अपने आवभगत के लिए अंग्रेजी में धन्यवाद दिया तो सीनियर ने झट कहा—शेम टु यु शर।

उच्चारण और फुलफुस को हटा भी दें तो कुल मिलाकर छात्रावासों का वातावरण बड़ा स्वस्थ होता है। खास तौर से रात नौ बजे के बाद तो कुछ खास कमरों में बैठकियाँ शुरू होती हैं। जिनमें चाय, सिगरेट, मार्क्स, गांधी, हेलेन और बिन्दू का डांस...सभी कुछ चलता है। बीच-बीच में फिराक, अकबर इलाहाबादी और बच्चन (अमिताभ बच्चन नहीं) भी। हरबंश मुखिया, राजेन्द्र यादव, कामरेड सुरजीत सिंह, दाऊद इब्राहीम और ट्विंकल और करिश्मा, और उनकी मम्मियाँ भी। गम्भीर पठन-पाठन का दौर ग्यारह बजे के बाद ही शुरू होता है और तीन बजे तक चलता है।

भाइयो, आप मानोगे तो नहीं, पर वो रतजगे मुझे भूले नहीं भूलते हैं। उन रातों पर हजारों रातें कुर्बान ! और यदि कोई परीक्षा सर पर हो तो फिर कहना ही क्या। दाढ़ी बढ़ाए, बिना नहाए, बिना खाए छात्र कई-कई दिन चाय-बिस्कुट पर निकाल देते हैं। तैयारी का जुनून ऐसा चढ़ता है जैसे नदी में बाढ़ का पानी। सद्यः अर्जित ज्ञान का

पानी छात्रावास के कमरों को लबालब भरता हुआ आस-पड़ोस की चाय की दूकानों और ढाबों तक फैल जाता है।

इन थकाऊ जानमारू तैयारियों के दौरान रजनीश दीक्षित जैसों की कपोल कथाएँ तनाव घटाने की रामबाण दवा सिद्ध होती हैं। जैसे पढ़ते पढ़ते रात के दो बजे कोई फरिश्ता एक मग गरमागरम कॉफी स्टडी टेबल पर लाकर रख दे।

रजनीश दीक्षित बड़ा मँजा हुआ किस्सागो था। उसके किस्से सुनना, मेरे लिए जाती तौर पर बड़ा कष्टकारी अनुभव हुआ करता था। आज भले यह यथार्थपरक दृष्टिकोण लगे पर तब तो यह नैतिकता का एक बड़ा सवाल था। उचित और अनुचित, गलत और सही के बीच एक संघर्ष जारी रहता था। वही आदिम सवाल। ये अश्लीलता सुनूँ या न सुनूँ ? गलत या यही, मुझे उसकी बातों में मजा आता था। खास तौर से हम दोनों जब कमरे में अकेले होते थे और वह अपनी किताब खोलकर बैठ जाता था। उसके पास नीले किस्सों के खजाने थे, और यहाँ थी कभी न मिटने वाली भूख ! जो बस बढ़ती ही जाती थी। मैं जितना ही अपनी इच्छाशक्ति को मजबूत करता, उसकी कामुक कहानियों के प्रति मेरी इच्छा और तीव्र हो जाती। और इस तरह न वह थकता था, न मैं।

पर इन सबमें सबसे हैरानी वाली बात जो थी वह थी उसकी विवाहित स्त्रियों से दोस्ती और फिर उनसे सम्बन्ध। उसकी कहानियों में शायद ही कभी किसी हमउम्र लड़की का जिक्र आता। और वह पूरे कथा-जाल में स्वयं को एक निर्दोष एवं दूसरों की कामवासना के शिकार के रूप में प्रस्तुत करता। पर सच यह था कि रजनीश दीक्षित के पास समाज के बदबूदार कोनों को सूँघने की बड़ी तीव्र घ्राण शक्ति थी। दुखती रगों पर हाथ फेरने की विद्या में वह पारंगत था। महिलाओं की कुछ मौलिक कमजोरियों पर ही उसने अपने खेल का ताना-बाना बुना था। जो मैं समझ सका वह यह था : रजनीश अपनी मीठी उक्तियों से महिलाओं के मन पर पहली ही बार में निर्णायक प्रभाव छोड़ता था। उसके बाद वह अपनी मासूमियत और अपने भोलेपन से उनका विश्वास जीतकर उन्हें चित कर देता था। कभी-कभी पट भी कर देता था।

छात्रावास में कई साथियों का मानना था कि रजनीश झूठों का बादशाह है। वह आत्ममुग्धता और आत्मश्लाघा का शिकार है। उसकी कहानियों में सच्चाई नहीं है। कुछ दूसरे थे जिनका मानना था कि इस शहर को घुन लग गया है। रजनीश उसी को चाट रहा है। पर मैं सोचता था कि अगर रजनीश झूठ बोलता था तो फिर दुनिया में उससे बड़ा झूठा दूसरा कोई नहीं था। तो घुन वाली बात भी सही हो सकती है।

गपशप, कोरी कल्पना और असत्य का विकल्प सिर्फ सत्य और तथ्य ही हो सकता है। झूठ क्या है, सच क्या है, पता कैसे चले ? उसके अंकल के घर पर पहली अधूरी दावत खाने के लगभग छः महीने बाद एक बार फिर हम दोनों मिश्रा अंकल के घर गए। इस बार दूध का दूध, पानी का पानी हो गया।

इस अन्तराल में मेरे मित्र का अंकल मिश्रा के यहाँ आना-जाना लगा रहा था। मेरे

जाने का तो खैर प्रश्न ही नहीं था। पर अगले तीन दिनों तक मेस बन्द थी और हम दोनों की जेबें खाली थीं। उसके बहुत कहने पर मैं तैयार तो हो गया था पर एक खटका था। कहीं आंटी ने पहचान लिया। यह सोचकर कि सीधे भगा न दिया जाऊँ, मैंने रजनीश को समझाने की कोशिश की। उसने आंटी की कमजोर याददाश्त और मेरी नई-नई बढ़ी दाढ़ी का हवाला देकर मुझे ही समझा दिया।

वैसे भी उन्होंने मुझे थोड़ी ही देर के लिए शाम के झुटपुटे में देखा था। मुझे बस एक सावधानी बरतनी थी। अपना नाम फरीद की जगह अशोक, रमेश, विनोद, बस ऐसा ही कुछ रख लूँ। बाकी रजनीश और मिश्रा अंकल सँभाल लेंगे। अगर मैं बस नाम वाले खेल को अच्छी तरह हैंडिल कर लूँ तो फिर दो-तीन दिनों तक भोजन की चिन्ता से मुक्त।

अंकल गेट पर ही मिले। वे बड़े मूड में लग रहे थे। देखते ही मुझे लिपटा लिया और पकड़े हुए मुझे लॉन में बिछी कुर्सियों तक ले गए। चलते हुए वे बस मुझे देखे जा रहे थे। बैठ जाने के बाद उन्होंने मुझे ऊपर से नीचे तक एक बार फिर खँगाला। मेरी दाढ़ी की फसल और मेरे बढ़े वजन पर कई व्यंग्यात्मक टिप्पणियाँ कीं।

अंकल का तो कायाकल्प हो गया था। वे बड़े सलीकेदार कपड़ों में थे और निश्चित तौर पर पहले से कहीं ज्यादा स्मार्ट लग रहे थे। पिछली दफा जो उजले बाल देखे थे वे अब नदारद थे। उम्र छिप नहीं रही थी पर चेहरे पर रौनक थी और वजन कुछ चढ़ा हुआ था।

भई कहाँ रहे इतने दिनों ? रजनीश के साथ कभी आए नहीं। उन्होंने शिकायती लहजे में हँसते हुए कहा। फिर जैसे उन्हें कुछ याद आ गया। उचकते हुए बोले—हाँ भई, फरीद ? हाँ हाँ ठीक, फरीद, अरे भई, आते रहा करो...जब भी... । वह बहकने लगे थे। रजनीश ने उन्हें सँभाला—फरीद नहीं, अशोक...अंकल...अशोक। अंकल रजनीश को आँख मारते हुए जैसे चिहुँक पड़े—अरे हाँ अशोक...अशोक कुमार जिन्ना। और वे आगे कुछ बोल पाते कि बस हँसी का फव्वारा जो छूटा तो हम तीनों देर तक हँसते रहे।

आंटी स्वयं एक खूबसूरत ट्रे में चाय लेकर हाजिर हुईं। रजनीश और मैंने खड़े होकर उनका अभिवादन किया। उन्होंने मुस्कुराकर हमारे अभिवादन का जवाब दिया। मेरी जान में जान आई। मैंने गौर किया कि आंटी में आमूल चूल परिवर्तन था। उनके कपड़े, उनकी चाल, उनकी मुस्कुराहट, उनकी अदा...सभी कुछ बदल चुके थे। वे वाकई हसीन लग रही थीं।

रजनीश दीक्षित ने मेरा परिचय अशोक कुमार के रूप में कराया। आंटी के चेहरे पर फिर से मुस्कुराहट दौड़ गई। सबसे पहले चाय मुझे मिली। फिर अंकल इधर-उधर की छोड़ते रहे और हमारे हँसने का सिलसिला जारी रहा। अचानक आंटी ने पूछा—अशोक, तुम पहली बार आए हो न ? वह मुझे ताके जा रही थीं...जैसे उन्हें लग रहा हो मैं दूसरी बार आया हूँ। मैंने अचकचाते हुए हाँ कह दिया। रजनीश के चेहरे पर हवाइयाँ उड़ने लगीं और अंकल इस तरह चाय सुड़क रहे थे जैसे उन्होंने सुना ही

नहीं। मेरे मुँह से हाँ सुनकर आंटी फिर सामान्य हो गईं और यह कहते हुए अन्दर चली गईं कि नौकरानी को कुछ निर्देश देने हैं।

हमने अंकल के डाइनिंग टेबुल पर मजेदार डिनर खाया। आंटी अपने हाथों से सर्व करती रहीं और एक-एक व्यंजन के गुण बखानती रहीं। सब्जी में मिर्च तेज थी और खीर में शक्कर। पर हम दोनों की ओर से अंकल ने सभी खानों की ऐसी तारीफें कीं कि आंटी बाग-बाग हो गईं।

अंकल ने हमारा बिस्तर बरामदे वाले कमरे में लगवा दिया, पर भाइयो, मुझे नई जगह पर जल्दी नींद न आने की बीमारी है। हम दोनों काफी रात तक बतियाते रहे। वह करीब डेढ़ बजे सोया होगा और मैं ढाई बजे तक पुरानी पत्रिकाएँ पलटता रहा।

सुबह नौकरानी ने हमें जगाने के लिए खटखटाने में पूरी ताकत लगा दी। किसी तरह आँख खुली, पर अदरक की चाय ने नींद की कमी को हावी नहीं होने दिया। बाहर लॉन में अंकल सुबह की धूप का आनन्द ले रहे थे। दाहिने हाथ में चाय का प्याला था और *टाइम्स आफ इंडिया* कुर्सी के बगल में फड़फड़ा रहा था। चाय खत्म करके हम भी उन्हीं के पास जा बैठे। रजनीश ने अखबार उठा लिया और अंकल ने मुझे श्रीमती इन्दिरा गांधी के दूसरे राज्याभिषेक के बहाने देश के राजनीतिक परिदृश्य की मौखिक सैर करा दी। थोड़ी देर बाद हमने नाश्ता किया और अंकल अपने मुवक्किलों में भिड़ गए, हमने अपने कमरे की शरण ली।

—लड़को, ये बताओ कि लंच में क्या पसन्द करोगे ? आंटी थीं। कमरे में दाखिल होते हुए उन्होंने पूछा था।

—चिकन एंड राइस, रजनीश ने तड़ाक से कहा। आंटी ने नाक सिकोड़ते हुए लम्बा मुँह बनाया। फिर रजनीश को चिढ़ाते हुए बोलीं—मैं तो कब से कह रही हूँ कि तुम्हें मटन चिकन अगर इतना ही पसन्द है तो अपने अंकल से कहकर एक मुसलमान आंटी की व्यवस्था क्यों नहीं कर लेते। 'मुसलमान' शब्द के साथ ही एक अजीब-सा खट्टापन तैर गया था उनके चेहरे पर। फिर वे हँसते हुए लौटने लगीं। तभी कुछ हुआ। उनके दिमाग में कुछ सरसराया। वे फिर मुड़ीं और मुझसे मुखातिब होते हुए बोलीं—भई क्षमा करना, तुम्हारा नाम अशोक ही है न ? अशोक, बड़ा अजीब-सा लगता है कि तुम यहाँ पहली बार आए हो। मैं कल से ही सोच रही हूँ कि शायद तुम्हारे जैसा ही कोई यहाँ पहले भी आ चुका है।

रजनीश ने झट लगाम अपने हाथों में ले ली। मेरे चेहरे पर जो कुहासा छा गया था उसे ढँकने की कोशिश करते हुए पट्ठा बोल पड़ा—आप गलत नहीं कह रही हैं। एक-दो बार इसे आपने मेरे साथ यहाँ जरूर देखा होगा। खाना अच्छा पकाता है। रसोइए की नौकरी के लिए आया था।

वे सचमुच खिसिया गईं। पर हमारे साथ हँस पड़ीं।

—गुरु, यह औरत कुछ सूँघ रही है। मैंने उसकी पीठ पर पंच करते हुए कहा।

—हो सकता है, पर इससे तुझे क्या लेना। भइये, दो दिन में खा-पीकर फूट चलेंगे। चकराने दो चाची को।

कह नहीं सकता कि मुझे लेकर उनकी शंका का समाधान हो सका या नहीं, किन्तु मैं कुछ असहज हो गया था।

और रात में जब नौकरानी मेरा खाना चीनी मिट्टी के बर्तनों में अलग से कमरे में पहुँचा गई तो दीवार पर लिखी इबारत मेरी समझ में आ गई। मेरे खाना समाप्त करते ही रजनीश भी अंकल आंटी के साथ खाकर आ गया। कुछ देर तक हम हँसी-मजाक करते रहे फिर सोने का उपक्रम करने लगे।

मुझे मिश्रा अंकल के घर में चौबीस घंटे से अधिक हो चुके थे पर मैंने रजनीश और आंटी के बीच कुछ ऐसा-वैसा नहीं नोटिस किया था। मिलना-मिलाना बातें और सुनना देखना...सभी कुछ सामान्य चल रहा था...कहीं कोई गड़बड़ नहीं दिखी थी। इस बीच मैंने आंटी को दो बार घर में ही बने पूजाघर में भी जाते देखा था। कुल मिलाकर उनका हाउसवाइफ वाला रूप इतना संतुलित और लुभावना रहा था कि मुझे अपनी बेवकूफी पर हँसी आ गई। मैं कब से सोचे जा रहा था कि इस छत के नीचे कहीं कुछ पक रहा है। सॉरी रजनीश। सॉरी मिसेज मिश्रा।

और तभी यह हुआ।

रजनीश दीक्षित सो चुका था, पर मेरा पेशाब के मारे बुरा हाल था। मेरे टैंक और ट्यूब दोनों फुल थे, और मैं पैरों के बीच तकिया लगाकर दबाये पड़ा था। पेशाब जमा हो जाने के कारण मेरे जननांग में बेतहाशा पीड़ा हो रही थी। अंकल का बाथरूम अन्दर था। और उन्होंने कह रखा था आवश्यकता पड़ने पर उन्हें उठा लूँ। पर मैं तो न्यू प्लेस सिंड्रोम से ग्रस्त था। मैं और रजनीश गहरे दोस्त थे और एक-दूसरे की आदतों से अच्छी तरह वाकिफ थे। सामान्यतः बिस्तर में जाने के बाद उठने से रजनीश को सख्त नफरत थी—चाहे पेशाब के मारे जान निकल रही हो। कोई पूर्व नियोजित शरारत करने के लिए ही वह कभी-कभार रात के बारह बजे के बाद उठता जरूर था। ऐसे ही मौकों पर जब मैं सो रहा होता था तो कभी तो वह मेरा दूध पी जाता था, या खाँसी की सीरप ही साफ कर देता था, और शीशी में पानी मिलाकर रख देता था। मेरी हालत गम्भीर बनी हुई थी और मुझे तकिया सटाए रहने के अलावा कुछ सूझता न था। आंटी का घर न होता तो वहीं कमरे में ही फारिग हो लेता।

सहसा मुझे लगा कि वह अपने बिस्तर में नहीं है। पर वह कमरे में था। वह दरवाजे के पास चुपचाप अँधेरे में खड़ा था, मेरी ओर देखते हुए। सुनिश्चित कर लेने के बाद कि मैं सो रहा हूँ, उसने बड़े धीरे से दरवाजा खोला। अधखुले दरवाजे को पकड़े वह वह सन्न खड़ा था—कभी अन्दर देखता, कभी बाहर। फिर एक मुलायम-सी 'खट' की आवाज हुई, और मैं नहीं देख सका कि वह किधर बढ़ा।

पेशाब का दबाव और बढ़ गया था और दर्द से ऐंठता मैं पड़ा हुआ था। क्या मैं उठकर इस चोर को पकड़ूँ और पूछूँ कि उसके अंकल का बाथरूम कहाँ है। हिम्मत नहीं

पड़ी। आखिर यह कहाँ गया ? एक भयावह पूर्वानुमान से मैं काँप गया। नहीं, यह नहीं हो सकता। मैंने अपनी कल्पना की उड़ान को लगाम दी। मेरे पास उम्मीद का एक कतरा अभी भी बचा था। वह और कहीं नहीं बाथरूम जा रहा है। मेरी तरह उसे भी बड़े जोर का लगा है। तो क्यों नहीं मैं भी चलता हूँ ?

पर यह क्या ? मेरे पेशाब का क्या हुआ ? जैसे लगा ही नहीं था। गायब ! रजनीश दीक्षित, क्या तू मेरे हिस्से का भी पेशाब करके लौटेगा भाई ?

भाइयो, रात के उस अँधेरे में अकेले पड़े बिस्तर पर उस क्षण मैं क्या सोच रहा था ? मैं सोच रहा था अपने छात्रावासी शिशु-मित्रों के बारे में जो कहते थे रजनीश दीक्षित झूठा है। मैं सोच रहा था रजनीश दीक्षित की गर्वोक्तियों के बारे में जिन्हें मैं स्वयं खारिज करता फिरता था। मैं सोच रहा था उस घड़ी के बारे में जब मैंने पहली बार यहाँ से लौटते हुए उसके सामने अपने हस्तज्ञान का परिचय दिया था। मेरा दिल धौंकनी की तरह धक-धक कर रहा था। इतनी तेज धड़कन कि मैं अपने कानों से सुन सकता था—धक्...धक्...धक्...। लगा मेरी धमनियाँ दबाव से फट जाएँगी। मेरे सामने धीरे-धीरे एक पुस्तक खुल रही थी...थोड़ी देर में यहाँ कुछ भी होने वाला था।

मैंने उसका पीछा करने का निर्णय ले लिया।

जब मैंने उसे दुबारा पकड़ा तो वह दूसरे दरवाजे के निकट खड़ा था—जिसमें दाखिल होकर वह गलियारे में पहुँच सकता था, जिसके आखीर में मिश्रा अंकल का मुख्य शयन कक्ष था। मैंने अपने दरवाजे को अधखुला ही छोड़ रखा था, ताकि मैं बाहर देख सकूँ और अगर वह मुड़कर मुझे देखने की कोशिश करे तो मैं झट अन्दर हो लूँ। वह नहीं मुड़ा।

उसने धीरे से दरवाजे को धकेला और गलियारे में दाखिल हो गया। दरवाजे को जानबूझकर अन्दर से खुला छोड़ दिया गया था। मेरे और सामने वाले दरवाजे की कोणीय स्थिति ऐसी थी कि अपनी जगह से मात्र एक डग भरकर मैं रजनीश दीक्षित की आगे सरकती छाया को आराम से देख सकता था।

वैसे तो पुस्तक पूरी खुल चुकी थी। दृश्य एकदम साफ था। मिसेज मिश्रा किसी भी क्षण प्रकट हो सकती हैं...फिर दोनों...पर इसकी भी सम्भावना थी कि शायद रजनीश दीक्षित ट्वायलेट ही जा रहा हो। पेशाब करने। पेशाब करने के बाद वापस आकर सो जाएगा। पेशाब का ख्याल आते ही मेरे ट्यूब में फिर से ऐंठन होने लगी। मुझे लगा कि मेरे पेशाब के रास्ते में सैकड़ों चीटियाँ रेंग रही हैं।

वह बाथरूम नहीं जा रहा था। उसकी उंगलियाँ अँधेरे में मिश्रा अंकल के मुख्य शयनकक्ष के बाहर दीवाल में कुछ तलाश रही थीं। जैसे ही उसकी उँगलियाँ स्विचबोर्ड से टकराईं, उसने एक खास स्विच को चुना और फिर उसे दबा दिया। गलियारे के छत में लगा नाइटबल्ब चुपचाप जल उठा और उसकी मद्धिम रोशनी में रजनीश दीक्षित का अस्त-व्यस्त शरीर खड़ा था। बड़े ही बेढंगे तरीके से दीवाल से लगा हुआ। जिस प्रकार से वह अपनी गर्दन को उठा-उठाकर ऊपर रोशनदान की ओर देख रहा था, वह काफी

भयावह था। फिर उसने लाइट बन्द कर दी, और फिर ऑन कर दी। फिर वह स्विच को खोल-बन्द खोल-बन्द करने लगा। बल्ब भुक-भाक भुक-भाक हो रहा था। आखीर में उसने उसे जलता छोड़ दिया।

आस्तीन चढ़ी हुई, शर्ट जींस से बाहर, वह एक ऐसे पेशेवर हत्यारे की माफिक लग रहा था जो बस किसी पर जानलेवा हमले के लिए तैयार खड़ा था। या फिर कुछ इससे भी गया गुजरा...कोई उचक्का...जो रात के अँधेरे में किसी राहगीर की प्रतीक्षा में था !

मैं अँधेरे में बाहर खड़ा उसकी गतिविधि को देख रहा था। नवम्बर की उस रात में भी मैं पसीने से तरबतर हो रहा था। दिल बेकाबू होकर धड़क रहा था—जैसे पसलियों के जाल को तोड़ता-फोड़ता बाहर आ जाएगा। वह दृश्य, वह क्षण मेरे लिए नाकाबिले बर्दाश्त था। लगा हार्ट अटैक बस एक हाथ पर है। मैं बैठ गया।

हलकी-सी कर्र की आवाज के साथ बेडरूम का दरवाजा खुला और औरत बाहर आई। नंगे पैर। मेरी साँस जहाँ की तहाँ रुक गई। आंटी ही थीं। बोलीं कुछ नहीं। सन्न, खड़े-खड़े ताड़ती रहीं कि बेडरूम में कोई आहट तो नहीं...कोई हलचल...कोई सुगबुगाहट। कहीं किसी ने करवट तो नहीं बदली। वकील साहब गहरी नींद में थे।

फिर एक लम्बी साँस छोड़ते हुए उस स्त्री ने मेरे दोस्त के गाल पर एक हलकी-सी थपकी लगा दी। सूखी मुस्कुराहट की पतली-सी लकीर उसके चेहरे पर बनी और फिर गायब हो गई। मेरे मित्र ने बदले में उसे सिर्फ देखा भर। फिर उसने अपने दोनों हाथ ऊपर ले जाकर रजनीश के गालों को अपनी ओर खींचा। उसका अपेक्षित असर हुआ। रजनीश एक हाथ से उनकी ठोढ़ी सहलाने लगा और दूसरे हाथ से उनके गाल कान और कान की फुलरियों की खबर लेने लगा। उसे जैसे करेंट लग गया। उसने चिहुँकते हुए सर पीछे की ओर झटक दिया। रजनीश का हाथ हवा में लटका रह गया। मेरा शरीर थरथरा रहा था मैं फिर से खड़ा हो गया।

वह बड़ी अदा से आगे को झुका और अपनी कामुक आंटी को कमर से पकड़े हुए गलियारे का दरवाजा खोल दिया। घर का छोटा-सा आँगन सामने था। वे दोनों वहीं बढ़ गए। आगे अँधेरा था...मुझे कुछ दिखाई नहीं पड़ रहा था। जैसे वे अन्दर आँगन में गए, मैं अन्दर गलियारे में स्विचबोर्ड के पास आ गया था। वहाँ से बस दो छायाएँ ही दीख रही थीं...मानो एक-दूसरे से खड़े होकर मल्लयुद्ध कर रही हों।

फिर दोनों साए आँगन के कोने में बने छोटे से मन्दिर की ओर सरकते चले गए। उसके आगे मैं उन्हें नहीं देख सका। वहाँ घुप अँधेरा था।

लौटते हुए मैंने दरवाजे की फाँक से बेड रूम में झाँका। और यकीन मानिए, मैंने जो देखा उससे मन वितृष्णा से भर गया। मुझे उबकाई आ गई। वकील साहब मुर्दे के समान पड़े हुए थे, नाक से गहरी, भयावह आवाज निकालते हुए। एक पल के लिए मैं जड़ हो गया। मुझे घोर निराशा हुई। उनका निकला पेट और उनका सीना बड़े ही वीभत्स ढंग से ऊपर-नीचे हो रहे थे। बीच-बीच में उनकी साँस फँस-सी जाती थी और

पूरा कमरा उस छूटी साँस को पकड़ लेने की कोशिश से छटपटा उठता था।

मुझसे और रुका नहीं गया। मैं सीधे लॉन की ओर भागा और एक कोने में खड़े होकर पेशाब किया। फिर वहीं बैठ गया। लगभग आधे घंटे उसी प्रकार बैठे रहने के बाद मैं कमरे में आया और सो गया। अलसुबह नौकरानी ने रोज की तरह जगाया। चाय लेकर आई थी। रजनीश दीक्षित नंगे बदन सोता पड़ा था। मैंने अपनी चाय जल्दी-जल्दी खतम की। नौकरानी दुबारा कप लेने आई तो मैंने यों ही पूछ लिया।

—अंकल अभी भी सो रहे हैं क्या ?

—नहीं, नहीं, लॉन में बैठे हैं। उनकी दूसरी कप चाय चल रही है। अखबार तो कब का पढ़ चुके।

—और आंटी ? क्या अभी सो रही हैं ?

—न भैया, मालकिन कभी इतनी देर तक सोती हैं क्या ? वह पूजा कर रही हैं।

मैंने जल्दी से कपड़े पहने, जूते डाले और मोजों को जेब में ठूँस लिया। अपने दोस्त की नंगी पीठ पर कम्बल फेंकते हुए मैं बाहर आ गया। अंकल लॉन में बैठे आराम फरमा रहे थे। मैंने उनसे कहा कि मुझे होस्टल में कुछ जरूरी काम है और मुझे आठ बजे तक वहाँ पहुँच जाना है।

वह मुस्कुराते हुए खड़े हो गए और पूछा कि मुझे किसी ने कुछ कहा तो नहीं। मैं खुश तो हूँ। मैंने कहा जी हाँ, मैं खुश हूँ, ऐसी कोई बात नहीं है। इतना कहकर शिष्टाचारपूर्वक सर को तनिक झुकाते हुए मैं वहाँ से निकल आया।

मुहल्ले के अन्दर

यह पूरा अनुभव मेरे लिए झकझोर देने वाला था। अंकल के यहाँ से आने के बाद न पढ़ने में मन लगता था न ही मित्रों से बातचीत करने में। बड़े भारी अपराधबोध से ग्रस्त हो गया था मैं। यही सोचकर परेशान रहा कि रजनीश दीक्षित को मैं कैसे फेस कर सकूँगा। क्या रजनीश दीक्षित पारिवारिक व्यभिचार में फँस गया था। कुछ भी हो...झेंपना तो उसे चाहिए। मुझे क्यों हिचक होने लगी। पर दो दिन बाद जब वह आया तो उससे आँख मिलाने की मेरी हिम्मत नहीं हुई। मैं उससे कटा-कटा रहा। पर अधिक दिनों तक नहीं। जल्दी ही सब सामान्य हो गया। पर एक बात है, उसके बाद मैं दुबारा कभी मिश्रा अंकल के यहाँ न गया, न ही मिश्रा आंटी के बारे में कभी कुछ पूछा। बन्दे ने बताया भी नहीं।

क्या मुझे रजनीश दीक्षित के मामले में किसी और प्रमाण की आवश्यकता थी ? कम से कम मुझे तो नहीं थी। मैं तो अब उसकी एक हरकत का स्वयं गवाह था। औरों के बारे में कुछ नहीं कह सकता।

फिर भी मैं कहूँगा कि उस लेडी-किलर की करतूतों के बारे में मेरे पास एक सबूत और है जो मुझे बस यों ही मिल गया था। और यह सबूत ऐसी जगह मिला जहाँ इसका

कोई अंदेशा नहीं था। चार दिसम्बर की रात लखनऊ से घर आते समय मैं उस दूसरे घटनाक्रम से एक बार फिर गुजरा। शायद इन दोनों घटनाओं की पुनरावृत्ति में ही मेरी मुक्ति छिपी हुई थी। उस अँधेरी, अनिश्चित रात में पैसेंजर गाड़ी के उस डिब्बे में मैं लगभग अकेला ही था। यह ऐसी यात्रा थी जो मेरी योजना में नहीं थी। पर काटना तो उस यात्रा को भी था ही। रजनीश का साथ कुछ देर के लिए और मिल जाए... बस...फिर तो इस रात की भी सुबह हो ही जाएगी। तो उस रात के दूसरे पहर में जिससे और जैसे मैं गुजरा, आपके सामने हूबहू पेश है।

जब मैं इलाहाबाद विश्वविद्यालय के डी.जे. छात्रावास में रहने लगा तो बहुत से खट्टे-मीठे अनुभवों के साथ यह भी हुआ। मेरे कुछ सीनियर शुभचिन्तकों ने पते की बात बताई—भइये, यहाँ तुम अकेले हो...अब रहना तो यहीं है...चाहते हो कि सबके साथ धुल-मिल जाओ तो एक काम करो। तुम्हारे हक की बात करते हैं। अगर अटाला खुल्दाबाद में कोई रिश्तेदारी वगैरह हो तो बेहतर होगा किसी को जाहिर न करना। लगेगा कि लड़का पूरा सेकुलर है। मैंने वैसा ही किया और इसका मुझे काफी लाभ मिला। अपनी पहचान के साथ तनिक समझौता किया कि घाघ से घाघ छात्रावासी ने मुझे हाथों-हाथ ले लिया। खैर ये बात तो अलग है कहानी के इस नाजुक मोड़ पर आपको व्यक्तिगत भावनाओं में उलझाना नहीं चाहता। आपसे वादा किया है कि आपको अपने दोस्त की कारस्तानी पूरी ईमानदारी से सुनाऊँगा, सो आप तो सुनिए। मित्र से विश्वासघात का दंश तो जीवन भर झेलना ही है।

हुआ यूँ कि मेरे एक रिश्तेदार सऊदी अरब से छुट्टियों में घर आए थे। वे इलाहाबाद के उसी कुख्यात मुस्लिम मुहल्ले के किन्हीं सलीम खान का खत और कुछ सामान साथ लाए थे जो उन्होंने अपनी वालिदा और शरीके हयात के लिए भेजा था। हमारे रिश्तेदार की छुट्टियाँ कम थीं और उन्हें कई जगह जाना था। सो सामान देने की जिम्मेदारी मेरे सर आन पड़ी। मैं ठहरा एक नम्बर का झिझकू। दो अकेली मुस्लिम महिलाओं से मिलने जाना, वह भी अटाला खुल्दाबाद में...मेरी तो ऐसी की तैसी होने लगी। मैंने रजनीश से साथ चलने को कहा, बेचारा करता क्या न करता, दोस्त की बात थी, तैयार हो गया। दो अकेली महिलाएँ ! रजनीश दीक्षित मना भी कैसे करता !

हमने तीस पैसे प्रतिघंटा के हिसाब से दो घंटे के लिए किराये पर साइकिल ली और चल पड़े खुल्दाबाद। इरादा यह था कि सामान पहुँचाकर हम लोग सिविल लाइंस की सैर करते हुए शाम तक लौट आएँगे। हमेशा की तरह रजनीश साइकिल चला रहा था और मैं आगे बैठा रस्ता बता रहा था। लगभग आधे घंटे में हम उस मुस्लिम मुहल्ले के मुहाने पर थे।

हमने एक भीड़भरी चाय की दूकान के सामने साइकिल रोक दी। पहली नजर में हमें यह आभास हो गया कि हम अपने छात्रावास से अलग और दूर हैं। एक अलग तरह के एहसास ने घर दबोचा हमको। उस जगह का नयापन और अजनबीपन कुछ-कुछ चौंकाने वाला था। हमने होटल में बैठे लोगों पर एक सरसरी, झिझकती-सी

नजर दौड़ाई। वे धुआँ छोड़ते, हँसी-मजाक करते और कप-सॉसर में चाय पीते शाम का लुत्फ उठा रहे थे। बगल वाली पान की दूकान पर भी कई लोग दाढ़ी सहलाते खड़े थे। हम पान वाले से सलीम खान के घर के बारे में पूछना चाहते थे पर उसे फुर्सत मिले तब न। या फिर इतने अजनबियों के बीच जाकर उससे कुछ पूछने की हिम्मत पड़े तब न।

घनी आबादी, गन्दगी, बेकारी और निकम्मेपन में फलती-फूलती और अपने अल्पसंख्यक होने के एहसास में मशगूल मुस्लिम बस्तियों की अपनी ही दुनिया होती है। शहरों के एकदम अन्दरूनी हिस्सों या फिर उनके किनारों या खास कोनों में बड़े बदनुमा ढंग से बसे ये मुहल्ले सरकार और नगरपालिका के अनचाहे बोझ बनकर बाकी के शहर के साथ किसी बीमार जानवर की माफिक घिसटते चलते हैं। साम्प्रदायिक और धर्मनिरपेक्ष दोनों ही हलकों में लोग दबी जबान से इन्हें मिनी पाकिस्तान कहना पसन्द करते हैं। ये गन्दगी फैलाते झुग्गियों से लैस मुहल्ले मन में अजीब-सा भाव जगाते हैं। गैर मुस्लिमों के अन्दर तो ये भाव कुछ-कुछ डर और नफरत से मिलते-जुलते हैं। जबकि मुसलमानों के लिए ये सुरक्षा और विश्वास का सबब बनते हैं। यहाँ के आत्म-केन्द्रित निवासियों एवं इनके किनारों पर बसे गैर-मुस्लिम परिवारों के बीच सामाजिक सरोकार और सम्बन्ध लगभग निल होता है। इनकी विशेष जीवन पद्धति, इनके लम्बे निर्वासन और इनके अलग-थलग पड़ जाने का कारण एवं परिणाम दोनों हैं।

इन्हीं मुहल्लों में से मुसलमानों के छोटे-छोटे समूह, सम्भवतः डार्विन के विकास के सिद्धान्त का पालन करते हुए, कालांतर में अपनी खासियतों के साथ अलग हो गए। शिक्षित समृद्ध ये समूह मुस्लिम बस्तियों के अपने सगे सम्बन्धियों से एकदम अलहदा होते हैं। पर हैं तो वे दोनों सगे भाई ही जो अलग-अलग बस गए। इन्हीं तथाकथित सभ्य, सुसंस्कृत एवं सुशिक्षित परिवारों से ही मुसलमानों का अस्तित्व-विहीन, अप्रभावी राजनीतिक नेतृत्व आता है, जबकि मुहल्ले धार्मिक नेताओं की लहलहाती फसल साल-दर-साल पैदा करते हैं। राजनीतिक और धार्मिक नेतृत्व से हटकर मुसलमानों में एक अलग सामाजिक-सांस्कृतिक नेतृत्व का सर्वथा अभाव है।

मुहल्ले के मुसलमानों के विपरीत सिविल क्षेत्रों में रहने वाले मुसलमानों और आसपास के हिन्दू समाज के बीच काफी रफ्त-जफ्त रहता है। किन्तु किसी कारणवश यदि सामाजिक समरसता गड़बड़ाती है, चाहे उसी शहर के किसी हिस्से में या किसी पड़ोसी शहर में, तो दोनों समुदायों के बीच अघोषित तनाव व्याप्त हो जाता है। पीढ़ियों से साथ साथ रहते आने के बावजूद दोनों एक-दूसरे के धार्मिक रीतिरिवाज, सामाजिक-सांस्कृतिक परम्पराओं के प्रति अनभिज्ञ और उदासीन से दीखते हैं। नहीं जानते कि किसी समुदाय का कोई उत्सव या उसमें प्रचलित किसी रीति विशेष के पीछे क्या कारण है और वे लोग उसके प्रति इतने खब्त क्यों हैं।

भावनात्मक और सांस्कृतिक स्तर पर इस उदासीनता और दूरी का परिणाम यह होता है कि एक हलकी-सी अफवाह उड़ी नहीं या दंगा भड़का नहीं कि दोनों के बीच कम्युनिकेशन चैनल तत्काल भंग हो जाता है। मेरे बहुत से मित्रों के अन्दर गो-मांस

खाना, जननांग का खतना, पेशाब के बाद मुस्लिम स्त्रियों एवं पुरुषों द्वारा जननांग को धोने एवं रमजान में सुबह तीन बजे के भोजन, आदि जैसे रिवाजों के बारे में बहुत ही गलत धारणाएँ हैं—जिनमें कुछ को सुनकर तो हँसी आती है, और कुछ को सुनकर क्रोध। इसी प्रकार हिन्दुओं के बहुत से संस्कारों से हम अनभिज्ञ हैं तथा उन्हें गैर जरूरी समझते हैं। जैसे मुर्दे को जलाना, मुसलमानों को अछूत समझना और होली में रंग डालना, मदिरापान करना, दिवाली में जुआ खेलना, बड़ो के पैर छूना, झटका मीट खाना आदि। स्थिति तब खराब होती है जब हम इनसे असहमत होने लगते हैं।

यह मामूली दूरी नहीं है। जब हम गंगा-जमुनी तहजीब की और शताब्दियों पुरानी हिन्दू-मुस्लिम एकरसता और सहअस्तित्व की बात करते हैं तो इन तथ्यों को नजरअंदाज कर देते हैं जो बड़ी भूल है।

सच्चाई यह है कि मुहल्लों में रहने वाले मुसलमान हिन्दुओं एवं तथाकथित सिविल मुसलमानों के लिए सामान्यतः हँसी और घृणा के पात्र होते हैं। घृणा एवं भय एक-दूसरे के पूरक हैं। कुछ लोग इन मुहल्लों में जाने से ही कतराते हैं, और कुछ तो वाकई डरते हैं कि कहीं वापस भी लौटेंगे कि नहीं। दरअसल खाड़ी की कमाई भी मुहल्ले के मुसलमानों की न तो इमेज बदल सकी, न ही उनकी तकदीर, और न ही उनके हालात। वे हँसी और अपमान के पात्र तब भी थे, अभी भी हैं। सबको शिकायत है, मुझे भी शिकायत है कि, ये लोग तरक्की-पसन्द नहीं हैं। ये लोग आजाद-ख्याल नहीं है। ये भीड़, गन्दगी और गुरबत-पसन्द कौम है। खाली रहती है और खाली बच्चे पैदा करती हैं। इसीलिए उनसे ज्यादा राफ्ता कायम रखना सेकुलर और सिविल हलकों में शक की नजर से देखा जाता है। मैं इसीलिए अटाला खुल्दाबाद में रहने वाले अपने रिश्तेदार से कटा-कटा ही रहा। और जैसा मैंने पहले ही कहा है कि इसका मुझे फायदा मिला। तथाकथित शिक्षित और आधुनिक मुसलमान भी अपने इन बिछुड़े भाइयों को तब याद करते हैं जब कहीं दंगे भड़क उठते हैं और उन्हें अपने पड़ोसियों की तटस्थता की गारंटी नहीं मिलती है। वे भागकर मुहल्लों में शरण लेते हैं। हालात मामूल पर आते ही ये लोग वहाँ थूक-पेशाब करके वापस अपनी जगह आ जाते हैं।

मैं और रजनीश दीक्षित उस पान की दूकान के नजदीक खड़े-खड़े ताड़ते रहे। फिर रजनीश ने अक्ल लगाई। वह मुझे खींचकर उसी होटल में ले गया। दो कप चाय। एक छोटा-सा, दुनिया का मारा लड़का दो छोटे-छोटे दागदार कपों में चाय लाकर उस गीले टेबुल पर पटक दी रजनीश ने उससे सलीम खान का पता जानना चाहा, पर लड़के ने होटल मालिक की ओर इशारा कर दिया। टोपी लगाए, दाढ़ी सहलाते बैठे उस तुर्रम खाँ से पूछने का साहस हम नहीं जुटा सके। हम बाहर निकल आए और रजनीश दीक्षित ने सिगरेट जलाते हुए फुलझड़ी छोड़ दी—तुम्हारा मोहल्ला है, तुम जानो।

जैसे ही मैं डगमग कदमों से पान की दूकान की ओर बढ़ा, ठीक होटल के बगल में स्थित मस्जिद की मीनार में बँधे लाउडस्पीकर से असर की अजान की तेज-तर्रार आवाज हवा में फैल गई। लगभग उसी समय लाउडस्पीकरों से दूसरे मुअज्जिनों की भी

बुलाहटें गूँजनें लगीं। सभी दिशाओं से वही मस्जिद की ओर आओ, अल्लाह की ओर आओ की तड़पभरी गुहार सुनाई पड़ने लगी—यहाँ से भी, वहाँ से भी, पास से भी, दूर से भी,...बस एक धुन...। कुछ आवाज़ें बहुत तेज थीं...तो कुछ उससे भी तेज। अलग़ करना मुश्किल हो गया कि कौन-सी आवाज मस्जिद की ओर बुला रही है और कौन-सी नहीं। जैसे ही अजान खत्म हुई, दो कुर्ता-पाजामा धारी सज्जन होटल से निकलकर मस्जिद की ओर चल पड़े। बाकी के लोग धुआँ छोड़ते, चाय पीते, उर्दू अखबार चाटते या सिर्फ दाढ़ी खुजाते वहीं जमे रहे।

इतने लोगों की एक साथ अजान को नजरअंदाज करते देख मेरी हिम्मत अफजाई हुई और मैं पान की दूकान पर खड़े मौलवी सरीखे सज्जन से सलीम खान के घर की लोकेशन पूछ बैठा। उन्होंने मेरे प्रश्न को सुना पर मेरी ओर देखा तक नहीं। उनके संभ्रांत, दाढ़ीयुक्त चेहरे पर कोई प्रतिक्रिया नहीं थी। उन्होंने अपना चश्मा बड़े सलीके से उतारा, अपने सफेद चमचमाते कुर्ते के निचले हिस्से से पोंछा और फिर बड़े करीने से आँखों पर चढ़ा लिया। बोले कुछ नहीं। मैं कुछ लटपटा गया।

मैंने अपना गला साफ करते हुए फिर से कोशिश की—जनाब...। मैं अपने सम्मानजनक सम्बोधन के आगे एक कदम भी नहीं बढ़ पाया था कि उन्होंने मुझे छाप लिया—रुकिए, रुकिए, पहले ये बताइए कि आप आ कहाँ से रहे हैं ?

उनका पूछने का अंदाज इतना प्रभावशाली था कि मुझे कोई झूठ न सूझा। रजनीश कुछ दूरी पर खड़ा सुट्टा मार रहा था और यहाँ मैं उस हेडमास्टर जैसे आदमी को सफाई दे रहा था।

—क्या मैं पैकेट देख सकता हूँ ? वह कुछ सशंकित होते हुए बोले। लगता था वे मिसेज खान के कोई सम्बन्धी हैं। उन्होंने पैकेट पर अंकित पते पर तेज नजर दौड़ाई और फिर उसे उलट-पुलट कर देखने लगे। मानो उस घर के अभिभावक हों। हो भी सकते थे। फिर उन्होंने कुछ दूर खड़े रजनीश दीक्षित पर भेदने वाली दृष्टि डाली। फिर मुझे देखा। फिर मिले-जुले ढंग से हम दोनों को देखा। फिर पैकेट को नचाते हुए बोले—अच्छा तो यही है वह पैकेट...।

उन्होंने अपने वाक्य को अधूरा ही छोड़ दिया...और मुस्कुरा पड़े। पानवाले ने उनको पान दिया। उन्होंने करकराते हुए उसे मुँह में ठूँस लिया। मुँह में थोड़ा-सा गैप बनाकर उन्होंने पान के ऊपर अलग से कटी सुपारी और तम्बाकू डाल लिया। फिर चूना खाकर उँगली को अपने घने बाल में पोंछते हुए गलगल आवाज में बोले—प्यारे, बात यह है कि मैं यहाँ के लिए नया हूँ। मैं खुद ही एक दोस्त के घर का पता पूछ रहा हूँ ! आँय ! मेरा मुँह खुला का खुला रह गया।

मुहल्ले के मुँह पर ही मिले इस धक्के से मैं उबर पाता उससे पहले ही दाढ़ी वाले सज्जन हँसते हुए खिसक लिए। पान वाला हमारी बातों पर एक कान लगाए हुए था। वह भी हँसने लगा। फिर उसने इशारा करते हुए कहा—सीधे चले जाइए...हरी मस्जिद के पास। वहीं किसी से पूछ लीजिए। उसका कानफोड़ू टेप-रिकार्डर तब भी नहीं रुका

था जब अजान हो रही थी...और तब भी नहीं जबकि वह मेरा मार्गदर्शन कर रहा था। हम हरी मस्जिद की तरफ चल पड़े।

लगभग सौ गज गए होंगे कि हम लोग मुस्लिन मुहल्ले के अन्दर थे।

बेतरतीब ढंग से बने, गुच्छमगुच्छ, एक-दूसरे पर चढ़े-सटे और मृतप्राय पुराने घर सड़क के दोनों ओर भरे थे। बीच-बीच में आधुनिक स्थापत्य कला के भी दर्शन हो जाते थे। कहीं-कहीं बीसवीं सदी के प्रारम्भिक काल में बनी बिना गेट की कोठियाँ सोई पड़ी थीं। कहीं-कहीं दो-मंजिली छोटी-पतली इमारतें आखिरी साँस गिनते पंक्ति में खड़ी थीं। पुराने किस्म के जंगले, लकड़ी की रेलिंग...नीचे को झुकी हुई...अब गिरी कि तब...। नीचे वाले कमरे में कपड़े सीता मकान मालिक। बगल से टूटी-फूटी...एकदम सँकरी सीधी सीढ़ी...ऊपर को जाती हुई। मकान मालिक बड़ा जिद्दी लगता है। न अपने टुटहे मकान की मरम्मत करवाएगा...न ही बेच-बाच कर कहीं जाएगा।

खुली बदबूदार नालियाँ, और उससे भी गँदेली गलियाँ, सड़ाँधभरे पतले-तिरछे रास्ते मुस्लिम मुहल्लों की जीवन रेखाएँ हैं। आदमियों, बच्चों और बुर्कापोश चलती-फिरती मूर्तियों से बजबजाती सर्पीली पगडंडियों, चाय-पान की दूकानों से घिरे नुक्कड़ों तथा सस्ते खानों वाले होटलों से सजे-धजे मुस्लिम मुहल्ले रहनवारी की दृष्टि से पूरी सभ्यता पर सवालिया निशान छोड़ते हैं। हवा की घटती गुणवत्ता से ही आप बता सकते हैं कि आप मुस्लिम मुहल्ले में हैं। किसे कहें ?

इतने में सामने से आता एक रिक्शा दिखाई पड़ा। उस पर बैठी सवारियों को मैं गिन सकता था। बिचारा मरियल रिक्शावाला छोटी-सी गाड़ी पर कितने यात्रियों को खींच रहा था। दो बुर्कानशीं महिलाएँ रिक्शे के दोनों किनारों पर बैठी थीं। एक बीच में थी। न जाने कैसे बीच वाली स्त्री के बगल में तिलभर जगह बाकी थी और वहीं एक छोटी-सी लड़की अटकी थी। पावदान पर अपने सबसे अच्छे कपड़ों में दो छोटे-छोटे लड़के उकड़ूँ-मुकड़ूँ बैठे थे। यहीं बस नहीं हुआ। सबसे बुरी दशा तो उस कन्या की थी जो अजीब तरह से सबके बीच में रिक्शे की सीट पर दोनों हाथ टिकाए फँसी खड़ी थी। उसका चमकीला सूट, कन्धे से लटकता पर्स, किसी शादी में जा रही लड़की के अनुरूप मेकअप और ढेर सारा काजल भी उसकी झेंप और शर्म को नहीं छिपा पा रहे थे। जैसे मेरी आँखें उससे मिलीं, उसने झट गर्दन दूसरी ओर मोड़ ली।

हम लोग आधे ही रास्ते में थे कि बगल के किसी गर्ल्स हाईस्कूल की चहारदीवारियों की कैद से एक स्वरलहरी मुक्त होकर उस मुहल्ले की दूषित गर्म हवा में ठंडी बयार की तरह जा मिली। एक साथ पाँच सौ लड़कियाँ एक सुर में अदब के साथ अपने खुदा से इल्तिजा कर रहीं थीं—'लब पे आती है दुआ बन के तमन्ना मेरी, जिन्दगी...। आत्मा के अन्तिम छोर से निकले प्रार्थना के हर शब्द, हर पंक्ति रूहानी संगीत में भींगी हुई थी और मुझे छू रही थी। बचपन में जब मैं मदरसे में पढ़ता था तो खुद इस दुआ को दिन में दो बार दुहराता था।

छुट्टी हो गई थी। लड़कियाँ घर लौटने लगी थीं। मुस्लिम लड़कियाँ अपने हरे-सफेद

यूनीफार्म में घर लौट रही थीं। ढेर सारी मुस्लिम लड़कियाँ। इक्का-दुक्का ही बुरके में थीं—सभी छात्राएँ...सभी की सभी स्कूल में थीं ! सभी कालेज में जाएँगी। सभी यूनिवर्सिटी से डिग्री लेंगी। सभी सर्विस करेंगी। क्या मुझे यही सोचकर बड़ा अच्छा लगा ? उनकी उम्र, उनके दुपट्टे, एक जैसी सलवार-कमीज में भी फैशन की अलग-अलग भंगिमाएँ बड़ी मोहक लगीं। रजनीश मचलने लगा था। क्या मैं भी ? शायद मेरे मन की बात अपने मुँह में रखकर रजनीश ने आह भरी—ओ उफ्फ...ये मुहल्ला और ये लौलिताएँ। वह मूड में आने लगा था।

स्थानीय लड़कियों को छेड़ना और अश्लील कमेंट पास करना...शहर के उस हिस्से में हमारी धुनाई होने में एक क्षण भी नहीं लगेगा। इस गली में जहाँ बड़ी संख्या में निकम्मे, मजनूँ, शोहदे, मैकेनिक, मिस्त्री, ड्राइवर, कारीगर, बीड़ी बनाने वाले, बम बनाने वाले, तमंचा बनाने वाले, गोश्त काटने वाले, नंगे-बूचे फकीर और कई तरह के मौलवी एक साथ मौजूद हों, वहाँ लोग छेड़-छाड़ या लड़कीबाजी को बच्चों का खेल समझकर नहीं जाने देंगे। वे हमारी जमकर पिटाई कर देंगे। नहीं, रुकिए...वे रजनीश दीक्षित और फरीद मियाँ का कचूमड़ निकाल लेंगे।

लेकिन भाइयो, नहीं कह सकता क्यों, मुझे दंगाई दीखने वाले उन मुस्लिम नौजवानों से हमदर्दी-सी होने लगी। ये साले शरारत फसाद तो करते ही हैं...और बड़ी-बड़ी शरारतों को बर्दाश्त भी करते जा रहे हैं। साले !

हरी मस्जिद उस इलाके का जैसे मुख्य चौक थी। मस्जिद के चारों ओर सैकड़ों छोटी दूकानें थीं जिनमें हर प्रकार के देशी-विदेशी सामान मुहैया थे। अगर कोई उन दूकानदारों के मकड़जाल में फँस जाए तो फिर जान छुड़ाना मुश्किल। बगल में ही एक विदेशी मुद्रा विनिमय केन्द्र और पासपोर्ट वीजा एक हफ्ते में हासिल करा देने की गारंटी देता एक कार्यालय भी था।

हरी मस्जिद में नमाज जारी थी पर मस्जिद के बाहर की दुनियाँ वैसी की वैसी थी। दाढ़ी वाले, बगैर दाढ़ी वाले, टोपी लगाए हुए और बिना टोपी वाले बन्दे कहीं ताश और शतरंज तो कहीं कैरम, चौगान, या उसी तरह के दूसरे खेल खेलते बैठे थे। पालतू खसी और भेड़, जिनके बाल डिजाइनर अंदाज में कटे हुए थे और जिन पर रंग-रोगन भी किया हुआ था, बैठे लोगों और दूकानदारों से इस तरह हिले-मिले थे गोया जानवर नहीं पुराने दोस्त हों। बुलबुल, तीतर, गोरैया, लाल मुनिया और यहाँ तक कि कबूतर आर्डर देकर बनवाये गए पिंजड़ों में अपनी-अपनी सजा पूरी कर रहे थे। उनके मालिकगण अपनी-अपनी चिड़ियों के बारे में एक-दूसरे से शेखी बघारते उन्हें चुमकार रहे थे। मुझे लगा ये मालिकान इतना पैसा और प्यार अपने बच्चों पर भी शायद ही उड़ेलते हों।

हरी मस्जिद के उस आत्म-विस्मृत क्षेत्र में जिजीविषा कूट-कूट कर भरी हुई थी। चहल-पहल न कहकर हम इसे शोर का उत्सव कह सकते हैं। जीर्णशीर्ण कारखानों में औजारों की लड़ाई, फेरीवालों की गुहार, रिक्शों और जानवरों के गले की घंटियाँ, कसाइयों के वार, बर्तनों की खन-टन, रोते-गाते लाउडस्पीकर, मे-मे करते खसी, मू-मू

करती गाएँ, गर्र-गर्र करते सुअर, बिना किसी प्रयोजन के उत्तेजित और बकबकाते दूकानदार और गाली बकते आवारा बच्चों की ध्वनियों के संगम से एक इन्द्रधनुषीय नाद का जन्म हो रहा था।

पूरे वातावरण में एक तरह की रूमानियत तैर रही थी। क्या हम किसी मध्ययुगीन बाजार में खड़े थे ? मध्ययुगीन !

उन मुड़ी-तुड़ी...सरपट भागती गलियों में अधकचरी आधुनिकता के साथ मध्ययुगीनता अपने पूरे शबाब पर थी। पुरानी आदतें, पुराने मूल्य-विचार, पुरानी परम्पराएँ जिस गम्भीरता और स्वत्व के साथ वहाँ जीवन्त थीं, कहीं और इसकी कल्पना भी नहीं की जा सकती थी। एक मृतप्राय जीवन शैली के प्रति इतना मोह ! उस छोटे से क्षेत्र में कई शताब्दियाँ एक साथ अगल-बगल साँसें ले रही थीं।

हरी मस्जिद के आस-पास वक़्त अपनी तमाम बेचैनी, बेपरवाही और बदसूरती के साथ थम गया था। थमा हुआ था युगों से। उन्हें फिक्र और फुर्सत कहाँ कि इस मुर्दागनी को देखें। वहाँ के बाशिन्दे अपनी बुलबुलों, बकरियों, पतंगों, बमों, तमंचों, उर्दू अखबार, टोपी, दाढ़ी और कप-दर-कप चाय में खुश हैं। पर भाइयो, यहाँ मैं कोई दर्शन नहीं बघारना चाहता हूँ। सच तो यह है कि उनके चहकते चेहरे और उनका मस्तमौला मिजाज मुझे और मेरे दोस्त पर हावी होने लगा था। कुछ देर के लिए तो हम भूल ही गए कि हम वहाँ किसलिए गए थे। हम लोग गन्दगी और अभाव में जीते जा रहे मुहल्लेवालों की मस्तीखोरी को देखते खड़े रहे।

ठीक उसी समय रंगीन बनियान और लुंगी पहने, लदा-फँदा एक आदमी बड़ी तेजी से हमारे पास से गुजरा मैं धक् से रह गया। मैं नहीं चाहता था रजनीश उस आदमी को देखे। मुझे शर्म आ रही थी। वह अपने सर, कन्धों और हाथों में गो-मांस के बड़े-बड़े लोथड़े रखे हुए था। गर्दन में ओझड़ियों को उसने माला की तरह पहन लिया था। उसका चेहरा और शरीर खून से लथपथ था। उसके पीछे ही एक हाथगाड़ी पर मांस के टुकड़े और जानवरों के छिले हुए सिर खुलेआम ले जाए जा रहे थे। इससे पहले कि हम सँभल पाते, दो मुस्टंडे कुछ बूढ़ी भैंसों को, जो अपनी जान के लिए चिल्ला-चिल्ला कर रो रही थीं, खींचते हुए हमारे सामने से निकल गए।

मेरी पशेमानी और शर्मिंदगी का आलम यह था कि अचानक मेरे मुँह से निकल पड़ा, दीक्षित जी, कबाब चलेगा ? और...या अल्लाह...रजनीश का जवाब तो सुनिए—क्यों नहीं। मेरे दादाजी बीफ खाने में उस्ताद थे। हाँ, उनके सुपुत्र ने कभी अंडा भी नहीं छुआ। पर उनका पौत्र आज निराश नहीं करेगा।

नहीं कह सकता कि उसने मेरी झेंप मिटाने के लिए यह सब कहा था या कि वह कबाब का शौकीन था। उस दिन एक छोटे से गन्दे से होटल में उसने मेरे साथ क़बाब खाया। मेरी इच्छा के विरुद्ध मुझे खींचकर ले गया था। बिना सन्दर्भ के एक बात बताता चलूँ कि उस होटल की दीवाल पर हिन्दी में एक तरफ लिखा था 'नो दारू' और दूसरी तरफ लिखा था—मैन्टन साइलेन्ट प्लीज। जी हाँ, यही लिखा था।

सच यह है कि सलीम खान का घर हम उतनी मुस्तैदी से खोज नहीं रहे थे। होटल से हरी मस्जिद चौक पर आते वक़्त रजनीश दीक्षित ने अपना नुक्ते-नजर कुछ यों बयान किया—प्यारे, यहाँ के लोग देश की बड़ी सेवा कर रहे हैं। इस मुहल्ले ने बादशाह अकबर के इन्तकाल के बाद राष्ट्रीय खजाने पर एक पैसे का भी बोझ नहीं डाला है।

मैं खुलकर हँस लेना चाहता था। पर तभी कुछ और चिल्लाती भैंसें आती दिखाई दीं। मैं अपने दोस्त को खींचते हुए दूसरी गली में मुड़ गया।

लगभग छः बज रहे थे। खान साहब का घर अभी मिला नहीं था। रजनीश ने कहा तुम इधर देखो, मैं उधर देखता हूँ। जिधर मैंने देखा उधर मौलाना जैसे दीखने वाले दो लोग खड़े थे। जिधर उसने देखा उधर दो बुर्केवालियाँ जा रही थीं। वह उनके पीछे हो लिया।

दोनों मौलाना नमाज पढ़कर निकले ही थे और मस्जिद की बाहर वाली सीढ़ी पर खड़े थे। दोनों के चेहरों पर एक आध्यात्मिक आभा खिली हुई थी। वे कुछ गुनते चुपचाप खड़े थे। उनके पैरों के पास सीढ़ी के नीचे एक मोची अपने काम में मसरूफ था। पता पूछने की गरज से मैं नजदीक पहुँचा, और हिम्मत बाँधने लगा। वे दोनों चुप हो गए और मुझे देखने लगे कि मैं कुछ बोलूँ। पर मुँह खुले तब न। चमचमाते सफेद कुर्ते पर काली दाढ़ी ने ऐसा समाँ बाँध रखा था कि मैं कुछ बोल नहीं सका। पर वे चुप मेरे बोलने का इन्तजार करने लगे थे। फिर उनमें से एक ने कहा—फरमाइए। उस व्यक्ति के स्वर की गुरुता से मैं कुछ हिल-सा गया। इतने भारीपन से बोलने की क्या आवश्यकता थी उन्हें ? किसी को बोलने का निमंत्रण इस तरह कहीं दिया जाता है ? हलके-फुल्के शब्द नहीं हैं आपके पास क्या। 'फरमाइए' के बाद वे घूर रहे थे कि अब मैं अपना मुँह तो खोलूँ। मैंने घबराकर अपना पैर मोची की तरफ बढ़ा दिया। उसने झट अपनी पुरानी चप्पलें मेरी ओर खिसका दीं।

—बॉस ! मिल गईं। बस उधर, अन्दर की तरफ। सलीम खान के परिवार को सभी जानते हैं। उनकी वाइफ का नाम लुबना खान है। सास और एक बच्ची के साथ एक मरियल-सी कोठी में रहती हैं। पर घर में ताला लगा है।

रजनीश ने एक साँस में पूरी बात बता दी।

अगर ताला लगा है तो सामान पड़ोसी को दिया जा सकता है। रजनीश बोला...नहीं। उनके गेट पर ही चायवाला है। कहता है वे लोग कहीं शादी में गए हैं, बस आते ही होंगे। चलकर चाय की दूकान पर इन्तजार कर लेते हैं।

लुबना खान

दस मिनट ही बीते होंगे कि हॉर्न की ध्वनि सुनाई पड़ी और एक अंबेसडर कार खान मंजिल के सामने आकर रुकी। गाड़ी से दो महिलाएँ उतरीं और घर की ओर चल पड़ीं।

बुजुर्ग महिला बड़ी ही संभ्रांत एवं गरिमामयी लगती थी। मुझे व्यक्तिगत तौर पर अदाकारा जोहरा सहगल जैसी बूढ़ी महिलाएँ पसन्द होती हैं। जो बूढ़ी महिला अभी-अभी बुर्कानशीं बहू के पीछे-पीछे अपनी पोती का हाथ पकड़े खान मंजिल में घुसी थी वह जोहरा सहगल से हूबहू मिलती थी। इसलिए मुझे भा गई। रजनीश दीक्षित का मन लुबना खान के फैशनेबल बुर्के में अटक गया था। उसने जोहरा सहगल को नहीं देखा।

हमने दरवाजा खटखटाया। कोई उत्तर नहीं, कोई आहट नहीं। फिर एक नन्ही-सी आवाज—कौन है—सुनाई पड़ी, पर सामने कोई नहीं आया। दो-तीन बार और खटखटाने के बाद एक छोटी बच्ची प्रकट हुई। अपरिचित चेहरों को देखते ही उसने बाल-सुलभ हिचकिचाहट से कदम पीछे खींच लिए। रजनीश तेज आदमी है। उसने बच्ची की कमर में हाथ डालकर उसे रोक लिया, और बोला—बेबी, तुम्हारे पापा ने यह पैकेट भेजा है। मम्मी को बोलो अंकल आए हैं। लड़की कुछ हिचकी, पर दूसरे ही पल सँभलकर अन्दर को भागी। जल्दी ही वापस आई और हमें ड्राइंगरूम में ले गई। रजनीश दीक्षित पैकेट लिए आगे, मैं खाली हाथ पीछे-पीछे।

लुबना और सलीम खान का ड्राइंगरूम मुझे आज तक याद है। पुरानी कोठी का ऊँची छत वाला एक बड़ा-सा कमरा था वह। साफ-सुथरा, पर खामोश। फर्श पर महँगी कालीन बिछी थी—इस दीवाल से लेकर उस दीवाल तक। लेकिन और कोई सजावट नहीं। सोफा बड़ा ही आरामदेह और महँगा था पर एकदम सादा था। परदों में जान नहीं थी और दीवारें जैसे रो रही थीं। रेगिस्तान की नीरस जिन्दगी ने उस घर पर साफ असर छोड़ा था। हम एक अजीब-सी उदासी और खालीपन के बीच बैठे लुबना खान का इन्तजार कर रहे थे। बस घड़ी की टिक-टिक-टिक का निर्जन संगीत था वहाँ। सूनी लाचार छत, कोई रंग नहीं। अगर पैकेट की बात न होती तो मैं अवश्य भाग आया होता उस मनहूसियत से। कोई बेमन से रहते जाने के लिए मजबूर था उस घर में।

अपने से उम्र में बड़ी लुबना खान से उसकी घनिष्ठता हो जाने के वर्षों बाद मैंने एक बार रजनीश दीक्षित से पूछा था कि उसे कब लगा था कि वह एक कट्टर मुस्लिम मुहल्ले में रहने वाली एक बच्चे की माँ लुबना खान को अपनी चपेट में ले लेगा। रजनीश ने बिना लाग-लपेट के कहा था—पहली विजिट में—जब हम और तुम ड्राइंगरूम में बैठे खाली दीवारों को ताक रहे थे। मुझे लग गया था खाली दीवारों में आसानी से रंग भरा जा सकता है।

हम बैठे रहे। अन्दर वह लड़की अपनी माँ से कुछ बतियाती जा रही थी।

—लुबना खान बुर्के में आएँगी क्या ? वह बोला।

—नहीं नहीं, या तो बिना नकाब के आएँगी या फिर आएँगी ही नहीं। मैंने कहा।

पहले लड़की आई। फिर एक काली परछाई बगल वाले परदे के पास लहराई। दूसरे ही पल मिसेज लुबना खान नमूदार हुई। सशरीर। काबिले तारीफ थीं वह। यों तो उनकी खूबसूरती में कसीदे पढ़े जा सकते हैं पर मैं संक्षेप में बात समाप्त करने के लिए मात्र इतना कहूँगा कि बड़ा चमकदार व्यक्तित्व था उनका। मैं उन्हें मार्क करता रहा जब तक

कि आकर सामने वाले सोफे पर नहीं बैठ गईं। बच्ची उनसे सटकर खड़ी रही। लग रहा था शादी से लौटने के बाद उन्होंने कपड़े भी नहीं बदले थे। खूबसूरत काली साड़ी, लाल ब्लाउज और शॉल में लिपटी लुबना खान बेहद आकर्षक एवं उत्तेजक लग रही थीं, जबकि उनका मेकअप गायब था और उनके बाल भी उड़े-उड़े से थे। क्या यह वही थी जो बुर्का पहने थोड़ी देर पहले गाड़ी से उतरी थी ?

मैंने जीवन में पहली बार इस स्वतन्त्र एवं सुन्दर रूप में एक मुसलमान स्त्री को देखा था!

लू पहले मुझे लगी फिर मेरे पड़ोसी को। रजनीश दीक्षित को मैं खुली किताब की तरह पढ़ सकता हूँ। कहाँ-कहाँ से नहीं गुजर गया था वह इतनी-सी देर में।

लुबना खान के चेहरे पर थकावट के चिह्न साफ थे। अभी तक उसने न कोई बात की थी न ही किसी प्रकार की गर्मजोशी दिखलाई थी। वह बिन बुलाए मेहमानों से कतई खुश नहीं थी। वह मन ही मन बोली—मेरे पति का भेजा सामान मुझे दो और तुम लोग फूट लो। यह मेहमानवाजी का समय नहीं है बच्चो। जल्दी करो।

रजनीश दीक्षित ने अन्ततः बोलना शुरू किया। आप भी सुनिए।—मेरा नाम फरीद है। मेरे रिश्तेदार सऊदी अरब में काम करते हैं। इसे वह ही लाए हैं। लौटने से पहले आपसे मिलकर जाएँगे।

मैं काँप गया जब उसने बिना पलक झपकाए कहा कि वह फरीद है। मुझे यकीन नहीं हो रहा था। मेरे सामने ही इतना बड़ा झूठ। लुबना खान के सामने वह फरीद हो गया। तो मैं क्या था ?

पर उस महिला के ऊपर इस झूठ का कोई असर नहीं हुआ। रजनीश दीक्षित, तुम्हारे जैसे कितने फरीद खान-मंजिल के किनारे-किनारे रोज चक्कर लगाते हैं।

उस औरत की भाव-शून्यता से मैं खुश हुआ।

रजनीश दीक्षित थेथर खिलाड़ी था। एक-दो गोल की तो वह परवाह ही नहीं करता था। उसने बड़े प्यार से वार्ता को आगे बढ़ाया—भाभी जी, मेहरबानी करके अम्मा को बुला दीजिए। मेरे रिलेटिव ने कहा था कि अम्मा को सलीम भाई की ओर से मैं खुद सलाम पहुँचाऊँ। जरा बुला दें, हम लोग जल्दी में हैं। कौन जल्दी में था भाई !

रजनीश दीक्षित की अनपेक्षित आत्मीयता उस महिला के गले नहीं उतर रही थी। भाभी जी, अम्मा जी, सुनकर वह कुछ अचकचा-सी गई थी। उसने खींचकर अपनी बेटी को अपनी बगल में बैठा लिया।

एक सच्चे अवसरवादी की भाँति रजनीश ने मुझे पहल करने का मौका ही नहीं दिया। लुबना पूरी तरह सँभल नहीं पाई थी। उसने एक उड़ती नजर पैकेट पर डाली। फिर उसने रजनीश के ऊपर आपको-बहुत-बहुत-धन्यवाद-पर-मैं-थकी-हूँ वाली दृष्टि डाली। कुछ देर और गुमसुम बैठी रहने के बाद वह उठी, पैकेट लिया और मुड़ गई। कमरे में घुसने से पहले वह धीमी हुई, हम दोनों की तरफ देखा और मुस्कुरा दी।

उसकी न तो उम्मीद थी, न ही आवश्यकता।

मेरे दोस्त ने मुझे एक ही बार में पटखनी दे दी। मैंने उस बेवकूफ मुस्लिम महिला के बारे में सोचा, उसकी बुद्धि को कोसने लगा। क्या उसने इस खूसट को सचमुच एक मुस्लिम समझ लिया था। यह धोखेबाज एक हिन्दू है, लुबना। तुमने इस उचक्के की ओर देखा क्यों ? अब गई हो बुढ़िया को बुलाने...रजनीश की अम्मा को।

रजनीश देखने-सुनने में तो था ही। और यही उसका सबसे घातक हथियार था। उस हथियार में जिस गोली का इस्तेमाल वह करता था वह थी उसकी बोली। स्त्रियों को प्रभावित करने के लिए उसका प्रयोग वह एक रणनीति के तहत करता था। जैसे ही जोहरा सहगल की वह प्रतिमूर्ति अपनी बहू के साथ धीरे-धीरे चलते हुए बैठक में आई, रजनीश सम्मानपूर्वक खड़ा हो गया और शरीर को कुछ आगे की ओर झुका दिया...बिना अपने स्थान से हिले। फिर उसने अपना दाहिना हाथ माथे की ओर ले जाकर आदाब कहा।

वह झुर्रीदार, कुछ-कुछ लँगड़ाती, किन्तु पूर्णरूपेण जीवंत महिला रजनीश को देख रही थी। उसने रजनीश के आदाब के जवाब में अपने होंठ तक नहीं हिलाए।

—कौन हो ? उन्होंने रजनीश को देखते हुए पूछा। आवाज में खरखराहट थी...पर आवाज में जान थी। कौन हो ? मेरे मित्र ने सोचा था बुढ़िया कोई अनपढ़ गँवार दकियानूस-सी महिला होगी। जिस समय वह कार से उतरी थीं, वह शायद कहीं और देख रहा था। अब जिससे वह मुखातिब था वह एक अलग ही मखलूक नजर आ रही थीं। मैंने सोचा लुबना अपनी सास को मेरे दोस्त का नाम बता देगी। पर वह गुमसुम सास की कुर्सी को पकड़े खड़ी थी।

—यह सामान कौन लाया है ?

रजनीश कुछ हड़बड़ा-सा गया। क्या बोले वह ! बुढ़िया काफी तेज-तर्रार लग रही थी। ज्यादा खोदने लगी तो सत्यानाश हो जाएगा। रजनीश ने पैकेट को छुआ...फिर उलट-पुलट कर देखने लगा। वह अपने आपको स्थिर कर रहा था।

—तुम लाए हो ? क्या बुढ़िया नाराज हो रही थी।

—अम्मा, मेरे रिलेटिव हैं...सऊदी अरब में रहते हैं। वही लाए हैं। मेरे दूर के अंकल हैं। उन्होंने कहा था आपको मैं खुद जाकर देख आऊँ ताकि वे जाकर आपके बारे में सलीम भाई को बता सकें। सलीम भाई ने शायद उनसे ऐसा ही कहा था।

और यह क्या ? बुढ़िया एक साधारण औरत में तब्दील हो गई। इतनी जल्दी ! उसकी आँखें नम हो गईं। वह बुदबुदाने लगी—अरे सलीम बेटे हमारे लिए इत्ता परेशान क्यों होते हो...। अपना खयाल रखो बेटा...रेगिस्तान में पड़े हो लाल...।

उन्होंने एक ठंडी आह भरी और उनके हाथ उनकी आँखों तक पहुँच गए।

—तुम कहाँ रहते हो बेटा ? नाम क्या है ? उनकी आवाज काँप रही थी। मुझे लगा अचानक वह रजनीश में सलीम को ढूँढ़ने लगी हैं। मैं डाह से भर गया।

रजनीश ने कनखियों से मुझे देखा और मुस्कुराते हुए बोला—फरीद। जीत की मुस्कुराहट !

मिसेज खान सीनियर कुछ कम सुनती थीं। उन्होंने प्यार भरे लहजे में फिर पूछा।

—फरीद, अम्मा, मेरा नाम फरीद है। यहाँ मैं होस्टल में रहकर पढ़ता हूँ। उसके झूठ में गजब का आत्म-विश्वास था।

फिर तो दोनों एक-दूसरे में समाते चले गए। खूब बातें हुई। मैं सुनता बैठा रहा। लुबना खान भी मूर्ति की तरह कुर्सी से सटी खड़ी रहीं।

—और तुम बेटा ?

इससे पहले कि मैं कुछ बोल पाता, रजनीश बोल उठा--इसका नाम रजनीश दीक्षित है। दोस्त है हमारा।

उन्होंने मुझे उत्सुकता से देखा। हिन्दू हो ? कोई बात नहीं। अच्छी बात है कि तुम दोनों दोस्त हो।

मैं सर खुजलाने लगा। फिर वे कुछ सोचते हुए बोलीं—दीक्षित ? दीक्षित न...। मैंने सर हिला दिया। उन्होंने कहा—खाँ साहब जब दरोगा थे...हाँ कानपुर में पोस्टेड थे... एक दीक्षित जी उनके नायब हुआ करते थे।...बहुत अच्छा, बहुत अच्छा।

अब तक वह अपने सामान्य रूप में आ चुकी थीं। शादी की थकान जाती रही थी। चहकते हुए बहू से बोलीं—लुबना बेटा, लड़कों को कुछ नाश्ता-वाश्ता तो करा दो। इन्हें देर हो रही है।

अम्मा चली गईं। लुबना भी कुछ बिस्कुट और दो गिलास पानी रखकर अन्दर चली गई। रजनीश दीक्षित असलियत पर उतर आया। उसने झपट्टा मारा। कुछ बिस्कुट हाथ में तो कुछ जेब में। मेरे हिस्से एक ही आया।

लुबना चाय लेकर आई। हम चाय पीने लगे। रजनीश को चुस्की लेकर चाय पीते पहली बार देखा। वह मूर्तिवत बैठी रहीं। चेहरे से साफ था बस चाय खत्म होने का इन्तजार कर रही थीं।

—भाभी जी, बड़ी अच्छी चाय पिलाई आपने। पर हम जानते हैं आप नहीं चाहतीं कि हम आराम से पिएँ। कप खाली होने का इन्तजार कर रही हैं न। ठीक है, मैं सलीम भाई को शिकायत भेज दूँगा।

रजनीश ने बोतल से ढक्कन हटाने की भरपूर कोशिश की थी। लुबना ने चारा नहीं पकड़ा। खामोश बैठी रही। मुझे खुशी हुई।

मेरे मित्र को उम्मीद थी कि उसकी बकवास सुनकर लुबना खिल उठेगी। गाल सुर्ख हो जाएँगे उसके। शरमा जाएगी। ऐसा कुछ भी नहीं हुआ। रजनीश के दुहराने पर कि वह सचमुच सलीम भाई को शिकायत भेज देगा, लुबना के मुँह से बस इतना भर निकला—भेज दो न।

आखिर इतना भी बोलने की क्या जरूरत थी। बोलना ही था तो गुस्से से बोलती।

जैसे वह कप रखने अन्दर गई, रजनीश ने शेखी बघारी—खास मुश्किल नहीं होगी...शुरू में लगा था दाल नहीं गलेगी। इस अल्पसंख्यक पहेली को सुलझाने में बस डेढ़ से दो महीने लगेंगे। तुम पूछो बच्ची किस स्कूल में पढ़ती है ?

मैंने मध्यस्थता करने से साफ मना कर दिया। लुबना खान अपनी बेटी के साथ आईं और इस बार उनका रुख सीधे बाहर के दरवाजे की तरफ था।

दरवाजे पर पहुँचते ही अचानक रजनीश को कुछ याद आया। उसने जेब से एक सुन्दर-सा चमचमाता पैक निकाला। चॉकलेट।

उसने कुछ मीठे बोल के साथ चॉकलेट वाला हाथ बच्ची की तरफ बढ़ा दिया। विदेशी चॉकलेट की आदी उस नन्ही जान ने रजनीश दीक्षित का दूरअंदेशी भरा तोहफा थामने से इनकार कर दिया। रजनीश ने बहुत मनुहार की पर नाकाम रहा। लुबना इस ड्रामे को देख रही थीं। दरवाजे को इस तरह पकड़े थीं जैसे बन्द करने की जल्दी हो। रजनीश दीक्षित का पैंतरा फ्लॉप होते देख मुझे अच्छा लग रहा था। इधर लुबना को जल्दी थी। जल्दबाजी ठीक नहीं लुबना खान ! खैर, बेटी की ओर से लुबना ने चॉकलेट थाम लिया। बोलीं इसे मैं बाद में दे दूँगी। फिर उन्होंने शुक्रिया कहते हुए दरवाजा बन्द कर लिया।

लौटानी

सलीम भाई के घर चाय जरा जल्दी में बनाई गई थी और लुबना शक्कर डालना भूल गई थी। खान-मंजिल से बाहर निकलते ही हम चाय की दूकान तलाशने लगे। गेट के पास वाली दूकान बन्द हो चुकी थी पर हरी मस्जिद के पास जिन्दगी गुलजार थी। हम एक अपेक्षाकृत कम गन्दे होटल में घुस गए। मस्जिद में दिन की आखिरी नमाज जारी थी लेकिन बाहर सब कुछ मामूल पर था। होटल में बैठे-बैठे हम मस्जिद का पेट देख सकते थे। आधे से अधिक खाली था। सच कहें तो नमाजियों की सिर्फ तीन पंक्तियाँ ही थीं। सभी दूकानदार सभी खरीदार, सभी तमाशबीन—दाढ़ी वाले और बिना दाढ़ी वाले कुर्ते-पाजामे वाले और पैंट-शर्ट वाले बाहर रौनक बढ़ा रहे थे। जैसे ही नमाज खत्म हुई, नमाजी बाहर आने लगे। उनमें से कुछ तो अपने घरों की तरफ लपके, कुछ होटलों में घुस गए, कुछ ठेलों के नजदीक खड़े हो गए और कुछ ताश, चेस और कैरम की टेबुलों के पास जम गए। कुछ तो टिप्स देते-देते खेल में बाकायदा शामिल हो गए।

इस कौम की प्राब्लम क्या है भाई ? ज्यादा मजहब, या कम मजहब ? रजनीश कहता है आधा मजहब। अधूरापन। आपसे वादा है मैं ऐसी बातों में अब उलझूँगा नहीं। तो छोड़िए।

—कैसी लगीं ? मैंने उसे कुरेदा।

—फरीद डियर, कहाँ से शुरू करें ? उसने ऐसे पूछा मानो किसी ऊँची इमारत पर चढ़ना चाह रहा हो। सोचा कहूँ, तुम पर खुदा की लानत, पर मैंने उसे निराश नहीं किया। असल में वह लुबना को फँसाने की तरकीब पूछ रहा था।

—तुम्हें दो बिन्दुओं पर गौर करना पड़ेगा। उस 'मुस्कराहट' और 'भेज दो न' को थोड़ा खोलकर देखो। मैंने पूरी गम्भीरता से कहा।

—और कुछ ?

—हाँ वह 'चॉकलेट' भी। वहाँ भी सम्भावना है। आखिरकार उसने थाम लिया था ?

—और तुम्हारा हस्तज्ञान क्या कहता है ?

मैं चौंका। फिर मैंने हँस कर टाल दिया। अब नहीं दोस्त।

—सबसे पहले उस बुढ़िया को देखना पड़ेगा। वह धीरे से बोला। अब उसके उतावलेपन पर मुझे तरस आना लाजिमी था। मैंने उस पर तरस खाते हुए उसे देखा। बोका कहीं का !

—पर एक समस्या है।

—क्या ?

—यही कि मैं फरीद नहीं हूँ। और अगर उसे मालूम हो गया तो सारा खेल शुरू होने से पहले ही चौपट।

—उसे कैसे पता चलेगा ?

उसने मेरी बात का जवाब नहीं दिया। बल्कि एक नया प्रश्न दाग दिया जिसने मेरे होश उड़ा दिए।

—फरीद तुम्हारी खतना कब हुई, मेरा मतलब मुसलमानी ?

अल्ला तुझ पर आफत नाजिल करे, यह कैसा सवाल है भाई। मैं क्या जवाब देता। पर कभी-कभी फरीदाई तो दिखानी ही पड़ती है।

—पिछले साल, क्यों ?

उसने मुझे ऐसे देखा जैसे मैं अचानक फरीद से बदल कर करीम, सलीम या रहमतअली बन गया था। जैसे मुझे फिर से पहचानने की कोशिश कर रहा हो। फिर वह पहचान गया। दीक्षित के आगे किसकी चलती है।

—दोस्त, तुमने कोई पार्टी नहीं दी। अकेले-अकेले।

क्या यह हमारे लिए ठहाके लगाने के लिए काफी नहीं था ? जब अचानक हम दोनों फूट पड़े तो बगल से गुजरने वाले स्कूटर सवार ने ऐसे देखा जैसे हम कोई भूत हों। रात तो थी ही। फिर रजनीश गम्भीर हो गया। पहले जैसा ही।

—इसका अर्थ है मेरे लिए अभी देर नहीं हुई है ?

—तुम्हारे लिए ?

—हाँ, कुछ पाने और पाते रहने के लिए कुछ कष्ट तो झेलना ही पड़ेगा।

मेरा माथा ठनका। बड़ी दूर की सोच रहा है यह ब्राह्मण-पुत्र। मैंने उसकी हिम्मत अफजाई कर दी।

—बिलकुल देर नहीं हुई। मेरे एक रिश्तेदार जो मुझसे बड़े हैं इस साल करवाएँगे।

वह खामोश रहा।

—रजनीश तुम चक्कर लगाओगे और मुहल्ले वालों को शक हो गया तो ? हलाल कर दिए जाओगे बेटा।

—फरीद, इस बाबत एक बात पूछनी है, बुरा न मानना भई। क्या यह सच है कि तुम लोग मनुष्यों के प्रति उतने ही कठोर और निर्दयी हो सकते हो जितना कि गाय, बैल, भैंसों और बकरियों के प्रति ? वह मेरी कमर में हाथ डालकर हँसने लगा। मुझे यह मजाक मजाक नहीं लगा।

—क्या तुम्हें वाकई हम लोगों से डर लगता है ? मैंने पूछा।

—मुझे नहीं प्यारे, हाँ कुछ लोगों को तुम्हारे नाम से डर अवश्य लगता है।

फिर से ठठाकर हँसने का मुकाम ! पर न हम हँस पाए न मेरा दोस्त। हम खामोशी से रास्ता तय करने लगे। हम वाकई खामोश थे। नाम से डर !

रात के लगभग साढ़े दस बजे हम यूनिवर्सिटी एरिया में दाखिल हुए। यहाँ एक छोटी-सी बात हुई, सोचता हूँ आपको बताता चलूँ। शीघ्र ही हम आनन्द भवन वाली सड़क पर थे। हमारा छात्रावास अपने भव्य प्रवेश-द्वार के साथ दृष्टगोचर हुआ। प्रवेश-द्वार से सीधे प्रवेश-मार्ग पर खड़े अशोक के हरे-हरे ऊँचे पेड़ रात में ऐसे लग रहे थे जैसे लम्बे-लम्बे विषधर सुरक्षा-प्रहरी के रूप में खड़े हों। सुरक्षा-प्रहरी हमेशा की तरह गेट से दूर बैठा बीड़ी पी रहा था। रजनीश गेट के मुँह पर स्थित चाय वाले की कोठरी के पास खड़ा होकर पेशाब करने लगा।

मुझे हँसी आई। बच्चू लुबना खान के चक्कर में अपनी खतना तक कराने के चक्कर में पड़ने जा रहे हैं।

इस बीच उसने उस गरीब आदमी की मिट्टी की दीवाल पर अपने वाटर कलर से एक रेखाचित्र का निर्माण कर दिया था। उसके दो बार बुलाने पर मैं उसके नजदीक चला गया। लैम्पोस्ट के प्रकाश में मिट्टी की दीवाल पर जो रेखागणित मैंने देखा कुछ समझ में नहीं आया।

—यह क्या है जी ? मैंने पूछा।

—किसी का नाम है पढ़ो।

मैं थोड़ा और पास गया। आँखें सिकोड़कर पूरी तन्मयता के साथ मैंने देखा। जो कुछ मैंने देखा, उससे मुझे मिचली-सी आ गई। गुस्सा अलग से। आखिर यह शख्स ऐसा कैसे कर सकता है ! मकड़ी के जाल जैसी लगने वाली आकृति दरअसल नाम ही थी। 'लुबना खान' दीवाल पर छपा था। इस अशिष्टता और अभद्रता के लिए मैंने उसे खूब झाड़ा। फिर सहसा लगा कि उस नाम में कुछ छूटा हुआ है। मैंने फिर देखा। एक वर्ण की कमी साफ थी। खान में 'न' तो था ही नहीं। लुबना खा...।

मैंने उसे लताड़ लगाई—एक बूँद और नहीं टपका सके थे तुम। कंजूस कहीं के।

मैंने सोचा मैं भी मिश्रा आंटी का नाम लिख दूँ। पर क्या करता, मुझे तो नाम ही नहीं पता था।

मुझे गुस्सा भी आ रहा था, और गुदगुदी भी लग रही थी। रजनीश दीक्षित एक विजयी की भाँति बायाँ हाथ जेब में डाले, पैरों के बीच में जगह बनाए उसी दशा में खड़ा था। मुझे क्रोधित देख वह और भी आनन्दित हो रहा था। फिर धीरे से बोला,

चाहते हो पूरा कर दूँ। मैंने गुस्से में गर्दन हिला दी।

वह अपने दाहिने हाथ को अपने जिप के पास ले गया और अपनी मूत्रनली पर दबाव बढ़ा दिया। पेशाब की आखिरी बूँदों के लिए। फिर कमर से नीचे के अपने हिस्से को बेतहाशा झकझोरने लगा...और फिर पेशाब की एक पतली उजली अर्धचन्द्राकार धार उसके जिप में से छिटकी और लहराते हुए दीवाल पर गिरने लगी। दाहिने हाथ से उसने अपने जननांग को हिला-हिला कर धार को सही दिशा दी। दीवाल पर लिखावट अब साफ थी। उसने कहा पढ़ो। मुझे उत्सुकता थी, सो मैंने देर नहीं की। अब लिखा था—लुबना खा...पी।

मुझे थोड़ी देर के लिए साँप सूँघ गया। यह क्या ? पूरे शरीर में एक सिहरन-सी दौड़ गई। मैं हँसूँ या रोऊँ।

मैं उसे छोड़कर आगे बढ़ आया। कमरे में घुसने से पहले उसने मुझे फिर पकड़ लिया।—फरीद, तुमने क्या कहा था, पिछले साल तुम्हारी खतना हुई...मैं नहीं मानता। एकदम बुलशिट। सुनो दोस्त, मैं तुम्हारी लुबना भाभी के लिए अपनी खतना नहीं करवाने जा रहा, समझे। देख लेना, शहर के उस गन्दे कोने में मैं दो बार से अधिक नहीं जाऊँगा।

मेरे दोस्त, यह सब उससे कहो, जिसने तुम्हें फील्ड में देखा न हो। बेस्ट ऑफ लक फॉर ऑपरेशन लुबना !

भाइयो, लुबना खान के पतन की कहानी के बारे में एक बात साफ कर दूँ। उसका मैं चश्मदीद गवाह नहीं हूँ। जो कुछ मुझे मालूम है वह रजनीश दीक्षित की जुबानी पता चला। किन्तु मेरे पास कोई कारण नहीं कि उसे मैं खारिज करता। मिश्रा आंटी और लुबना खान से रजनीश दीक्षित के जो अवैध सम्बन्ध बने उसे मैं आज इतने वर्षों बाद भी व्यभिचार की श्रेणी में नहीं रख पाता। इस पर लम्बी-लम्बी बहसें की हैं मैंने—उससे भी...और दूसरे मित्रों से भी। बाद में अपनी पत्नी से भी। तो आखिर यह था क्या ? कौन कितना दोषी है ? या दोषी इन तीनों में से कोई भी नहीं। तो फिर असली दोषी मिश्रा अंकल और सलीम खान थे क्या ? मुझे भला इस सबसे क्या लेना ! मेरी यात्रा कट जाए बस। चौधरी और सुमित्रा से दूर रजनीश के साथ मेरी यात्रा अभी भी जारी है। अब मैं इस यात्रा के अन्तिम चरण में हूँ। शुक्रिया रजनीश, बुरे वक़्त पर काम आए दोस्त। कल पाँच दिसम्बर है...अगर सब ठीक रहा तो घर पहुँच जाऊँगा। पर भाइयो, कल की बात कल, आज तो बस रजनीश और लुबना।

वहाँ से लौटने के लगभग दस दिनों बाद ही रजनीश लुबना खान की बेटी को आनन्द भवन घुमाने लाया। मुझे तो वह पहचानी नहीं, पर उसे फरीद अंकल कहकर बुला रही थी। फिर एक दिन वह सिविल लाइंस में टकरा गया। उसके साथ मिसेज खान सीनियर थीं—अपनी आँख का चश्मा बनवाने आई थीं। वे मुझसे बार-बार दीक्षित बेटा घर आओ, दीक्षित बेटा घर आओ का रट लगाए रहीं। मैं नहीं गया। फिर एक दिन

मेरे पैर के नीचे की जमीन हिलती हुई लगी जब रजनीश काफी रात गए कहीं से लौटा, सुरमई रंग का लेडिज शाल ओढ़े हुए। अब मैं किसी भी दिन कोई अच्छी कहानी सुनने के लिए दिल थाम कर बैठ गया।

उसकी यह कुल मिलाकर खान-मंजिल की पाँचवीं विजिट थी। साढ़े आठ बजे शाम कबाब और रोस्टेड चिकन का नाश्ता करने के बाद वह चलने को तैयार था। उसने भारी मन से अम्मा से कहा कि परीक्षा के मद्देनजर वह शायद अब एकाध महीने उन्हें देखने नहीं आ पाएगा। आम्मा तो दुआ देती हुई कमरे में चली गईं पर लुबना को यह खबर अच्छी नहीं लगी। रजनीश ने ताड़ लिया।

वह दरवाजे की ओर बढ़ा। लुबना की आँखों में खुमारी चढ़ रही थी। अपने माथे की लटों को सहारा देते हुए वह पीछे-पीछे थी। हर दफा की तरह उसने आहिस्ता से चॉकलेट निकाला। लुबना ने आधी मुस्कान के साथ थाम लिया। परदों की फाँक से रोशनी की एक हलकी-सी किरण गैलरी में पड़ रही थी जहाँ वे खड़े थे।...उस रौशनी में दो चेहरे ही नुमाया थे, बाकी कुछ नहीं। और तभी यह होने लगा।

लुबना ने चॉकलेट थामने के साथ लगाम ढीली करनी शुरू की। उसने गौर किया कि लुबना के मुँह के चारों ओर अचानक एक गोलाई का निर्माण होने लगा है। और फिर...होठों में हौले से...एक शरारती टेढ़ापन उभर आया। औरत की जिह्वा का एकदम आगे वाला नुकीला...लाल हिस्सा उसके दाँतों और होठों की पकड़ से आजाद होकर बाहर झाँकने लगा। रजनीश बढ़ो !

क्या वह मुँह बना रही थी ? क्या मुँह चिढ़ा रही थी रजनीश को ? क्या वह कह रही थी...आओ पहल करो...मेरा नाजायज फायदा उठाओ।

उसके भाव और उसकी भंगिमा इतनी मादक और खिंचाव भरी थी कि रजनीश, मेरा ग्रेजुएट दोस्त, चकराने लगा। उसके मस्तिष्क ने जैसे काम करना बन्द कर दिया...जैसे वह कहीं उड़ा जा रहा हो। पर वह पुराना कौआ था। उसने अपनी ओर से जल्दबाजी नहीं की। उसने सोचा भी नहीं था कि यह सब इतनी जल्दी होगा। फिर उसने अपने होठों को गोल करना शुरू किया, जैसे सीटी बजाना चाहती हो...और उन्हें आपस में एकदम सटाते हुए...आगे...और आगे की ओर बढ़ाने लगी...। अब वे लुबना खान के होठ नहीं...हारिल पक्षी की चोंच जैसे हो गए। गालों पर अत्यधिक दबाव से दोनों ओर गड्ढे बन गए...और ऐसा लगने लगा जैसे होठ तो बस मुँह छोड़ कर अब गए कि तब...। वह सहसा आगे बढ़ी तो वह तन-सा गया। उसने शरीर में एक विचित्र फड़कन-सी महसूस की। अविश्वास से काँप गया वह। फिर एक कदम पीछे हो गया, जैसे बाढ़ आई बनैनी नदी से बचना चाहता हो। पर दूसरा कदम पीछे नहीं कर सका...लकवा मार गया उसे। पूरा बदन जकड़ उठा। उसकी आत्मा डर के कहीं दुबक गई।...और उस स्त्री की भी।

लुबना खान के चेहरे पर लावा फूट रहा था...लपटें निकल रही थीं। उस ताप की हरारत में मेरा मित्र दहक रहा था। पर वह उसे देखते बँधा खड़ा रहा। उसे इन्तजार

था अब हमले का। एक छोटे से ज्वालामुखी के फट पड़ने का। अपने शरीर पर उस चुम्बन के आ गिरने का। वह गिरा...ठीक उसके होठों पर...एक तिल इधर...न एक तिल उधर। ठीक वहीं। रजनीश दीक्षित ऐसे काँपा जैसे जलजला आ गया हो। इतना जोर था उसमें, इतनी उमस और आँच थी उसमें कि उसके अधर भभक उठे...और इससे पहले कि वह सँभलता...पिघलने लगा वह...ठीक मोम की माफिक।

रजनीश ने बताया कि मिसेज लुबना खान के उस चुम्बन को वह आजीवन याद रखेगा।

इस नाटक का अन्तिम दृश्य जल्दी ही खेला गया। वह बैठा सलीम खान की बूढ़ी माँ को कहानियाँ सुना रहा था कि नमाज का टाइम हो गया। वह चटाई लेकर दूसरे कमरे में चली गईं। और लुबना खान मेरे दोस्त को खींचते हुए किचेन में।

उस दिन वह एक सुन्दर-सी टी-शर्ट लेकर लौटा।

उसके आगे मैंने नहीं पूछा। पर एक बात तो पूछनी ही थी। अगर मुझे कभी वहाँ जाना पड़ा तो मैं फरीद बनकर जाऊँ या रजनीश। वह हँसा, खूब हँसा, फिर बोला, बुढ़िया तो अभी भी मुझे फरीद ही समझंती है, पर वह तो उस दिन जान गई।

—जा बेटे, तेरी कारस्तानियों का सूरज कभी नहीं ढलेगा। दिल का अच्छा है तू। मैं और क्या कहता !

जमीन पर

जब मेरी आँख खुली तो मैं साथ खैरियत के अपने स्टेशन पर था। पाँच दिसम्बर उन्नीस सौ बानवे की सुबह ! सामान्य परिस्थितियों में मैं उस गाड़ी से उतरने में जल्दबाजी कतई न करता जो मेरे स्टेशन पर ही खत्म हो रही थी। पर गाड़ी के अन्दर-बाहर जो धमाचौकड़ी मची थी उसने मुझे जल्दी करने के लिए बाध्य कर दिया। फिर भी मैं सोचता हूँ उस सुन्दर स्वप्निल रात का अन्त और बेहतर नोट पर होना चाहिए था। एक कुल्हड़ अदरक वाली चाय पीते हुए खिड़की से बाहर झाँकते मुस्कुराते बैठा रहता कुछ देर के लिए। रात का वह मधुर सपना आँखों में एक बार फिर कौंध जाता। पर ऐसा हो न सका। वही चेहरे, वही परछाइयाँ, वही तस्वीरें स्मृति के कुहासे से बाहर निकलने के लिए छटपटा रही थीं। किन्तु स्टेशन पर जमा कारसेवकों की मौखिक हिंसा और उनके जयघोष से डरकर वे मस्तिष्क के किसी अनजान कोने में लुक गईं।

मैंने एक रिक्शा पकड़ा और जीप-स्टैंड की ओर भागा। क्लीनर ने मुझे पीछे ठूँसा और स्वयं भी पीछे लटक गया। खड़खड़ती जीप हवा से बातें करने लगी। क्या उसके ड्राइवर को मुझसे भी अधिक जल्दी थी ? सहयात्रियों की अप्रिय बातों पर सर हिलाने या आँख झपकाने से अच्छा था पूरी तरह सोने का नाटक करना। जैसे-तैसे मैं अपने गाँव हुसैनपुरा के बाजार चौक पहुँचा।

आज इस चिरपरिचित चौक का अजनबीपन घबरा देने वाला था। उतनी चहल-पहल, उतनी भीड़ पर कोई एक शख्स भी जान-पहचान का नहीं। क्या हमारे मुहल्ले के सब लोग घर पर ही चाय पी रहे हैं आज की सुबह ? घर जाने के लिए मैंने एक दूसरा ही रास्ता पकड़ा जो हिन्दू टोले से होकर नहीं जाता था। कभी-कभी मुख्य मार्ग छोड़कर पगडंडी पकड़ लेना ज्यादा सुरक्षित रहता है।

पुराने तालाब, जीर्णशीर्ण मदरसे और गेहूँ के खेतों का चक्कर काटकर मैं गाँव की मस्जिद पर जा निकला। मुझे यह देखकर निहायत ताज्जुब हुआ कि गाँव के युवा से लेकर बड़े-बूढ़े तक मस्जिद और मजार के इर्द-गिर्द डेरा डाले बैठे हैं। मैं बगैर किसी से बात किए हुए जल्द से जल्द बचकर निकल जाना चाहता था, पर एक मित्र की नजर मुझ पर पड़ ही गई।

—फरीद भाई, फरीद भाई, कहाँ ? रुकिए, रुकिए। वह चिल्लाया।

—क्या हुआ, सब लोग यहाँ ? क्या सभी गाँव वाले अचानक शरीयत के पाबन्द हो गए। दोपहर से पहले की कोई विशेष नमाज अदा करने आए हैं क्या ? मेरे स्वर में जाने कहाँ से व्यंग्य का पुट आ गया।

—नहीं फरीद भाई, ऐसा नहीं...जानते हैं हरिजन टोले से भी सभी जा रहे हैं...सभी।

—क्या हरिजन टोला ?...कहाँ जा रहे हैं ? मैने चौंकते हुए पूछा। फरीद भाई सुनिए तो...। उसने सोचा होगा मैं नहीं सुन रहा हूँ। मेरे कान के पास आकर फुसफुसाया—भाई, गाँव के लोग कल रात हरिजन टोला गए थे...सालों को बहुत समझाया बुझाया...कि तुम लोग अयोध्या मत जाओ...और न ही सवर्णों के कहने पर यहाँ कोई उत्पात मचाओ। कल तो साले मान गए थे...बल्कि यहाँ तक बोले कि उधर से कोई समस्या हुई तो सब साथ रहेंगे। लेकिन फरीद भाई देखो सारे के सारे निकल गए। भाई, मैं तो मानता हूँ कि ठाकुर-ब्राह्मण जब इन्हें लतियाते हैं तभी ये ठीक रहते हैं।

—लेकिन मेरे भाई, मुझे उन लोगों की ओर से कोई समस्या नहीं लगती। गए हैं तो ठीक है, पर वे हैं तो अपने ही आदमी।

मेरा जूनियर मित्र उत्तेजना से अधीर हो रहा था। जैसे होश खो चुका था। पर होश में आज था ही कौन ? वह फिर बोला, जाने दीजिए उन्हें...हम लोग भी तैयार हैं। मुहल्ले के सारे लोग काम-धाम छोड़कर रात से ही यहीं जमे हैं...मस्जिद और मजार के पास। अगर...कुछ...।

मैं थका हुआ था...बदन से उबास जैसे आ रही थी। मैं जल्दी से घर पहुँचकर नहाना चाहता था। मैंने एक नजर बैठे लोगों पर डाली। सारे के सारे कैसे तुड़े-मुड़े दिख रहे थे। ये लोग भी अपने-अपने घर जाकर नहाते-धोते क्यों नहीं...।

मस्जिद से मेरा घर बस थोड़ी ही दूर था...कहिए कि एक फर्लांग। रोड पर अलग ही नजारा था। पूरा मुहल्ला भाँय-भाँय कर रहा था। मुहल्ले के सारे पुरुष मस्जिद पर पहरा दे रहे थे और सड़क के दोनों ओर घर एकदम वीरान पड़े थे। कहीं कोई महिला

तो कहीं कोई बच्चा दरवाजे या रेलिंग से लटका दिख जाता था। सच बताऊँ तो मुझे ऐसा महसूस हुआ कि जैसे मुहल्ले के सबसे मानिंद, सबसे ईमानदार व्यक्ति का इन्तकाल हो गया है और सारे लोग कब्रिस्तान गए हैं...औरतों और बच्चों को घरों में छोड़कर। इतना सन्नाटा ! इतना अवसाद !

भगवा झंडा थामे कारसेवकों की न समाप्त होने वाली शृंखला सड़क से बढ़ी जा रही थी--कसम राम की खाते हैं, मन्दिर वहीं बनाएँगे। बच्चा-बच्चा नाम का, श्रीराम के काम का। शोर का सैलाब ! सब कुछ उलट-पुलट देने की सौगंध !

दादी बाहर बरामदे में ही बैठी मिल गईं। माँ उनके खिचड़ी बालों में तेल लगा रही थीं। माँ ने मुझे पहले देखा...अचंभे से...पर दादी बोल पड़ीं, अरे नन्हे, तुम ? फिर सहसा रुकीं और सहज होते हुए बोलीं—आ गए बेटा। अच्छा हुआ आ गए। फिर रुक गईं और मुझे निहारने लगीं...जैसे मेरा निरीक्षण कर रही हों—मेरा चेहरा, मेरे बाल, कपड़े... जूते-अटेची—सभी एक-एक कर देख डाला। माँ के हाथ अब तेल लगाना छोड़ सर पर ही सन्न पड़ गए थे। वे मुझे बस देखे जा रही थीं...जैसे पहचानने की कोशिश कर रही हों। दादी बुदबुदाईं-चिट्‌ठी में तो लिखे थे...दिल्ली जाना है...छोटू को लाने...कैसे...?

मैंने बस इतना कहा कि रास्ते में कुछ दोस्त मिल गए...रोक लिया।

दादी कुछ-कुछ बोले जा रही थीं—तुम्हारी अम्मी को बहुत फिकर थी...टीवी पर कुछ सुनी थी...तभी से। मैं चारपाई के पैताने बैठ गया था। दादी ने माँ से सांकेतिक भाषा में कहा कि सर को थोड़ा खुजला कर अब कंघी कर दें। और मालिश नहीं। वे एक बार फिर खुद से बतियाने लगीं—सब डरे हुए हैं...पूरा मुहल्ला ही। पर यह तो बेवकूफी है। डरना क्या...किससे...अपने गाँव में ही किसका डर...। सब लोग आए थे तुम्हारे बाबा को मस्जिद पर ले जाने के लिए...पहरा देने। मैंने कह दिया नहीं। मैंने मियाँ से कहा आप खेत पर चले जाइए। यह सब बचपना है...डरने की क्या बात है...बेटा तुम जाओ...नहाओ-धोओ कुछ खाओ-पियो। दो दिन की बात है...।

माँ उनके उजले काले बेदम बालों में बेमन से कंघी करती जा रही थी। पर वह देख मुझे ही रही थी। उसकी आँखें मुझमें कुछ ढूँढ़ रही थीं। दादी ने कुछ बड़बड़ाते हुए बालों को खुद अपने हाथों में ले लिया और कंघी करने लगीं। मैं उनको अच्छी तरह जानता हूँ। उन्हें कोई चिन्ता...कोई फिकर अवश्य थी। किसी बात पर उखड़ी-उखड़ी लग रही थीं—शायद घर का कोई अधूरा काम हो...गोबर वाली ढंग से साफ-सफाई नहीं की होगी या मस्जिद वाली बात को लेकर, ऐसा ही कुछ। सभी बूढ़े बस ऐसे ही होते हैं। साफ-साफ नहीं कहेंगे कि मामला क्या है। बस भिन-भिन करते रहेंगे।

माँ ने तेल की कटोरी उठाई और आँगन की ओर चली गई। मैं पीछे-पीछे। घर के अन्दर पहुँचते ही जैसे उसके पैरों में स्प्रिंग लग गई। जल्दी-जल्दी बाल्टी भर पानी मग साबुन तौलिया कोने में रख दिया। नहाने की हिम्मत नहीं हो रही थी। पर मुझे मालूम था अभी मस्जिद जाना ही पड़ेगा। सो नहाने का इरादा कर लिया।

किचन में हो रहे खट-पट और निकलते धुएँ से मैंने अंदाजा लगा लिया कि नहाते ही गरमागरम नाश्ता तैयार मिलेगा। माँ ने खौलते पानी का एक भगोना लाकर रख दिया। फिर दो मग पानी निकालकर बाल्टी में डाल दिया। मैंने स्नेहातुर होकर उसकी ओर देखा। फिर बोली नहाने से पहले सरसों का तेल रगड़ लो। उसने दादी वाली कटोरी मेरे नजदीक रख दी।

मेरे बालों में तेल डालते हुए बोली—सफर तो...ठीक था न। कोई दिक्कत...। यहाँ तो हालात बदतर हैं। खुदा बेहतर जाने क्या होने वाला है। लाखों लोग अयोध्या भागे जा रहे हैं, हर दिन हर घंटा। हर वक़्त डर लगा रहता है। तुम्हारे अब्बू तो रात से वहीं मस्जिद पर पड़े हुए हैं। कारसेवकों का क्या भरोसा !

मेरे मुँह से कुछ सुनने के लिए वह रुकी। पर मेरे पास क्या था कहने को। मैं अपनी यात्रा के बारे अब माँ से भला क्या कहता !

गरम पानी में उँगली गोल-गोल करते मैं बैठा रहा। भाप छोड़ते पानी और अपनी माँ की निकटता मुझे अच्छी लग रही थी। ट्रेन की यात्रा से कहीं अच्छी। माँ फिर बोली—कोई कह रहा था कि लोग ट्रेन से निकाल-निकालकर कर मारे जा रहे हैं...। कुछ हुआ तो नहीं...।

मैं पानी से खिलवाड़ करता बैठा रहा-बिना कुछ बोले। मैं नहीं चाहता था कि मैं नहाना शुरू करूँ और वह मेरे पास से उठकर चली जाए। उसने बच्चों के बारे में पूछा, अपनी बहू के बारे में भी पूछा। पर मुझे मालूम था कि वह सिर्फ मेरे बारे में चिन्तित थी...मुझे पढ़ने की कोशिश कर रही थी...मेरे अन्दर जो कुछ चल रहा था उसे भी देख रही थी। जान रही थी मैं कुछ छुपा रहा हूँ। पर वह चुप ही रही। बेचारी माँ।

7

पाँच दिसम्बर का दिन

मस्जिद पर मैंने बाबा को देखा। कुएँ की जगत पर अपनी उम्र के बूढ़ों के साथ चुपचाप बैठे थे। मैंने नजदीक जाकर उन्हें सलाम किया पर वह तो जैसे सो रहे थे। जब मैं चलने को हुआ तो उन्होंने धीरे से गर्दन हिलाकर मेरा सलाम कुबूल किया। फिर बड़ी दबी-सी जबान में अनिन्छा से बोले—घर हो आए न। मैं कुछ बोलने के लिए रुका पर वे फिर से खामोश हो गए।

धीरे-धीरे लोगों ने वजू करके मस्जिद में जाना शुरू कर दिया था। यह एक दरमियाने आकार की मस्जिद है। मेरे बचपन में तो यह और भी छोटी थी—पर नमाजियों से कभी नहीं भरी। यहाँ तक कि जुमे को भी खाली रह जाती थी। बड़ों से ज्यादा बच्चे दिखाई पड़ते थे। बाद में वे भी नदारद। इधर कुछ सालों से नमाजियों की संख्या में आशातीत बढ़ोतरी हुई थी। गाँव वालों द्वारा बम्बई और अरब से भेजे गए पैसे से इसका कई बार विस्तार हुआ और यह पहले से अधिक सुन्दर भी दिखने लगी। सामने का कुआँ सूख जाने पर पूरे कुएँ को जगत में परिवर्तित कर दिया गया और वजू के लिए लाइन से टैप वाले नल लग गए और छत में पंखे लटक गए। मस्जिद के लिए अलग से लाउडस्पीकर और माइक भी खरीदा गया। असर यह हुआ कि कभी-कभार आने वाले रेगुलर आने लगे। हम बच्चे तो पंखे और माइक से ही ज्यादा आकर्षित थे। टैप खोलकर पानी पीने और बहाने में क्या खूब मजा आता था।

आगे चलकर मस्जिद के ही बगल में एक मदरसा खुलवा दिया गया। मजार तो पहले से ही थी। अब तीनों इमारतों से युक्त यह जगह मुहल्ले के सामाजिक- धार्मिक-सांस्कृतिक केन्द्र में तब्दील हो गई। सालाना उर्स, पैगम्बर का जन्मोत्सव, मीलाद, धार्मिक एवं आध्यात्मिक भाषण, लंगर, अन्य धार्मिक दावतें, कव्वाली और मदरसे का सालाना जलसा वगैरह वहीं आयोजित होते। बुलबुल तीतर और भेड़ों की लड़ाई भी वहीं होती। जुमे को तो खैर मुहल्ले के अधिकांश लोग वहाँ आते। धीरे-धीरे ये हफ्ता-नमाजी नज्जू इमाम के डर से पंजवक्ता नमाजी बन जाते। फिर मस्जिद को विस्तार की जरूरत पड़ती। फिर इमाम साहब का खत हिन्दुस्तान से अरब पहुँचता। बात न बनती तो वे खुद बम्बई के छोटे से दौरे पर निकल जाते।

मस्जिद की केन्द्रीय स्थिति के कारण उसके सामने स्थित कुँए की जगत को एक

अड्डे का मरतबा हासिल था जहाँ नमाजी गैर-नमाजी वक़्त-बेवक़्त बैठे गपियाते नजर आते। झूठ, सच, फरेब पैसा-रुपया सहायता मदद ईमान धरम—सभी का लेना-देना होता।

कुल मिलाकर यह जगह सामुदायिक भावना को बढ़ाने में मददगार ही होती। गाँव के मुसलमानों के जीवन में यह एकता और निरंतरता बनाए रखने में मदद करती। ऐसा हो भी क्यों न। आखिरकार मुस्लिम मूहल्ले के विभिन्न कोनों से अच्छे लोग दिन में पाँच बार आपस में मिलते जो थे।

पर सबसे बढ़कर तो मुहल्ले वाले मुश्किल और दुश्वारी के समय में उस जगह पर बैठकर सुकूनो-राहत हासिल करते थे। सलामती की दुवाएँ करते थे, जैसे आज पाँच दिसम्बर को।

मस्जिद में नमाजी-गैरनमाजी सभी को बराबर का हक प्राप्त है। कोई कहीं भी बैठ सकता है। खासो-आम जैसी कोई बात नहीं होती है। पर एक रीति-सी बन गई है कि पक्के नमाजी धड़ल्ले से पहली दूसरी पंक्तियों में बैठते हैं और कच्चे नमाजी आत्मविश्वास में कमी के कारण पीछे दुबके रहते हैं। इसी कारण अगली दो पंक्तियों के चेहरे आप हर नमाज में आँख मूँदकर पहचान सकते हैं, पर पीछे की लाइनों में कभी कोई दिखता है तो कभी कोई। घुमा के कहें तो सबसे पीछे बच्चे होते हैं जो शोर मचाने के लिए आते हैं, उसके तुरन्त बाद 'कभी-कभार ग्रुप' होता है। ये दोनों ही नमाज खत्म होते ही बिना दुआ के लिए हाथ उठाए बाहर की ओर भागते हैं। उसके बाद, बीच में हम जैसों की लाइनें होती हैं और फिर आगे अल्लाह के अपने प्यारे होते हैं।

बड़े बुजुर्गों को भी याद नहीं पड़ रहा था कि आखिरी बार उन्होंने किसी गैर-जुमा के दिन मस्जिद में इतनी भीड़, और इतना जज्बा देखा हो। कौन नहीं था वहाँ। नाम लीजिए और देख लीजिए। ऐसे लोग भी दिल खोल कर नमाज पढ़ने आए थे, जो ईद-बकरीद में ही मस्जिद का मुँह देखते थे। उस पर तुर्रा ये कि जमकर आगे बैठे हुए थे—ठीक इमाम साहब की नाक के नीचे। रोज आगे बैठने वाले अपने लिए जगह तलाश रहे थे।

अख्तर साहब ने फुसफुसाते हुए कहा कि ऐसा जबरदस्त सीन पहले सिर्फ एक बार देखने को मिला था जब फ्राइडे को होली पड़ गई थी। पूरा मुहल्ला ही दोपहर की नमाज पढ़ने उलट पड़ा था। उजले कपड़ों में।

इमाम साहब ने जैसे ही खामोशी अख्तियार करने की अपील की, मस्जिद में एक बारगी सन्नाटा छा गया। इमाम साहब आज मौके की नजाकत के अनुसार तैयार हो कर आए थे—सर पर हरी पगड़ी जिसकी पूँछ काफी नीचे तक लटकी हुई थी, पुरानी ऐनक जो ऐसे ही अवसरों के लिए सहेज कर रखते थे, करीने से सीने तक लटकी हुई दाढ़ी और लकदक कालरदार कुर्ता और अलीगढ़ी पाजामा। सोने पे सुहागा था उनका काला चोंगा। पूरे ताम-झाम में जम रहे थे इमाम साहब। उन्होंने अल्लाह का नाम लिया और कार्यवाही शुरू की।

पैगम्बर साहब के जमाने से ही नमाज से पहले इमाम द्वारा भाषण की परम्परा रही

है। उसी भाषण के माध्यम से मोहम्मद साहब लोगों को धर्म के मार्ग पर चलने के लिए प्रेरित करते थे। इसी में महत्त्वपूर्ण घोषणाएँ भी जाती थीं और लोगों को आवश्यक सूचनाएँ भी दी जाती थीं। कालांतर में मुख्तलिफ इमामों ने राजनीतिक भाषण भी दिए और कभी-कभी तो अन्याय के खिलाफ लड़ने के लिए मुसलमानों को उकसाया भी। पर इसमें दो मत नहीं कि आध्यात्मिक भाषणों के लिए निर्धारित समय का समय-समय पर दुरुपयोग भी किया गया है।

—मेरे प्यारे भाइयो, मेरे मुसलमान भाइयो ! तो शुरुआत हो चुकी थी।

इमाम का सम्बोधन बड़े नीचे और विनम्र स्वर में था। इसके बाद उन्होंने धीमी आवाज में ही कुरान की एक आयत पढ़ी और खालिश उर्दू में उसका तर्जुमा किया जो इमाम साहब के अलावा कुछ ही और लोग समझ सके। उन्होंने अपने सम्बोधन को एक बार फिर दोहराया और एक दूसरी आयत से बात आगे बढ़ाई—मेरे प्यारे भाइयो, मेरे मुसलमान भाइयो, कुरान कहता है कि मत समझो उन्हें मुर्दा जो अल्लाह की राह में शहीद हुए हैं। उसका गूढ़ार्थ समझाने से पहले उन्होंने इकबाल का एक शेर पढ़ दिया—जिसका अर्थ होता था कि ऐ लोगो, खुदा करे कि तुम्हारी जिन्दगियों में तूफान बरपा हो जाए, क्योंकि तुम्हारी जिन्दगी का समुंदर खामोश है और उसकी तरंगें बेजान हैं।

दोनों कथनों में यद्यपि कोई साम्य नहीं था फिर भी इमाम साहब ने एक अनावश्यक चुप्पी के बाद दोनों को जोड़ते हुए यह कहा—भाइयो, एक मुसलमान की जिन्दगी उसकी अपनी नहीं होती। यह अल्लाह की सौगात है, उसकी अमानत है। इसे उसके बताए रास्ते पर ले चलें। और यह रास्ता कुरान में दिखाया गया है। इस्लाम का अर्थ होता है ईश्वर के सामने सम्पूर्ण रूप से समर्पण। इस्लाम आप से कुर्बानी माँगता है। यह एक आसान मजहब है, यह एक मुश्किल मजहब भी है। क्या कहा मैंने... कुर्बानी। अपनी इच्छाओं की कुर्बानी, दौलत की कुर्बानी, बच्चों की कुर्बानी, यहाँ तक कि अपने जीवन तक की कुर्बानी। हर मुस्लिम के जीवन में एक ऐसा मुकाम आता है जब उसे फैसला करना पड़ता है, एक चुनाव करना पड़ता है। सही चुनाव करने वाला मुसलमान सीधे जन्नत में जाता है। अल्लाह की राह में मरने वालों को ही जेहादी कहते हैं।

प्रारम्भ के लिए तो यह एक प्रशंसनीय प्रदर्शन था। लेकिन आजकल उलेमा के बोलने का जैसा फैशन है—यानी चिल्ला-चिल्लाकर, हाथ-पैर और गर्दन का भरपूर उपयोग करके भाषण देने का जो चलन है—उस दृष्टि से हमारे इमाम साहब काफी स्लो जा रहे थे। वे एक पल के लिए रुके, लोगों के चेहरों को देखा। सभी की गर्दनें उन्हीं की ओर खिंची हुई थीं, सभी की आँखें उन्हीं की दाढ़ी पर टँकी हुई थीं। उन्हें जोश आ गया। आवाज ऊँची हो गई। हाथ ऊपर-नीचे होने लगे। अब ठीक था।

—प्यारे मुस्लिम भाइयो, हमारे लिए यह एक मुश्किल घड़ी है। इम्तहान का वक़्त है यह दुनिया भर के मुसलमानों के लिए। एक खौफनाक साजिश के तहत इस मुल्क

से मुसलमानों को निकालने की योजना बनाई गई है। ये लोग दूसरा पाकिस्तान बनवाना चाहते हैं। अगर इस मुल्क के हिन्दू यह सोचते हैं कि वे अपने घिनौने इरादे में सफल हो जाएँगे तो उनके होश में वापस आ जाने का यही समय है। बाद में पछताएँगे।

इमाम साहब को गैरजिम्मेदाराने ढंग से बोलते-बहकते देख बाबा कसमसा उठे। उन्होंने बाहर झाँक कर देखा कि कहीं कोई खड़ा सुन तो नहीं रहा है। वहाँ कोई नहीं था, पर इमाम साहब की गरजती-लरजती आवाज लाउडस्पीकर पर और भी परवान चढ़ रही थी। बाबा धीरे से उठे और चुपचाप जाकर साउंड मशीन के पास बैठ गए, फिर दूसरे ही पल वापस अपने स्थान पर। इमाम साहब अटकते-पटकते विषवर्षा करते जा रहे थे किन्तु पीछे बैठे लोगों को कुछ सुनाई नहीं पड़ रहा था। कोई चिल्लाया कि मियाँ ने ही मशीन के पास बैठकर कुछ गड़बड़ किया है। एक-दूसरे सज्जन आवेश में कुछ बकते हुए मशीन के पास पहुँचे और माइक फिर से जीवित हो उठा। इमाम साहब की आवाज फिर से अपनी बुलंदियाँ छूने लगी।

इस बार इमाम साहब दो ही वाक्य जड़ पाए थे कि मकड़ी के जाले में सुरक्षित साठ वॉट का बल्ब टुप से बुझ गया। उसी के साथ माइक भी गया। किन्तु इमाम साहब की गाड़ी नहीं रुकी। वे बोलते रहे, उकसाते रहे। बीच-बीच में हिन्दू लाइन मैन को भी कोसते जाते। बाबा चुपचाप अपने पैर का अँगूठा ताकते बैठे रहे। उनके चेहरे पर राहत के चिह्न थे।

—भाइयो, सेन्ट्रल गवर्नमेन्ट और स्टेट गवर्नमेन्ट दोनों हमारी दुश्मन हैं पहली बात। दूसरी ये कि बाबरी मस्जिद को राजनीतिक फायदे के लिए निशाना बनाया जा रहा है। वे हमें बेइज्जत और बेआबरू करना चाहते हैं, हमारी औकात बताना चाहते हैं। तो जान लें कि हम अल्लाह वाले हैं, उनकी तरह हर ईंट-पत्थर पेड़-पौधे गाय-बैल के सामने सर नहीं झुकाते फिरते। हमारी ताकत का अंदाजा शायद उन्हें नहीं है। इनका कहना है कि पहले वहाँ मन्दिर था। कहते हैं कि वहाँ कोई नमाज नहीं पढ़ता है, वहाँ तो पूजा होती है। इस मस्जिद में कितने लोग नमाज पढ़ते हैं ? अगर आप लोग मस्जिदों में नहीं जाइएगा तो एक दिन वे आएँगे कि छोड़िए, हम इसे गौशाला बनाएँगे।

एक छोटी चुप्पी के बाद वे फिर शुरू हो गए। इस बार आवाज कुछ धीमी थी...पर उसकी गुरुता बरकरार थी।

—बाबरी मस्जिद को बचाना है। यह सवाल सिर्फ एक मस्जिद का नहीं है। यह सवाल है हमारी पहचान का, हमारे अभिमान का, मजहब का, हमारे वजूद का। देखिए, वे लाखों की तादाद में जा रहे हैं किसलिए...उस बेचारी बदनसीब मस्जिद के लिए... उसे शहीद करने। वे बाबर के वंशजों को ढूँढ़ कर क्यों नहीं मार देते ? वे हम सभी को एक पंक्ति में खड़ा करके गोली क्यों नहीं चला देते ? कर लें अपने दिलों को ठंडा। पर ये मार कैसे सकते हैं ? हिम्मत है ? दूसरे मुल्क भी हैं जो सब कुछ गौर से देख रहे हैं। पाकिस्तान है, बांगलादेश है, दुबई है, सऊदिया है, अमरीका है। कौन नहीं है ?

पूरी दुनिया देख रही है। ऐसे में ये बाबरी मस्जिद को कैसे तोड़ सकते हैं ? हमें कैसे खतम कर सकते हैं ? बेवकूफ हैं क्या ?

वे साँस लेने के लिए रुके, फिर गरजे—आप सुन रहे हैं न नारों की आवाज। कैसे गालियाँ बक रहे हैं मुसलमानों को। ये कारसेवक हैं। काफिर हैं। इनके खिलाफ जेहाद छेड़ना ही पड़ेगा। अल्लाह अपनी पवित्र किताब कुरान में कहता है कि मैं हमेशा सब्र और धैर्य रखने वाले के साथ हूँ। हम सब्र से काम लेंगे। पर भाइयो, अब हमारे सब्र का बाँध टूट रहा है। और खुदा ने एक अन्य जगह कहा है कि मनुष्य को हमेशा सब्र का ही सहारा नहीं लेना चाहिए। दूसरी भी चीजें हैं, जैसे युद्ध, शक्ति-प्रदर्शन, बदला आदि। उठे हुए सरों को कुचलने का समय अब आ गया है। तैयार हो जाओ और झोंक दो अपने आपको इस जेहाद में। यह जंग जरूरी है। अपने लिए। इस्लाम के लिए। अल्लाह के लिए। मोहम्मद के लिए। उनके वंशजों के लिए। और सबसे बढ़कर बाबरी मस्जिद के लिए।

उनका गला सूख गया था। वे थक गए थे। पर वहाँ पानी नहीं था।

तकरीर इतनी जोरदार थी और उसका असर इतना जादुई था कि एक भी बन्दा अपनी जगह से हिला तक नहीं। भाषण के दौरान किसी ने चूँ तक नहीं की। बच्चों ने भी नहीं। बाबा ने भी जमीन में गर्दन गड़ाये उनके भाषण को आद्योपान्त सुना और प्रभावित हुए। इमाम साहब की यह एक बड़ी उपलब्धि थी। उनके भाषण में कुछ तथ्यात्मक त्रुटियाँ एवं विसंगतियाँ थीं। बावजूद इसके उन्होंने भाषणकला का उत्कृष्ट मुजाहिरा किया था।

इमाम साहब स्थानीय व्यक्ति थे और हर कोई उनसे वाकिफ था। वैसे उनका असली नाम मोहम्मद नजीरुद्दीन था पर सभी उन्हें नज्जू भाई या नज्जू इमाम या फिर नज्जू कहकर बुलाते थे। उनकी गिनती वैसे तो आग उगलने वाले मौलवियों में नहीं होती थी। पर आज तो उन्होंने कमाल ही कर दिया था। मस्जिद में बैठे लोग कहते नहीं थक रहे थे—वाह नज्जू वाह। खूब कहा भाई, वाह-वाह। कितनों की आँखें चमक रही थीं। उनकी तकरीर लोगों के दिलो-दिमाग पर असर कर गई थी। सर्वाधिक असर तो उनके स्वयं के ऊपर हुआ था।

वह गरज रहे थे, धमक रहे थे, बमक रहे थे, बरस रहे थे। उनके हाथ, सर, बाल, उनके काबू में नहीं रहे थे। हिन्दुओं को चुनौती और चेतावनी देते ही जा रहे थे...इस गफलत में भूल गए थे कि नमाज में वक़्त की पाबन्दी पहली शर्त है।

मोहब्बत अली नमाज पढ़ने आए थे, भाषण सुनने नहीं। नज्जू भले ही उनके पुराने दोस्त रहे हों, पर नमाज के मामले में मोहब्बत अली किसी को कुछ नहीं समझते थे। नमाज में वक़्त की पाबन्दी रखना निहायत जरूरी है। वे गुस्से में खड़े होकर अपनी उँगली नज्जू इमाम को दिखाते हुए बोले—इमाम साहेब, अल्ला मियाँ काफिरों से अपनी बाबरी मस्जिद बचाने में सक्षम हैं, आप नमाज पढ़ाइए।

नज्जू इमाम को खराब लगा। कई और लोगों को भी खराब लगा। मेरे जूनियर

दोस्त रहीमुद्दीन को कुछ अधिक खराब लगा। इमाम साहब ने झट कई हदीसें कोट पर कर डालीं और सिद्ध कर दिया कि देर से शुरू हुई नमाज भी नमाज ही होती है। नमाज शुरू करने से पहले उन्होंने मोहब्बत अली को भविष्य में ऐसी हरकत से बाज आने के लिए नसीहत भी दे डाली।

दोवा के वक़्त तक सारे बच्चे भी बिना हिले डुले बैठे रहे। इमाम ने अल्लाताला से बाबरी मस्जिद की खैरियत के लिए भीख माँगी। मुसलमानों की हिफाजत के लिए याचनाएँ कीं। आमीन ! आमीन ! के स्वर से पूरी मस्जिद गूँज उठी। खुदा से गिड़गिड़ाते विनती करते इमाम साहब रोने लगे। सभी रोने लगे। बाबा भी रोने लगे। मैं भी रोने लगा।

अन्त में अख्तर साहब खड़े हुए। उन्होंने एक घोषणा पढ़कर सुनाई। उसके अनुसार आज शाम को अली सेना और हुसेन सेना इसी रूट से अयोध्या के लिए गुजरेंगी। जो लोग अयोध्या कूच करना चाहते हैं, अपना नाम लिखवा दें। किसी ने भी इन सेनाओं का नाम नहीं सुना था, पर सौ से ज्यादा लोगों ने हाथ उठाए जिनमें कई बच्चे भी थे। बाकी के लोगों को रात-दिन अपनी मस्जिद और मजार की सुरक्षा की जिम्मेदारी सौंप दी गई।

मोहब्बत अली इसलिए गुस्सा थे कि इमाम ने नमाज में देर कर दी थी। मेरे जूनियर दोस्त रहीमुद्दीन न ढंग से नमाज पर ध्यान केन्द्रित कर सके थे न ही दोवा पर। किसी की मजाल कि रहीमुद्दीन के सामने बाबरी मस्जिद के बारे में कुछ बोले। मोहब्बत अली ने रहीमुद्दीन को चोट पहुँचाई थी। रहीमुद्दीन खौल रहे थे।

मोहब्बत अली अपनी एक पैर की चप्पल ढूँढ़ रहे थे कि रहीमुद्दीन गालियाँ बकते हुए मोहब्बत अली पर टूट पड़े। ले तेरी की, दे तेरी की। मोहब्बत अली को सँभलने का मौका भी नहीं...मिला। तड़-तड़ातड़-तड़। लहू-लूहान हो गए वह। लुंगी खुल गई और टोपी दूर जा गिरी। धर पकड़ करते-करते रहीमुद्दीन ने एक फैट और लगा दिया। मोहब्बत अली मात्र इतना बोल पाए—देख लूँगा। रहीमुद्दीन ने थूकते हुए कहा—जा-जा अपनी बीवी को नहीं देख पाया तो मुझे क्या देखेगा। पता है, मुंशी से मरवाया था तभी छोड़ा था बुड्ढे ने।

मोहब्बत अली खून का घूट पीकर रह गए।

सच कहा जाए तो असल खतरे का अंदाजा हुसैनपुरा में किसी को भी नहीं था, सिवाय कुछ बुजुर्गों को छोड़कर। ये वे लोग थे जिनका साबका कभी गम्भीर साम्प्रदायिक स्थिति से हो चुका था। अपने भगवा तामझाम में लदे-फँदे कारसेवकों, उनके धमकी भरे नारों और उनके नापाक इरादों की असलियत और गहराई को अगर कोई समझ सकता था तो यही मुट्ठी भर लोग थे।

हुसैनपुरा नेशनल हाइवे पर बसा एक मध्यम दर्जे का मुस्लिम गाँव है जिसके चारों ओर सवर्ण हिन्दुओं की आबादी है। आज उस नेशनल हाइवे का नजारा देखने लायक

था। पैदल, बैलगाड़ी, साइकिल, ट्रैक्टर, ट्रक बस पर जा रहे कारसेवकों की अन्तहीन शृंखला। जैसे किसी महापलायन का महोत्सव ! गाते बजाते चिल्लाते डराते नारा लगाते रामभक्त। हुसैनपुरा के निवासियों के लिए शुरू में यह सब कौतुक, जिज्ञासा से लेकर कुछ सावधानी बरतने, कुछ संशय तथा कुछ डर तक सीमित था।

लेकिन शाम के चार बजते-बजते हुसैनपुरा के मुसलमान खौफजदा होने लगे। नेशनल हाइवे एक युद्धमार्ग में तब्दील हो चुका था। पैदल कारसेवकों की लम्बी लाइनें, साइकिलें, गाड़ियाँ, सभी गायब थीं। अब कारसेवक भयभीत कर देने वाले बड़े-बड़े समूहों में आ रहे थे। उनकी चाल ऐसी कि हुसैनपुरा के हिस्से की धरती काँप उठती थी। एक हाथ में ईंट, दूसरे में ध्वंस करने का कोई औजार लिए और जयश्रीराम का उद्घोष करते वे बढ़े जा रहे थे। एक समूह निकला नहीं कि दूसरे की दिल दहला देने वाली खतरनाक आमद सुकून से बैठने न देती थी। उन्माद और प्रत्याशा से खिंचे जा रहे कारसेवकों के समूह रणक्षेत्र की ओर प्रस्थान कर रहे मध्यकालीन सैनिक गिरोहों जैसे प्रतीत हो रहे थे। बँधी मुट्ठियाँ, भिंचे दात, सुर्ख चेहरे, गर्दन की फूली नीली नसें—विजय-दुंदुभि बजाते गोलबन्द कारसेवकों का दृश्य असहनीय होता जा रहा था।

अपने घरों-दरवाजों पर सहमे बैठे हुसैनपुरावासी जाते हुए कारसेवकों को देख रहे थे। भाइयो, कुछ दृश्यों को शब्दों में उतारने के लिए उपमाएँ बड़े काम की होती हैं। मैं कहूँगा कि अवसाद और चिन्ता से त्रस्त गाँव वाले भयाक्रांत भेड़ों जैसे लग रहे थे जिन्हें भेड़ियों ने चारों ओर से घेर लिया था। कारसेवकों की आँखों में जो कहर बरसाने वाली आग जल रही थी उसने मजबूत से मजबूत मुसलमानों की हवा निकाल दी। कुछ ने कहा सर चकरा रहा है, कुछ के पेट में दर्द उठने लगा और कुछ ने तो वहीं उल्टी कर दी। उनका आत्मविश्वास, उनकी सुरक्षा की भावना चूर-चूर हो गई थी। वे धीरे-धीरे घरों के अन्दर जाने लगे। घरों के अन्दर, दरवाजों, परदों और खिड़कियों के पीछे।

पाँच दिसम्बर बानवे की शाम छः बजे तक हुसैनपुरा के समुदाय का एक भी सदस्य घर के बाहर नहीं था। वे लोग भी न जाने कहाँ गुम हो गए थे जिन्हें अली सेना के साथ मस्जिद की रक्षा के लिए अयोध्या कूच करना था। वे अपनी नंगी आँखों से भारत के बहुसंख्यक समुदाय द्वारा धर्मान्धता का इतना क्रूर प्रदर्शन देख रहे थे। मुसलमानों की यह धारणा कि हिन्दू हमसे कम साम्प्रदायिक और धार्मिक हैं देखते-देखते धराशायी हो गई। हुसैनपुरा के मुस्लिमों की सोच और उनकी मानसिकता पर यह गहरा आघात था। कुठराघात था।

बाबा, अख्तर साहब, खलील मियाँ और शकूर अली जैसे गाँव के बुजुर्ग मजार की ओट में बैठकर आने वाली विपत्ति के बारे में विचार-विमर्श करते रहे।

बाबा देर रात गए घर लौटे। चुपचाप खाना खाकर बिस्तर पर पड़ गए। दादी ने मेरे साथ खाना खाया। और फिर रोज की आदत के अनुसार पान का बीड़ा लेकर बाबा के पास गईं। बाबा मुँह ढँके पड़े रहे। आप ठीक तो हैं ? उन्होंने पूछा पर बाबा ने कोई

स्पष्ट उत्तर नहीं दिया। जैसे-जैसे रात चढ़ रही थी कारसेवकों के नारे एक लयात्मक बिन्दु पर पहुँचकर स्थिर हो गए थे—सीता राम सीता राम, जयश्रीराम, जयश्रीराम।

कारसेवक सामने सड़क से गुजर रहे थे। दादी ने झाँक कर देखा, फिर शटर के तालों का मुआयना किया, बाबा की रजाई ठीक की और वापस मेरे पास आ कर बैठ गईं। तपते की आग मुरझा गई थी। थकान के मारे मैं भी मुरझाया अब बस सोना चाहता था। मैंने पूछा आप अभी कितने देर तक आग के पास बैठेंगी। उन्होंने मुझे बड़े ही विचित्र ढंग से देखा पर बोलीं कुछ नहीं। हर वक़्त बड़बड़ करने वाली मेरी दादी की बोलती कहाँ गुम हो गई थी ?

8

पाँच दिसम्बर की मुश्किल रात

भाइयो, नहीं कह सकता कि मेरी आँख कब लगी। पर इतना तो आज तक याद है कि वह भी एक स्वप्निल नींद थी। बड़े सुन्दर-सुन्दर सपनों ने उस रात मेरा साथ दिया। सपने आपको खौफ से दूर ले जाते हैं। सपने आपको पाँच दिसम्बर की विभीषिका से निजात दिलाते हैं। सपने सबसे अच्छे दोस्त होते हैं। अपने सपने में मैंने बाबा-दादी को देखा, अम्मी-अब्बू को देखा, अपने पड़ोसियों को देखा और अपने जीते-जागते हुसैनपुरा को देखा।

औसत जीवन-स्तर वाले गाँवों-मुहल्लों की कुछ विशेषताएँ होती हैं, मसलन वहाँ न तो बहुत अधिक धन-धान्य होता है, न बहुत अधिक गरीबी। लोग उतने दकियानूस भी नहीं होते हैं। और एक खास बात यह कि यहाँ संयुक्त परिवार के प्रति लोगों का मोहभंग उतना नहीं देखने को मिलता है। कई-कई सदस्य, कई-कई दंपति एक साथ एक छत के नीचे जीवन गुजारते रहते हैं। इनमें से बहुत से दंपतियों की आपसी समझ और एक-दूसरे के लिए प्रेम और त्याग की कहानी गाँव-मुहल्ले में लोक-गाथा का रूप ले लेती है। लोग उसकी मिसाल देते फिरते हैं। मेरे बाबा-दादी कुछ ऐसे ही थे। दूसरों के भी रहे होंगे। पर मुझे उनका कुछ खास पता नहीं।

आगे बढ़ने से पहले यहाँ एक बात समझने की है। भारतीय संस्कृति में 'जोड़' और 'जोड़ी' शब्द वही अर्थ नहीं रखते जो अंग्रेजी के परफेक्ट कपुल, ग्रेट पेयर या ग्रेट मैच रखते हैं। जब हम कहते हैं क्या जोड़ है या अच्छी जोड़ी है, तो वास्तव में हम अगले पचास-साठ सालों के लिए एक सुखद, सौहार्द्रपूर्ण और एकजुट वैवाहिक जीवन की गारंटी की बात कर रहे होते हैं। इसकी शारीरिक और मानसिक पहलू दोनों हैं। शारीरिक स्तर पर अच्छी जोड़ी वही है जिसमें उम्र और ऊँचाई में पति स्पष्ट रूप से आगे हो, और रूप-रंग में पत्नी। हमारे बाबा-दादी के सन्दर्भ में यह नियम अपवाद बन गया था। दादी रूप-रंग में भी बाबा के सामने कहीं नहीं टहरती थीं। मेरी व्यक्तिगत राय में दादी वाले दो ही गुण उनके पास थे। पहला तो वह झुर्रीदार गालों वाली और उजले काले बालों वाली थीं, दूसरे कभी-कभी हम बच्चों के लिए बाबा से लड़ पड़ती थीं। जहाँ बाबा सिर्फ उर्दू जानते थे वहीं दादी काला अक्षर भैंस बराबर थीं। पर दरियादिली और खुलेपन में दोनों एक-दूसरे के पूरक थे।

दो बातें याद पड़ती हैं। मेरे संस्कृत पढ़ने पर जब घर में बावेला मचा तो बाबा ने विरोधियों को बता दिया कि घर का बाबा कौन है। एक बार मेरी बहन राशिदा ने बड़े भोलेपन से दादी से पूछा कि दादी ऐसा क्यों है कि मौलाना लोग हमेशा अच्छी बातें करते हैं और पंडित लोग खराब-खराब। दादी ने कहा, क्योंकि एक की बात डर और आस्था से सुनती हो, और दूसरे की बात बुद्धि से। भाइयो, यह न सोचें कि मैं रास्ते से भटक गया हूँ। नाहक अपने बाबा-दादी की कहानी लेकर बैठ गया हूँ। बस थोड़ी देर आप हमारे साथ रहें...पाँच दिसम्बर की मुश्किल रात बस कट जाने दें।

हमारा घर बड़ा पारम्परिक था—मूल्यों और स्थापत्य दोनों के हिसाब से। कई पीढ़ियाँ एक ही छत के नीचे दशकों से रहती आई थीं। खुले दरवाजे पर भरा-पूरा नीम का पेड़ और उसके एक तरफ बरदौरी और कच्ची दालान थी, और उसी से सटा हुआ बड़ी-सी जगत वाला इंदारा था जिस पर सीढ़ी से चढ़ा जा सकता था। सीढ़ी के दोनों कोनों पर पपीते के पेड़ थे और जगत के चारों ओर पुदीना-धनिया-हरी मिर्च की हरियाली। घर के बाहर ही दरवाजे के एक सिरे पर सड़क की ओर मुँह किए मड़हा होता था जिसमें बाबा की सुबह-शाम की बैठकियाँ होती थीं।

मुख्य घर की शुरुआत ओसारे से होती थी जिसके दोनों कोनों पर कोठरियाँ थीं। ओसारे में अक्सर पुरुष ही बैठते थे। या फिर दादी और बुआ लोग। फिर दरवाजे का बरामदा। यह बरामदेनुमा लम्बा हिस्सा ओसारे के समानांतर होता था और इसके भी दोनों सिरों पर दो अँधेरे कमरे होते थे जो दादी के काम के थे। आँगन और ओसारे को मिलाने वाला यह हिस्सा घर की स्त्रियों, पुरुषों और बच्चों के लिए समान रूप से खुला होता था। किसी के लिए कोई प्रतिबंध नहीं। उसके बाद आँगन का विस्तार। यह घर की बहू-बेटियों और बच्चों का क्रीड़ा क्षेत्र था। आँगन में भी एक बरामदा था जिसमें चारपाइयाँ पड़ी रहतीं और हमारी बुआ लोग या बड़ी लड़कियाँ मजे से लेटकर नॉविल और रिसाले पढ़तीं। रेडियो भी खूँटी से टँगा रहता जो सिर्फ बाबा के लिए साढ़े सात बजे शाम को बी.बी.सी. लंदन सुनने के लिए बाहर जाता। बरसात के समय सब लोग आँगन के बरामदे में बैठकर खाना खाते। बरामदे से सटी खिड़की यानी बगल का छोटा दरवाजा था जो दरअसल घर के बगल वाले खुले हिस्से में महिलाओं की आमद-रफ्त के लिए था। इसी खिड़की के ऊपर बाहर एक छोटा-सा मड़हा था। इसमें भी एक-दो चारपाइयाँ पड़ी होतीं। जब कभी बुआ लोगों के पीछे-पीछे उनके खाबिन्द लोग पहुँचते तो उनका डेरा यहीं जमता। सालियों, बीवियों और भाभियों से हँसी-ठिठोली करते वे लोग दिन-रात काटते।

आँगन में सबसे महत्त्वपूर्ण क्षेत्र था रसोई का। यह कमरे से लेकर उसके तत्काल बाहर तक फैला था। इस कमरे को हम लोग चूल्हे का घर कहते, जबकि चूल्हा अधिकतर उस कमरे के बाहर ही आँगन के कोने में जलता। चूल्हे के घर के ऊपर कोठा था जिस पर सूखी लकड़ियाँ, अनाज और पुराने बक्से, संदूक वगैरह रखे थे। इस पर मिट्टी की छोटी-छोटी सीढ़ियों से चढ़ा जा सकता था। यह कोठा दादी का निजी क्षेत्र था और

इस पर उनके अलावा ससुराल से पधारीं उनकी बेटियाँ ही चढ़ सकती थीं। या फिर दादी की छोटी बहन, जो अक्सर ही हमारे यहाँ टपक पड़ती थीं। हमारे लिए यह कोठा जिज्ञासा का खजाना था। और आशा का भंडार। जब दादी चढ़तीं तो हम आस लगा लेते कि खेलने या खाने की कोई नई वस्तु अवश्य आएगी। पर कभी खुशी तो कभी गम वाली बात थी। कभी ऐसी चीजें लातीं जो सड़ने के कगार पर होतीं जिसे हम सूँघ कर फेंक देते, कभी ऐसा खिलौना थमा देतीं जो फट से टूट जाता।

चूल्हे के घर की बगल में माँ और दोनों चाचियों का कमरा था। उसकी बगल वाला कमरा हमेशा ताले से बन्द रहता। अनब्याही बुआओं के लिए कोई विशेष कमरा नहीं था पर आँगन से लेकर उसमें बने सभी कमरों पर उनका एकक्षत्र अधिकार था। वे कुछ भी करें, कहीं सोती पड़ी रहें, किसी का कपड़ा पहन लें, कहीं आएँ-जाएँ, उन पर कोई रोक नहीं थी। दादी का साम्राज्य बैठक से लेकर चूल्हे के घर के ऊपर वाले कोठे तक निर्बाध फैला था। पर वे कभी पीछे वाले रास्ते से नहीं आईं-गईं। सीधे आतीं, सीधे जातीं।

आँगन के बीचोबीच चापाकल था जिस पर कोई न कोई बैठकर नहाता ही रहता। छोटे चाचा को बाहर नहाते कभी देखा ही नहीं। जब चाचा नहाते, चाची को अपने कमरे और चापाकल के बीच दसियों चक्कर लगाने पड़ते। काम-धाम छोड़कर तौलिया साबुन लोटा बाल्टी तेल चड्ढी बनियाइन कंघी ऐनक दौड़-दौड़ कर लातीं...लेकिन पानी हम लोगों से भरवातीं। हर बार गोलमिट्ठी का वादा करतीं पर देतीं कभी न। क्योंकि चाचा निठल्ले थे। चाची को एक पैसा कमाकर देते नहीं थे तो चाची हमे कहाँ से देतीं। फिर चाची इतने शौक से चाचा को क्यों नहलाया करती थीं। माँ ने एक दिन बताया कि छोटी चौके के काम से बचने के लिए ऐसा करती है। उसका बस चले तो अपने दूल्हा को दिन भर आँगन में बैठाये रखे। माँ ने यह भी बताया कि चाचा पर किसी और का भी बस चलता था।

हमें सबसे अधिक कष्ट तब होता जब चापाकल पर स्त्रियाँ या बड़ी लड़कियाँ नहातीं। आँगन का दरवाजा बन्द कर दिया जाता और अन्दर की ओर से कुंडी चढ़ा ली जाती। भूख, प्यास, या और किसी काम से बेहाल हम सर पटक देते, पर दरवाजा न खुलता। कभी-कभी तो बिना दोपहर का खाना खाए हम फिर स्कूल लौट जाते। इस तरह असमय दरवाजा बन्द होना कई बार तो कलह का कारण भी बनता। लड़कियों से बड़ी उम्र की महिलाएँ जब नहातीं तो एक रियायत बरततीं। अन्दर से कुंडी नहीं चढ़ातीं, खाली दरवाजा भेड़ देतीं। बाहर से कोई आवाज देता तो नहाने वाला पहचानता, फिर जवाब देता। यदि नहाने वाले का पति होता तो ज़वाब मिलता–आप हैं, आ जाइए, और सुनिए, कमरे में साड़ी ब्लाउज है, दे दीजिएगा। यदि कोई लड़की होती तो जवाब मिलता, पूछती क्या हो आ जाओ। यदि हम लड़के होते तो कहतीं, आ जाओ–इधर नहीं देखना...एक हाथ से आँख ढँककर अपनी अम्मा के कमरे में चले जाओ। पर हम बिना आँख ढँके भागते हुए कमरे में घुस जाते। उस समय हम सहसा स्वयं को काफी

महत्त्वपूर्ण और बड़ा समझते जब नहाते हुए कोई हमसे साबुनदानी या लोटा माँग बैठता।

चापाकल के ठीक सामने पेशाबघर था जिसमें पुरुषों और लड़कों का जाना वर्जित था। राशिदा जा सकती थी पर मैं नहीं। लेकिन मुझे याद है कई बार उसमें छुपकर मैंने पेशाब किया है। घर का पिछवाड़ा भी घर का एक महत्त्वपूर्ण हिस्सा था। मैंने बड़ों-छोटों स्त्री-पुरुषों सभी को उस झखड़ में जाते देखा है। सब अपने-अपने काम से जाते होंगे। हमारे लिए वह क्षेत्र खेलगाह से लेकर असीम सम्भावनाओं का महासागर था जो हमें ललचाता रहता, नित नए रूप दिखाता। नीबू, करौंद, झरबैर, साँप-बिच्छू, बया के घोंसले, कौड़न्ने और चमेली के फूल सब वहीं थे। कभी-कभी तो हम यों ही वहाँ छुपे बैठे रहते इस इन्तजार में कि देखें और कौन आता है इधर। कभी कोई आ जाता, तो कभी नहीं आता।

इसी घर में सब लोग एक-दूसरे से लड़ते-झगड़ते, निपटते, प्रेम करते, चुगली करते, मदद करते एक मुद्दत से रहते आ रहे थे। नए सदस्य बड़ी आसानी से घुल-मिल जाते थे। इस घर के तौर-तरीके और तेल-मसाला अपना लेते थे। संचालन, अनुशासन और आजादी का ऐसा सम्मिश्रण था कि छोटी-छोटी खुशियाँ मालिकान के अहं या गुस्से की भेंट न चढ़ने पातीं।

घर का कोई पुरुष सदस्य यदि बिना वजह घूमता फिरता और शाम को चिराग जल जाने के बाद घर पहुँचता तो उम्र में उससे बड़े एक-एक कर सारे लोग उसकी खैरियत लेते, डाँटते। जेठ-बैसाख की दोपहरी में तो हम बच्चे कैदी की तरह घर में बन्द रहते। कच्चे आम और टिकोले लाने होते तो ऐसे-ऐसे उच्चस्तर के बहाने बनाए जाते कि बड़े भी गच्चा खा जाते। प्रायः बड़ों के थके-हारे पैरों को दबाने की ड्यूटी भी निभानी पड़ती। संयुक्त परिवार में कोई किसी के भी बच्चे को दंड दे सकता था, प्यार कर सकता था। पुरुष अक्सर अपने बच्चों से ज्यादा अपने भाँजों और भतीजों को प्यार करते हुए दिखना पसन्द करते थे पर स्त्रियों में ऐसा कम देखने को मिलता था।

घर का रख-रखाव और संचालन पुराने ढर्रे पर चलता था। अभिजातपना और दिखावे पर उतना जोर नहीं था जितना की वस्तुपरक चीजों पर। सभी चीजों में एकरूपता को तरजीह दी जाती थी। यहाँ तक कि हमारे नए कपड़े, जो कि साल में दो बार ईद-बकरीद के मौकों पर ही सिलाए जाते थे, भी एक रंग और एक ही डिजाइन के होते थे। संयुक्त परिवार की छाटी-छोटी खुशियाँ और हलके-फुल्के रंग हमारे एक जैसे कपड़ों में अभिव्यक्ति पा लेते थे।

बाबा-दादी की अनवरत देखरेख में हमारा परिवार फल-फूल रहा था। हम नहीं जानते थे कि दोनों पैसे तथा अन्य चीजों की व्यवस्था कैसे और कहाँ से करते हैं। मुझे याद पड़ता है कि अब्बू और दोनों चाचा लगभग बेरोजगार थे और बाबा दो पीढ़ियों की जिम्मेदारी एक साथ उठा रहे थे। हम बच्चे अपने अब्बुओं पर हमेशा ही कुछ लाने-दिलवाने के लिए दबाव बनाए रखते थे। वे लोग अपनी और घर की सारी समस्याएँ अपने पिताजी के सर ट्रांसफर कर देते थे। बाबा थे कि चट्टान की तरह खड़े रहते

थे, जैसे उम्मीद की मशीन, जैसे धरती के सबसे बड़े दुख निवारक, जैसे प्रधानमंत्री। दादी अन्दर और बाबा बाहर। उनकी उपस्थिति कितनी आश्वस्तकारी थी, कितनी विश्वसनीय, कितनी भरोसेमन्द। परिवार की एकता उनके लिए सबसे पहले थी—चाहे इसके लिए उन्हें कभी-कभार चुरा-छुपा कर किसी सदस्य विशेष की अलग से मदद करनी पड़े। माँ और चाचियों को कभी-कभी कहते सुनते थे कि बाबा-दादी के पैसे की थाह किसी को नहीं मालूम है। अब्बू और चाचा लोगों को ऐसा कहते कभी नहीं सुना।

बाबा-दादी को बच्चों को पढ़ाने लिखाने का बहुत शौक था। हमलोग पहले मदरसे में पढ़े, फिर सरकारी स्कूल भेजे गए। लम्बी दाढ़ी वाले मौलवी साहब शाम को छड़ी लिए उर्दू-अरबी पढ़ाने आते थे। हमें उनकी छड़ी से ज्यादा उनकी दाढ़ी से डर लगता था। हमारे साथ के तमाम लड़के ज्यादा आगे नहीं बढ़ पाए। अमूमन लड़के अधिक से अधिक प्राइमरी स्कूल तक पहुँचते थे। उस लिहाज से हम भाग्यशाली थे। एक समय हमारे परिवार में एक पोस्ट ग्रेजुएट, दो ग्रेजुएट और दो इंटरमीडियेट थे। हुसैनपुरा के लिए यह बड़ी बात थी।

बाबा घर के मुखिया थे पर चलती दादी की ही थी। कहानियों की रानियों की तरह हुकुम चलता था उनका। याद पड़ रहा है कि हमारी छोटी बुआ की शादी बाबा अपनी इकलौती छोटी बहन के बेटे से करना चाहते थे। उन्होंने अपने बहन-बहनोई को जबान भी दे दी थी। पर दादी अड़ गईं। ऐसा नहीं कि वह स्वयं अपने किसी रिश्तेदार के यहाँ करना चाहती हों। उनका तो सीधा कहना था—पैखाना और समधियाना घर से दूर ही होना चाहिए। वे हमेशा कहतीं—मुसलमानों की बस यही एक चीज मुझे नहीं पसन्द है। घर ही में रिश्ता करने लगते हैं। बाबा को अपनी बात कटने का मलाल जीवन भर रहा। हमेशा कहते—इसने मुझे थूक कर चाटने पर मजबूर कर दिया।

हमारा घर पूरे गाँव का अनाधिकारिक केन्द्र था, जहाँ अड़ोस-पड़ोस के लोग सुबह-शाम बैठकी जमाते थे। पान-तम्बाकू का दौर चलता था। बात-चीत का दौर चलता था। कई लोग तो खाली गप्पें लड़ाने या इधर की उधर करने आते थे। कुछ अपनी समस्याएँ सुलझाने आते थे, तो कुछ समस्याएँ पैदा करने। कइयों की समस्याएँ सुलझने के बजाय उलझ ही जाती थीं। समस्याओं से घिरे और पान और बतकही के आदी बन चुके लोग बाबा को घेरे रहते थे।

भाइयो, अब मैं सोचता हूँ कि यह तो लोगों की गलतफहमी थी कि बाबा उनकी समस्याएँ सुलझा देंगे। उन्हें मुगालता था कि बाबा कुछ न कुछ अवश्य करेंगे। सच्चाई तो यह थी कि समस्या सुलझाने में उन्हें कोई महारत नहीं थी, विशेषकर दूसरों की समस्याएँ। उन्हें अपनी, अपने बच्चों और अपने मजदूरों की समस्याओं से ही फुर्सत नहीं थी। पर बाबा सुनते थे सबकी। बोलते तभी जब बोलना होता। जुमलों को अच्छी तरह गढ़ते, तब मुँह से निकालते। असर धारदार और टिकाऊ होता।

बाबा ने सुनने जैसी एक न्युट्रल क्रिया को कला का रूप दे दिया था। अचंभा और कौतूहल दिखाने, हमदर्दी जताने और लोगों की समस्याओं में रुचि प्रदर्शित करने के लिए उनके विशिष्ट सिग्नल थे। भाव-भंगिमाएँ इतनी सरल, स्वाभाविक एवं अपनापन लिए होतीं कि लोग मन खोल देते। बाबा वास्तव में ट्रबुलशूटर नहीं थे, पर लोगों को लगता था वे निदान सुझा सकते हैं। वरना सिर्फ पान-बीड़ी के लिए सालों-साल उनकी दालान से न चिपके रहते। मेरा ख्याल है हम बच्चे इन्हीं बैठकियों में पानी, पान, सुपारी और बाबा को दादी के गुस्सा भरे संदेश पहुँचाते-पहुँचाते बड़े हुए। उनका पेट जुमला होता था—इन मुए बैठकबाजों का खाना ही नहीं हजम होता जब तक कि ये मियाँ का वक़्त बर्बाद नहीं कर लेते। पर कौन सुनता है।

बाबा के प्रति सम्मान और उनकी लोकप्रियता के जो कुछ और कारण समझ में आते हैं उनमें मैं उनके स्टैंड लेने की क्षमता, खास तौर से जब उसकी दरकार हो, सवर्ण हिन्दुओं से उनके सम्बन्ध और उनकी दोनाली बन्दूक को रखना चाहता हूँ। बन्दूक उनकी थी, और कभी-कभी साफ सफाई के लिए बाहर निकाली जाती थी। अगर मैं सही शब्द का प्रयोग कर पा रहा हूँ तो मैं कहूँगा कि वे चुप्पे किस्म के शोमैन भी थे। उनकी कमियाँ, अगर कुछ थीं तो, इसके पीछे ढक जाती थीं।

दादी को सुनकर हर कोई उन्हें मियाँ के नाम से बुलाता था। वैसे उनका असली नाम था हुसैन अली हिन्दावल पर शायद ही किसी ने उनका यह नाम सुना हो। ऐसा भी नहीं कि उनके वालिद मरहूम बड़े मियाँ रहे हों। वह तो मात्र बाइस साल की कच्ची उम्र में अल्ला को प्यारे हो गए थे। उस वक़्त तो मियाँ बस दो साल के थे।

मियाँ मियाँ जैसे नहीं थे। देखने में तो बिलकुल नहीं। न दाढ़ी, न टोपी, फिर भी मियाँ। अगर दाढ़ी-टोपी को छोड़ भी दिया जाए तो मियाँ बनने की बाकी दरकार योग्यताएँ उनके पास थीं। रोजा-नमाज को जाती मामला बताते थे, पाबन्दी भी थी—पर नुमाइश से परहेज करते थे। सुबह-शाम की प्रार्थना के बाद बुदबदाते थे—ऐ अल्लाह, मेरी मुफलिसी और जाहिलियत के लिए मुझे माफ करना। मेहनत न की कि आज जहाँ हैं, उससे आगे होते।

बाबा सेल्फमेड थे। सबसे कहते मेहनत करिए भाई। प्यास लगी है तो कुएँ के पास जाइए। स्कूली शिक्षा नहीं मिली थी। उन्हें इसकी कसक हमेशा रहती। जो सुनता उससे कहते, तालीम हासिल करिए। यही कुंजी है।

बाबा बहुत तेज-दिमाग थे। बहुत प्रैक्टिकल भी। गाँव की राजनीति में ऊपर ऐसे आए थे कि जहाँ दूसरे उम्रदराज लोग दकियानूसी की चादर ओढ़े ऊँघते रहते थे, वहाँ वे बीबीसी लंदन सुनते थे। रेडियो सुनकर और बच्चों से हिन्दी अखबार पढ़वाकर आँख खोलने वाली बातें करते थे। मजहबी मामलों को छोड़कर एक लिमिट तक नुमाइश को बुरा भी नहीं मानते थे। मुसलमान भाई अगर पूछते कि मियाँ आपके नाम में हिन्दावल कहाँ से आया, तो पूरी संजीदगी से अपने खानदान का तार मुगलिया सल्तनत से जोड़ देते। हिन्दू मित्रों को जिज्ञासा होती तो चिरपरिचित मुस्कान के साथ पहेली हल कर

देते, भैया, हिन्द से, हिन्दुस्तान से इसी देश से। अपने मुल्क के नाम के साथ अपना नाम जोड़ना खराब बात है क्या।

प्रभावित करने का अवसर हाथ से जाने न देते। भरसक अच्छा पहनते, अच्छा खाते। नौजवानों के लिए उनका ठसकेदार नुस्खा था—मियाँ देखिए, अच्छे कलफदार कपड़ों से रौब आता है। धीरे चलिए लेकिन लगना चाहिए कि रफ्तार अच्छी है। लोग इज्जत करेंगे। बूढ़े भी हो जाइए तो बुढ़ापे को दोस्त न बनाइए। बाबा ने स्वयं आखीर दम तक इसका पालन किया।

कम बोलने की तर्ज पर बाबा हँसते भी कम ही थे। पर जब हँसते तो ठहाके से सोते बच्चे जग जाते थे। हँसी बन्द होते ही आँगन में पान-सुपाड़ी की कवायद शुरू हो जाती। दादी जान जाती थीं कि मुँह सूख गया होगा।

बाबा अपने हिन्दू मित्रों को दावत पर बराबर बुलाते। मीट खाने वालों का जमावड़ा रात में होता जबकि दिन वालों के लिए हलवाई खाना बनाता और पानी पिलाने के लिए कहार आता। ऐसे अवसरों पर कभी-कभार धोती-कुर्ता पहनकर बाबा सभी को अचंभित कर देते। बाबा को हिन्दू समाज से मिलकर रहने में आनन्द आता था। फायदे भी थे। हिन्दू उच्चवर्ग से उनकी निकटता के कारण उनके अपने समाज के लोग उनसे ईर्ष्या करते। बाबा उस ईर्ष्या को सामाजिक प्रतिष्ठा में बदलना बखूबी जानते थे।

हुसैनपुरा के वासी कालांतर में अपने गाँव को मुहल्ला कहने लगे थे। ऐसा इसलिए कि शायद बाजार से सटे होने के कारण यह पूरा का पूरा किसानों का गाँव नहीं रह गया था। वक़्त के साथ उसकी मुस्लिम पहचान भी बढ़ रही थी...इसलिए मुहल्ला। पर बूढ़ों के कारण इसका गँवईपन अनेक अर्थों में यथावत बरकरार था। आधुनिकता की छीटें पड़ना शुरू हो गई थीं पर वे भीगने को तैयार नहीं थे। अभी भी अधिकतर लोग खेती पर निर्भर थे, उसकी वजह से इस गाँव पर शरीयत की पकड़ और मजहबी चमक जरा ढीली थी। पर इस ढीलेपन को वहाँ के निवासी अपनी सामुदायिक भावना से मजबूती बख़्शते थे। मजहब की कमी को इस्लाम में बताई गई सामाजिकता के अनुपालन से पूरी कर लेते थे।

अब देखिए। छोटी-मोटी बीमारियाँ जैसे मौसमी बुखार या फिर फोड़े में सूजन का अर्थ होता था मरीज के लिए चार से छः दिनों का आराम। मरीज को एक अलग चारपाई, गद्दा चादर और तकिए के साथ बरामदे के एक कोने में सजा दिया जाता था। परिवारजनों के चेहरे मुरझा जाते थे। चेहरे का मुरझाना इस बात पर निर्भर नहीं करता था कि बीमारी है कितनी गम्भीर, बल्कि इस बात पर कि बीमार कौन है। अगर वह कोई छोटा-मोटा बच्चा हुआ तो वह सीधे माँ या फिर बहुत हुआ तो दादी-नानी का सिरदर्द होता था। अगर किशोरी हुई तो मौसी और बुआओं का भी दुख में शामिल होना लाजिमी हो जाता था। पर अगर बीमार होने वाला घर का किशोर पोता हुआ तो घर के सारे वयस्क सदस्य बीमार दिखने लगते थे।

लेकिन घर के मुखिया या किसी अधेड़ पुरुष सदस्य को बुखार आ जाना एक

सुखद घटना होती थी। वह मरीज तो बीमारी से उबरने तक सबकी आँखों का तारा होता था। धीरे-धीरे बीमारी की खबर पूरे गाँव में फैल जाती थी और दूसरे दिन से शुभचिन्तकों का आना प्रारम्भ हो जाता था। मरीज के शरीर का तापमान कुछ बढ़ा नहीं कि घर की सारी सामान्य गतिविधियाँ स्वयमेव निलम्बन की अवस्था में पहुँच जाती थीं। बच्चों का स्कूल जाना कैंसिल हो जाता था और वे पिछवाड़े ठाँय-ठाँय या आइस...पाइस खेलने में व्यस्त हो जाते थे। हफ्ते भर से ठहरे हुए रिश्तेदार का प्रस्थान कार्यक्रम टल जाता था। चाचाजी का शहर जाने का कार्यक्रम भी अनिश्चित काल के लिए स्थगित हो जाता था। घर के सारे सदस्य दो या तीन के छोटे-छोटे समूह में बीमार क्षेत्र में मरीज की चारपाई और दवा की टेबुल के इर्द-गिर्द बैठे ही रहते थे।

बीमार की बहन अपने ससुराल से मय बाल-बच्चों के देखने पहुँच जाती थी। इससे वातावरण को और भी भारी और बीमारी-मय बनाने में मदद मिलती थी। कुछ लोग इस बहन और इसके बच्चों से, और कुछ बीमार से मिलने पहुँचते थे। दूसरे दिन तक गाँव से जो लोग देखने नहीं पहुँचते थे उनका नाम परिवार के सदस्य मन ही मन दर्ज कर लेते थे।

देखने वालों का आना और हाल-चाल पूछना एक प्रकार का रिचुअल या कर्मकांड जैसा होता था। सारी बातें एक बने बनाए ढर्रे पर चलती थीं।

—क्या हुआ भैया ? कल ही रात सुने कि आपको बुखार हुआ है। क्या बदन अभी भी जल रहा है ? बोलते हुए वह सज्जन कलाई के पास हाथ पकड़ते हुए बुखार नापने लगेंगे।

—कोई दवा-दारू दिया कि नहीं ? एक-दूसरे सज्जन परिवार के सबसे दुखी दिखने वाले सदस्य की ओर मुड़ते हुए पूछेंगे। और फिर स्वयं कुछ जड़ी-बूटी, कोई विशेष पेय या कोई विशेष रूप से पकाया हुआ भोजन लेने की सलाह दे डालेंगे। फिर परिवार का एक गम्भीर-सा दीखने वाला सदस्य बीमारी की पूरी पृष्ठभूमि और इतिहास दुहराने की जिम्मेदारी उठाएगा। बात वहाँ से शुरू करेगा जब मरीज बाजार जाने वाला था, रोकने पर चला गया, लौटा तो बदन कुछ भारी था, फिर गरम होने लगा, फिर सर पर तेल लगवाया, लेकिन समय पर जब पाखाना नहीं लगा तो कैसे सब की चिन्ता बढ़ी, लेकिन तब तक बुखार के राक्षस ने...।

परिवार के इसी व्यक्ति की कसरत सबसे ज्यादा होती है लेकिन वह घबराता नहीं...क्योंकि सब उसी का मुँह ताकते हैं...और वह बारी-बारी से हर आगन्तुक की उत्कंठा को शान्त करता है...और मरीज के साथ खुद भी लाइमलाइट में रहता है। आदमी ही तो है, बताने में गलती भी हो सकती है। ऐसी किसी त्रुटि का निवारण परिवार के दूसरे ज्ञानी सदस्य द्वारा तत्काल कर दिया जाता है। आगंतुक जब उस नए सदस्य की ओर घूम जाता है तो पहला सदस्य आगंतुक को अपनी ओर लाने के लिए बीमारी के अन्य छोटे-बड़े लक्षणों को गिनाने लगता है। आगंतुक बड़ी समझदारी के साथ दोनों सदस्यों के बीच संतुलन बैठा लेता है। कभी इसकी बात सुनता है, कभी उसकी।

दिन भर रंगकर्म चलता ही रहता है। अब तक कुछ और शुभचिन्तक आ चुके होते हैं और उनको अँटाने के लिए अन्दर से झट एक चारपाई की व्यवस्था की जाती है।

अब एक-एक कर वे रोगी से मिलते-जुलते लक्षणों वाली किसी बीमारी के बारे में अपने अनुभव सुनाएँगे। यह भी बताएँगे कि ऐसी बीमारी में उन्होंने कौन-सी लोकल़ जड़ी-बूटी ली थी, किसने उस दवा का नाम सुझाया था, और फिर कितने दिनों में वे ठीक हुए थे, कौन-कौन देखने पहुँचा था उनको।

जैसे ही मरीज काँखते-कराहते उठने की कोशिश करता है बैठे हुए शुभचिन्तकों में से कुछ लोग उसकी ओर दौड़ पड़ते हैं।

—हाँ, हाँ...रुकिए...कहते हुए कोई पीठ तो कोई हाथ थाम लेता है। पेशाब करेंगे क्या ? कोई कान में धीरे से पूछता है—पेशाब ? मरीज के सर हिलाने पर दो व्यक्ति उसे सहारा देकर बाहर ले जाते हैं जहाँ मरीज पेशाब त्याग कर ताजी हवा का स्वाद चख लेता है।

जैसे ही बीमार को कुछ राहत मिलती है और वह फिर से अपने सिंहासन पर आसीन हो जाता है और बीड़ी-तम्बाकू का दूसरा दौर प्रारम्भ होता है कि लोग दूसरे मुद्दों पर चर्चा शुरू करते हैं। इस दौरान मरीज महोदय आँख बन्द करके सोते जैसा दीखते रहते हैं। बातों का दायरा अच्छी फसल की सम्भावना से लेकर धोबी के बेटे द्वारा खेत में साँप देखे जाने तक फैल जाता है। कुछ और शुभचिन्तकों के आ जाने से माहौल अब पहले जैसा उदास न होकर उत्सवी हो जाता है। लोग-बाग खुलकर बतियाने लगते हैं। हँसी-मजाक भी शुरू हो जाता है। उनमें से अगर कोई जाने को होता है तो दस लोग बोलते हैं—अरे कहाँ...बैठिए बैठिए...लोग बैठे रहते हैं तो मरीज का मन लगता है...बैठिए...लीजिए सुपाड़ी खाइए। कुछ लोग जिन्हें वाकई कोई आवश्यक काम रहता है वे जाने से पहले मरीज को टिप्स देना नहीं भूलते—कुछ दिन इसी तरह आराम करें...अभी कुछ न खाइएगा। धीरे-धीरे अल्लामियाँ ठीक कर देंगे...बीमार व्यक्ति सिर्फ सूखी मुस्कुराहट बिखेरकर चुप हो जाता है...वैसे चाहता तो खुलकर हँस देता। बाकी बचे लोग बीमार व्यक्ति के चारों ओर महफिल जमाकर अपना और मरीज दोनों का मन बहलाने लगते हैं।

अवसर शायद मेरे पिताजी की बीमारी का था और महफिल जमी हुई थी।

—वह चोर वाली बात सुना कि नहीं भाई ? तम्बाकू रगड़ते हुए किसी ने पूछा।

—अरे नहीं...उधर की ओर रात में काफी शोर मचा था...मुझे तो पहुँचने में देर हो गई। माजरा क्या था ? आजकल चोरों से तो...।

शकूर मियाँ ने गला साफ करते हुए कहा—जब मैं पहुँचा तो वहाँ कोई नहीं था। पर गुहार तो लगी थी...चोर-चोर, पकड़ो पकड़ो। लौटने में पग्गल साईं ने बताया कि दरअसल चोर नहीं सियार था...देखने में भूल हुई थी।

कई सिर हिल उठे। कुछ सहमति में...कुछ असंतोष और इनकार में। चोर के देखे जाने के बारे में भिन्न-भिन्न मत थे और बैठे हुए लोग किसी निष्कर्ष पर नहीं पहुँच

सके। लेकिन चोर, चोरी, चौकीदार की भूमिका, नैतिकता के गिरते स्तर आदि पर एक अन्तहीन कथा यात्रा शुरू हो गई। गाहे बगाहे लोग अपने-अपने अनुभव बाँटने लगे...चोरी और सेंधमारी से सम्बन्धित सत्य कथाएँ सशरीर उपस्थित होने लगीं...मानो पूरे संसार में चोरों का आतंक फैल गया है...और बैठे लोगों के पास चोरों के अतिरिक्त कोई और विषय ही नहीं है। एक चोर पर इतना समय व्यय किया जा रहा है...जबकि लोग निश्चित नहीं थे कि चोर था या सियार। पर बात तो होनी ही थी।

जामू भाई अपने अदृश्य घावों को दिखाते हुए बोले यह निशान चोर के हमले से बना। बड़ा खतरनाक चोर था, नाहक मैं उसके पीछे दौड़ा। उनके जोड़ीदार शकूर साईं की भेंट तो एक रहस्मय चोर से हो गई थी जो उनके यहाँ चोरी करने पहुँचा था। पहले तो वे कुछ समझे नहीं, पर जब उसके ऊपर झपटे तो शकूर साईं के हाथ में चोर का पूरा कपड़ा आ गया...पर चोर बच निकला। उनकी बगल बैठे हुए सज्जन ने उत्तेजित होते हुए सीधे बरसाती डाकू से मुठभेड़ की बात कुबूल की। लेकिन लोगों को उनकी कदकाठी देखते हुए उनके कथन पर विश्वास नहीं हुआ। एक पल के लिए सभी लोग थम गए...उन सज्जन की शेखी को ठंडी पड़ जाने दिए, फिर वापस अपने विषय पर। चोरों की बात में यह बरसाती डाकू कहाँ से ? आज तो खाली चोर...हमारे बाबा ने चोरों की ऐसी बिरादरी के बारे में बताया जो अपने अभियान के दौरान स्त्रियों जैसी वेषभूषा धारण करते थे। खलील मियाँ ने अपने खुलासे से महफिल में जान फूँक दी। उन्होंने बताया कि चोरी से पूर्व चोर आपस में कोड के माध्यम से बात करते हैं...वे सियार, कुत्ता, मुर्गा आदि की आवाजें निकालते हैं। फिर खलील मियाँ ने कुछ आवाजें स्वयं निकालने की कोशिश की...पर उनके गले से छोटे-मोटे खखार के सिवा कुछ नहीं निकला। सभी हँसने लगे। पर विषय से डिगे नहीं।

अख्तर साहब ने बताया कि उनकी पैदाइश से पहले उनके वालिद साहब ने एक ऐसे चोर को धर दबोचा था जिसके पास छोटा-सा चम्मच मिला था जिसकी मदद से वह अच्छे से अच्छे ताले को खोल लेता था। बाबा ने हुंकारी भरते हुए उनका समर्थन किया और कहा कि उस समय वे करीब चौदह-पन्द्रह के रहे होंगे जब चम्मचिया चोर पकड़ाया था। अख्तर साहब ने बात आगे बढ़ाई—मुझे यकीन नहीं हुआ...लेकिन मैं खुद ही एक बार ऐसे ही चोर से टकरा गया। एक चम्मच से उसने नौ ताले खोले और सिर्फ तालों को साथ ले गया। सामान वगैरह छुआ तक नहीं। जामू भाई ने फिर एक मजे की बात बताई कुछ चोर चोरी करने के बाद बचा-खुचा खाना खाकर थाली-पतीली में पेशाब करके ही जाते हैं। एक सज्जन ने सिर्फ दिन में ही चोरी करने वाले गिरोह के बारे में बताया। और ऐसे चोर क्या चुराते हैं ? सब उनका मुँह ताकने लगे। उन्होंने कहा—सिर्फ स्त्रियों के पेटीकोट। बाबा ने बड़े भोलेपन से पूछा—क्या वे शरीर से उतार लेते हैं ?...एक जोरदार ठहाका...और फिर स्त्रियों के विभिन्न प्रकार के पेटीकोटों और लहँगों के बारे में जीवंत विचार-विनिमय का एक छोटा-सा दौर शुरू हो गया।

वार्ता का यह दौर थोड़ी देर के लिए तब टूट गया जब एक परिचित चेहरा, लम्बा

कुर्ता और लुंगी पहने, साइकिल की घंटी टिनटिनाते हुए आ खड़ा हुआ। महफिल में बैठे लोगों के चेहरे खिल गए...और उनके अंगों में हलकी-सी हरकत होने लगी।

साइकिल वाला दस-पन्द्रह दिनों में आ ही जाता था। दरअसल वह चुपके से गाँव में बड़े का गोश्त बेचता था। उसने कई बार गाँव ही में जानवर लाकर काटने की बात की थी पर बाबा ने टाल दिया था। बाहर से लाकर बेचने में महँगा अवश्य था, पर सुरक्षित था। सबने अपने-अपने आर्डर दिए, और वापस विषय पर। इस बार कल रात में देखे गए तथाकथित चोर की खैरियत ली गई।

—मुझे तो दाल में कुछ काला लगता है। एक सज्जन, जिन्हें झूठ-मूठ गुहार लगाने वालों के बारे में अच्छी जानकारी थी, ने लम्बी साँस खींचते हुए अपना मंतव्य दिया।

—आपने ठीक कहा, हर बार वे लोग ही चोर को क्यों देखते हैं...चोर हमें क्यों नहीं दिखाई देता है ? खलील मियाँ अचरज से बोले।

—अगली बार अगर गुहार लगी...मदद के लिए चिल्लाए तो भाई मैं तो नहीं जाने वाला। खलील मियाँ फिर बोले। इस बार बनावटी गुस्से से।

—ठीक बात है, पहले वे चोर पकड़ें, तभी हम जाएँगे। शकूर साईं ने सुर में सुर मिलाया।

—पर यह सब उसी तरफ क्यों होता है ? अख्तर साहब जानने के लिए जैसे मरे जा रहे थे।

—वो लोग पैसे वाले हैं, और क्या...!

—चोर समझदार होते हैं, हमारी तरफ क्यों आने लगे ?

—क्यों, क्यों ? दो-चार लोग एक साथ पूछ बैठे।

जामू भाई ने अपना गला साफ किया और धीरे से बोले—इसमें मामला कुछ और है...जो दिखता है...वह है नहीं।

—अच्छा ! हूँ ऊँ ऊँ ऊँ ऊँ... ! बताइए बताइए।

जामू भाई ने राज खोला, धीरे से, मँगरू मियाँ की बेटी रात में पिछवाड़े गई थी उसी लौंडिया ने 'उसको' देखा था।

जामू भाई के चेहरे का रंग एकदम से बदल गया जब उन्होंने चोर के लिए 'उसको' सर्वनाम का प्रयोग किया। उन्होंने यों ही 'उसको' नहीं कहा था। सुनते ही श्रोताओं की भौंहें तन गईं...वे सब जामू भाई की ओर सरकने लगे...कुछ लोगों के गोश्त के पैकेट नीचे गिर पड़े...उनके घुटनों और कुहनियों के जोड़ उत्सुकता और उत्तेजना से ढीले पड़ गए...उनमें गुदगुदी होने लगी...मचल पड़े हुसैनपुरा के बूढ़े शेर।

—हाँ जामू बोलो...कहो...कहो माजरा क्या है ? बोलो न भाई...क्यों चुप हो गए... । सब एक स्वर में फरियाद करने लगे।

लेकिन जामू भाई को जाने की जल्दी थी। आग लगाकर फूट लेने की उनकी पुरानी आदत थी। हँसते हुए खड़े हो गए। बोले बाकी का शाम को। अभी खेत जाना है।

लेकिन उनका इस तरह बिचकना श्रोताओं को पगला दे रहा था। रुको, रुको, बैठो

बैठो की गुहार के सामने वे मजबूर हो गए। फिर एँ...ऊँ...ओं...की प्रस्तावना के बाद बोलना शुरू किए—दरअसल मँगरू मियाँ की लौंडिया ही...। पूरा नहीं बोले। मुँह के डस्टबिन में इकट्‌ठा पान-सुपारी-तम्बाकू को थूकने लगे।

—हाँ क्या हुआ...कहो...बोलो जल्दी...क्या हुआ मँगरू मियाँ की लौंडिया...कहो न भाई...लगता है तुम्हें सब पता है...बोलो।

लेकिन इससे पहले कि जामू भाई खुली हुई बात का और खुलासा करते...शकूर साईं ने अपनी चिन्ता जाहिर कर दी—मँगरू मियाँ कर क्या रहे हैं...किस बात का इन्तजार कर रहे हैं...अपनी बीस साल की घोड़ी को कब तक बाँध के रखेंगे...कोई लौंडा गाँव ही में देखकर...विदा कर देना चाहिए। पिछले महीने भूत था...उससे पहले बड़का सियार...और अब यह

जामू भाई को खेत पर जाने की जल्दी थी। लेकिन आदतन वे किसी भी विषय पर अपनी सबसे अच्छी राय अन्त के लिए सुरक्षित रखते थे। उनके मित्र ने मँगरू मियाँ की समझ पर प्रश्नचिह्न लगा दिया था। किसी न किसी को तो जवाब देना ही था। जामू भाई के शरीर में कसमकस होने लगी...कुछ बेचैनी-सी हो रही थी उन्हें...इधर देखे...उधर देखे...चेहरे को संजीदा बनाए जिससे उनका चेहरा और विद्रूप हो गया...फिर खी-खी करते हुए बोले—भैया अगर मँगरू मियाँ अपनी लौंडिया ससुराल भेज देंगे तो हमलोगों के लिए रात में चोर-सियार कौन देखेगा।

एक क्षण के लिए तो सभी सन्न रहे...लेकिन दूसरे ही पल जो ठहाकेदार हँसी हुई कि लगा दीवारें फट जाएँगी।

यह सब बहुत पहले की बात है, जब किसी की बीमारी या किसी बूढ़े या बुजुर्ग की मृत्यु गाँव के लोगों को मिलने-जुलने, बैठकी करने और विचारों तथा अफवाहों का आदान-प्रदान करने का अतिरिक्त अवसर मुहैया करा देते थे। गाँव के कुछ लोग, जिसमें हमारे बाबा भी शामिल थे, तब रेडियो से सूचनाएँ ग्रहण करते थे। सत्तर के दशक की शुरुआत के साथ हिन्दी अखबार भी चौक की चाय की दूकानों पर उपलब्ध हो जाते थे। बाबा मुझसे अखबार पढ़वाते थे और बी.बी.सी. सुनते थे, बिला नागा। एक विशेष संगीत के साथ बी.बी.सी. की हिन्दी सेवा शुरू होती थी—नमस्कार, इस समय भारत में शाम के साढ़े सात बजा चाहते हैं और यहाँ लंदन की घड़ियों में दिन के ढाई। फिर घड़ी के घंटे की चिर-परिचित ध्वनि ! मुख्य समाचार...। लगता था पूरी दुनिया सिमटी खुलती चली आ रही है मेरे गाँव में। भगवान प्रकाश, ओंकारनाथ श्रीवास्तव, बाद में नीलाभ, सरला माहेश्वरी, अचला शर्मा, भारतेंदु विमल, कुर्बान अली आदि। बी.बी.सी., आकाशवाणी के पौने नौ बजे वाले समाचार तो बस स्थानीय समाचार जैसे लगते थे।

लेकिन अस्सी का दशक शुरू होने के साथ गाँवों में मनोरंजन एवं सूचना के आदान-प्रदान की पूरी अवधारणा ही बदल गई। दुनिया अपनी तमाम खूबसूरती बदसूरती नंगेपन और यथार्थ के साथ हमारी आँखों के सामने खुलने लगी—ठीक हमारे

घरों में। जहाँ हम गाँव वालों के साथ नहीं बल्कि अपने परिवार के साथ बैठने लगे। सामाजिकता की जगह पारिवारिकता लेने लगी।

शहरों की भाँति संडे सिनेमा गाँवों में भी हिट था। रविवार को हर हाल में घर की महिलाएँ और लड़कियाँ सारा कामकाज पाँच बजे तक निबटाकर टी.वी. वाले कमरे में जम जाती थीं। छोटे बड़े...यहाँ तक कि बाबा और दादी भी...अपनी-अपनी जगह पकड़ लेते थे। रविवार को तो जैसे उत्सव का माहौल रहता था। सुबह रामायण और महाभारत...दोपहर में हातिम ताई और विक्रम बेताल और शाम को पिक्चर ! जिनके यहाँ टी.वी. सेट नहीं होता था वे सपरिवार टी.वी. वालों के यहाँ डेरा डाले रहते थे। इन कार्यक्रमों के दौरान गाँवों और शहरों में एक अजीब-सा सन्नाटा छाया रहता था। खिड़कियों-रोशनदानों से छन-छन कर आते डॉयलाग और गाने...और अँधेरे कमरों में साँस थामे बैठे स्त्री-पुरुष लड़के-लड़कियाँ ! यदि कोई अनजान व्यक्ति गुजरे तो लगे भूतों की नगरी में पहुँच गया है। लाइट कटी कि लोग आह...ऊह...एह...करते हुए उठे और फिर पेशाब करने...पानी पीने भागे। लाइट वापस और टी.वी. रूम में जल्दी से पहुँचने की भगदड़। आधा पानी...आधा ही पेशाब...कि कहीं स्टोरी छूट न जाए। हुसैनपुरा के मुसलमानों से रामायण और महाभारत का शायद ही कोई भाग छूटा हो। इमरजेंसी के लिए छोटा टी.वी. सेट और बैटरी तैयार रखी जाती थी।

वैसे मैं स्वयं उस जमाने का हूँ जब हम बच्चे दोपहरियों और रातों को हुसैनपुरा के बूढ़ों के पैर दबाने के बदले में किस्सों की सौगात पाते थे। किस्से-कहानियाँ ही बाहरी दुनिया की विचित्रताओं से हमारी भेंट कराते थे। फिर आया फिल्मी कहानियों के कहने सुनने का दौर। यह गाँवों में टेलीविजन पहुँचने से पहले का समय था। दादी-नानी के राजा-रानी, बुद्धू साहूकार, चालाक चोर, भाग्यशाली राहगीर और अन्त में परास्त राक्षसों वाले किस्सों की जगह अब गाँवों-कस्बों में फिल्मों की कहानियाँ कही-सुनी जाने लगीं। किस्सागो का स्थान स्टोरी-टेलर ने ले लिया। कोई दीदी, कोई मौसी, कोई भाभी या चाची फिल्म देखकर आती थी और हूबहू उस कहानी को श्रोताओं के सामने दोहराती थीं। श्रोताओं में सभी आयु-वर्ग की महिलाएँ और किशोर लड़के हुआ करते थे। कुछ स्टोरी टेलर दीदियों बाजियों भाभियों को तो स्टोरी सुनाने में धीरे-धीरे महारत हासिल हो गई थी। सुनने वाले नजरें उनके चेहरों पर गड़ाये बैठे रहते थे और पूरी पिक्चर देख लेते थे। सुनाने में अगर कहीं कुछ भूल चूक हो गई तो तत्काल कोई किशोर-किशोरी स्टोरीलाइन या डॉयलाग याद दिला देता था। और कहानी निर्बाध चलती रहती थी।

बड़ी उम्र की महिलाओं की एक समस्या रहती थी। वे पानी पीकर नहीं बैठती थीं। कहानी ने मोड़ लेना शुरू किया नहीं कि...बेटवा, एक गिलास पानी...बिटिया जल्दी से दौड़कर एक बीड़ा पान...। कोई हिले तब न ! पर हिलना तो पड़ेगा ही। बड़ों के आगे पहाड़ तक हिल जाते हैं। लेकिन एक शर्त पर। जब तक हम भाग कर नहीं आ जाते हैं प्रेम-कहानी आगे नहीं बढ़ेगी। पर गाँवों-कस्बों की ऐसी बैठकियों में ही कुछ वास्तविक प्रेम-कहानियाँ उपजकर बढ़ती रहती थीं फिर बेमौत मर जाया करती थीं। एक गिलास

पानी लेकर आए नहीं कि उनकी बगल बैठी बड़ी चाची का भी गला सूख जाता था। उस भागा-दौड़ी में कभी-कभी कहानी के महत्त्वपूर्ण सूत्र छूट जाते थे। पर बड़े हमेशा यही सोचते कि बच्चे ऐसी छोटी बातों के प्रति गम्भीर नहीं होते। छूटे हुए सूत्रों की तलाश में उनकी आत्माएँ नहीं भटकतीं। चीजों के गुजर जाने का दंश वे नहीं झेलते।

हमारा घर प्रायः घुमंतू मौलवियों और उलेमाओं का आरामगाह भी बनता रहता था। मेरा मानना है कि मेरे बाबा-दादी बहुत अधिक धार्मिक तो नहीं थे लेकिन धार्मिक रूप से भीरु अवश्य थे—खासकर दादी। बिना खाना खिलाए, बिना बाबा से चन्दा दिलवाए दाढ़ी वालों को जाने नहीं देती थीं। ऐसे मौलानाओं के सामने हमारी पेशी अवश्य कराई जाती थी—देखिए मौलाना साहब, नमाज में मन नहीं लगाता है...अरबी पढ़ने को कहा जाता है तो कहता है पल्ले नहीं पड़ती...दिन भर खेल-कूद बस। कुछ पढ़कर फूँक दीजिए। मौलाना जल्दी-जल्दी कुछ बुदबुदाते और सर से पेट तक तीन बार फूँकते। सच कहता हूँ...कुछ दाढ़ी वालों के मुँह की बास से उल्टी आने लगती थी। उसके बाद वे तंबीह करते। धमकाते। खाने-सोने उठने-बैठने लेटने चलने-फिरने खाँसने-छींकने, पेशाब करने आदि के धर्म-सम्मत तरीके बताते। और डराते कि अगली बार आने पर पूछेंगे। हम मन ही मन उन्हें भला-बुरा कहते और अल्ला मियाँ से मनाते कि या अल्लाह इन्हें दुबारा इस घर आने से पहले अपने पास बुला लेना।

भाइयो, पढ़े-लिखे मुसलमान भी जब अपने घरों में होते हैं तो आदतन मजहबी दाँव-पेंच में जूझे रहते हैं घंटों इस्लामिक पहेलियाँ बुझाई और सुलझाई जाती हैं। ऐसी बैठकें कॉफी हाउस या कलकतिया अड्डों की बैठकों से कहीं दिलचस्प और दिशाहीन होती हैं। ऐसे बैठकबाज नशेड़ियों से कम नहीं होते हैं। ज्यादातर मुसलमान मजहबी और शरई बहस-मुबाहसों को नशे के रूप में ही लेते हैं। दो-चार लोग किसी आलिम-मौलवी के साथ बैठे नहीं कि धुत हुए। नमाज से पहले वुजू के समय नाक की हड्डी तक पानी ले जाना जायज है या नहीं ? कुहनी अगर भीगने से रह गई तो नमाज पूरी होगी या नहीं ? पहले दाहिना पैर धोएँ या बायाँ ? हवाई जहाज में इबादत कैसे हो ? औरत दर्द से तड़प रही हो और उसका सगा भाई, सगा वालिद, सगा शौहर घर पर नहीं है तो क्या वह सगे देवर के साथ डाक्टर के पास जा सकती है ? जी हाँ, अगर चेहरा अच्छी तरह ढँका है। और मर्द डाक्टर ? आप किस गाँव में रहते हैं जी, वहाँ लेडी डाक्टर नहीं है क्या ? शौहर लापता है, बीवी ने वर्षों इन्तजार करने के बाद किसी और से निकाह कर लिया और इस बीच उसका पुराना खाबिन्द आ गया तो उसका असली शौहर कौन ? उसके दो-दो शौहर, और क्या ! और होने वाला बच्चा किसका हुआ ? अल्ला मियाँ का...नहीं नहीं अपनी अम्मी का। तो औरत को कितनी आजादी है, कितनी बराबर है वह ? मौलवी साहब कहते हैं कि बुर्के और तीन-तलाक को एक तरफ रख दें तो मुसलमान औरत से ज्यादा न कोई आजाद है, न किसी को उतने अधिकार प्राप्त हैं। कितने ?

एक बार राशिदा परफ्यूम लगाए हुए थी और मौलाना उस पर फूँक मार रहे थे कि उनकी नाक में परफ्यूम की तेज महक घुस गई। नाक सिकोड़ते हुए बोले—क्या लगा रखा है, तुमने लड़की ? राशिदा ने बता दिया तो कहने लगे लाहौल विला कूवत, इसमें अलकोहल होता है...इत्र लगाया करो...जहाँ तक परफ्यूम लगा है शरीर का उतना गोश्त अल्लामियाँ कटवा लेंगे। फिर बोले होली के रंग से भी बचो...नहीं तो अल्ला के यहाँ उबलती कड़ाही में डाल दी जाओगी। आँख के अलावा शरीर का कोई हिस्सा बेपर्दा रहा तो चील-कौवों से नुचवाई जाओगी। फिर उन्होंने अपनी प्राचीनकालीन जेब से एक छोटी-सी गन्दी-सी आधी खाली इत्र की शीशी निकालकर राशिदा को दी। इत्र इस्तेमाल करने का सही इस्लामी तरीका बताने के बाद बोले—अम्मी से दस रुपए लेती आओ। मौलाना साहब दस रुपए लेकर चलते बने। राशिदा बीमार जो पड़ी तो चार दिन तक पड़ी ही रही। रोज सुबह बताती सपने में कोई दाढ़ी-मूछों वाला शैतान आकर डराता है। दादी ने कहा आने दो मौलवी को, उसकी दाढ़ी नोच लूँगी। इत्र की शीशी को उन्होंने घूरे में फेंक दिया।

एक राज की बात बताऊँ। हम और राशिदा बहुत दिनों तक सोचते थे कि मौलवी लोग अपनी दाढ़ियों के साथ ही जन्म लेते हैं। ये भी कभी चड्डी-जाँघिया पहनकर घूमे-दौड़े होंगे हमारी कल्पना में आता ही नहीं था। और भाइयो, कुछ बड़े सबर-शुकर वाले मौलवियों को भी देखा है। पूरी जिन्दगी मैले-कुचैले कपड़ों में लेहड़ा भर बच्चों को पालते-पोसते गुजार दिया। न कभी एक नमाज छूटी न एक रोजा। पूरा कुरान शरीफ मुँह पर ऐसे धरा कि जहाँ से पूछिए वहीं से शुरू। पर जब तक रहे पैसे-पैसे को तरसे। राशिदा कभी-कभी छेड़ती—मौलवी साहब, अल्ला मियाँ से पैसे क्यों नहीं माँगते ? बिटिया, अल्लाह उन्हीं को देता है जिसको देना चाहता है। पता नहीं किसकी कौन-सी अदा पसन्द आ जाए रब्बुल आलमीन को। मौका देखकर ही मुँह खोलते। और दो-चार आने में ही खुश। न बच्चों को अच्छा खिला पाए न पढ़ा-लिखा सके। पर ईमान में रत्ती भर भी फर्क नहीं। वही देगा जो सबको देता है...यहाँ नहीं तो वहाँ। एक पूरी पीढ़ी को अपने जैसा छोड़ अल्लाह को प्यारे हो गए। कफन-दफन का इन्तजाम नीचे वालों ने मिल-जुलकर कर दिया। बाकी ऊपर वाला जाने।

9

मोहब्बत अली की कारस्तानी

भाइयो, आप सोच रहे होंगे धरम-करम में कहाँ फँसा लिया आपको। तो अब यह उप-कथा लगभग खतम पर है। पर जब धर्म-कर्म की बात चल रही है तो मोहब्बत अली की अधूरी दास्तान को पूरी करते चलें। इंशा अल्लाह इस बहाने मेरी मुश्किल भरी रात कट जाएगी...और फिर सुबह छः दिसम्बर को जो होगा देखा जाएगा। वही मोहब्बत अली, जो मस्जिद में नन्जू इमाम से उलझ गए थे और जिन्हें रहीमुद्दीन ने सबक सिखाया था।

मेरे मस्तिष्क में मोहब्बत अली की एक विशेष छवि है। वह छवि उनसे जुड़ी कुछ सुनी-सुनाई घटनाओं के कारण निर्मित हुई है। उनके प्रिय मित्र नज्जू इमाम को जब भी नमाज से फुर्सत मिलती गड़े मुर्दे उखाड़ने में लग जाते। एक बार उन्होंने मोहब्बत अली की एक ऐसी आदत का बयान किया जिसने मोहब्बत अली को गाँव में एक छोटे-मोटे आतंक का पर्याय बना दिया था। बात तब की है जब मोहब्बत अली पन्द्रह-सोलह साल के किशोर थे।

गाँवों में हरितक्रांति के पहुँचने के साथ ही जंगल-झाड़ी पर जो आफत आई तो प्रकृति की गोद में बैठकर शौच क्रिया करने का आनन्द भी जाता रहा। शौच योग्य स्थान कम हो गए, और भीड़ थी कि बढ़ती ही जाती थी। नौबत यह हो गई कि दो व्यक्ति जो शायद बाजार में अचानक टकरा जाने पर उम्र या स्टेटस में अन्तर के कारण आपस में बात तक न करें। वे पेड़ों के झुरमुट या झाड़ियों के पीछे एक हाथ की दूरी पर बैठे फारिग होते रहते। मोहब्बत अली अपनी किशोरावस्था में ऐसे ही शिकार की तलाश में रहते। सुबह लोटा लेकर खेतों की ओर निकलते और खेत-खलिहान झाड़-झंखाड़ पेड़-पौधों को खँगालते चौकन्ने कदमों से आगे बढ़ते। कई जान-पहचान वाले बैठे मिलते लेकिन मोहब्बत अली ऐसों को ही पकड़ते जिन्हें वे कुछ दूर से जानते-पहचानते और जिनकी कुछ उम्र हो। फिर वे सीधे उस झाड़ी या पत्तेदार पौधे के करीब पहुँचते और पीछे बैठे हुए अधेड़ या बुजुर्ग पर नजरें जमा देते। शौच करता व्यक्ति सिकुड़ने लगता, लेकिन नजर से नजर मिलाए रखता कि जगह भरी हुई देखकर लौंडा बढ़ जाएगा।

पर ऐसे लोगों की दशा वाकई बड़ी विचित्र हो जाती है। एक घुसपैठिया घुसपैठ करने को सामने खड़ा हो तो पाखाना होने से रहा। बेचारा और सिकुड़ने लगता, आँखें

बन्द कर लेता है, सर नीचे...और फिर गर्दन को जमीन में धँसा देता है। इस पर भी सामने वाला न बाज आता तो वह गले से एक विशेष ध्वनि प्रसारित करता ताकि घुसपैठिया खिसक ले।

लेकिन मोहब्बत अली शैतान की औलाद थे। शिकार की साँसत करते धरतीपकड़ की तरह खड़े ही रहते थे। कुछ देर बाद वे झाड़ी से दो कदम आगे बढ़ जाते थे और घूमकर झाड़ी के पीछे चहलकदमी करने लगते थे कि जैसे अपने लिए बैठने की जगह देख रहे हों। मोहब्बत अली अब शिकार के ठीक पीछे खड़े हो उसे अपनी पूरी ज़द में ले लेते थे। बैठे हुए व्यक्ति की दशा के बारे में जरा गौर करिए। वह तो शर्म के मारे सिकुड़कर खरगोश हो जाता था। एक बार लय टूटी कि जिस काम से इतनी दूर आए थे वह तो अब होने से रहा।

मोहब्बत अली और नजदीक...और नजदीक आ जाते थे...करीब एक मीटर के फासले तक...और आवाज बदलकर कहते थे—अस्सलामलेकुम जनाब...और बैठे व्यक्ति की शारीरिक प्रतिक्रिया देखने के लिए खड़े रहते थे। इसमें उन्हें एक आदिम आनन्द की अनुभूति होती थी। पहला सलाम वे कुछ अस्पष्ट से स्वर में करते थे...और बेचारा शिकार समझा न समझा बस आगे की ओर एकदम गोता लगा जाता था। कोई बचा ले इस हरामी लड़के से !

मोहब्बत अली दुबारा सलाम ठोंकते थे—इस बार साफ-साफ और जोर से...जिसे अंग्रेजी में कहते हैं लाउड एंड क्लियर। इससे पहले कि बैठा व्यक्ति गुस्से से मुड़े मोहब्बत अली खदबद-खदबद दूसरी दिशा में दौड़ जाते थे।

मोहब्बत अली की यह आदत तब छूटी जब वे एक खुशनुमा सुबह शिकार की तलाश में थे और अपने ही चचा को नज्जू इमाम का चचा समझकर सलाम कर बैठे। जैसे ही उन्होंने कहा...सलामअलैकुम जनाब, उनके चचा ने कहा वालेकुम अस्सलाम जनाब और झपट कर उन्हें धर दबोचा। बूढ़े बैल की तरह धुलाई करते हुए उन्हें घर लाए और अँधेरे कमरे में बन्द कर दिया। इसके बाद मोहब्बत अली ने भूलकर भी किसी को सलाम नहीं किया।

दूसरी घटना एक अफवाह की शक्ल में है लेकिन हमारे सामने की है। उस समय हम बच्चे थे और सुनते थे कि पैसों के चक्कर में मोहब्बत अली ने अपनी नसबन्दी करवा ली है जबकि उनकी शादी भी नहीं हुई थी। हर आदमी दबी जबान में बात करता कि मोहब्बत अली ने तो अपनी नस कटवा ली है और अब किसी काम के नहीं रहे। हो सकता है यह उनके मित्र नज्जू इमाम के दिमाग का फितूर रहा हो। लेकिन परिवार नियोजन के नारों के बीच नसबन्दी का चलन बस शुरू ही हुआ था और नसबन्दी करा लेने वाले पुरुष को लोग इस तरह देखते थे जैसे आज एड्स के मरीज को देखते हैं। मुझे याद है कि उन्हें देखकर मुझे हँसी और दया एक साथ आती थी। खैर यह अफवाह अन्ततः गलत साबित हुई जब कई वर्षों बाद मोहब्बत अली की शादी हुई और उनकी पत्नी ने एक सुन्दर-सी बच्ची को जन्म दिया।

बच्ची के होने पर मोहब्बत अली नसबन्दी के लाँछन से तो मुक्त हो गए पर उनके जीवन को एक तूफान ने जड़ से हिलाकर रख दिया।

खुराफाती तो थे ही पत्नी को आदर्श पत्नी बनाने पर तुल गए। बात हद से आगे निकल गई और मोहब्बत अली ने अपनी दो साल की बीवी रहीमा को तलाक दे दिया। मुहल्ले के लोगों ने पहले इसे अफवाह समझा पर जब रहीमा पड़ोस में ही अपने दूर के रिश्तेदार के यहाँ रहने चली गई तो लोगों का शको-सुबहा यकीन में बदल गया। शुरू में तो मोहब्बत अली ने अपने किए का ज्यादा असर न लिया पर जल्दी ही उनकी हालत पतली होने लगी। रहीमा बेटी छोड़ गई थी। बित्ते भर की मुन्नी की देखभाल करना मोहब्बत अली के बस की बात न थी। पर इससे भी बड़ी समस्या थी चौके की। दो जून खाने की जुगत तो होनी ही चाहिए। और इससे भी बड़ा पहाड़ था लोगों के कुरेदने वाले सवालों का जवाब जुटाना। इतनी सुन्दर, सुगढ़ बीवी को क्यों छोड़ दिया मोहब्बत भाई ?

लोग पूछते और मोहब्बत अली बगलें झाँकने लगते। मुन्नी का गाल थपथपाने लगते या उससे तोतली भाषा में टूँ-टाँ करने लगते। सामने वाला फिर भी अपना सवाल न भूलता तो भड़क जाते—गुस्सा हराम होता है भाई। बस समझ लो कि हरामीपन कर गए। फजीहत बदा हो, सो हो रही है...बौरा गए थे जो बीवी से पंगा कर बैठे...।

लोग चुप हो जाते। मोहब्बत अली से अधिक बहस करना सुरक्षित नहीं था। हाँ, कभी कोई खाना पहुँचा देता तो कभी कहीं से चाय आ जाती या फिर मुन्नी के लिए गरम दूध। पर उनसे सही में हमदर्दी करने वाले लोग पूरे हुसैनपुरा में न के बराबर थे। यह नहीं कि उनके तलाक देने की वजह से ऐसा था। यह एक कारण जरूर था। बहुत से लोगों का मानना था कि तलाक खुदा के नजदीक सबसे गन्दा लफ्ज है। खुदा तलाक देने वाले को खुद तलाक दे देते हैं। मोहब्बत अली ने खुदा को नाराज किया था और इस कारण वह सच्चो हमदर्दी के पात्र नहीं रहे। हाँ, झूठी हमदर्दी दिखाने से किसी को कोई रोक नहीं सकता। इसके लिए सभी स्वतन्त्र हैं।

पर कुछ ही दिनों में मोहब्बत अली इसके लिए भी तरसने लगे। समझदार लोग पहले ही उनसे दूर रहते थे, अब इक्के-दुक्के मित्रों ने भी कन्नी काट ली। दुर्दिन में सखाभाव दिखाने का मतलब था कभी-कभार उन्हें रोटी के साथ गोश्त का सालन भेजना और बेटी के लिए दूध।

बहुत से लोगों का मानना था कि मोहब्बत अली दरअसल हमदर्दी के पात्र ही नहीं थे। बचपन से ही खेल खराब करने की उनकी आदत रही थी। खेल चाहे अपना हो या दूसरों का। बोलते जरूर कम थे पर जीभ न तो मीठी थी न ही छोटी। कब किसे क्या बोलना है मोहब्बत अली चिन्ता नहीं करते थे। बस बोल देते थे और करवाते थे अपनी छीछालेदर। गुरबत में पले-बढ़े थे पर नरमी छू नहीं गई थी। ऐंठन इतनी थी कि बार-बार टूटना पड़ता था। दूसरों की कमियाँ निकालना, मन ही-मन उनसे कुढ़ना, शक करना, दूसरों के दुख में धीमे-धीमे आनन्दित होना उनकी फितरत में था। अल्लाह की

एक रहमत और थी उन पर—हलकाते थे। कभी किसी शब्द पर अटक गए तो फँसे रिकार्ड की तरह घिसटते रहते थे।

पर एक बात थी—मोहब्बत अली बड़े स्वाभिमानी इंसान थे। जीवन में कभी भी मुँह खोलकर किसी से कुछ माँगा नहीं। माँगने में अपनी तौहीन समझते थे, चाहे उनकी जान जा रही हो। साथ ही, खुद-ब-खुद देने वाले का शुक्रिया और एहसान भी नहीं मानते थे। कोई कितना भी तीसमारखाँ हो, सलाम पहले कभी न करते। चचा ने पीट-पीटकर सुधार जो दिया था। और सलाम का जवाब गजब की कंजूसी से देते थे। सलाम करने वाले को अच्छी तरह घूरते, उसकी सूरत को पढ़ते और जब मुतमइन हो जाते कि सलाम करने वाले की नीयत साफ है, वह उनकी हकलाहट को टेस्ट करने के लिए सलाम नहीं कर रहा है, तो जवाब में आहिस्ता से हुंकारी भर देते और बढ़ जाते।

कम-उम्र लोग अमूमन मसखरी करने के लिए ही उनको सलाम करते—बस रिकॉर्ड फँसाने के लिए। कुछ शैतान ऐसे थे जो दिन में मोहब्बत अली जितनी बार टकराते उतनी बार सलाम बजाते। सबकी एक ही हसरत रहती—मोहब्बत अली जवाब देने के लिए मुँह खोलें और रिकॉर्ड फँस जाए। पर एक काबिले गौर बात भी थी। अगर लय पकड़ लिए तो फिर रुकते भी न थे। पूरा पूरा वाक्य साफ-सुथरा बोल जाते थे, जैसे कल मस्जिद में।

मोहब्बत अली मँझोले कद के आदमी थे—पर थे कसरती बदन के। अगर कोई मसखरा हाथ लग जाता तो कान का भुरता बना देते। एक हाथ से गर्दन पकड़कर झुका देते और दूसरे हाथ के निचले हिस्से की रगड़ाई शुरू कर देते। इतना रगड़ते इतना उमेठते कि लोग पहले आह...ऊह...ईह...करते फिर बिलखने लगते। माफी-तलाफी करते, पैर पकड़ते, थूकते-चाटते, तब जाकर कान बचता। बच्चों और नौजवानों की सर्किल में वे 'काना' के नाम से कुख्यात थे, जबकि माशाअल्ला वे अपनी दोनों आँखों से अच्छा देखते थे।

उनका कोई दोस्त न था। इसकी कभी उन्हें आवश्यकता ही नहीं पड़ी। मोहब्बत अली बदनसीब इंसान थे। बिना दोस्तों के पैंतीस साल तक जी गए थे। अपनी हीनभावना को अपना हथियार और कवच बनाकर जीते जा रहे थे। न किसी से मिलते थे न खुलते थे। न अपनी ओर से कभी किसी पर कोई बोझ डालते थे न दूसरों को उनसे कोई नफा-नुकसान था।

इधर एक नई बात हुई थी। मोहब्बत अली नमाजी हो चले थे। हफ्ते में एक दिन जुमे की नमाज से आगे बढ़कर पाँचों वक़्त की नमाज कसरत से पढ़ने लगे थे। नई-नई दाढ़ी की फसल से चेहरा नूरानी हो चला था और टोपी बगैर सिर हो तो गुनाह समझते थे। कोई अकेले मिल जाता तो अपनी हकलाहट की परवाह किए बिना शर्मिंदा करने पर आमादा हो जाते। अटकते-पटकते नमाज पढ़ने के लिए हिम्मत बँधाने लगते। कहते, भई शुरू कर दो। एक-दो वक़्त की पढ़ोगे तो खुदा हिम्मत दे देगा। खुद-ब-खुद लाइन पर आ जाओगे। हमेशा एक नजर घड़ी पर रखते कि नमाज में कहीं देर न हो जाए।

नमाज में मिलने वाले सुकून और शान्ति के बारे में अनगिनत कहानियाँ कहते। दोजख की आग के इतने डरावने किस्से सुनाते कि दहशत होने लगती। लगता खुदा की सबसे बड़ी सिफत है खौफ़ ! और अल्ला मियाँ सबसे बड़ा आतंकी है। एक वक़्त की भी नमाज छूटी तो...।

सुनने वाले की रात को नींद खराब हो जाती। मस्जिद के लिए निकलते तो रास्ते में हर किसी से पूछते चलते—भाई, अजान हो गई कि नहीं। आपने पढ़ी या नहीं। आइए-आइए चलिए। कोई खास धूप नहीं है...मस्जिद भी तो दो कदम पे है...चलिए। लीजिए हमारा अंगोछा सिर पे रख लीजिए।

कमजोर ईमान वाले लोग उन्हें देखकर रास्ता बदल लेते...चारपाई के नीचे छुप जाते...चुल्लू भर पानी तलाशने लगते...। पुराने और पक्के नमाजी उन्हें नया नमाजी कहकर मजाक उड़ाते। पर मोहब्बत अली बिना परवाह किए अपने रास्ते पर चलते रहे।

चलते-चलते शादी की उम्र से कहीं आगे निकल चुके थे कि रहीमा ने उनकी जिन्दगी में कदम रखा। रहीमा जैसी सुन्दर खातून से उनकी शादी तय हो जाने को मुहल्ले वालों ने उनकी नमाज से जोड़ा। और जोड़ते भी क्यों न। रहीमा के माँ-बाप ने बेटी की शादी मोहब्बत अली जैसे व्यक्ति से सिर्फ इसलिए तय कर दी थी कि लड़का अल्लाह वाला है, परहेजगार है, सीधे रास्ते पे है। मोहब्बत अली की इबादत परवान चढ़ने लगी। उस पर तुर्रा ये कि पूरे मुहल्ले को सजदे में झुका देखना चाहते थे।

रहीमा एक मौलवी की बेटी थी पर नमाज-रोजे में फिसड्डी। उस मामले में मोहब्बत अली से उसका कोई मुकाबला न था। मोहब्बत अली और रहीमा के बीच तकरार की यही पहली और आखिरी वजह बनी। मोहब्बत अली नमाज के लिए टोकते पर रहीमा टाल जाती। कभी एकाध वक़्त की नमाज पढ़ लेती, कभी वह भी नहीं। मौलवी की बेटी थी, तो दोजख की आग से डरती न थी। मोहब्बत अली ज्यादा जोर लगाते तो बिदक जाती—इतने पाबन्द तो अब्बा भी नहीं थे जी, चुपो।

मुन्नी के जन्म के बाद तो रहीमा नमाज के लिए बिलकुल भी वक़्त न निकाल पाती। पर मोहब्बत अली हिम्मत न हारते। तड़के पाँच बजे की नमाज के लिए तीन ही बजे से उठकर खड़ाँग-भड़ाँग शुरू कर देते कि किसी तरह रहीमा की नींद टूटे और इबादत करे। टकराव और झगड़े बढ़ने लगे। झुँझलाहट में रहीमा ने एक दिन मोहब्बत अली की ऐसी की तैसी कर दी। मर्दानगी ने उबाल खाया। मोहब्बत अली ने आव देखा न ताव, एक झन्नाटेदार हाथ रसीद कर दिया। रहीमा ने मौखिक हिंसा का सहारा लिया। गालियों की झड़ी लगा दी। कसरती शरीर ने बीवी पर जोर आजमाइश शुरू कर दी—एक हाथ से कन्धे को झुकाकर दूसरे हाथ से कान की खैरियत लेने लगे। बिना अटके रहीमा के माँ-बाप, भाई-बहन की तारीफ करते जाते, कान लाल करते जाते। रहीमा तिलमिला रही थी, दर्द से ऐंठ रही थी। उसकी बोलती बन्द हो गई थी, पर छूटने भर का इन्तजार कर रही थी।

मोहब्बत अली के बाहुपाश से मुक्त होते ही वह जैसे गुस्से से पागल हो गई। कान

सहलाते हुए घायल शेरनी की तरह गुराई—कुत्ते, औरत पर जुल्म करता है ! पीड़ा देने का कितना गन्दा तरीका है तेरा ! कहाँ से सीखा है तूने यह घिनौना खेल...! अपनी बीवी से इस तरह पेश आते हैं कहीं...नामर्द...पाजी !

मोहब्बत अली ने मना किया—मत बोल ये गाली, मत बोल रहीमा, नहीं तो तेरी खैर नहीं...कहे देता हूँ...जबान को लगाम दे...नहीं तो...नहीं तो दूसरा कान...।

मोहब्बत अली अपना वाक्य पूरा भी न कर पाए थे कि रहीमा ने भन्नाते हुए पलटवार किया—अरे हकले, आज मुझे और मेरे घरवालों को गाली बकते हुए एक बार भी नहीं अटका। मेरे माँ-बाप अन्धे थे जो तेरे पल्ले बाँध दिया मुझको। जानता है कितनी शर्म आती है मुझे जब तू मेरे सामने किसी से बात करते हुए हकलाता है... मैं तुझे आज ही छोड़कर जाती हूँ...सँभाल अपनी बेटी को हकले...।

मोहब्बत अली सकते में आ गए। सोच-समझकर बोले गए रहीमा के तीखे शब्द मोहब्बत अली के सीने में कटार की माफिक उतरते चले गए। उनके चेहरे की रंगत फीकी पड़ गई...वे भावशून्य हो गए...फूले गुब्बारे में जैसे सुई चुभ गई। मोहब्बत अली निरुत्तर हो अपलक नीचे देखते खड़े रहे।

नादान औरत समझ नहीं सकी उस सन्नाटे का अर्थ...उसे देखना चाहिए था...कुछ करना चाहिए था। बेवकपूफ औरत को खाबिन्द की ताकत का अंदाजा न था। चूक गई रहीमा।

हकले !...मोहब्बत अली ने जब से होश सँभाला था, सुनते ही आए थे यह शब्द। हुसैनपुरा के छोटे-बड़े गाहे-बगाहे उन्हें अपमानित करने के लिए, चिढ़ाने के लिए, उनकी नकल उतारते, उन पर हँसते। पर मोहब्बत अली ने कभी भी पलटी नहीं खाई थी। ईंट का जवाब कई-कई पत्थरों से एक साथ देते। चिढ़ाने वाले को रुला-रुला देते। ऐसी सुध लेते कि दुबारा हिम्मत न करता। पर आज...आज वह हार गए थे। दुनिया को दिन में ही तारे दिखाने वाले मोहब्बत अली अपनी ही बीवी की ओर से गफलत में रह गए थे...कभी सपने में भी नहीं सोचा था कि रहीमा...उनकी बीवी...इस तरह अपमानित करेगी।

तीर ने अपना काम कर दिया था। रहीमा ने एक ऐसे सच का तमाचा मारा था कि मोहब्बत अली सचमुच अपने आपको हकला महसूस करने लगे। उन्हें लगा अब कभी बोल नहीं पाएँगे...पूरे गूँगे हो जाएँगे...।

वे देर तक फर्श पर नजरें गड़ाये खड़े रहे। फिर एक लम्बी साँस छोड़ते हुए नमाज की चटाई लेने दूसरे कमरे की जानिब बढ़ गए। रहीमा विजयी सिंहनी की भाँति मन्द-मन्द हुँकारते हुए मुन्नी के पास लेट रही।

मोहब्बत अली ने जल्दी-जल्दी नमाज पूरी की और बिना दोवा के लिए हाथ उठाए चटाई लपेटने लगे। इसके बाद वह सीधे रहीमा के नजदीक पहुँचे और जब तक वह कुछ समझती, सँभलती, मोहब्बत अली ने झटके से उसे बिस्तर से नीचे खींच लिया। कुछ देर रहीमा के चेहरे को गौर से पढ़ते रहे...घूरते रहे...फिर शब्दों को तौलते हुए

बोले—तुमने अच्छा नहीं किया रहीमा ! सब कुछ कह लेतीं पर...और मैं नहीं मान सकता कि तुमने गुस्से में कहा। गुस्से में तुमने कुत्ता कहा था...पाजी कहा था...नामर्द कहा था...पर बाद में जो कहा वह होशो-हवास में...सोच-समझकर चोट पहुँचाने के लिए कहा। मैं तुम्हें माफ नहीं कर सकता। मैं तुमसे अलग होना चाहता हूँ...तुम्हें आजाद करना चाहता हूँ।

जैसे उन्हें जुनून सवार हो गया। वह चिल्लाए—ओ जफर अली की बेटी ! मैं तुझे अपनी सरपरस्ती से अलग करता हूँ...ओ अमीर अली की बहन ! मैं तुझे तेरे किए और कहे की सजा देता हूँ...ओ मेरी बीवी और मेरी बच्ची की माँ ! मैं तुझे तलाक...।

मुहल्ले में मोहब्बत अली की छवि ऐसी थी कि कोई भी उनके मामले में दखल नहीं देना चाहता था। कब किसको तौल दें, कब किसे अपने दरवाजे से दुरदुरा दें, कब किसी का कान...।

लोगों का उनके घर की ओर आना-जाना कम हो गया। एक मनहूसियत-सी पसर गई मोहब्बत अली की गृहस्थी में। हमेशा कटे-कटे से रहे थे और अब एकदम कट गए। कोई नहीं जानता था कि चाय के इतने शौकीन मोहब्बत अली रोज चाय कहाँ से पाते हैं, उनकी रोटी कौन बनाता है, बच्ची दूध कैसे पीती है।

सच देखा जाए तो परेशानी की बात यही थी। लोग सोचते, आखिर दूध पीती बच्ची का क्या होगा। फिर रहीमा कितनी अच्छी थी, कभी किसी का दिल नहीं दुखाया था उसने। उसके साथ घोर अन्याय हुआ, नाइंसाफी हुई। बड़े बुजुर्ग कुछ करना चाहते थे, पर कैसे और क्या करें, समझ नहीं पा रहे थे।

धीरे-धीरे लोग उनके एकाकीपन का जाल काटने लगे। उनसे मिलने वालों की संख्या बढ़ने लगी। इनमें ज्यादातर मसखरे होते जो सिर्फ मसखरापन करने के लिए उनका दुख-दर्द पूछते। एक नौजवान ने चुटकी ली—मोहब्बत भाई, सुना है आपने चूहामार दवा की दस पुड़िया एक साथ खरीदी है। देखिए, ऐसा-वैसा कदम न उठाइएगा। मोहब्बत अली चुप्पी साधे रहते-रूआँसा-सा चेहरा बनाए हुए।

किसी और ने धृष्टता की—मोहब्बत भाई, अल्लाह आपकी मदद करे, पर आपकी यह दुर्दशा आपकी जल्दबाजी की वजह से हुई है। गन्दगी मुँह से निकालते समय एक बार भी हकला जाते तो आज यह दिन न देखना पड़ता। जो साले आपके अगल-बगल नहीं फटकते थे, आपके यहाँ डेरा जमा लिए हैं...आपसे ठिठोली करने की हिम्मत हो गई है इनकी निठल्लों को कोई काम तो है नहीं, बस आपकी झूठी मुँहजोई किए बैठे रहते हैं।

मोहब्बत अली टुकुर-टुकुर मुँह ताकते बैठे रहते।

सच तो यह था कि मोहब्बत अली को भीड़ भाने लगी थी। उनका मन बहलता था—लोगों के पास रहने से सपोर्ट मिलता था। उन्हें लगता था यही लोग कुछ हल निकालेंगे।

इसी बीच किसी ने पते की खबर दी—रहीमा भी इंटरेस्टेड है।

हल निकालने के लिए बुजुर्गों ने एक बैठक की। पहले तो मोहब्बत अली की खबर ली गई। उनके गैरजिम्मेदाराना और कायरतापूर्ण काम के लिए सब ने एक-एक कर उनकी भद्द पीटी, थू-थू की। सबसे हैरानी की बात यह थी एक नमाजी ने ऐसी हरकत क्योंकर की...। मोहब्बत अली कोने में बैठे सुबक रहे थे—जीवन में पहली बार।

अपनी तलाकशुदा बीवी से पुनर्विवाह करने के मामले में शरीयत के कानून बड़े ही सख्त और पेचीदा हैं। बदसलूकी और नासमझी कर पछताने वाले खाबिन्दों की तो खैर नहीं। तरीका ये कहता है कि एक निश्चित अवधि के बाद उस बीवी का किसी दूसरे के साथ निकाह हो, दोनों कुछ दिन मियाँ-बीवी की तरह रहें, ऐश करें, फिर नया शौहर उसे तलाक दे, फिर इद्दत की बिद्दत...और तब कहीं जाकर पुराना बेवकूफ शौहर अपनी पुरानी बीवी से शादी कर सकता है।

शर्तें जो भी हों, मोहब्बत अली उल्टे सिर तैयार थे। चूँकि इस्लाम में चार शादियों तक की छूट है, कई बाजुओं में फड़कन शुरू हो गई। सिर्फ मजे के लिए कई लोगों ने अपनी उम्मीदवारी की घोषणा कर दी। कुछ दूसरे लोगों ने बस हमदर्दी में मोहब्बत अली की मदद करने की पेशकश की। पर मोहब्बत अली भावना में बहने वाले व्यक्ति नहीं थे। वह पूरी जाँच-पड़ताल करने के बाद ठोक-बजाकर ही हामी भरने वाले थे। माना कि रहीमा भी फिर से उनके साथ जिन्दगी बिताने के लिए बेताब थी, पर फार्मलिटी तो करनी ही थी। लेकिन प्रश्न यह था कि रहीमा को हर किसी के खूँटे में तो बाँधा नहीं जा सकता था। कहीं...।

उनके जेहन में कई सवाल उठने लगे। बेचैनी बढ़ने लगी। मन की बात उन्होंने अपने बालमित्र नज्जू इमाम से कही—कोई ऐसा तैयार करो, गरीब-गुरबा, पगला, चाहे कुछ खर्च ही करना पड़े, जो रहीमा से निकाह तो करे पर बस सिर्फ निकाह। मियाँ-बीवी की तरह रहना कोई जरूरी तो नहीं...नज्जू भाई...जानते हो न...।

बड़ी मशक्कतों के बाद मोहब्बत अली और नज्जू इमाम दूल्हों की फेहरिस्त छोटी करते-करते दो तक ले आए। पहले थे सगीर मियाँ, जो गरीब थे, अहमक थे और पुराने कुँआरे। अपनी जनानी का ख्वाब देखते-देखते बाल पकने को आए थे। दूसरे थे अब्दुल मजीद उर्फ मुंशी जी। मुंशी जी दो मरहूम बीवियों के बाद तीसरी के साथ साँसत में दिन काट रहे थे। उम्र भी हो गई थी। जनानियों से अच्छा साबका रहा था उनका। यों तो सगीर मियाँ मुफ्त में तैयार थे पर उनको लेकर मोहब्बत अली को कुछ उलझनें थीं। सगीर मियाँ कुछ भी थे, थे तो कुँआरे ही। और फिर औरतों का क्या भरोसा ? रहीमा को कहीं सगीर मियाँ का कुँआरापन भा गया तो ! आने के बाद उनकी कलाबाजियों के गुन गाती रहेगी। मुंशी जी ठीक हैं। मुंशी के साथ कहीं कोई खटके वाली बात नहीं थी।

मोहब्बत अली की जिन्दगी का लेखा-जोखा भी कुछ अजीब रहा था। जब भी सूरज निकलता दिखाई पड़ता, बदली छा जाती। होश सँभाले तो वाल्दैन का साया सिर से

उठ गया। पढ़ने के लिए मदरसे गए तो मौलवी ने पीट-पीट कर स्कूल के गेट से ही नफरत पैदा कर दी। दुकान चलायी, चलने भी लगी, लेकिन कब तक। उनकी जैसी दस दुकानें खुल गईं। नमाजी बने थे कि शादी हो गई—फिर तलाक। झट शादी, पट तलाक। और अब बेशर्मी के साथ अपनी जिन्दगी को चाभी मुंशी जी को सौंपने की तैयारी कर रहे थे।

मुंशी मजीद उसी गाँव में रहते थे—लाइमलाइट से दूर एकदम अलग-थलग। अंग्रेजों के जमाने के मुंशी थे। अंग्रेजी और गणित में महारत हासिल थी। हिन्दी टू इंगलिश ट्रांसलेशन और कटबैठी हिसाब में नए पढ़ाकुओं के छक्के छुड़ा देते थे। बेटे सब नालायक और नमकहराम निकल गए थे। बेटियों की शादी गरीब होने से पहले ही कर चुके थे। इनकम का कोई खास जरिया नहीं था। घर बैठे-बैठे मुंशीगीरी करते थे और शाम तक दो रोटी का इन्तजाम हो जाता था। रोटी गरम खाते थे। नहीं तो बीवी की शामत। पहली बीवी इसी में गई थी। ठंडी रोटी का बहाना बनाकर इतनी निर्दयता से पिटाई किए कि बेचारी अल्लाह को प्यारी हो गई। अगले ही महीने छोटी साली को ब्याह लाए। वह कैसे मरी किसी को नहीं मालूम। उसके जाने के बाद पड़ोस में बसने वाली एक बेवा खातून को—जो पहले से ही आँखों में खटक रही थी—घर ले आए। तीसरी बीवी मुंशी जी की गरीबी की तरह वफादार और लम्बी उमर वाली निकली। मुंशी जी के पास साधन की वाकई कमी थी। दिन एक-एक करके काट रहे थे। ऐसे में मोहब्बत अली की टूटी शादी उनके लिए सौगात बनकर आयी। उन्होंने अवसर को दोनों हाथों से दबोच लिया।

मोहब्बत अली से एक छोटी-सी रकम लेकर मुंशी जी ने रहीमा से निकाह कर लिया—इस शर्त के साथ कि अगले हफ्ते उसे तलाक देकर कुछ पैसे और पा लेंगे। नज्जू इमाम की दखल से रहीमा निकाह के बाद मुंशी के घर न जाकर अपने रिश्तेदार के साथ ही ठहरी रही।

इस जुमे को निकाह हुआ और अगला जुमा तलाक के लिए मुकर्रर था। पर मोहब्बत अली को तसल्ली नहीं हो रही थी। एक हफ्ते तक और रहीमा से दूर रहना गवारा नहीं था। बेचैनी तब और बढ़ गई जब इतवार की सुबह एक दूर के दोस्त ने गुप्त सूचना दी—मुंशी जी आज जनरल स्टोर वाली दुकान पर कुछ लेडीज आइटम खरीद रहे थे। यही बिन्दी, टिक्की लाली पाउडर वगैरह। पूरे पचास का सामान लिया और टेंट में दबाकर रहीमा के रिश्तेदार के घर की ओर चलते बने।

सुनते ही मोहब्बत अली फाख्ता हो गए। चेहरे का रंग उड़ने लगा। गले में थूक की कमी महसूस करने लगे। फिर बालों में हाथ फेरते हुए उठ खड़े हुए। गुस्से को कम किया, चेहरे को नॉर्मल बनाया और सीधे मुंशी मजीद के घर पहुँचे। धीरे से सौ का एक नया नोट देते हुए बोले—चाचा, इसे रखिए और रहीमा को कल-परसों तक छोड़ दीजिए। पचास और लीजिए, इस बीच उसके नजदीक न जाइएगा। लोग हँस रहे हैं। समझे न...चाचा।

पैसा शायद गरीब मुंशी मजीद के लिए सबसे अहम् चीज थी, एक जवान सुन्दर बीवी से भी ज्यादा। तेज आदमी थे, झट ताड़ लिए कि मुर्गा फँसा चाहता है। डेढ़ सौ रुपए जेब में रखे और सिर हिलाकर प्रस्ताव को मान लेने का स्वाँग किया। शाम को ही जाकर तीस रुपए और ले आए।

मुंशी जी मंगलवार को अचानक सुबह मोहब्बत अली के घर फिर पहुँचे और कहने लगे—सोचता हूँ रहीमा को दो दिन के लिए घर ले जाऊँ। बुढ़िया बीमार है। कामकाज में कुछ मदद हो जाएगी। आज नाश्ता तक नहीं बना घर में।

मोहब्बत अली ने उन्हें नाश्ता कराया और सत्तर रुपए देकर किसी तरह वापस किया पर उन्हें चैन न मिला। विपत्ति सिर पर खड़ी थी। खटका बढ़ गया था। जाते-जाते मुंशी ने जो कहा उससे लगा कि बन्दा जल्दी मानने वाला नहीं। मुंशी ने मुरझाते हुए कहा था—ठीक है, आज तो मैं खुद पका लेता हूँ पर कल...। इससे पहले कि वाक्य पूरा हो पाता मोहब्बत अली ने एक खाली हँसी हँसते हुए उन्हें काटा—कल की क्या बात है चाचा, नहीं-नहीं, कुछ दिन पकाइए-खाइए। चाची को भी खिलाइए। ऐसी क्या बात है। आप तो पुराने इज्जतदार पढ़े-लिखे आदमी हैं। अपने कहे से पीछे न हटिए। कहिए तो मैं आकर पका दिया करूँ।

बीस रुपए लेकर मुंशी चले तो गए पर मोहब्बत अली की नींद साथ लेते गए। मुंशी मजीद पूरे ब्लैकमेल पर उतर आए थे और वे खतरनाक ढंग से लालची होते जा रहे थे। मोहब्बत अली समझ नहीं पा रहे थे क्या करें।

मोहब्बत अली को उस समय साँप सूँघ गया जब बुधवार को सुबह-सुबह मुंशी उनके घर की ओर फिर आते दिखाई दिए। जब तक मुंशी पास तक नहीं आ गए मोहब्बत अली मुण्डी झुकाए उन्हें गालियाँ देते रहे।

अब क्या बात है चाचा, मोहब्बत अली ने सँभल कर पूछा। मुंशी गुस्से से बेहाल होते हुए बोले—नहीं भाई, अब और नहीं। बिलकुल नहीं। मेरी बीवी मर रही है और तुम हो कि हर बार दस-बीस देकर वापस कर देते हो। यह क्या है, मोहब्बत अली। मैं सिर्फ दो दिन के लिए रहीमा को ले जाना चाहता हूँ, हमेशा के लिए नहीं, भाई। बस दो दिनों के लिए। मुझे पैसा नहीं चाहिए। समझते क्यों नहीं। बुढ़िया मर रही है, बेटा।

मोहब्बत अली का दिल हुआ मार दें जान से बुड्ढे को। पर वह रहीमा को बेवा नहीं बनाना चाहते थे। उसमें और झमेला था। फिर ध्यान आया गुस्सा हराम है। गुस्से से बनता काम बिगड़ जाता है। थूको, थूको। गुस्से को कोने में थूककर मोहब्बत अली मुस्कुराने लगे। मुंशी जी को एक गिलास भर कर चाय पिलाई। फिर पचास रुपए का एक नोट थमाते हुए किसी तरह वापस भेजा।

मुंशी दूसरे ही दिन फिर आ धमके। और इस बार ठानकर आए थे। आते ही बोले—पैसा नहीं भाई, बिलकुल नहीं। माफ करना, पैसे के लिए नहीं आया हूँ। सुनो ब्रदर, तुम्हारे हक की बात करता हूँ। मेरे ऊपर रहम करो, बस एक दिन के लिए रहीमा को ले जाने दो। कल पहुँचा दूँगा। असल में बुढ़िया रट लगाए है कि देखूँगी। बस बुढ़िया

के लिए जाने दो भाई। नहीं तो फिर मुझे कुछ न कहना। कल तलाक की तारीख है। कितना गन्दा काम मैंने अपने सिर ले लिया है। फिर अगर इसमें देर हो जाए तो दोष मेरा न होगा।

मोहब्बत अली आँख भींचे सुन रहे थे। उनका रोम-रोम भभक रहा था। मार देना चाहते थे या मर जाना चाहते थे मोहब्बत अली। मुंशी ने अपना रोना जारी रखा—मालूम है मोहब्बत अली बेटा, बुढ़िया से पूछे बगैर मैंने तुम्हारी मदद की है। क्या उसका इतना भी हक नहीं बनता कि एक दिन रहीमा को बुला सके। कल जुमा है, बस नमाज के बाद इमाम साहब के सामने अपना वादा पूरा कर दूँगा। नहीं तो मेरें ऊपर दोष न मढ़ना।

मन ही मन मुंशी की माँ-बहन की खबर लेते हुए मोहब्बत अली ने कहा—ठीक है चाचा ले जाइए एक दिन के लिए। ये लीजिए तीस रुपए भी। रात को खाना हमारे साथ खाइएगा। हमारे घर यहीं सो भी जाइएगा। दोनों को छोड़ दीजिएगा बतियाने के लिए। आखिर एक ही कमरा है आपके घर में।

मुंशी ने रुपयों को टेंट में खोंसा और हाँ-हाँ करते हुए उठ खड़े हुए। चेहरा खिल आया था मुंशी जी का। मोहब्बत अली का दिल हुआ कच्चा चबा जाएँ बूढ़े खूसट को। गुस्से से उनकी आँखें बन्द हो गईं फिर भी नरमी अख्तियार करते हुए बोले—तो आ रहे हैं न आज ? सोचता हूँ मीट-पुलाव बनाऊँ। पर मुंशी तेज डग भरते हुए आगे बढ़ गए। मोहब्बत अली अपनी अपूर्णताओं पर कुढ़ते ताकते रहे।

मोहब्बत अली ऐसे कामुक बूढ़ों की अनगिनत कहानियाँ सुन चुके थे। सोचने लगे, मुंशी नीचता पर उतर आया है। झूठ बोलता है कि बुढ़िया देखना चाहती है। फिर से जवानी चढ़ी है मरदूद को। ऐसा है तो अपनी बेटियों को क्यों नहीं बुला लेता कमीना। मोहब्बत अली का माथा फटने लगा। उन्हें उबकाई आने लगी। दिन भर बेचैन रहे। ब्लडप्रेशर कभी हाई तो कभी लो होता रहा। कल्पना पूरे उड़ान पर थी। आँखों के सामने सिनेमा की रील चलने लगी। रहीमा और मुंशी ! दोनों अकेले ! वह दुल्हन के लाल जोड़े में ! लाली पाउडर बिन्दी से सजी-धजी...मुंशी नई बनियान और नई लुंगी में। सिर में आँवले का तेल और आँखों में सुरमा लगाए हुए। ओह...नहीं ! मोहब्बत अली ने अपनी दोनों आँखों की पुतलियों को अन्दर की ओर भींच लिया। चेहरे की बनावट ऐसे हो गई जैसे उन्हें घिन आ रही हो...छि...छि...।

उन्होंने मुंशी को जान से मारने की सोच ली। पर अचानक उनके मस्तिष्क में एक विचार कौंधा और मोहब्बत अली हत्या जैसे अपराध को अंजाम देने से बच गए।

उन्होंने रातभर मुंशी मजीद के घर के चारों ओर पहरा देने और मुंशी को जगाए रखने का मन बना लिया।

जैसे ही मुंशी जी के घर के सामने अँधेरा हुआ मोहब्बत अली चोरों की भाँति घर के सामने स्थित नीम के पेड़ की आड़ में खड़े हो गए। वे मुंशी के दरवाजे को रह-रह कर भड़भड़ाना चाहते थे ताकि बुड्ढा डर जाए, जागता रहे, आराम से सो न सके। पर

जैसे ही वे आगे बढ़ते, दालान में बैठा कुत्ता भौंक-भौंक कर आसमान सिर पे उठा लेता। आखिरकार मोहब्बत अली ने पीछे की राह ली। पिछवाड़े खड़े होकर आँखों से दीवार नापने लगे। छज्जे पर चढ़कर आँगन में झाँकना चाहते थे। फिर डर गए कि कहीं चोर-चोर की गुहार मच गई तो बिन मौत मारे जाएँगे। इतने में मुंशी के घर के अन्दर कुछ हलचल हुई। दड़बे में मुर्गियों के कुड़कुड़ाने की आवाज आ रही थी। मोहब्बत अली दौड़कर पिछवाड़े वाले दरवाजे के पास पहुँचे। उन्होंने दोनों पटों की दरार में आँखें गड़ा दी। ढिबरी हाथ में थामे मुंशी मजीद की बुढ़िया दड़बे के नजदीक खड़ी होकर बिल-बिल कर रही थी। खाली बुढ़िया थी। मोहब्बत अली का माथा ठनका। शक यकीन में बदलने लगा। ये मुंशी कहाँ है ? कहाँ सो रहा है हरामजादा ? और ये बदचलन रहीमा इस बुढ़िया के साथ क्यों नहीं है। मोहब्बत अली ने दरवाजे को तोड़ डालना चाहा। पर मुंशी के वालिद मरहूम ने पैसा खरचा था—असली साखू का दरवाजा टस से मस न हुआ।

बुढ़िया अन्दर खखारने लगी। जिसका अर्थ था उसे शक है कि बाहर कोई है। मोहब्बत अली बुदबुदाये—ससुरी रखा रही है। सबकी मिलीभगत है...बताता हूँ...बताता हूँ। उन्होंने जल्दी-जल्दी कुछ ईंट-पत्थर उठाए और उछाल दिए मुंशी मजीद के आँगन में। फिर चप्पलें उतारकर हाथों में लिया, कुछ ईंट-पत्थर और तड़ातड़ आँगन में फेंका और भाग लिए नंगे पैर अपने घर की ओर।

सुबह खबर आई कि मुंशी मजीद के घर में कोई सीरियस है। डॉक्टर आने वाला है। मोहब्बत अली को इसी बात का डर था। बुड्ढा कोई न कोई नाटक जरूर करेगा। उन्होंने अपनी आँखों से डॉ. मौर्या को साइकिल पर मुंशी मजीद के घर की ओर जाते देखा। देखते ही मोहब्बत अली के दिलो-दिमाग पर पस्ती का आलम छा गया। वे अपने बाल नोचने लगे, खुद को बेतहाशा कोसने लगे।

फिर खबर आई कि बुढ़िया का अब-तब लगा है। लोगबाग इक्का-दुक्का मुंशी मजीद के घर की ओर जाते दिखे। लौटकर एक खबरी ने बताया कि मुंशी ने तलाक को एक महीने के लिए मुल्तवी कर दिया है। जब तक बुढ़िया खाना पकाने, मुर्गी-मुर्गा देखने लायक नहीं हो जाती, रहीमा वहीं रहेगी। मुहल्ले के कई लोगों ने मुंशी जी के फैसले की तारीफ की...कहा, भई वाह ! मुंशी जी ने क्या सही कदम उठाया है। घर में चीज अगर मौजूद है तो उसका फायदा क्यों न उठाया जाए।

मोहब्बत अली के सब्र का बाँध टूट रहा था। बीड़े पीते जाते थे, सोचते जाते थे। इस बूढ़े बन्दर ने दिखा दिया न अपना खेल ! यह दोनों हथियाना चाहता है—मेरा पैसा और मेरी बीवी। कहाँ हो दढ़ियल नज्जू ? तुम्हीं ने मुंशी का नाम सुझाया था। लेकिन नहीं, पहले मुंशी। इस शातिर को मैं सबक सिखाऊँगा। मैंने इससे बदतर-बदतर शातिरों की धुर्री बिगाड़ी है, यह बीवी-चोर किस खेत की मूली है। आ रहा हूँ मुंशी मजीद, मैं आ रहा हूँ...तेरी...माँ...।

मोहब्बत अली को पता भी न चला कब अपनी धुन में वह मुंशी के दालान में पहुँच गए। आस्तीन चढ़ी हुई, लुंगी मोड़कर कमर से खुँसी हुई, मोहब्बत अली

क्रोध से थरथरा रहे थे। पूरा दम लगाकर चीखते हुए बोले--रहीमा मेरी बीवी, कहाँ है तू...सुनती है कि नहीं...पर तुम रुको...कहाँ है तुम्हारा लालची झूठा खाबिन्द...वह बुड्ढा खूसट, हरामी का पिल्ला मुंशी...कहाँ है बे मुंशिया...।

मुंशी आँगन के कोने में रखी पत्थर की पटिया पर बैठे नहा रहे थे। बुढ़िया हँसते हुए उनकी पीठ पर लाइफबॉय साबुन मल रही थी। सीन देखकर मोहब्बत अली भूखे शेर की तरह आक्रामक हो गए। वे दाँत पीसते हुए मुंशी की ओर लपके और इससे पहले कि बुढ़िया कुछ समझ पाती, एक हाथ से मुंशी की बकरदाढ़ी पकड़कर उन्हें खींचते हुए आँगन के बीचोबीच लाए और पटक दिया। फिर एक हाथ से नोच-नाच करने लगे और दूसरे हाथ से लप्पड़-थप्पड़। मुंशी का बुढ़ाया शरीर लहूलुहान हो गया। वह कराहने लगे...फिर घिघियाए...और फिर रोने लगे।

मोहब्बत अली वहशियों की तरह से हाथ-पैर चलाए जा रहे थे। मुंशी के मुँह ने झाग फेंक दिए, उन्हें उल्टी होने लगी। मोहब्बत अली जैसे रुकना भूल गए थे। बस लात-घूँसा किए जा रहे थे। रहीमा मुँह पे दुपट्टा लगाए असहाय-सी मुंशी की दुर्दशा देख रही थी...वह मुंशी को बचाना चाहती थी...मोहब्बत अली को रोकना चाहती थी...मुंशी के बुढ़ापे और उनकी बेगुनाही का सबूत देना चाहती थी...पर जैसे ही रहीमा ने मोहब्बत अली की उँगलियों को मुंशी के लिजलिजाते कानों की तरफ बढ़ते देखा, वह बेहोश होने लगी।

मुंशी मजीद को अधमरा करके मोहब्बत अली अपने घर लौट आए। फिर जल्दी-जल्दी मुन्नी को दूध पिलाया, फटी लुंगी बदली, टोपी ली और तेज-तेज कदमों से मस्जिद की ओर चल पड़े।

10

छः दिसम्बर

छः दिसम्बर को मैं काफी देर से जगा। जग जाने के बाद भी रजाई में निंदाता पड़ा रहा। मैं इस स्वप्निल रात को फिर से याद करने लगा। हुसैनपुरा के इतिहास से मैं गुजरा अवश्य था पर सबकुछ गड्डमड्ड था। पर धीरे-धीरे मोहब्बत अली साफ होने लगे...उनका गुस्साया चेहरा...फटी लुंगी...उनकी मासूम बेटी...।

—क्या मोहब्बत अली जिन्दा हैं ? मैंने नल की ओर जाते हुए दादी से यों ही पूछ लिया। पर क्यों ? ऐसा सवाल क्यों ? क्या मैंने उन्हें कल मस्जिद में नहीं देखा था ? नज्जू इमाम से उनकी झिकझिक और फिर रहीमुद्दीन का उन पर हमला। सब तो मेरी आँखों के सामने ही हुआ था। दादी के चेहरे से लगा वे जैसे मुझे संदेह की दृष्टि से देख रही हैं। मुझे घूरते हुए बोलीं—क्यूँ, क्या हुआ उनको ? कुछ नहीं...कुछ नहीं...मैं बुदबुदाते हुए आगे बढ़ गया। लेकिन फिर मुड़ा—दादी, और ये...मुंशी मजीद...हैं या मर गए ? बच्चे, तुम हो कहाँ, किस दुनिया में रहते हो ? मुंशी मजीद को मरे तो महीनों हो गए...लगभग एक साल। हकले की मार और उसकी दोनों बीवियों की बद्दुआएँ...बीमार पड़ा और चार दिन में खेला खतम हो गया उसका। कितनी बेरहमी से पीटा था जवान लड़की को...जिसको ब्याह के लाया था। अल्लाह मुंशी को जहन्नुम में डाले।

इस सपने से बाहर तो निकलना ही था, क्योंकि मन्दिर-मस्जिद के नारे एक बार फिर शाम वाली शिद्दत से ही सुनाई पड़ने लगे थे। और तब मुझे एहसास हुआ कि यह सुबह एकदम अलग है...अब ऐसी कोई दूसरी सुबह न होगी...अब ऐसी कोई शाम न होगी...अब ऐसा कोई दिन न होगा ! एक ऐसी शाम बस कुछ घंटों दूर थी जब दृष्टिकोण बदल जाएँगे, जब विश्वास डगमगा जाएँगे, जब आस्थाएँ हिल जाएँगी...जब यह महसूस होगा कि कुछ बुरा हुआ...कुछ गलत हुआ...और जब सोचने पर विवश होंगे कि क्या दिन के उजाले में ही ठग लिए गए।

और यह सब किसलिए ? एक मस्जिद के लिए जो जमींदोज कर दिए जाने से पहले तक वहाँ थी। एक मन्दिर के लिए जो वहाँ कभी रहा होगा। अब वहाँ एक भव्य मन्दिर का निर्माण होगा। क्या यहीं से नए भारत के बनने की आधारशिला भी रखी जाएगी ? और इस नव-निर्माण में क्या देश का एक महत्त्वपूर्ण तबका गैर-हाजिर रहेगा ?

वास्तविकता तो यह है कि आम मुसलमान को यह पता भी नहीं था कि अयोध्या में कोई बाबरी मस्जिद जैसी चीज भी है। उनकी मस्जिद तो उनके गाँव मुहल्ले बाजार और शहर में थी जिसमें वे नमाज अदा करते थे। अयोध्या में मस्जिद ? और ऐसी मस्जिद जिसके लिए सर कटा लिया जाए ? बाबरी मस्जिद के बारे में हुसैनपुरा में सन् छियासी से पहले किसी को सपने में भी खबर नहीं थी, जबकि हुसैनपुरा अयोध्या से मात्र साठ किलोमीटर दूर है। जी हाँ, अयोध्या हर लिहाज से हुसैनपुरा की हद और जद में है। पर अयोध्या में मस्जिद ! कौन कहता है ? बचपन से रामलीला देखने वाले जानते थे अयोध्या माने राम लक्ष्मण दशरथ धनुषबाण, बस।

पर अब मस्जिद निकल ही आई है तो क्या किया जाए। सब कह रहे हैं कि मस्जिद तोड़कर वहीं मन्दिर बना दिया जाए। राम का मन्दिर मुसलमानों की मस्जिद तोड़कर ही बनेगा। हुसैनपुरा वाले समझ नहीं पा रहे हैं कि क्या करें। कौन सही है, कौन गलत है ? वे सोच रहे हैं कि अगर राम जी का काम है तो बिना तोड़-फोड़ के हो तो अच्छा होगा। मोहम्मद साहब को तो नाटक या सीरियल में देखना-दिखाना तो सख्त मना है। राम को तो जनम-जनम से देखते आ रहे हैं। हुसैनपुरा के वासी राम जैसी औलाद की दुआ करते हैं और भरत और लक्ष्मण जैसा भाई चाहते हैं। और हाँ, दुलहिन हो तो जनक-दुलारी जैसी। कैकयी, मंथरा और विभीषण से पूरा हुसैनपुरा चिढ़ता है। रावण के बारे में दो राय हैं तो हनुमान जैसा दूजा न कोई। हुसैनपुरा में कौन माई का लाल है जिसका कलेजा राम-भरत मिलाप से ठंडा न हुआ हो, सूपनखा की नाक कटने से जो हँसा न हो, मन्दोदरी विलाप से जिसकी आँखें न भीगी हों, मृत्यु-शय्या पर पड़े रावण के अन्तिम वचनों को सुनकर जो रोया न हो, जिसने कुछ सीखा न हो, और राम के अयोध्या आगमन पर जिसने चिल्ला-चिल्लाकर बोलो सियावररामचन्द्र की जय न कहा हो।

रघु, दिलीप और अज के आदर्श और संस्कार राजा दशरथ और मर्यादा पुरुषोत्तम राम के माध्यम से हुसैनपुरा वालों ने भी ग्रहण किए ही होंगे। बाबा के पूर्वजों के पूर्वजों के पूर्वज राम की प्रजा जो थे। दोनों स्थानों में कुछ किलोमीटर और बहुत-सी पीढ़ियों का ही तो अन्तर है। रघुकुल रीति से हुसैनपुरा वाले अच्छी तरह वाकिफ हैं। बोली-बानी, खान-पान, रहन-सहन, अतिथि-सत्कार, मूड-मिजाज, सभी में ये लोग पूरे के पूरे अवधी हैं।

पर इस कठिन समय में हुसैनपुरा वाले क्या कर सकते हैं ?

कारसेवकों का अयोध्या की ओर अन्धाधुंध पलायन और गगनचुंबी नारों का तांडव थमने का नाम नहीं ले रहा था। उन्हें ग्यारह बजे तक अयोध्या पहुँचने की जल्दी थी...इतिहास में दर्ज हो जाने का उन्माद सवार था उन पर। सड़क और रेल मार्ग छोड़कर अब वे हुसैनपुरा के खेत-खलिहान, बाग-बगीचे घर द्वार को रौंदते-धौंसते बढ़े जा रहे थे। जैसे दिशाहीन, दिग्भ्रमित नेतृत्वविहीन भीड़ पर बन्दूकें तान दी गई हों, जैसे मधुमक्खियों के हजारों छत्तों पर बाणों से हमला कर दिया गया हो। वे बदहवास से

कहाँ भागे जा रहे थे ? कहाँ विलुप्त हो गई थी कल शाम वाली रामभक्तों की एकरूपता और अनुशासन ? हुसैनपुरा वालों को कुछ करना पड़ेगा, अगर जीना है।

बाबा ने घर जा जाकर सभी को बुलाया था। दस बजे तक हुसैनपुरा के सारे प्रभावशील लोग हमारे आँगन में जमा हो गए। मुझे याद नहीं कि कभी और मुहल्ले के पुरुषों ने हमारे आँगन में बैठकर विचार-विमर्श किया हो। नन्हे बाबू बोलने वालों में पहले थे।

—भाइयो, ऐसे तो घबराने या चिन्ता की कोई बात नहीं है...हममें से कई लोग जैसे मियाँ और अख्तर साहब हिन्दू बिरादरी के बाअसर लोगों के सम्पर्क में हैं।...तो घबराने की बात तो है नहीं...और सबसे बढ़कर तो हमें याद रखना है कि हम मुसलमान हैं...अल्लाह ने सच्चे मुसलमानों की निगेबानी का वादा किया है। वह हमें दुश्मनों के गुस्से से महफूज रखेगा। शायद नन्हे बाबू कहना चाहते थे 'काफिरों' के गुस्से से बचाएगा। पर काफिर शब्द उन्होंने मुँह से नहीं निकाला।

खलील मियाँ को खुद को अनपढ़ जाहिल कहने में कोई एतराज नहीं था। थे भी। साथ ही बोलने में मुँहफट और गैर जिम्मेदार नम्बर वन। कहने लगे—भैया देखिए, यहाँ घुमा-फिराकर कहने की आदत तो है नहीं...अपने पास रोजा-नमाज की पूँजी भी नहीं कि अल्लाह ताला...। रही बात नन्हे बाबू की तो ये पढ़े-लिखे हैं—मैं ठहरा निपट गँवार। पर एक बात जानता हूँ...किसी मुगालते में न रहिए। महाराज, रामचन्दर बाबू, दूबेजी,...किसे नहीं पता है कि आते-जाते कारसेवकों से हुसैनपुरा के मुसलमानों को खतरा है पर कोई आया ? नहीं न। तो समझ लीजिए...जीना है तो अपनी तैयारी खुद करिए। आपके अगल-बगल के गाँवों के ऊँच-नीच सभी तो गए हैं उस बेचारी बुढ़िया मस्जिद को तोड़ने। सन् अस्सी में जब अख्तर मियाँ के बेटे शहीद को मार के फेंक दिया था तो कुछ हुआ ? बचे थे हम और मियाँ, और रोते-बिलखते अख्तर अली। गाँव की इज्जत के लिए, इसकी नाक के लिए जो सोचे हैं करिए। मैं तो जाहिल जपट हूँ...जैसा कहिएगा वैसा किया जाएगा। लेकिन ध्यान रखिए, इस घड़ी में हिन्दुओं की तरफ दोस्ती का हाथ बढ़ाने से पहले दो बार सोचिएगा।

खलील मियाँ दिलजले इंसान थे। कड़वी-जहरीली बातें करने में उन्हें आनन्द आता था। पर उनके भाषण से सभी खुश नहीं थे। मोहब्बत अली को तो आप जानते ही हैं। किसी को उनसे क्या लेना-देना ! पर कल मस्जिद में रहीमुद्दीन के हमले ने उनके प्रति हमदर्दी की लहर दौड़ा दी थी। अन्यथा आज इस गम्भीर सभा में उन्हें कौन बुलाता ? मोहब्बत अली कुछ भुनभुनाते हुए खड़े हुए। उनकी एक नजर खलील मियाँ पर थी। दरअसल वे खलील मियाँ की बातों का समर्थन करना चाहते थे...लेकिन...खुदा झूठ न बुलाए...'जनाब' से आगे नहीं बढ़ पाए...अटके तो फिर निकल नहीं सके। बहुत कोशिश किए...हाथ-पैर रगड़े...चेहरा लाल कर लिए...पर हिन्दुओं के खिलाफ एक शब्द न फूटा। खलील मियाँ कुछ देर तक तो बर्दाश्त किए, फिर बोल पड़े—मोहब्बत अली, आप बैठिए...। फिर लोगों की तरफ देखते हुए बोले—जिस किसी की आवाज

साफ हो वह अपनी बात रखे, वक़्त कम है।

रहीमुद्दीन के वालिद हीरा भाई भी थे। अपनी खास अदा—बोलने से पहले अपनी हथेली दिखाने की—में बोलने के लिए खड़े हुए। लेकिन गुस्साए खलील मियाँ ने उनकी भी लीद निकाल दी—हीरा लाल, पहले अपने लौंडे को सँभालो, तब यहाँ कुछ बोलने के लिए आओ, कहाँ है वह जेहादी...घर में छुपा है या गया अयोध्या मस्जिद बचाने। रोक लेना उसको नहीं तो कारसेवक उसका कीमा बना डालेंगे...।

इस नंगे व्यंग्य ने हीरा भाई को ठंडा कर दिया। वे चुपचाप अपनी जगह बैठ गए। अब मोहब्बत अली के चेहरे पर मिश्रित भाव थे। नन्हे बाबू ने बाबा की ओर देखा। बाबा बैठे-बैठे ही बोलना शुरू किए—भाइयो, समस्या तो कल हो सकती है। यदि कारसेवा सफल रही तो उत्ते-उत्साही कारसेवक लौटानी में गड़बड़ कर सकते हैं। हिंसा का भी डर है। दुर्भाग्य से हम उनके रास्ते में पड़ते हैं। यदि कारसेवा न हो सकी तो और बड़ी समस्या हो सकती है। बौखलाए कारसेवक सरकार का गुस्सा हमारे ऊपर उतार सकते हैं। हमें दोनों ही स्थितियों के बारे में सोचना होगा। वैसे एक बात है, महराज और रामचन्द्र बाबू तो अयोध्या नहीं गए हैं...चौक पर आएँ तो कुछ बात हो...इस माहौल में हम पंडिताने जाना ठीक नहीं सोचते...।

बाबा के संक्षिप्त वक्तव्य ने जैसे मोहब्बत अली को उद्वेलित कर दिया। अपने सुस्पष्ट एवं सुसंगत भाषण से उन्होंने सभी को चकित कर दिया।

—खतरा सिर्फ कारसेवकों से ही नहीं है, बल्कि अपने लोगों को आप नजरअंदाज नहीं कर सकते। मेरा मतलब है कि अब हम अपने हिन्दू मित्रों पर निर्भर नहीं रह सकते...कौन नहीं गया है अयोध्या...पंडिताने, ठकुराने, अहिरौटी, चमरौटी...सब खाली है...। पंडिताने और चमरौटी वाले तो पहिले दौड़े हैं...मियाँ बताएँ कि क्या इन्हें अभी भी महराज के ऊपर भरोसा है। पंडिताने और चमरौटी वालों के साथ हमारा वोट हमेशा पड़ा है कि नहीं...। जब शहीद को ठाकुरों ने मारा था तो डर के मारे हुसैनपुरा वाले...खैर छोड़िए। तब मियाँ के हिन्दू दोस्तों ने शिकायत किया था कि गाँव छोड़ के लोग क्यों भागे, उन्हें क्यों नहीं बताए ? आज मियाँ ढूँढ़ रहे हैं तो उनके सारे दोस्त सीन से गायब हैं।...मैं तो यही कहूँगा...खलील मियाँ भी सही कहते हैं...हमें खुद अपनी रक्षा करनी होगी।

खलील मियाँ अनपढ़ थे लेकिन नासमझ नहीं थे। उनका अनुभव, उनकी समझ उनका क्रोध खेतिहर समाज के दिन-रात के जीवन संघर्ष से उपजा था। हुसैनपुरा के सीनियरों को कुछ जली-कटी सुनाए बगैर कैसे जाने देते। उन्हें परवाह कहाँ थी कि किसी को चोट लगेगी या किसी की शान में बट्टा। आँखें तरेरते हुए बोले—तो हम लोग भेड़-बकरी की तरह इसी खातिर इस आँगन में इकट्ठा किए गए थे। मियाँ चुप काहे हैं बोलिए। यही बताने के लिए बुलाए थे कि हम मरने के लिए तैयार रहें, गाँव छोड़कर भाग जाएँ या रुकें...मरें या जिन्दा रहें...हमें बचाने वाला कोई नहीं...।

बाबा शान्त रहे। सभी चुप थे। खलील मियाँ के बाणों का समुचित उत्तर देने के

लिए कोई तैयार नहीं था। किसी निश्चित निष्कर्ष पर पहुँचे बगैर सभा बिखरने लगी। पर जाते-जाते खलील मियाँ ने अपना आखिरी बाण भी छोड़ा जो ठीक निशाने पर लगा—और मियाँ, अगली दफा से आप रामलीला मंडली को पहले और आखिरी दिन के बजाय दसों दिन का भोजन करवाइएगा।

बाबा बगलें झाँकते खड़े रहे। यों तो खलील मियाँ रिश्ते में परोक्ष रूप से बाबा के साले लगते थे और दोनों में हँसी-मजाक चलता ही रहता था, पर आज खलील मियाँ बाबा के ऊपर उस रिश्ते से हमला नहीं कर रहे थे। आज खलील मियाँ को बाबा में खोट नजर आ रहा था...बाबा और उनके हिन्दू दोस्तों में अविश्वास व्यक्त कर रहे थे वह।

जैसे सब लोग बाहर निकले, एक नारा आसमान में उठा—एक धक्का और दो...। खलील मियाँ ने सर ऊपर उठाया और देखने लगे। मानो वह नारा वहीं ऊपर लटक गया हो। फिर धीरे से बाबा से सटते हुए बोले—मियाँ, सब राम की लीला है।

बाबा आज मूड में नहीं थे। मैं उनका पोता हूँ...विश्वास मानिए...वे खलील मियाँ जैसों को अपने व्यंग्य बाण से रुला देने की क्षमता रखते थे। लेकिन आज नहीं। वे नन्हे बाबू से कारसेवा के बारे में बतियाते खड़े रहे। लेकिन बाबरी मस्जिद के विध्वंस की बात तो वे सोच भी नहीं सकते थे। छः दिसम्बर की सुबह इसकी कल्पना भी नहीं की जा सकती थी। जहाँ तक हुसैनपुरा के मुसलमानों का प्रश्न है उसकी तो दूर-दूर तक कोई सम्भावना नहीं थी।

दुर्घटना और दुर्भाग्यपूर्ण घटना में एक अन्तर है। दुर्घटना अचानक चपेट में लेती है जबकि दुर्भाग्यपूर्ण घटना आहटों में आती है। यह घटने से पहले अवसर देती है—बचने के, बचाने के, मुगालते में रहने के। दुर्भाग्यपूर्ण घटना के पहले और बाद में खामख्याली और खुशफहमी का दौर भी चलता है, फिर हम अचानक स्वयं को वास्तविकता के ठोस धरातल पर खड़ा पाते हैं तो विश्वास नहीं कर पाते। कभी-कभी तो जमीन भी खिसकी होती है लेकिन लगता है कि हम मजबूती से खड़े हैं। बानबे में मेरी उम्र कम ही थी पर अब लगता है कि हमारी समझ बाबा से अच्छी थी। जिस समय आपात सभा में शामिल लोग मुँह लटकाये निकल रहे थे मैंने बाबरी मस्जिद के धराशायी होने से उठी धूल हुसैनपुरा के बुजुर्गों के चेहरों पर जमते देख ली थी। बाबा, नन्हे बाबू, खलील मियाँ, अख्तर अली, शकूर साईं, पग्गल साईं...सभी धूल-धूसरित थे।

पहले उड़ती-पुड़ती खबर आई कि एक-दो लोग और गाँव छोड़कर चुपचाप निकल गए हैं। पहले कुछ खास लोगों में खलबली मची फिर यह बात जंगल में आग की माफिक फैलने लगी। खबर्चियों की तो बन आई और प्राइवेट समाचार कंपनियाँ इधर-उधर दौड़ने लगीं। किसी ने उड़ा दिया कि अगल-बगल के गाँवों के हिन्दू हुसैनपुरा की मस्जिद पर हमला बोलने वाले हैं। स्त्रियाँ ज्यादा चिन्तित दिखीं और पिछवाड़े और बगल वाले दरवाजे आज मुख्य द्वार बन गए। पुरुषों ने मस्जिद पर जाने की जिद की लेकिन उनकी एक न चली। चूहों की तरह बिलों में घुसा दिए गए। दो बजे के लगभग अयोध्या से

खबरें रिसना शुरू हुईं। यद्यपि कि खबरें अभी अपुष्ट थीं, फिर भी हुसैनपुरा वाकई गरमाने लगा था। किसी ने रेडियो पर समाचार सुना कि कारसेवा संपन्न हो गई और मस्जिद को शायद खरोंच आई है। इस समाचार की शब्दावली कुछ ऐसी थी कि लोगों के अपने-अपने समाचार बुलेटिन शुरू हो गए।

शकूर अली ने रुँधे गले से कहा—लेकिन उन्हें तो मस्जिद को छूना भी नहीं था। उन्होंने सबके सामने कहा था...यकीन दिलाया था...अब ऐसा कैसे हो सकता है भला...। और अगर कुछ हुआ है तो यह अच्छा संकेत नहीं है।

जब आप कुछ खोने को होते हैं और 'क्षति' आसन्न और अवश्यंभावी प्रतीत होने लगती है तो न जाने कहाँ से विश्वास और धैर्य की एक महीन-सी रेखा आपको दिखाई पड़ जाती है। हुसैनपुरा के हर व्यक्ति की आँख में यह रेखा देखी जा सकती थी।

तभी कोई कान से रेडियो सटाए भागते-हाँफते बाबा के नजदीक आया। रेडियो पाकिस्तान ने अन्ततः खबर दे दी थी। बी.बी.सी. के हवाले से रेडियो पाकिस्तान पर लगातार बाबरी मस्जिद नेस्तनाबूत कर दिए जाने का समाचार प्रसारित हो रहा था।

अब भी कुछ मजबूत दिलवाले हुसैनपुरा में बचे थे। बाबा ने रेडियो बन्द करते हुए कहा—देखो भाई, तमाशा मत खड़ा करो...अफवाह मत फैलाओ...इन पाकिस्तानियों को भैंसा खाने और अफवाह फैलाने के अलावा कुछ आता है क्या ? चाहते हैं कि हमारे यहाँ फसाद हो जाए...खून-खराबा हो जाए बस। आप लोग घर जाइए...चैन से बैठिए...हाँ होशियार रहिएगा। जाइए।

बाबा दोराहे पर खड़े थे।

पहली प्रामाणिक खबर ऑल इंडिया रेडियो से शाम छः बजे वाले हिन्दी बुलेटिन से आई। बुलेटिन की यह अन्तिम खबर थी और समाचार लेखक और वाचक ने काफी समझदारी दिखाई थी, पर संदेश पहुँच गया। पहली बार आधिकारिक सूचना दी गई कि कारसेवा के दौरान विवादित ढाँचे को अपूरणीय क्षति पहुँची है।

इस प्रसारण ने वस्तुस्थिति और आशंका के बीच की दूरी को आश्चर्यजनक रूप से घटा दिया। लेकिन क्या कहें, हुसैनपुरा में कुछ लोगों को अभी भी उम्मीद थी। जबकि शेष भारत एक नए युग में प्रवेश की तैयारी कर रहा था। इस खबर पर सरकारी मुहर अब से थोड़ी देर बाद लगेगी।

अभी भारत के प्रधानमंत्री अपने शोक-भाषण को फिनिशिंग टच देने में व्यस्त थे।

अयोध्या में कारसेवा ज्योतिषियों द्वारा निर्धारित समय पर प्रारम्भ हुई थी—दिन के ठीक ग्यारह बजे। तीन बजे तक निर्बाध गति से चलती रही थी। पूरा अभियान अत्यंत शीघ्रता और सरलता से पूरा हो गया था। कारसेवकों को कहीं से कोई चुनौती नहीं मिली। उन्होंने जो किया उससे न तो उन्हें किसी ने रोकने का प्रयास किया न ही समझाने-बुझाने का। वह वरिष्ठ पुलिस अधिकारी जिसके ऊपर अयोध्या के कानून व्यवस्था की जिम्मेदारी थी वह ठीक दस-तीस पर राम-भक्त में तब्दील हो गया। इस तरह अपने जीवन की सबसे महत्त्वपूर्ण परीक्षा में वह मात्र शून्य अंक हासिल कर सका।

कर्तव्यहीनता के लिए इनाम में टिकट पाकर बाद में लोक सभा का सदस्य निर्वाचित हुआ।

यह पहला व्यक्ति था जो कुछ कर सकने की स्थिति में था। पर नहीं किया। दूसरे थे लालकृष्ण आडवाणी, जी हाँ लालकृष्ण आडवाणी !

उनकी खूनी रथ-यात्रा और उनके अल्पसंख्यक विरोधी विचारों के बावजूद उनमें एक अपील थी। उनके व्यक्तित्व में कुछ ऐसा था कि मुसलमानों को लगता था कि यह आदमी एक सीमा से बाहर नहीं जा सकता है। वह रुक जाएगा, वह रोक लेगा। यदि उस दिन आडवाणी अपने सच्चे रंग में होते तो वह अपने साथ स्टेज पर खड़े मँझोले, हुड़दंगी नेताओं को भड़काऊ भाषण देने और निम्नस्तरीय नारेबाजी से रोक लेते। मस्जिद आडवाणी की आँखों के सामने बेआबरू होती रही और वह अपनी हथेलियाँ रगड़ते गमगीन चेहरा बनाए खड़े देखते रहे। अफसोस ! भारत के होने वाले कानून व्यवस्था मंत्री ने स्वयं को कानून तोड़ने वाले विध्वंसकारियों का साथ देते पाया !

सुमित्रा तमाम दिग्गज नेताओं के साथ स्टेज पर खड़ी कारसेवकों को उकसा रही थी, उनका उत्साहवर्धन कर रही थी, उनको अपनी उँगलियों पर नचा रही थी। वह तब तक बाबरी मस्जिद ध्वस्त करो का नारा लगाती रही जब तक कि उसका गला चोक नहीं कर गया। यहीं पर उसने मुस्लिम भाइयों और बहनों के खिलाफ, बाबर की औलादों के खिलाफ, अब तक के सबसे घृणित नारों का आविष्कार भी किया। गोविन्द और चौधरी ने गुम्बद पर चढ़ने वाले कारसेवकों का डटकर नेतृत्व किया। और भाइयो, राजकुमार और राधेश्याम की ब्रेकजर्नी और उनकी बहादुरी का दुखद अन्त हुआ। वे बाबरी मस्जिद के गुम्बद के मलबे के नीचे जिन्दा दफन हो गए।

एक शाम यह भी !

जब से हमारे घर टी.वी. आया था शायद ही कोई दिन हो जब बाबा ने शाम का हिन्दी बुलेटिन छोड़ा हो। बाबा बड़े शौक और मजे से टी.वी. देखा करते थे, पर आज उस कमरे का माहौल भारी और खिंचा-खिंचा-सा था। बाबा थे। अख्तर साहब थे। खलील मियाँ थे। दो-तीन पड़ोसी और भी थे। दादी जो कभी-कभार ही टी.वी. रूम में आती थीं दीवाल से लगी बैठी थीं। पाकिस्तान रेडियो ने जो खोलकर कहा था आकाशवाणी पर, उसी बात को कंजूसी के साथ, शब्दों को तोड़-मरोड़ कर रखने की कवायद चल रही थी। पिछले आधे घंटे से टी.वी. स्क्रीन पर 'प्रधानमंत्री की देशवासियों के नाम अपील' रुक-रुक कर फ्लैश किया जा रहा था। धीरे-धीरे लोग आते ही जा रहे थे। प्रधानमंत्री घर से स्टूडियो के लिए चल चुके थे।

बाबा ने आदतन साढ़े सात बजे रेडियो पर बी.बी.सी. ऑन कर दिया। बी.बी.सी. ने मुख्य समाचार में ही सारा भरम तोड़ दिया। बी.बी.सी. की रिपोर्टिंग जितनी तथ्यपरक थी, उतनी ही मार्मिक भी। बिना किसी भूमिका के उस टेप को ऑन कर दिया गया

जिसमें कुछ ही घंटे पहले घटित हुई त्रासदी का आँखों देखा हाल बन्द था। हर गुम्बद के ढहने का विवरण—प्रहार-दर-प्रहार—और पृष्ठभूमि में हो रही घनघोर नारेबाजी दिल दहला देने वाली थी। जैसे ही अन्तिम गुम्बद नीचे आया, उत्तेजित बी.बी.सी. संवाददाता ने माइक्रोफोन का रुख उन्माद से पगलाई भीड़ की ओर कर दिया। लगा जैसे हमारे मरफी रेडियो के परखच्चे उड़ जाएँगे। इतना शोर, इतना कोलाहल, इतना बेसुरा संगीत...मैंने गुस्से से कानों पर हाथ रख लिए।

अयोध्या से बी.बी.सी. संवाददाता ने अपने विवरण को इस नोट पर समाप्त किया...अब वे सबसे बड़े वाले गुम्बद पर चढ़ गए हैं...उन्होंने हमला बोल दिया है... जो कुछ हाथ में है उसी से जुट पड़े हैं...कुछ तो खाली हाथों से ही गुम्बद को पीट रहे हैं। और...और...विश्वास मानिए कुछ अपने सर को ही गुम्बद पर दे मार रहे हैं...उन्माद से भरे हाथ...उससे भी अधिक उन्माद से भरे सर...कुदाल फावड़ा, बेलचा, लोहे की रॉड, खुरपी खुरपा हमले के लिए कुछ भी चलेगा...और देखिए...गुंबद अब गिरने वाला है...गिर रहा है...आखिरी गुंबद भी जा रहा है...ये...ये...गया...गिरा...ओह आह...आह गिर गया...वह भी गिर गया !

एक पल के लिए सन्नाटा छा गया। सन्न हो गया था संवाददाता। फिर लम्बी साँस छोड़ते हुए बोला—पक्का है कि कुछ कारसेवक भी गुम्बद के साथ नीचे गए हैं...वे बच नहीं सकते हैं...। और फिर एक क्षण की घरघराती चुप्पी के बाद वह फिर बोला। इस बार आवाज काफी धीमी थी—'और इसी के साथ कुछ और भी टूटा है...गुम्बद से भी अधिक मूल्यवान। सैकड़ों वर्षों की हिन्दू सहनशीलता। और हिन्दू-मुस्लिम सौहार्द्र। मेरा दिल रो रहा है मुसलमानों के लिए। पर उससे भी ज्यादा रो रहा है हिन्दुओं के लिए।' टेप बन्द।

इसके बाद ऐंकर ओंकारनाथ श्रीवास्तव ने बताया कि किसी महिला के उकसाने पर बीबीसी संवाददाता का कैमरा, माइक्रोफोन आदि कारसेवकों ने छीन लिया।

बाबा अपने मित्रों के साथ टी.वी. के सामने बैठे हुए थे...प्रधानमंत्री के इन्तजार में। लखनऊ टी.वी. के प्रादेशिक समाचार का समय हुआ और स्क्रीन पर अयोध्या का फुटेज उभरा लेकिन तत्काल ही तस्वीरें धुँधली हो गईं। बैठे लोग एकदम से तन कर टी.वी. की ओर झुके। भागते क्षण में जो कुछ वे देख सके...और...जो नहीं देख सके...उसकी नाखुशी अपने-अपने चेहरों पर लिए वे फिर से अपनी-अपनी जगहों में धँस गए।

—मुझे नहीं लगता है यह खबर सही है। हो सकता है भारी नुकसान हुआ हो...पर...। बाबा खुद से बतिया रहे थे लेकिन अख्तर साहब ने सुन लिया।

—मियाँ आप बहरे और अन्धे दोनों हैं। बाबा के लिए अख्तर साहब के अन्दर इतनी तल्खी पहली बार देखी थी।

कैमरे ने बड़ी सहजता से प्रधानमंत्री को फोकस में लिया। वे उस बेरंगत स्टूडियो में कुर्सी पर बैठे हुए दिखाई पड़े। बैठे हुए...। शायद बैठे हुए कम और आराम करते

हुए अधिक लग रहे थे। लगता था भाषण तो तैयार करके लाए हैं, पर अपने पोस्चर पर कुछ खास ध्यान नहीं दिया है। प्रधानमंत्री ऐसे लग रहे थे जैसे कोई मध्ययुगीन चीनी संत या फिर मिस्र के स्फिंक्स जैसे...या फिर उस प्रथम मानव जैसे जो दिन भर की भोजन-यात्रा के बाद शाम को आराम से अपनी गुफा के द्वार पर बैठा होता है। प्रथम मानव ! लकदक कुर्ता...जेब में दो-दो कलमें, ऊपर से अंगवस्त्रम। किसी प्रकार की जल्दी या उत्तेजना में नहीं थे प्रधानमंत्री। चेहरे पर शान्ति और सुकून की उजली चादर फैली थी...लग रहा था जीभ से गाल के अन्दरूनी हिस्सों का जायजा लेते हुए सामने रखे कागज पर ध्यान केंद्रित करने की फिराक में हों। फिर वे बोलने लगे। प्रिय देशवासियों...वगैरह वगैरह।

प्रधानमंत्री बहुभाषाविद थे और पूरी तैयारी से आए थे। अच्छी सधी हुई और संयत भाषा में वे एकालाप करते जा रहे थे। पर उस दिन उस कमरे में हुसैनपुरा वाले प्रधानमंत्री की भावनाएँ...उनकी तकलीफ...उनका गुस्सा देखने-सुनने के लिए जमा थे न कि उनका भाषा ज्ञान और उस पर उनका नियंत्रण। शब्द उनकी आत्मा को छूकर नहीं आ रहे थे। वे तो पहले से गढ़े हुए थे।

एक चुप्पी कमरे में समाती जा रही थी। लोगों के अन्दर एक घुटन थी जो प्रधानमंत्री के बेजान भाषण के कारण और बढ़ती जा रही थी। बैठे लोगों के शरीर ऐंठने लगे थे...चेहरे पर बेचैनी ने डेरा डाल लिया था। प्रधानमंत्री ने निराश किया था। ताजे घाव पर मरहम लगाने के बजाय उन्होंने अपनी निर्जीव और निष्प्राण अदायगी से उसे और गहरा दिया। हर कोई अपने आपको अब वास्तविक अर्थों में अपमानित महसूस करने लगा था। पहले बच्चे और नौजवान उठे। फिर स्त्रियाँ। दादी कमरे से बाहर जाते हुए बड़बड़ाईं—नहीं...न...न...यह आदमी नहीं...बिलकुल नहीं। नेता तो वह औरत थी !...यह नहीं।

प्रधानमंत्री अभी भी अपना रोना रोते जा रहे थे। खलील मियाँ जाने से पहले बोल गए—महान आदमी है यह...हार्ट अटैक कभी नहीं आएगा इसे !

भारत के प्रधानमंत्री ने एक पूरी जीती-जागती कौम के विश्वास को बहाल करने के लिए अच्छे गद्य का सहारा लिया था। यह नाकाफी साबित हुआ। बड़ी भारी चूक हुई उनसे।

अन्त में प्रधानमंत्री ने कुछ ऐसा कहा जिससे यह आभास मिला कि शायद मस्जिद का पुनर्निर्माण कराया जाएगा। मैं बाबा को वाच कर रहा था। पुनर्निर्माण शब्द को सुनकर बाबा जैसे सोते से जगे, चौकन्ने होकर टी.वी. स्क्रीन की तरफ झुक गए। इस शब्द को पूरे उच्चारण एवं पूरी ध्वनि के साथ सहेज लेने की चाह में आँखें मिचुक गईं, होंठ खुल गए और माथे पर लकीरें उभर आईं। लेकिन दूसरे ही पल बाबा को जैसे अपनी गलती का एहसास हुआ और वे उसी मुद्रा में पीछे की ओर लुढ़क से गए।

कुछ लोग अभी भी टी.वी. स्क्रीन पर आती-जाती तस्वीरों को देखते बैठे थे। क्या उनसे उठा नहीं जा रहा था ? क्या वे जड़ हो गए थे ? भारतीय वैज्ञानिकों का एक

छोटा झुंड अंटार्कटिक पर तिरंगा लहरा रहा था...फिर लिरिल साबुन के झाग से सना युवती का देह...फिर पान मसाला खाने का आग्रह...और फिर कुछ दाढ़ी वालों की मुर्दा अपील—मुसलमान शान्ति बनाए रखें...अपने जज्बात को काबू में रखें...अफवाहों पर यकीन न करें...और अन्त में सारे जहाँ से अच्छा की फुसलाने वाली धुन।

वे लोग बैठे हिन्दी समाचार शुरू होने की प्रतीक्षा कर रहे थे। शायद अयोध्या से कोई ताजा-तरीन खबर...शायद कोई वादा...शायद कोई भूल सुधार, कोई पश्चाताप...कोई अफसोस...कोई एक छोटी-सी ईमानदार कोशिश..। वे इन्तजार में बैठे थे।

कभी वे कुछ बात भी कर लेते थे...मरी हुई-सी बड़-बड़...बीमारों जैसी...मई-जून की दोपहरी में किसी पेड़ के नीचे अर्ध-सुप्तावस्था में लेटे-बैठे मजदूरों जैसे...वे कभी कुछ बोलते...तो कभी कुछ बोलते...रुक-रुक कर...असंबद्ध...आहत से।

जे. वी. रमण ने उस रात दूरदर्शन समाचार की कमान सँभाली थी। उन्हें वही कहना था जो उन्हें दिया गया था। पर उन्होंने अपने जीवन की उस सबसे चुनौतीपूर्ण बुलेटिन को बड़ी सावधानी से हैंडिल किया।

प्रधानमंत्री की संवेदनहीनता से उपजे खालीपन और अवसाद को जे.वी. रमण ने अपनी आवाज से...अपनी आँखों से भरने की पूरी कोशिश की।

समाचार के अन्त में एक विशेष कार्यक्रम और यह। पुरानी इमारतों, मन्दिरों, घरों की भीड़ से तनिक ऊपर की ओर निकलता हुआ मँझोले आकार का तीन गुम्बद वाला एक पुराना ढाँचा। गुम्बदों पर, दीवारों पर...पूरे ढाँचे पर मधुमक्खियों सरीखे छाए कारसेवक। यह था पहला शॉट। और दूसरे शॉट में दिखाई पड़े भगवा रंग में नहाए नेतागण...कारसेवकों को ललकारते हुए...मंच पर खड़े-खड़े अपने हाथों से उन्हें उस ओर धकेलते हुए...एक धक्का और दो चिल्लाते हुए। यह शॉट जल्दी से स्क्रीन से गायब हो गया। अन्तिम दृश्य में कैमरे का फोकस उस पूरे विवादित क्षेत्र पर धीरे-धीरे फैलने लगा, जैसे कैमरामैन उस पूरे लैंडस्केप को सहलाते हुए...दुलारते हुए...उस आतंकित मलबे में...उन भयाक्रांत अवशेषों में...बाबरी मस्जिद को ढूँढ़ रहा हो !

अन्त में हमारे घर के टी.वी. रूम में हुसैनपुरा के जो बचे-खुचे लोग बैठे थे उन्होंने देखा कि कुछ कारसेवक पुलिसकर्मियों की मदद से एक अस्थायी मन्दिर बनाने में लगे हैं। एक त्रिकोणाकार लाल रंग का चमचमाता, क्रूर ध्वज मन्दिर के प्रवेश द्वार पर...हरहरा रहा है।

अंग्रेजी समाचार शुरू हो चुका था। वे बैठे ही रहे। अंग्रेजी में पढ़े जा रहे समाचार को समझने का असम्भव प्रयास-सा करते। अब उनके चेहरों पर भाव नहीं आ रहे थे। एक शून्यता ने उन सभी को अपने पाश में कस लिया था। हथेलियों पर टिकी ठुड्डियाँ...या सरों के पीछे बँधे दोनों हाथ...निःशब्द बैठे हुसैनपुरा के बुजुर्ग...। मुझे याद आई ब्राजील की दिग्गज फुटबाल टीम। जब नब्बे के विश्वकप में पहले ही राउंड में हार कर टूर्नामेंट से बाहर हो जाने के बाद...मैदान में सारे खिलाड़ी बड़ी देर तक घास नोचते बैठे रहे थे। अपनी हार का मातम मनाते। उस पर अविश्वास करते।

पिछले कुछ दिनों में कुछ ऐसा हो गया था कि मुसलमानों ने जैसे बाबरी मस्जिद से अपनी शिनाख्त और अपने इतिहास को जोड़ लिया हो। उनके लिए उसे बचाने के लिए लड़ना ऐसी लड़ाई बन गई थी जिसमें विजय प्राप्त करके शायद वे बताना चाहते थे कि सारे इलजाम सही नहीं हैं। मुसलमान एक बर्बर और विध्वंसकारी कौम नहीं है। उन्हें यकीन था—पक्का यकीन था—कि हालात कुछ भी हो जाएँ...स्थितियाँ कितनी भी बिगड़ जाएँ...मस्जिद नहीं जाएगी।

इस रात की सुबह नहीं

उस रात नींद में मैंने बाबर को देखा। वह अपने जनरल को आदेश दे रहा था—जनरल, हुक्म है हमारा कि ठीक वहीं—न एक इंच इधर, न एक इंच उधर—जहाँ हिन्दुओं के भगवान राम की पैदाइश हुई थी, जहाँ उनका मन्दिर है, एक मस्जिद की तामीर की जाए।

—हुक्म की तामील होगी जहाँपनाह, पर क्या उसके बाद हम हिन्दुस्तान से वापस जा रहे हैं ?

बाबर ने, जो कि बहादुर होने के साथ-साथ अक्लमन्द भी था, जवाब दिया—अब कहाँ लौटेंगे जनरल। फरगाना ? खुरासान ? ये तो कबके हाथ से निकल चुके हैं। ईरान, अफगानिस्तान ? जनरल, ये भी तो अब पहुँच के बाहर हैं। अब हिन्द ही अपना सबसे बड़ा दाँव है। दूसरे, यह मुल्क मुझे भा गया है...यहाँ की मिट्टी-पानी में अलग तासीर है। यहाँ के लोग बड़े भोले और मीठे हैं। लौटने की बात मत करो जनरल।

—पर जहाँपनाह, आप इन लोगों के सबसे प्रिय देवता के जन्मस्थान पर मस्जिद बनाने का हुक्म दे रहे हैं, इससे इनकी धार्मिक भावनाओं को चोट नहीं पहुँचेगी क्या ? वे आपको यहाँ चैन की साँस लेने देंगे ? पूरा हिन्द आपकी मुखालिफत में खड़ा हो जाएगा। आपको जानना चाहिए हिन्दू अपने पूर्वजों की पूजा करते हैं। उनके लिए सबकुछ न्योछावर कर सकते हैं।

बाबर ने गुस्साते हुए कहा—जो कहता हूँ करो। इन्हें नाराज रखने में ही भलाई है। जिस समय हमारे पास सेना कम है, संसाधन कम हैं, और हम एकदम से नए भी हैं, इनकी भावनाओं पर हमला बोलकर, इन्हें चोट सहकर जीने का अभ्यस्त बना देना चाहिए। इससे हमारी आने वाली पीढ़ियों को ही लाभ होगा। समझे। जाओ, नाफरमानी मत करो। मन्दिर गिराओ, मस्जिद बनाओ।

जनरल को कुछ समझ न आया। बादशाह के बेतुके तर्कों से वह आश्वस्त नहीं था। वह चकराने लगा। मैं भी चकराकर जग गया। मुझे बाबर पर क्रोध आ रहा था और उसके जनरल से सहानुभूति हो रही थी। क्या जहाँपनाह इतने बेवकूफ थे ? मैं कुछ देर जगा बैठा रहा, फिर धीरे-धीरे बाथरूम की ओर चल पड़ा।

बाथरूम से लौट रहा था तभी मैंने यह देखा। मुझे लगा टी.वी. रूम में कुछ है।

लगा कोई बैठा है वहाँ। मैं रुका, और चार कदम पीछे चलकर बगल वाली खिड़की पर आ गया। मैंने झाँका। कमरे में ट्यूबलाइट ऑन थी। फर्श पर बिछी दरी सिकुड़-मुकुड़ कर बीच में पहुँच गई थी। दीवाल पर टँगा कैलेंडर रह-रहकर फड़फड़ा उठता था। दरवाजे की दरार में फँसा कीड़ा एक लय में टिप टैप, टिप टैप कर रहा था...और दीवाल घड़ी बिना थके टिक-टिक-टिक करने में मशगूल थी। बरामदे में रखी लालटेन धुक-धुक कर रही थी। बस बुझने ही वाली थी। वहीं कोयले की राख के पास रखा था दो थाली खाना—अनछुआ। मेरे बाबा कमरे के एक कोने में पड़े हुए थे। ऐसे...इस मुद्रा में लेटे हुए मैंने उन्हें कभी नहीं देखा था। दोनों घुटने पेट में धँसे थे...सर दादी की गोदी में था...तेल की कटोरी उल्टी पड़ी थी और तेल बहकर दरी तक पहुँच गया था...दोनों जगे हुए टी.वी. के पर्दे पर भिनभिनाते असंख्य उजले-काले दानों को बस देखे जा रहे थे...देखे जा रहे थे।

वहीं खिड़की पर खड़े-खड़े जैसे मैं जड़ हो गया। हिल नहीं सका। दूर सड़क पर कोई आवारा कुत्ता रो रहा था। नीम के पेड़ पर सोई चिड़िया जाग पड़ी थी और रुक-रुक कर बोल पड़ती थी...जैसे किसी को आखिरी हिचकी आ रही हो। उन बेजुबान जीवों की मर्माहत कर देने वाली आवाजें...उनका विलाप, उनका आर्त्तनाद, रात के कालेपन को बेधते हुए हमारे बरामदे वाले कमरे तक साफ-साफ पहुँच रहा था। पर वे दोनों उसी तरह मूर्तिवत पड़े रहे...न जाने कहाँ देखते हुए। फिर मेरे कानों ने वही चिरपरिचित कोलाहल सुना...दूर उत्तर दिशा से उठता हुआ। वही हिंसक नारे...वही कर्णभेदी विजय-गान। राम का मन्दिर वहीं बनेगा, काशी मथुरा नहीं बचेगा। वचन लिया जो पूरा किया, बाबरी मस्जिद को ध्वस्त किया ! दोनों की तरफ से कोई प्रतिक्रिया नहीं हुई...हिले तक नहीं अपनी जगह से...चौंके भी नहीं...कितने निरपेक्ष और निष्क्रिय से हो गए थे दोनों बूढ़े प्राणी !

लेकिन मेरी नसों में बुखार की एक लहर दौड़ गई। अयोध्या से विजयी कारसेवक वापस लौट रहे थे। गेटरगेट से झाँककर मैं उन्हें जाते हुए देख सकता था। एक और गगन-भेदी नारा उभरा...और डर के मारे वे निशाचर सन्न पड़ गए...उनका करुण क्रंदन कहीं छिप गया। नारों की प्रतिध्वनि में विक्षिप्त कर देने की शक्ति थी। मैं डर गया। अपने घर में...अपने बाबा-दादी के नजदीक खड़ा-खड़ा मैं वाकई डर गया।

बिस्तर में पहुँचकर मुझे रजनीश दीक्षित की याद आई। उसके साथ मैं एक स्वप्न-यात्रा पर निकल जाना चाहता था। बाबा-दादी से दूर, उन दोनों निशाचरों से दूर, विजयी कारसेवकों से दूर, रजनीश के साथ...। पर यह न हो पाया।...स्वप्न-यात्रा पर निकलने से पहले सोना जो आवश्यक था। लेकिन नींद कहाँ ?

11

नई सुबह ?

सुबह-सुबह अम्मी और दादी के सामने जो सबसे जरूरी काम था वह था...बचे हुए खाने को ठिकाने लगाना। काम करने वाली दाई की तो आज बाँछे खिल जाएँगी...लेकिन वह तो अभी तक आई भी नहीं थी। साढ़े आठ बज चुके थे। और जब आई तो पहले से ही खिली हुई थी।

—कहाँ थी खोजा बी, इतनी देर कैसे ? अपने मजनूँ से फिर मिलने चली गई थी क्या ? अम्मी ने उससे मजाक किया।

—अरे नहीं बाजी, इस गरीब के नसीब में यह सब कहाँ ? आधा घंटा देर क्या हुई कि...। खोजा बी हँसने लगीं।

—ऐ लड़की ज्यादा काँव-काँव मत कर। बता सुबह-सुबह कहाँ गई थी। आजकल हमारी पूछ कहाँ...पहले अख्तर साहब का घर...तभी कोई और...अख्तर साहब की बीवी आजकल मैके गई हैं न।

यह दादी थीं, फुलझड़ियाँ छोड़ते हुए। गाँव की अन्य बुढ़ियों की तरह दादी भी किसी दूसरी महिला से—उम्र और सामाजिक स्तर की परवाह किए बिना—मजाक करने से नहीं चूकती थीं। खोजा भी गुदगुदा उठी।

—अरे अम्मा, अख्तर साहब को नहीं जानती हो। हमेशा फ्री का ढूँढ़ते रहते हैं। कल रात दोनों मियाँ-बीवी कहीं दावत में गए थे...और अब तबियत ठीक नहीं है का नाटक करते पड़े हैं। खोजा बी ने लम्बा-सा मुँह बनाया। फिर नाक-भौं सिकोड़ते हुए बात पूरी की। पहले तो सब खाली करना पड़ा...फिर धोना-धुलाना। वे हैं तो दो ही प्राणी...पर खाते-पीते हैं शौक से। किलोभर खाना बचा हुआ था। मैंने कहा अल्ला मियाँ...जब दावत थी तो पकाया क्यों। फिर खलील भैया के घर। लगता है हुसैनपुरा वाले रात भर दावत ही खा रहे थे। बस धरने-उठाने में देर हो गई मेरी अम्मा। खोजा बी हँस पड़ी।

अब बताइए मेरी दादी और खोजा बी में ज्यादा अक्लमन्द कौन ? निश्चित रूप से मेरी दादी। खोजा बी एक बेवकूफ औरत थी। उसके नसीब से आज छींका टूटा था। लेकिन इस राज को उसने दादी के सामने खोल दिया था। दादी को पता था कि खोजा बी का पेट कभी नहीं भरता है। उन्होंने उसे झाड़ू पकड़ाते हुए दूसरे कमरे में भेजा और

अम्मी के कान में बोलीं—खाना गरम कर लेना। नाश्ते में खा लेंगे...और अगर बचता है तो दोपहरी भी निकल जाएगी। जाड़े के दिन हैं। इसे कानों-कान खबर न होने पाए।

फजिर की नमाज पढ़कर बाबा ने बैलों को चारा-पानी दिया और अपनी गुफा में दाखिल हो गए। सुबह खेत देखने भी नहीं गए। हुक्का भी नहीं चढ़ा। तपता भी नहीं जला। कोई मिलने भी नहीं आया।

हुसैनपुरा में सात दिसम्बर की सुबह तनावों और पूर्वाभासों से भरी थी। जैसे-जैसे दिन चढ़ता गया गाँव में एक हताशा...खालीपन पैठता गया। अफवाहें और मनगढ़ंत खबरें चक्कर लगाती रहीं। दोपहर बाद मुझे बाजार जाना पड़ा। बाबा के लिए दवा लेनी थी। चौक और बाजार में लोग छोटे-बड़े समूहों में इधर-उधर खड़े ताल ठोक कर वही चर्चाएँ कर रहे थे। उनमें से बहुतों को मैं जानता था.. वे भी मुझे जानते थे...कई मेरे सहपाठी थे...साथ-साथ खेले-खाए, रोए-गाए थे...उनसे हमारे सामाजिक सम्बन्ध रहे थे...तीज-त्योहार दुख-सुख में आना-जाना था...खाना-पीना भी था। पर सबके चेहरों पर तिरता अजनबीपन, अनजानापन...और कैसे बताऊँ...वह अहंकार...आज भी याद है। उनके सीने फूले हुए थे, कन्धे और चौड़े हो गए थे...बटन खुले हुए थे...और चाल...और बोली...बदली हुई...मेरे बगल से ही बतियाते हुए जा रहे थे वे...पर न तो मैं उन्हें पहचान सका, न वे मुझे।

फिर चार बजे के लगभग सुनाई पड़ा कि जुमा के दिन हुसैनपुरा की मस्जिद के नजदीक ही स्थित रामलीला मैदान में कोई मीटिंग होने वाली है। फिर खबर आई कि विजय-दिवस जैसा कुछ आयोजित किया जाएगा। लगभग दस हजार हिन्दू इकट्ठा होंगे। अगल-बगल के गाँवों में हरकारे दौड़ा दिए गए हैं। प्रस्तावित सभा के लिए लोगों में आशातीत उत्साह था। जितने मुँह उतनी बातें। सच्चाई अभी भी नहीं पता थी।

लेकिन बाबा को जब यकीन हो गया कि मीटिंग वाली बात सही है तो उन्होंने अपने हिन्दू मित्रों और शुभचिन्तकों से सम्पर्क साधने की कोशिश की। वे बताना चाहते थे कि हुसैनपुरा वाले डरे हुए हैं...गाँव छोड़कर हटने की बात करने लगे हैं। यह भी कि इन्हीं मित्रों ने सन् अस्सी में शिकायत की थी कि विपत्ति के समय हुसैनपुरा वाले उन्हें भूल गए थे। खबर क्यों नहीं की थी।

पर बाबा की भेंट चौक पर किसी से भी न हो सकी। शायद वे लोग आज भी चौक की तरफ नहीं आए। लौटते समय बाबा ने एक बात की। वे अपने गाँव वालों को एक बार फिर से बुलाते आए।

अब मैं सोचता हूँ तो लगता है कि इस एकमात्र घटना ने मुसलमानों को...उनके पूरे मनोविज्ञान को...इस कदर आहत और प्रभावित किया था कि उसे फिर से सामान्य बनाना आसान नहीं था। कुछ ईमानदार कोशिश की जानी चाहिए थी—तत्काल। उनमें व्याप्त असुरक्षा की भावना और उनके टूटे आत्मसम्मान को समझा जाना चहिए था। घाव भरने के लिए कुछ जिम्मेदार हाथों को तुरन्त आगे आना चाहिए था।

चाहे वे हुसैनपुरा के मुसलमान हों या फिर कहीं और के, सभी को सहानुभूति और

सभी को ढाढ़स की जरूरत थी। पर ऐसा नहीं हो सका। घाव को खुद भरने के लिए छोड़ दिया गया। बीतते समय के साथ जख्म भर तो गए पर निशान बाकी रहे। शेष भारत यह सब कैसे सन्न देखता रहा ? और कुछ लोग इतने कठोर, इतने असंवेदनशील, इतने गैरजिम्मेदार क्योंकर बन गए थे। बाबरी मस्जिद का विध्वंस डिफेक्टिव कल्पनाशीलता से उपजा ऐसा कुकृत्य था जिसे हर हाल में टाला जाना चाहिए था। इससे तो एक व्यक्ति को अपने विचारों, अपने विश्वासों, अपने उसूलों पर ही शंका होने लगी। करने वालों ने नहीं सोचा कि वे क्या करने जा रहे हैं...कितनी हानि होगी इससे।

मैंने स्वयं इसे बहुत ही व्यक्तिगत स्तर पर लिया। मुझे लगा कि जिस टाइटरोप पर बैलेंसिंग रॉड लेकर मैं अभी तक चल रहा था वह अचानक ही एक सिरे से ढीली पड़ गई है। फिर भी मैंने खुद को सँभाला। मैं बातचीत में अपने मुस्लिम दोस्तों को बताया करता था कि भाई देखो, यह कुछ शरारती, नासमझ लोगों का काम है। कभी-कभी वे मेरी बात पर विश्वास भी कर लेते थे। सन्तुष्ट भी हो जाते थे।

लेकिन मैं खुद अपने आप से सहमत नहीं हो पा रहा था। बचपन से ही मैंने गाँवों में फलने-फूलने वाले भेद-भाव और साम्प्रदायिकता को देखा है। गाँवों में ऊँची जातियाँ तो कहीं-कहीं आज भी मुसलमानों को अछूत मानती हैं। सबसे भूलने योग्य और सबसे पीड़ादायक अनुभव मेरे वे रहे हैं जब मुसलमानों को खुलेआम तुरुक, कटुआ, म्लेच्छ या पाकिस्तानी कहा जाता था। जैसे मुसलमानों को सच्चा भारतीय कहलाने के लिए पाकिस्तान-विरोधी होना पहली शर्त हो। यहीं मुश्किल आन पड़ती है। इस बात को भला कैसे भुलाएँ कि हर दूसरे-तीसरे मुसलमान परिवार से कोई न कोई सगा पाकिस्तान में है। तमाम मुस्लिम परिवारों में कराची और रावलपिंडी की बातें इस तरह होती हैं मानो ये भारत के ही शहर हों। और भाइयो, जेद्दा, रियाध, कुवैत, कतर और शारजाह तो दिल्ली, बम्बई और कलकत्ता से भी ज्यादा सराहे और बखाने जाते हैं। इन बातों को लेकर मुसलमानों पर उँगली उठाने से पहले कारणों में जाना चाहिए। समझना चाहिए।

दिसम्बर बानबे का पहला हफ्ता हुसैनपुरा के लिए बड़ा भारी गुजरा। जिन स्तंभों पर बैठा यह इतराया करता था उसकी चूलें हिल गईं। एक बात मुझे आज तक सालती है। वह बाबा को लेकर। वे तो इतने सीधे-सादे और संतुलित थे। वे क्यों डगमगा गए ? और दादी ? उन्होंने बहाना बनाकर गोबरवाली को काम से क्यों हटा दिया ? हुसैनपुरा वाले अकेले में क्यों रोते थे...और क्योंकर वे लोग एक सिरे से सबको जिम्मेदार मान रहे थे। बेरुखी, बेमुरव्वती और तटस्थता के लिए सभी को गालियाँ दे रहे थे। कितनी जल्दी वे सभी हिन्दुओं को लेकर अविश्वास पर उतर आए थे। हमारे रिश्ते क्या इतने कमजोर थे कि बस एक झटके ने उन्हें तितर-बितर कर दिया। कुछ धरोहरें क्या इतनी ही नाजुक होती हैं ? तो इसका ध्यान किसे रखना चाहिए था ?

मुझे तरस आता है उन लोगों पर जिन्होंने यह योजना बनाई। लेकिन जिस तरह से इस योजना को अंजाम दिया गया इस पर तो और भी ज्यादा तरस आता है।

क्या-क्या जी में आता है। कहाँ-कहाँ मन भागता है। किसे-किसे झिंझोड़ डालूँ। किसे-किसे मार डालूँ।

बाबा द्वारा बुलाई दूसरी मीटिंग में ज्यादा लोग नहीं आए। कुल मिलाकर पाँच लोग ही थे। हाँ, इस बार नज्जू इमाम भी शामिल थे। अधिकतर ने कारण बता भेजा कि तबियत खराब है। वास्तविकता यह थी कि लोग घरों से निकलना नहीं चाहते थे। पर बाबा तो सचमुच ही बीमार थे। बालों में तेल पोते, एक पुराना कम्बल ऊल-जलूल ढंग से कन्धे पर डाले हुए वे बीच वाली चारपाई पर बैठे थे। मफलर को इस तरह घुमाकर बाँध रखे थे कि चेहरा आधे से अधिक ढँका हुआ था।

क्या वे अपना चेहरा छुपा रहे थे ? कैसे लग रहे थे बाबा !

बाबा रुक-रुक कर धीमे-धीमे बोले। हुसैनपुरा के लिए बड़ा खराब दिन है यह। गाँव में जैसे मातम छाया है। सब को अपनी फिकर लगी है। कोई नहीं सोचता हुसैनपुरा का क्या होगा। अपनी मस्जिद का क्या होगा। बाबरी मस्जिद तो गई...मीटिंग है... मस्जिद के ही पास...पर क्या अब आगे भी...। बाबा आगे नहीं बोले। वे नज्जू इमाम की तरफ देखने लगे। इमाम साहब आसमान की ओर ताक रहे थे। बाबा ने उनसे जानना चाहा कि क्या शरीयत इस बात की इजाजत देता है कि जुमे की नमाज मस्जिद से बाहर कहीं और...गाँव में...अदा की जा सकती है। इमाम साहब ने बताया कि तीन हालात में ऐसा हो सकता है। पहला, अगर मस्जिद की जमीन वगैरह को लेकर अचानक कोई विवाद पैदा हो जाए। दूसरा, अगर मस्जिद में बड़े पैमाने पर तामीर का काम चल रहा हो। तीसरे, अगर मस्जिद में जगह कम पड़ जाए। इसके अलावा कोई सूरत नहीं बनती जिसमें नमाज कहीं और पढ़ी जाए। फिर अचानक नज्जू इमाम खड़े हो गए। बाबा के नजदीक आकर कुछ ऊँची आवाज में बोले—और मियाँ, इस्लाम में डर के लिए कोई जगह नहीं है। अगर आप डर के मारे ऐसा सोच रहे हैं तो जान लीजिए कि अल्लाह की नज़र में इससे बड़ा गुनाह कुछ नहीं है।

बाबा के स्वभाव में छोटी-छोटी बातों पर क्रोधित होना नहीं था। उन्होंने इमाम साहब को देखा, मुस्कुराए और मफलर को मुँह से हटाकर काँधे पर लटका लिया।

खलील मियाँ भी थे और अन्दर ही अन्दर उबल रहे थे। इससे पहले कि कोई कुछ और बोल पाता, उन्होंने जहर उगलना शुरू कर दिया—कारसेवकों ने मस्जिद को शहीद कर दिया...सब देखते रहे। चिल्लपों मचाने वाले नेता बिलों में दुबके रहे। कारसेवकों का हुजूम देखकर मुसलमानों की तो फटी पड़ी थी। यहाँ से लेकर जामा मस्जिद तक एक भी बन्दा घर से बाहर नहीं निकला। अली सेना और हुसेन दस्ता हवा में उड़ गए। औकात समझ में आ गई...हवा में किले बनाने और मुगालते में रहने का यही नतीजा होता है। उ.प्र. की सरकार तो हिन्दुओं की ही सरकार है। उससे मुझे कोई शिकायत नहीं। और दिल्ली में तो नामर्दों और शोहदों के सर सेहरा है। बस टेलीविजन पर देखते रहे कि टूटने पर मस्जिद कैसी दिखती है। इनके लिए तो इस मुल्क में मुसलमानों का वजूद ही नहीं है। इमाम साहब, आप तो हमारे सामने पैदा हुए हैं, अपने अब्बा से

पूछिएगा, हुसैनपुरा वालों ने कभी भी कांग्रेस के अलावा किसी को वोट नहीं दिया। क्या किया उन्होंने। सुनते हैं प्रधानमंत्री को छः दिसम्बर को दिन में जगाकर बताया गया कि अयोध्या में गड़बड़ हो गई है। दिल्ली तो छोड़िए, मियाँ से पूछिए, पंडित जी लोगों से इनकी बड़ी दोस्ती है, उनके साथ मिलकर कांग्रेस को जिताते रहे हैं, पर कोई आया ? नहीं न ? इंशाअल्लाह यह मुख्यमंत्री और वह प्रधानमंत्री...दोनों को इसका बदला मिलेगा। अपनी ही पार्टियों और अपने ही लोगों के हाथों बेइज्जत होंगे ये दोनों। कोई नामलेवा नहीं होगा इनका...कोई रोयेगा नहीं इनके जाने पर।

खलील मियाँ शायद बोलना बन्द न करते अगर बाहर मोटर साइकिल रुकने की आवाज आँगन में न पहुँचती। लोकल थाने के इंस्पेक्टर त्रिपाठी दो सिपाहियों के साथ बाहर खड़े थे। बाबा और बाकी लोग मीटिंग बीच में ही रोक कर बाहर आए। इंस्पेक्टर त्रिपाठी और कांस्टेबल हवलदार सिंह के साथ खाकी वर्दी में लाठी लिए एक नया लौंडा भी था। शायद नई भर्ती थी। त्रिपाठी जी मोटरसाइकिल पर बैठे-बैठे ही बोले—क्या हुआ मियाँ, पूरा मुहल्ला ही इकट्ठा कर लिए हैं आँगन में ?

बाबा दो कदम और आगे बढ़कर मोटरसाइकिल के नजदीक पहुँच गए।

—हाँ कहिए दरोगाजी, आदाब, खैरियत तो है ? कैसे तकलीफ किया ?

—नहीं, नहीं मियाँ, बस रूटीन राउंड पर थे सोचा मिलता चलूँ। सब ठीक तो है न, कहीं से कोई दिक्कत तो नहीं। हाँ जरा लड़कों को मना कर देंगे कि चौक-चौराहा दो-चार दिन बचा दें। इंस्पेक्टर त्रिपाठी बाकी गाँव वालों को एक-एक कर देख रहे थे।

—अच्छा त्रिपाठी जी, कल की मीटिंग हो रही है या कोई फेरबदल ?

इंस्पेक्टर त्रिपाठी बाबा को देखने लगे। देखते रहे। फिर धीरे से बोले—मीटिंग ? कैसी मीटिंग ?...कहाँ ? मीटिंग तो आपके आँगन में हो रही है...चुपचाप। इमाम साहब को भी देख रहे हैं...उस दिन अच्छा बोले थे मस्जिद में...। देखिएगा इमाम साहब, भड़काइएगा नहीं लोगों को। अच्छा चलता हूँ।

इंस्पेक्टर त्रिपाठी ने बैठे-बैठे ही किक मारी। सिपाही हवलदार सिंह ने मूँछों पर ताव दिया और पीछे बैठ गए। रंगरूट भी किसी तरह सीट में धँस गया। खलील मियाँ हिकारत से उन्हें जाते देखते रहे फिर खैनी को एक तरफ पिच्च से थूकते हुए बोले—साला झूठ बोलता है...मीटिंग के बारे में सब पता है इसे...साला काफिर दरोगा।

रात में बाबा का बुखार और बढ़ गया। एलोपैथी दवा का कुछ असर न देख दादी ने अपनी दवा आजमाई और उससे कुछ आराम मिला।

—सोचता हूँ खुद महराज के यहाँ चला जाऊँ। हालात ठीक नहीं दीखते। त्रिपाठी भी चाल चल रहा है। पर लगता है महराज और रामचन्दर बाबू बच रहे हैं...या शायद उनकी तबियत...। बाबा बीच में ही रुक गए।

—तबियत तो आपकी भी ठीक नहीं है...ठंडक भी है...सो जाइए...सुबह सोचिएगा जाने के बारे में। दादी ने उन्हें समझाया।

और तभी मोहब्बत अलो की खौफजदा आवाज सुनाई पड़ी। वे बेतहाशा दरवाजा पीट रहे थे और मियाँ खोलिए, मियाँ खोलिए चिल्लाते जा रहे थे।

एक पल के लिए तो बाबा की बोलती बन्द हो गई। खुद को सँभालते हुए मोहब्बत अली को अन्दर किया। मोहब्बत अली के गले में जैसे बाँस घुस गया था। बोल नहीं पा रहे थे। बाबा ने उन्हें झकझोरा तो शब्दों को मुँह से आधी स्वतन्त्रता मिली—मियाँ, एक ट्रक भरकर...कुछ करिए मियाँ...अपनी मस्जिद के पास कारसेवकों की भीड़... कुछ भी हो सकता है.. पूरा गाँव जला देंगे...मस्जिद पर हमला होने वाला है...कुछ करिए...मियाँ...कुछ...।

है कोई मददगार

बाबा भीतर से हिल गए पर खामोश रहे। जब बहुत देर तक नींद से जोर-आजमाइश कर चुके तो पत्नी ने हक अदा किया—पंडिताने जाइए। महराज से कहिएगा हमने भेजा है। भाभी कहते हैं न...कहिए देवर को याद किया है। मदद माँगी है। कहिए कि गाँव की मस्जिद महराज के हाथ है। कि पूरा गाँव महराज के हाथ है। जाइए-जाइए। न हो तो हामिद बाबू और खलील मियाँ को भी ले लीजिए। असर पड़ेगा। महराज सुनेंगे।

फिर बाबा ने कुछ ऐसा कहा कि अम्मी-अब्बू और दादी चकित रह गए। बाबा ने मेरी ओर इशारा करते हुए कहा, फरीद मियाँ भी साथ चलेंगे। जाइए तैयार हो जाइए जनाब। अम्मी-अब्बू अचरज से ताकते रहे लेकिन दादी फट पड़ीं, अरे नहीं, नहीं भाई...यह लड़का कहाँ ? यह कहीं नहीं जा रहा। आप तीनों जाइए। न न।

बाबा ने सूखी हँसी हँसते हुए दादी को देखा, फिर उन्हीं की टोन में धीरे से बोले—यह लड़का जाएगा...हाँ हाँ जाएगा। इसे भी जानने वाले हैं पंडिताने में। ठीक रहेगा। दादी आँख में आँख डाले देखती रहीं। फिर वे अन्दर को चली गईं।

लगभग दस बजे हम लोग पंडिताने के लिए रवाना हुए। जैसे ही बाबा ने पहला कदम बढ़ाया कि दादी फिर से रास्ते में आ खड़ी हुईं। उनके हाथ में बाबा की दोनाली ऐसे रखी हुई थी जैसे कोई छोटा-सा बच्चा। बाबा चौंक से गए। यह क्या...क्यों ? वे हड़बड़ा गए थे।

—रखिए इसे। दादी की आवाज में अनुरोध और आदेश का सम्मिश्रण था। आप मेरे पोते को ले जा रहे हैं, इसे रखिए। देख-समझकर जाइएगा। दादी की आँखें ? कुछ तरल-सी...कुछ डरी-सी। बाबा के लिए...या मेरे लिए। नहीं नहीं शायद हम चारों के लिए। मुझे लगा मैं बारह-चौदह साल के एक लड़के में तब्दील हो गया हूँ। यह लड़का !

बाबा ने दोनाली चारपाई पर रख दी। दादी की पीठ पर हाथ रखते हुए बोले, नहीं यह नहीं। समझो, मैं मदद और दया माँगने के लिए जा रहा हूँ। अब साथ में इसे लटका कर जाना ठीक नहीं लगेगा।

हम चारों जन उस देहाती सर्द रात में खेतों, बागों और ताल-तलैयों को लाँघते-फाँदते

पंडिताने जा रहे थे। हामिद बाबू को महराज से भेंट होने में शंका थी पर बाबा को पूरा भरोसा था। महराज के साथ बचपन में खेले-कूदे जो थे। दोनों सरैया के मेले में हर साल राम-लक्षमन के डोला के पीछे भागते-भागते तीर इकट्ठा करते थे। फिर एक रावण बनाकर दोनों उसको भेदते थे। मोहर्रम के जुलूस के बाद लाठी-तलवार और गदा का खेल भी खूब होता था। चलते-चलते मियाँ बुदबुदाये—हामिद बाबू, महराज जरूर मिलेंगे। निराश काहे के लिए होते हैं।

झाबर के खेल में जब दोनों टोले आमने-सामने होते तो सबकी आँखे मियाँ और महराज पर होती थीं। पंडिताने के गोल में अगर कोई था तो महराज। हाथ न आते थे। तीर की नाई उड़ते थे। इधर से अगर कोई उन पर हाथ डाल पाता था तो वो थे मियाँ। लँगड़ी मारने में उनका जोड़ नहीं था। दौड़ा लेते तो उड़नियों की साँस फुला देते—पाल्हा तक पहुँचने से पहले ही कमर में हाथ डालकर रगेद देते। मियाँ और महराज ही ऐसे दौड़ाक थे कि बिना गुँइया के भी अकेले ही पूरी-पूरी गोल को खा जाते। कूड़ी कूदने में दोनों एक-दूसरे को साल-दर-साल पीछे छोड़ते। अगर इस साल मियाँ की छलाँग बीस ठहरती तो अगली साल बाजी महराज के हाथ तय थी। दोनों अपनी आखिरी कूड़ी तब कूदे थे जब तीन-तीन बच्चों के बाप बन गए थे। गाँव के गबरू जवान मुँह देखते रह गए। सबके-सब डेढ़ से दो हाथ पीछे थे।

मुख्य सड़क से विजयी कारसेवकों के छोटे-छोटे समूह नारा लगाते लौट रहे थे। पर इन सबमें बाबा को एक ही नारा पसन्द था। राम लला हम आएँगे, मन्दिर वहीं बनाएँगें...कितना मधुर, कितना पुराना, कितना सच्चा वादा था इस नारे में ! बाबा को लगता था रामलला के लिए अयोध्या में भव्य मन्दिर नहीं बनेगा तो और कहाँ बनेगा। पर 'वहीं' को बाबरी मस्जिद की चारदीवारी से जोड़ने के लिए बाबा तैयार नहीं थे। इससे उस नारे में निहित भक्ति तथा प्रेम की उत्तेजना एवं मिठास में कुछ कमी प्रतीत होने लगती थी।

रामलला ! रामलला ! घने अँधेरे में बाबा ने एक रोशनी देखी। एक ज्योतिपुंज ! एक छोटा-सा मुकुटधारी धनुर्धारी क्षत्रिय बालक मन्द-मन्द मुस्कान बिखेरते हुए उन्हें अपनी ओर बुला रहा था। बाबा ने आँखें मलीं, धीरे हुए, अचंभित होकर बालक की ओर देखा। फिर देखा...। बालक यथावत्त खड़ा था। बाबा मुस्कुराए, फिर एक रहस्यमयी हँसी हँसते हुए बोले, हामिद बाबू देखते हैं...उधर...उत्तर की ओर...रामलला बुला रहे हैं...देखिए न कैसे बुला रहे हैं !

हामिद बाबू कुछ अटक से गए। उन्हें बाबा की आवाज में मियाँपन नहीं सुनाई पड़ा था। उन्होंने बाबा के कन्धे को हलके से छुआ और दबे स्वर में बोले मियाँ, हम लोग आ गए हैं महराज का घर सामने है। दरवाजे पर घुप अँधेरा है। शायद सभी सो रहे हैं।

हम चोरों की भाँति कुछ देर मकान के पीछे खुसर-फुसर करते खड़े रहे। कीर्तन के अखंड पाठ के बीच-बीच में उठने वाले स्वेच्छाचारी नारों की प्रतिध्वनि दिसम्बर की

उस रात की विभीषिका को चीरते हुए चारों मानवों को विचलित कर रही थी। हम वहाँ से भाग जाना चाहते थे। भागे भी। अपने गाँव की ओर। लेकिन पूरा भाग नहीं पाए। फिर लौटे, इस बार सीधे दरवाजे की ओर। बाबा ने साँकल बजाई। सामने दालान में सोया कुत्ता गुर्राया और फिर चुप हो गया। बाबा ने साँकल फिर बजाई। भीतर कुछ आहट हुई...उठने-बैठने और चलने की खटपट।

लकड़ी का भीमकाय दरवाजा एक विचित्र रुदन के साथ खुला। सामने महराज खड़े थे। बाबा ने हाथ जोड़ लिए। अँधेरे में महराज को कुछ सूझा नहीं। के है भाई ? आँय ! महराज सशंकित से एक कदम पीछे हट गए।

—मालिक, हम हैं आपके बगल के गाँव हुसैनपुरा के मुसलमान। बाबा का भर्राया स्वर फूटा। एक पल के लिए महराज ठिठक गए, फिर दो कदम आगे बढ़े। हिन्दल ! हिन्दल मियाँ ! हिन्दल तुम ? इतनी रात गए कैसे ? अरे भाई...कैसे...अकेले...क्या सब ठीक...। महराज शब्दों को जोड़कर वाक्य नहीं रच पाए। एकदम से हड़बड़ा गए थे।

मालिक !...बाबा के इस सम्बोधन के बाद महाराज सहज नहीं हो पा रहे थे। फिर अपने आपको सँभालते हुए ड्योढ़ी लाँघ कर बाहर निकल आए और दालान की ओर बढ़े। हम सभी पीछे हो लिए। कोने में एक चारपाई खड़ी थी। महराज ने उसे गिराया और बैठ गए। फिर टेंट से सुर्ती और चुनौटी निकाली, खुराक तैयार की और होठ के नीचे दबा ली।

—महराज, मीटिंग के बारे में कुछ बात करने आए थे। बाबा धीरे से बोले।

महराज कुछ अनिश्चित से, खोए-खोए से लग रहे थे...कुछ सोच रहे थे...मथ रहे थे स्वयं को। बाबा और हम तीनों खड़े रहे...बिना कुछ बोले। दूर मुख्य सड़क से विजयी कारसेवकों का जत्था निकल रहा था। एक नारा फिर गूँजा। एक लहर का थपेड़ा फिर आया। महराज ने कान पर मफलर कसा और बड़बड़ाने लगे—मालूम था यही होगा। अच्छा नहीं हुआ। अयोध्या की खबर आने के बाद ही सबको मना कर दिए थे। बाजार वाली मस्जिद के पास कोई फटका तो ठीक नहीं होगा। पता चला है शाम को मस्जिद के पास भीड़ जमा थी। पर हिन्दल, चिन्ता न करो भाई। ये कौन हैं ? हामिद हैं क्या। अच्छा तो खलील मियाँ भी हैं। ये तो पहचान में ही नहीं आ रहे हैं। हाँ तो सबको बता दीजिए कि फिक्र न करें। अपना गाँव अयोध्या नहीं बन सकता।

महराज चुप हो गए। ढिबरी की मद्धिम रोशनी में भी उनके चेहरे पर चिन्ता की लकीरें साफ देखी जा सकती थीं। वे चारपाई पर अपनी स्थिति को थोड़ा परिवर्तित करने लगे। पहले बायीं ओर खिसके, फिर दायीं ओर। एक कमजोर-सी डकार उनके मुँह से निकली पर बेचैनी कम न हुई। वे चुनौटी फिर टटोलने लगे। बाबा ने अपनी लाठी की टेक लेते हुए एक डग भरा। महराज के और करीब हुए...बोले, महराज, आप तो जानते ही हैं। परसों शुक्रवार है। उसी दिन एक बजे मस्जिद से सटे मैदान से विजय-यात्रा निकलने वाली है। मुसलमान सब डरे हुए हैं। मस्जिद के लिए...गाँव के लिए...। कल कुछ भी हो सकता है...कोई अनहोनी...कई लोग गाँव छोड़कर निकल गए

हैं...आप ही के हाथ सब कुछ है...आपकी बात सब मानते हैं। आप कुछ करें। आयोजकों पर दबाव डालें...उन्हें समझाएँ...आप ही हैं महराज।

बाबा अपने मुँह से यह सब कह गए थे। इतना असहाय, इतना दयनीय मैंने उन्हें कभी नहीं देखा था। कितने स्वाभिमानी हुआ करते थे मेरे बाबा !

बाबा की बात सुनकर महराज फिर उद्विग्न हो गए। खैनी को पिच्च से थूकते हुए बोले—विजय-यात्रा वाली मीटिंग में हम भी थे—सभी थे—बात ये है कि हिन्दल, सब ने वही जगह चुनी। नौजवान सब सुनने को तैयार नहीं। पर मुसलमान भाइयों का डर सही है। समस्या तो हो सकती है। रामचन्दर बाबू से नहीं मिले। मिल लेते। वह भी तो मीटिंग में थे। वह भी विजय-यात्रा नहीं चाहते थे। पर अब कुछ करना तो पड़ेगा ही। गाँव के एका और मर्यादा के लिए...अपने मुसलमान भाइयों के लिए...कुछ अवश्य करना पड़ेगा। यात्रा निकले चाहे नहीं...नमाज हो चाहे नहीं...किसी पर आँच नहीं आने पाएगी।

महराज कुछ और बोलना चाहे पर बाबा बीच में ही टोक पड़े—नमाज हो जाने दीजिए महराज। जुमे की नमाज मस्जिद में न होने से बहुत अन्तर पड़ जाएगा। कल के बाद मस्जिद के पास से ही विजय-यात्रा निकालिए, कोई बात नहीं।

महराज गम्भीर हो गए...फिर खड़े हुए और अपने बालसखा का हाथ पकड़कर बोले—हिन्दल, ऐसा था तो हमें बुलवा लेते। जाड़े की रात में नदी-नाला पार करते यहाँ तक आए। जाओ हम रहेंगे। जुलूस नहीं निकलेगा। त्रिपाठी दरोगा को भी सहेज देंगे। किसी को भी गाँव से भागने की जरूरत नहीं। सबको बुला के रखिएगा...हुआ तो कल आवेंगे। और हाँ भाई, हम मालिक नहीं हैं। एक थाली में खाए हैं...फिर लज्जित न करना...जाओ...बहुत रात हो गई है हिन्दल...किसी को साथ लगा दें क्या....।

मियाँ अली हुसैन हिन्दावल कुछ बोलना चाहे पर गला जैसे रुँध गया था। ऐन वक़्त पर शब्दों ने साथ छोड़ दिया। थूक घोटते खड़े रहे। जो हाथ उनके हाथों में था वह उनको गर्मी पहुँचा रहा था। जाड़े की उस रात में अपनेपन की हरारत...।

फिर हम रामचन्दर बाबू के घर की ओर बढ़े। वे दो घर छोड़कर ही रहते थे। उनसे तीन घर आगे उमराव सिंह थे। बहुत कोशिशों के बाद भी किसी का दरवाजा नहीं खुला। हामिद साहब ने लंगड़ सुकुल से मिलने का सुझाव दिया लेकिन अब तक खलील बाबा मूड में आ चुके थे। बोले, सीधे घर चलिए।

अब हम मुख्य मार्ग पर आ गए थे। महराज से मिलकर बाबा पूरी तरह आश्वस्त हो गए हों ऐसा नहीं लगता था। पर वे पहले की तरह हताश नहीं लग रहे थे। खलील मियाँ बाबा का कम्बल ठीक करते हुए बोले—महराज कल आ पाएँगे...मुझे संदेह है। बाबा जैसे कहीं खोए हुए थे। तन्द्रा टूटी तो बुदबुदा पड़े—आएँगे तो अवश्य...पर...नहीं भी आ सकते हैं...कुछ दबाव में दिख रहे थे।

चौक पर रामचरितमानस का अखंड पाठ पूरे उमंग और उत्साह के साथ जारी था।

बीच-बीच में माइक पर धमकी भरे नापाक नारे गूँज उठते थे। अँधेरी रात में मुख्य सड़क पर चलते हुए हम साफ-साफ सुन सकते थे। पिछले हफ्ते भर से हम सुन ही तो रहे थे। हमने फैसला किया कि चौक पर न जाकर उससे पहले ही चकरोट से अपने गाँव की ओर मुड़ जाएँगे।

जैसे ही हम मोड़ पर पहुँचे एक जीप तेजी से पास हुई पर बीस-पचीस मीटर आगे जाकर एक झटके से रुक गई...क्री इ इ इ...च। जीप से दो आकृतियाँ उतरकर हमारी ओर आती हुई दिखाई दीं। अँधेरे में भी खलील मियाँ की तेज, शक्की आँखों ने उन्हें पहचान लिया। अरे यह तो त्रिपाठी है, साथ में मुच्छड़ भी है। साले इधर क्या करने आ रहे हैं। वे फुसफुसाए।

कांस्टेबल हवलदार सिंह आगे-आगे आ रहे थे, उनके पीछे त्रिपाठी दरोगा थे। मूँछें ऊपर की ओर तनी हुईं, नशे में धुत्त, अपनी खास पुलिसिया ड्रेस खाकी शर्ट और धोती पहने हुए, बन्दूक को दाहिने हाथ में लाठी के माफिक झुलाते, और बाएँ हाथ में पाँच सेल वाली टार्च लिए हवलदार सिंह की चाल किसी बिगड़ैल जमींदार जैसी थी। एकदम रफ।

हवलदार सिंह की चाल वर्षों से नहीं बदली थी। शाम सात बजे के बाद कभी होश में नहीं देखे गए। सभी थानाधिकारियों का चहेता यह सिपाही कई सालों से इसी थाने पर जमा हुआ था और नए-नए थानेदारों को एक-एक कदम हवलदार सिंह से पूछकर ही रखना पड़ता था। कब किसे गिरफ्तार करना है, कब किससे कितना उगाहना है, कब किसे छोड़ना है, यह सब हवलदार सिंह के इशारे पर ही होता था। हवलदार सिंह इलाके के माई-बाप थे।

इंस्पेक्टर त्रिपाठी शाम की अपेक्षा रात में ज्यादा स्मार्ट और तने हुए लग रहे थे। अच्छी फिटिंग वाली उनकी वर्दी, साइड में लटकता रिवाल्वर, कारतूस की पट्टी, चौड़ा, निकला हुआ सीना और उनका अतिरिक्त अभिमान दूसरी दिशा से आ रहे ट्रक की हेडलाइट में चमचमा रहे थे।

—मियाँ, इतनी रात गए ? कहाँ से ? भाई, इस तरह हमारी समस्याएँ आप लोग न बढ़ाएँ...और आपके साथ ये लोग कौन हैं ?

इंस्पेक्टर त्रिपाठी बाबा से मुखातिब थे। बाबा कुछ उपयुक्त जवाब सोचने लगे जो उस अड़ियल दरोगा को सन्तुष्ट कर सके। उन्होंने आँख बचाते हुए जानबूझकर अपनी लाठी नीचे गिरा दी और फिर झुककर उसे उठाने की कवायद करने लगे।

—तो रात में आप लोग कहाँ गए थे ? इस बार हवलदार सिंह ने रूखाई से पूछा। हमारी तरफ हवलदार सिंह की टक्कर के खलील मियाँ ही थे। खलील मियाँ ने जवाब दिया, लेकिन बड़ी ही समझदारी से। रात में इस तरह हवलदार सिंह से पंगा लेना ठीक नहीं था। तत्काल उन्होंने एक बहाने का आविष्कार किया—साहेब, हम बैद जी के यहाँ से लौट रहे हैं, ये मियाँ के पोता हैं।...इन्हीं को दिखाने...शाम से ही बुखार उलटी...।

सहसा मैंने महसूस किया कि मेरे अन्दर बुखार और उलटी के लक्षण पैदा हो गए

हैं। खलील मियाँ ने मुझे दो बार छूआ...और मैं वास्तव में बिमारू दिखने लगा। दोनों ने मुझे घूरा...और कुछ बड़बड़ाते हुए जीप की ओर लौट गए। हम अभी भी खड़े थे। बाबा जीप के चले जाने का इन्तजार कर रहे थे। हमें दिखाई पड़ा कि इंस्पेक्टर त्रिपाठी आगे वाली सीट पर बैठे जबकि हवलदार सिंह पीछे अपनी जगह तलाश करने लगे।

ट्रक की रोशनी में मेरी नजर एक क्षण के लिए जीप की पिछली सीट पर पड़ी थी। मेरा अनुमान था कि पीछे कुछ लोग बैठे थे। जीप पीछे भरी-भरी-सी थी। हवलदार सिंह ने अपनी धारदार टार्च की तेज रौशनी जीप के पिछले हिस्से पर फेंकी। कुछ चुंधियाते चेहरे गड्डमड्ड होने लगे थे। पर एक चेहरा उन सब में साफ था। वह व्यक्ति जीप की फर्श पर उकडूँ-मुकडूँ बैठाया गया था। उसके दोनों ओर कुछ कम-उम्र लोग सटे बैठे थे और उनके चेहरे सूजे-सूजे से लगे। उस व्यक्ति ने आँखें खोलीं-भीगी हुई...लाल आँखें। जैसे उसने सर को ऊपर की ओर किया—जैसे टार्च की रोशनी से बचना चाहता हो—आँखों से कुछ कतरे लुढ़क कर उसकी काली घनी दाढ़ी में अटक गए।...नज्जू ? अरे...अरे...ना...न...नहीं...नज्जू इमाम। हाँ यह तो वही हैं...वही हैं जीप में उकडूँ बैठे...वही हैं बिलकुल। हामिद बाबू देखते ही मेमियाने लगे थे। काँप रहे थे वह, जैसे उन्हें बिजली के झटके दिए जा रहे हों। नज्जू इमाम इंस्पेक्टर त्रिपाठी की हिरासत में थे। दूसरा परिचित चेहरा रहीमुद्दीन का था। बाकी के युवक भी हुसैनपुरा के ही थे।

मैं साफतौर पर नहीं कह सकता कि बाबा उस दशा में बैठे अभागे नज्जू इमाम को देख सके थे या नहीं, लेकिन वे हिल जरूर गए थे। मुझे काटो तो खून नहीं। भला त्रिपाठी ऐसा कैसे कर सकता है। उसके शाम के व्यंग्य में क्या यही सत्य छिपा हुआ था ? खलील मियाँ की दशा तो मुझसे और हामिद बाबू से भी ज्यादा शोचनीय हो गई। वे उसी ओर देखते खड़े रहे—जैसे होश ही न हो। उस भागते क्षण में हमने कुछ जीवित परछाइयाँ देख ली थीं। एक दाढ़ीशुदा व्यक्ति को रोते कराहते देखा था हमने। वह नज्जू ही थे...नज्जू इमाम।

हमारी नजर पड़ी तो खलील मियाँ को सड़क के नीचे बैठे पाया—जैसे पेशाब करने के लिए बैठे हों। हम नजदीक गए। वे आँखें बन्द किए बैठे थे। चेहरा ऐसा हो आया था जैसे किसी मृत व्यक्ति का खिंचा हुआ...निर्जीव मुँह। दोनों हाथ सर पर, और सर आगे की ओर झूलता-सा...मुँह पूरा खुला हुआ...दोनों हाथ सर को नोचते रगड़ते...दोनों घुटने जमीन को छूते...खलील मियाँ ने ऊपर की ओर देखा, और बिलखकर रो पड़े।

हर्र-हर्र की आवाज के साथ जीप तेज रफ्तार से निकल गई। हम उसी तरह खड़े रहे—खलील मियाँ के नजदीक। बाबा अभी भी सन्न थे—जैसे कुछ आत्मसात कर रहे हों। फिर उन्होंने एक लम्बी साँस छोड़ी...और स्वयं को ढकेलते हुए सड़क पर ले आए...ऐसे चल रहे थे जैसे घायल फाख्ता। कुछ देर तक हुसैनपुरा की ओर कटने वाली

पगडंडी को देखते खड़े रहे...फिर धीरे से बोले—कल कुछ भी हो सकता है...नहीं... न...घर नहीं चलेंगे।

वे सीधे चलने लगे। हम उनके पीछे थे। कहाँ जा रहे थे वे ? चौक की ओर जहाँ अखंड कीर्तन चल रहा था ? आखिर कहाँ ? बाबा के मन में कुछ और था।

आश्चर्यजनक रूप से हम चौक से पास हो गए लेकिन किसी की नजर हम पर नहीं पड़ी। लगभग दो किलोमीटर तक हम चुपचाप बाबा के पीछे चलते रहे। फिर मैंने पूछा बाबा, काफी ठंडक है...अँधेरी रात भी है...हुसैनपुरा पीछे छूट गया...अब हम कहाँ जा रहे हैं ? बाबा ने खलील मियाँ को अपने पास खींच लिया और उनका हाथ भींचते हुए बोले—हशमतपुर। अपने मरहूम दोस्त अमीरुल हक के बेटे गुलाम रसूल के पास। उसकी मदद लेने। उसके सामने हाथ जोड़ने। उसकी मदद की हुसैनपुरा वालों को सख्त जरूरत है।

हामिद बाबू ने बताया कि हशमतपुर अभी भी एक किलोमीटर है और रात के ढाई बजने वाले हैं।

हशमतपुर सड़क से डेढ़-दो किलोमीटर अन्दर मुसलमानों का नामी-गिरामी गाँव था। हशमतपुर के चारों ओर छोटी जातियों वाले हिन्दुओं के गाँव थे। अतः पूरे इलाके पर हशमतपुर का दबदबा कायम था। अमीरुल हक वहाँ के मुखिया होते थे। वे अच्छे शालीन व्यक्ति थे। जमींदारों वाला रुआब था। हर प्रकार से साधन संपन्न थे...सैकड़ों बीघे जमीन थी...सन् सत्तर में ही ट्रैक्टर खरीदा था। उनकी मृत्यु के बाद उनके साहबजादे गुलाम रसूल ने उनके बनाए रास्ते पर चलना शुरू किया और बाद में अपना अलग रास्ता और रसूख बना लिया। हशमतपुर के मुखिया बने, बाप की छोड़ी सम्पत्ति को बढ़ाया भी और उसका अच्छा उपयोग भी किया। रुतबा और मिजाज ऐसा कि लोग सम्मान भी देते और भय भी खाते। गुलाम रसूल बड़बोले थे, दिलेर थे और नम्बर एक किस्म के मुस्लिम-परस्त थे। सुनने में आता था कि अपराधियों को शह भी देते थे।

इधर हाल फिलहाल बाबा की भेंट उनसे नहीं थी। पर बाबा को पूरी उम्मीद थी कि गुलाम रसूल मदद करेंगे।

गुलाम रसूल को जगाने में बिलकुल दिक्कत नहीं हुई। बाहर बरामदे में ही कुछ चारपाइयाँ बिछी थीं। बाबा ने दूसरी ही बार उनका नाम लेकर बुलाया था कि वे हकबकाते हुए जग पड़े।

कौन ? कौन भाई कौन...? बोलिए कौन है ? वे चौंके हुए थे—एक हाथ गद्दे के नीचे रखी रायफल पर था दूसरा हाथ टार्च खोज रहा था।

—प्रधानजी, हम हैं...हम हुसैनपुरा से...। बाबा अपना वाक्य पूरा भी नहीं कर पाए थे कि गुलाम रसूल ने पहचान लिया।

—मियाँ आप ! इस वक़्त ! कोई बात...बैठिए...बैठिए...कुछ हुआ क्या...मियाँ सब ठीक तो है। आइए...आइए न।

हम बैठ गए। उस व्यक्ति ने लोटा उठाया, कुल्ला किया और गटागट पूरा पानी

पी गया। फिर तकिया के नीचे से तम्बाकू निकाला, बनाया और होठों के नीचे दबा लिया। खैनी-संस्कृति का उल्लंघन करते हुए उसने किसी को भी नहीं पूछा। थोड़ी देर तक चुप रहा...लग रहा था नींद से उबरने का इन्तजार कर रहा है।...फिर धीरे से बोला—हाँ बताइए मियाँ। आराम से बैठ जाइए। बोलिए।

बाबा ने संक्षेप में सारी बातें सामने रख दीं। गाँव वाले डरे हुए हैं। जुमा के दिन मस्जिद के पास होने वाली सभा अब होकर रहेगी। महराज और रामचन्दर बाबू स्थिति को सँभालेंगे तो...पर कुछ कहा नहीं जा सकता। नज्जू इमाम को त्रिपाठी दरोगा ले गए...और अब हशमतपुर का ही भरोसा है।

बड़ी देर तक कोई कुछ नहीं बोला। एक घुटनभरा सन्नाटा छाया रहा। फिर गुलाम रसूल ने बोलना शुरू किया। गजब का आत्म-विश्वास और गजब की तल्खी थी उनके स्वर में। इस बात को नजरअंदाज करते हुए कि वह अपने पिता के मित्र से मुखातिब था। उसने अशिष्टता के साथ बोलना शुरू किया—बुरा न मानें मियाँ, एक बात कहूँगा। हुसैनपुरा के बारे में मेरे विचार कुछ अच्छे नहीं हैं। आप लोग, विशेषकर आप मियाँ, बेवकूफ हैं। आप सड़क के किनारे हैं तो आप सोचते हैं कि हिन्दुओं को आप हमसे अच्छा समझते हैं। समझते भी होंगे। आपके सारे मिलने-जुलने वाले अपर कास्ट वाले हैं—ठाकुर, बामन...और आपको इस बात का बहुत गर्व रहता है। ईद-बकरीद उनकी आव-भगत कीजिए और होली-दिवाली में उनके यहाँ जाकर चाटिए।

एक छोटी-सी व्यंग्यपूर्ण चुप्पी के बाद वे फिर बोले, आप लोग एक जमाने से यही करते आ रहे हैं। और अगर अब वे लोग आपके गाँव को ही खाना चाहते हैं तो इसमें कौन क्या कर सकता है ? इस विजय-सभा के बाद तो लोग पगला जाएँगे...और फिर कुछ भी हो सकता है। एक असहाय स्त्री की तरह अब आप लोग अपना बलात्कार होते देखिए।

गुलाम रसूल की बाबा के साथ बदसलूकी और उनकी बेहूदा बातें मुझे बिलकुल नहीं अच्छी लगीं। मैंने उठ जाना चाहा लेकिन फिर कुछ सोचकर चुप ही रहा।

उन्होंने लोटे में बचे पानी से अपना गला तर किया और पुनः शुरू हो गए—बहुत से बहुत मैं हुसैनपुरा के लोगों को कुछ दिनों के लिए हशमतपुर में शरण दे सकता हूँ। जब हालात ठीक हो जाएँ तो चले जाइएगा। मुझसे और क्या चाहते हैं आप लोग... बताइए। और मियाँ, आपकी मित्र मंडली कहाँ है ? पता है अब तो आपलोगों से पिछड़ी जातियाँ भी नाराज हैं। हमारे यहाँ देखिए, हमारी दोस्ती तो इन्हीं से है। इन्होंने अगड़ों को दम कर रखा है। हशमतपुर से एक भी पिछड़ा और हरिजन अयोध्या नहीं गया। आप तो गोरी चमड़ी वाले हिन्दुओं के साथ ही रहे हैं और रहेंगे...।

—मैं कुछ माँगने आया हूँ...बाबा ने उन्हें रोकते हुए कहा।

गुलाम रसूल प्रश्न पूछने के अंदाज में बाबा को घूरने लगे। बरामदे में रखी दोनों लालटेनों की बत्ती बढ़ा दी गई थी और वहाँ अच्छी रोशनी हो गई थी। बाबा ने उनका चेहरा पढ़ा। गुलाम रसूल पूछ रहे थे—क्या ?

—मुझे कुछ हथियार चाहिए। बाबा का स्वर सपाट और सीधा था। न कोई हिचक, न कोई बनावटीपन। हम तीनों जन तो सुनकर सन्न हो गए। बाबा ! खलील मियाँ की आँखें अचरज से पूरी खुल गईं। अविश्वास से उनका हाथ उनके मुँह पर चला गया। कुछ हथियार ! क्या कह रहे हैं मियाँ !

आश्चर्य तो गुलाम रसूल को भी हुआ। बाबा को ऐसे देख रहे थे जैसे पहचानने की कोशिश कर रहे हों। कुछ हथियार ! वे बुदबुदाए। बाबा का चेहरा गम्भीर बना हुआ था। उनकी माँग को हँसी खेल में न लिया जाए। उन्होंने जो कहा है उसका अर्थ समझते हैं। गुलाम रसूल अधिक देर तक चुप नहीं रह सके। कुछ सोचते हुए बोल—ठीक है। मैं समझ सकता हूँ। लेकिन मियाँ, हुसैनपुरा की आबादी क्या है ? और बन्दूकें ? मात्र एक...अहा। हाँ, फकीरा पानी ला बे...एक जग...जल्दी। मियाँ, हशमतपुर में हर दूसरे घर में एक लाइसेंसी तो है ही। बाकी और भी...।

गुलाम रसूल का चेहरा दर्प से चमक उठा था। उन्होंने बाबा को भेद डाला था। इसके बाद भी उनकी जीभ लपलपा रही थी।

अभी तक पानी न लाने के लिए फकीरा को कोसते हुए उन्होंने एक चुटकी तम्बाकू मुँह में रखा और शुरू हो गए। मियाँ, आर्म्स रखिए। और लोगों से भी कहिए पैसा खर्चें। लाइसेंस बनवाने की जिम्मेवारी हमारी...समझे। अरे भाई मुसलमान बनिए, बिना हथियार के कैसे चलेगा। बकरे की माँ कब तक खैर मनाएगी...सरकार कितनी सुरक्षा देगी आपको। सरकार आपकी है या उनकी ? बोलिए। अयोध्या से कुछ सबक लीजिए। हथियारबन्द होना सीखिए और उन लोगों से मिलिए जो उनसे खार खाए बैठे हैं। इसमें कोताही ठीक नहीं। देखिएगा तब साले आपके सामने काँपेंगे। पता है, हम लोग यहीं जानवर काटते हैं, हर हफ्ते...बस अपने पिछवाड़े। मजाल है कोई चूँ कर दे...जब कि उन्हें पता है कि हम गाय-भैंस गिराते हैं। और वे क्या कर रहे है ? बड़े-बड़े ठाकुर बामन विदेशी सुअर पाल रहे हैं...बेचने के लिए...शायद खाने के लिए भी। बेचना-खाना तो बाद में...वे ऐसा सिर्फ हमें चिढ़ाने के लिए करते हैं...जानते हैं हम इस जानवर को हराम समझते हैं। घृणा करते हैं इससे।

बाबा सन्न से उस आदमी की बात सुनते जा रहे थे। सुअरों पर दिया गया उसका वक्तव्य भी बाबा ने बिना किसी आपत्ति के सुना। आज तक किसी माई के लाल की हिम्मत नहीं हुई थी कि मियाँ अली हुसैन हिन्दावल को इस प्रकार लज्जित कर सके। बाबा कुछ कहना चाहते थे लेकिन वह व्यक्ति उठा और अन्दर चला गया। जल्दी ही एक जग पानी लेकर लौटा। बाबा ने बड़े ही ठंडे स्वर में फिर कहा—मुखिया जी, मैं कुछ हथियार माँगने आया हूँ...मुश्किल में हैं हम लोग...कुछ मदद हो सकती है क्या ?

बाबा की संजीदगी ने गुलाम रसूल पर असर किया। उनका बड़बड़ाना थम गया। बाबा की आखों में झाँकते हुए वे बोले, ठीक है जाइए, फिकर करने की कोई बात नहीं। आज दोपहर तक हमारा आदमी असलहा लेकर पहुँच जाएगा। बाबा कुछ बोलना चाहे लेकिन गुलाम रसूल ने बीच में ही हाथ दिखा दिया—जाइए, जो कह दिया

सो कह दिया...आज दोपहर तक...। फिर दो आदमियों को हमारे साथ लगाकर लोटा थामे वे झाड़ियों की ओर बढ़ गए।

सुबह हो चली थी। यह सुबह अपेक्षाकृत शान्त और ठंडी थी। पूरब दिशा में पीला सुनहरा गोला कुहासे के उजले पर्दे से बाहर आने के लिए संघर्षरत था। जब हम हुसैनपुरा की हद में दाखिल हुए तो हम वाकई थककर चूर हो गए थे। पिछली रात से ही हम चल रहे थे। हुसैनपुरा से पंडिताने, वहाँ से हशमतपुर, फिर हशमतपुर से हुसैनपुरा। बीस किलोमीटर से अधिक ही चले थे हम लोग।

थकावट के बावजूद बाबा को बुखार अब बिलकुल नहीं था। लेकिन आवाज अभी भी कमजोर थी। वे गेहूँ की आने वाली फसल पर, कुहासे पर, ठंडक पर...कुछ-कुछ बोलते चल रहे थे। हामिद बाबू ओर खलील मियाँ खाली हूँ-हाँ से काम चला रहे थे। रात भर दरबदर भटकने की उपलब्धि क्या रही थी ? बड़े बुजुर्गों का चेहरा पढ़ने की कला में अगर मैं माहिर होता तो अवश्य बता देता। पंडिताने में मिला, नहीं भी मिला। हशमतपुर में न मिलकर भी मिलने की उम्मीद जगी। जब आप जल्दी ही एक उन्मादी, साम्प्रदायिक भीड़ से दरपेश होने वाले हों तो गेहूँ की बम्पर फसल की बात करना बेमानी है। लेकिन खेतों में बीज ऐसे भरभरा आए थे कि तीनों किसानों को आसन्न संकट को कम करके आँकने का एक बहाना मिल गया।

—सब शान्तिपूर्वक निकल जाएगा। बाबा ने उम्मीद जताई।

—हाँ लगता तो है। हामिद बाबू ने उनका समर्थन किया।

—हथियारों का क्या करेंगे मियाँ ? खलील मियाँ नें हँसते हुए पूछा।

—खलील मियाँ निरे नादान हैं। मैंने सोचा।

बाबा खामोश ही रहे। खलील मियाँ की ओर देखे भी नहीं।

मैंने दूर से ही अख्तर साहब के घर के सामने मज्मा देखा। गाँव की ओर से एक लड़का हमारी ओर दौड़ा चला आ रहा था। वह बार-बार इशारे से अख्तर साहब के घर की ओर इशारा करता जाता था। वह बुरी तरह हाँफ रहा था। बोल नहीं पा रहा था। लेकिन वह गूँगा नहीं था। बाबा आश्चर्यजनक रूप से शान्त थे। शायद वे बुरी खबर सुनने के लिए स्वयं को तैयार कर चुके थे। हामिद बाबू और खलील मियाँ पूरे परिदृश्य की व्याख्या अपने ढंग से कर रहे थे। मुझे मालूम था कि अख्तर साहब पहले ही दिन से विचलित थे और घबराहट में शायद आत्महत्या... ! या फिर कारसेवकों की पगलाई भीड़ द्वारा उनकी हत्या...। कुछ भी सम्भव था।

जब उस लड़के ने वह सब बताया जो उसे बताना था तो बाबा ने इस पर ऐसी घूरती ठंडी दृष्टि डाली कि वह सिहर गया। वह मेड़ पर चलते रहे...चलते रहे। फिर एक दबी सूखी आवाज में बड़बड़ाये—अख्तर तो शुरू का डरपोक रहा। मालूम था यही करेगा। मैंने उसी के लिए यह सब किया...दौड़े धूपे...हाथ-गोड़ जोड़े...लेकिन...। वह आगे न बोल सके।

पहले हमसे वही व्यक्ति मिला। वही जिसने अख्तर साहब को रात में निकलते देखा था। दादी एक कोने में दूसरी महिलाओं के साथ खड़ी थीं। जाहिर है खोजा बी भी वहाँ खड़ी थीं—एक ही साथ रोते बतियाते।

अख्तर साहब, उनकी पत्नी और उनकी गर्भवती बेटी आधी रात के करीब गाँव छोड़कर कहीं चले गए थे। लगता है उस परिवार ने इस खबर के बाद कि कारसेवक मस्जिद और गाँव पर हमला बोलने वाले हैं यह हताशा और डर से भरा कदम उठाया था। रात में वे लोग फैजाबाद की ओर जा रहे एक ट्रक पर चढ़ते देखे गए थे। पर ऐसी परिस्थितियों में फैजाबाद ? सबसे चिन्ता की बात यही थी। उनकी बेटी वहीं ब्याही थी लेकिन वह खुद एक महीने पहले वहाँ से मायके आ गई थी। बच्चे की आमद कभी भी हो सकती थी। सब यही मना रहे थे यह अभागा परिवार जहाँ भी हो सुरक्षित हो। भीड़ एक-एक कर बढ़ती ही जा रही थी।

बाबा अभी तक नज्जू इमाम वाली खबर दबाये हुए थे। पर जल्दी ही यह खबर भी सार्वजनिक हो गई। हामिद बाबू खुद को सँभाल नहीं सके। जो कुछ रात को देखा था सब उगल दिया। और तभी किसी ने यह भी कहा। मोहब्बत अली के घर पर ताला लटक रहा है। बताने वाले सज्जन ने अपनी आँखों से मोहब्बत अली, रहीमा और मुन्नी को अलस्सुबह इक्के पर बैठकर रेलवे स्टेशन की ओर जाते देखा था।

अख्तर साहब और मोहब्बत अली की खबरें एक-दूसरे की संगिनी बन एक कोने में बैठ गईं। पर नज्जू इमाम की खबर उनसे अलग-थलग खड़ी रही।

इस एक अकेली खबर ने हुसैनपुरा वालों को जड़ से हिलाकर रख दिया। उनके चेहरों के रंग उड़ गए...धड़कनें बढ़ गईं...मनोबल के चीथड़े हो गए...और अंगों का आपसी समन्वय बुरी तरह गड़बड़ा गया।

एक-एक कर वे अपने घरों को लौट आए। एक दिन और नजरबन्दी में बिताने के लिए। एक दिन और आतंक के साए में जीने के लिए।

12

हुसैनपुरा का योद्धा

घर पहुँचते-पहुँचते बाबा सामान्य होने लगे थे। चाय पीकर बाहर वाली बैठक में आराम करने लगे। चेहरे पर ताजगी थी। लगता नहीं था कि रात भर के जगे हुए...और थके-माँदे हैं। पर वे बातचीत किसी से भी नहीं कर रहे थे...मुझसे भी नहीं...दादी से भी नहीं। पिछले दस घंटे से मैं मुसलसल उनके साथ था। उन्हें वाच कर रहा था। सब कुछ बड़ा अजीब-सा रहा था। कुछ ही घंटों में कहाँ-कहाँ से गुजर गए थे वह। कैसे-कैसे तजुर्बों से दो चार हुए थे बाबा। कहाँ से शुरू होकर कहाँ पर समाप्त हुई थी उनकी वह अँधेरी रात की यात्रा। बाबा के अन्दर क्या सब घट रहा था। क्या सोच रहे थे वह ? अख्तर साहब...मोहब्बत अली...नज्जू इमाम...बाबरी मस्जिद...अपने गाँव की मस्जिद...। कहाँ थे बाबा ?

मैंने उन्हें पढ़ने की कोशिश की। कभी तो लगता था बहुत दुखी हैं...कभी लगता था कुछ हुआ ही नहीं। एक पल वे हारे सिपाही प्रतीत होते थे, लेकिन दूसरे ही क्षण एक दृढ़प्रतिज्ञ योद्धा लगने लगते थे।

यह सब शायद इसलिए था कि वे महराज की प्रतीक्षा कर रहे थे...हशमतपुर से हथियारों के खेप की राह देख रहे थे। लेकिन चार बज गए, न तो महराज आए, न ही हथियार। महराज कैसे वादा भूल गए ? और हशमतपुर का वह बेताजबादशाह कैसे ललकार रहा था। कहाँ रह गए उसके मुस्टंडे और उसके असलहे ?

वह नंगे बदन धूप में सोचते-विचारते लेटे पड़े थे। फिर उन्होंने दादी को बुलाया—जरा बन्दूक यहाँ ले आइए।

बन्दूक ! दादी अचरज से उन्हें घूरने लगीं। बन्दूक से अधिक उनकी गंभीर आवाज ने दादी को चकित कर दिया था।

—बन्दूक ? वह धीरे से बोलीं, आपने बन्दूक कहा क्या ?

—हाँ, बन्दूक ! क्या हुआ ? मैं बन्दूक माँग रहा हूँ...वही जो कल आप दे रही थीं।

—वह तो कल की बात है। पर आप आज क्यों माँग रहे हैं ?

—अरे भाई...ठीक है...आप ले आइए न। काहे बहस करती हैं। आप कल जिद कर रही थीं। मैं आज स्वयं माँग रहा हूँ। बाबा का स्वर कुछ ऊँचा था।

दादी को फिकर हुई। वह बाबा को कुछ संदेह से देखने लगीं, फिर वह एक चाल

चलीं। उन्हें बस में करने के लिए मुस्कुराईं—अच्छा अब छोड़िए। बन्दूक की बात छोड़िए। मैं आपको अदरक वाली चाय देती हूँ...ठहरिए।

बाबा पर कुछ असर नहीं हुआ। जिद्दी बच्चे की तरह चिल्लाए—सुनती क्यों नहीं ?

दादी क्योंकर सुनने लगीं। उन्होंने झिड़की लगाई—अब क्यूँ...आँय...अब क्यूँ चाहिए बन्दूक...पगला गए हैं।

बाबा को हलकेपन से लिया जाना पसन्द नहीं था, चाहे दादी ही क्यों न हों। वे अपनी पत्नी के अड़ियल रवैये से सचमुच नाराज हो गए थे। फुफकारते हुए उठ बैठे। फिर दादी से सट गए और आँखें तरेरते हुए बोले—बुढ़िया, मैं अपनी गन चाहता हूँ अभी।

—क्यों ? दादी उतने ही जोर से पूछीं।

—तुझे शूट करना है इसलिए।

फिर दादी उन्हें ऐसे देखने लगीं जैसे किसी दारोगा से उसके सिपाही ने तू -तड़ाक कर लिया हो। उठीं, लपक कर अन्दर गईं और फेमिली गन के साथ हाजिर हो गईं। लीजिए और चलाइए बन्दूक। बाबा ने बन्दूक ली, दादी को देखा...देखते गए... मुस्कुराए...और फिर बेतहाशा हँसने लगे। फिर बोले, क्या तुम वाकई डर गईं थीं ? दादी ने उनकी ओर देखा भी नहीं, भुनभुनाते हुए तेज कदमों से अन्दर चली गईं।

बाबा ने अपनी बन्दूक उठाकर अपनी गोद में रख ली। मुझे याद है बाबा ने उसे शौकिया खरीदा था। पर खरीदते ही उनकी सामाजिक प्रतिष्ठा में चार चाँद लग गए थे। हमारे गाँव और उसके चारों ओर की सामाजिक स्थिति और कानून व्यवस्था की हालत ऐसी थी कि कोई भी अपनी सुरक्षा या अपने समुदाय की सुरक्षा के लिए हथियारबन्द होने के बारे में सोच भी नहीं सकता था। हमारे पूरे इलाके में ऐसे भी कम ही असलहे थे। जहाँ तक कि मेरी याददाश्त मेरा साथ दे रही है हमारी फेमिली गन सिर्फ दो ही बार प्रयोग में लाई गई थी। पहली बार अब्बू ने एक नीलगाय को मारने के लिए इसे निकाला था। हमारे खेतों को बड़ा नुकसान पहुँचाती थी वह। मार तो दिया लेकिन इस घटना से स्थानीय हिन्दुओं के बीच गलतफहमी पैदा हो गई थी। बाबा ने स्थिति को किसी प्रकार सँभाला। दूसरी बार तो बाबा ने अपना निशाना आजमाया था अपने ही कुत्ते पर, जो पागल हो गया था।

पहले उन्होंने एक साफ कपड़े से बन्दूक को एक सिरे से लेकर दूसरे सिरे तक पोंछ डाला। ऐसा करते हुए बाबा की शिथिलता दृष्टव्य थी। उँगलियाँ सधी हुई ऊपर से नीचे बिना रुके आ-जा रही थीं। दादी कमरे की खिड़की पर सन्न देखती खड़ी थीं। बाबा ने बन्दूक के बहुत दिनों से जंग खा रहे पार्ट-पुर्जों की सफाई शुरू कर दी। एक तरल पदार्थ में रुई के फाहे को भिगोकर उन्होंने एक-एक कर सभी हिस्सों को चमका दिया। नली, ट्रिगर, हैमर, स्लाइड, मैंगजीन चैंबर, फाइरिंग पिन, और बुलेट कम्पार्टमेंट, सभी कितने पुराने और बासी से दिख रहे थे। एक एक-कर सब की खबर ली उन्होंनें। फिर लकड़ी के हत्थे और लटकाने वाले बेल्ट को भी रगड़ दिया। फिर एक तार के सिरे में

रुई फँसाकर बैरल के अन्दरूनी हिस्से को तरोताजा कर दिया।

वे आए। देर से। वे तब आए जब बाबा बिलकुल नाउम्मीद हो चुके थे। पर वे ऐसे आए जैसे उन्हें आना चाहिए था। जमींदारों जैसे आए वे, अभिमान और बड़प्पन में नहाए हुए। कुल सात लोग आए थे। तीन मोटर साइकिलों पर लदे हुए। तीनों राजदूत। लपझप करती धोती और हफहफ करते कुर्ते। ठंडी हवाओं से बचने के लिए सदरी, गुलूबन्द और मोटी चादरें। उनमें से दो थोड़ा हटकर पेशाब करने बैठ गए और एक ने दोस्ताना आवाज लगाई—मियाँ हैं क्या ?

बाबा भागते हुए बाहर आए, सातों का अलग-अलग हाथ जोड़कर अभिवादन और स्वागत किया। हाथ जोड़े हुए ही वह उन्हें बरामदे में ले आए जहाँ तपते पर रखी हरी लकड़ी रुक-रुक कर फट पड़ती थी। बरामदे में धुआँ भरा था। रामचन्दर बाबू की मित्रतापूर्ण आपत्ति पर आग बुझा दी गई। पर पूरी आग बुझी नहीं। अब वे चारपाइयों पर आराम से बैठ गए। और फिर शुरू हो गया हँसी-मजाक का एक छोटा-सा दौर। इनके आने पर जैसे हमेशा ही हुआ करता था।

—मियाँ ने बहुत दिनों से हम लोगों को मीट-पुलाव नहीं खिलाया। भूल गए हैं भाई।

—मियाँ अब बहुत कंजूस हो गए है...ईद-बकरीद भी खाली जाने देते हैं।

—छोड़िए, ईद आ रही है न...हम लोग बिन बुलाए ही छाप लेंगे...तभी ठीक रहेगा।

—अरे नहीं, हमारी ओर देखिए...आप लोग खाली बकबकाए जा रहे हैं...सुनिए तो। रामचन्दर बाबू ने बलपूर्वक सभी का ध्यान अपनी ओर आकर्षित कर लिया। फिर जोर से हँसे और दाँतों को भींचते हुए बोले—दरअसल अब मियाँ पूरी तरह से पेटीकोट गौरमेंट के कंट्रोल में हैं। पुराने मित्रों से मिलने-जुलने की छूट नहीं है इनको।

इस कटाक्ष ने माहौल के भारीपन को हलका कर दिया। सारे के सारे ठठाकर हँस पड़े। हँसते रहे कुछ देर तक। बाबा बैठे चुपचाप सुन रहे थे। बीच-बीच में मुस्कुराकर बता देते थे कि मित्रों की फुलझड़ियों का असर पड़ रहा है। लेकिन शिष्टाचार की माँग थी कि हँसी के फव्वारे में शामिल हुआ जाए। बाबा ने बीच में उन्हें पकड़ा। और उनके चुप हो जाने के बाद तक हँसते रहे।

सच मानिए, मुझे पंडिताने वालों की हँसी से ईर्ष्या हो रही थी। उनका अट्टहास ! कितना वास्तविक, कितना सच्चा, और कितने दर्प से भरा हुआ था वह क्षण। कितने स्वच्छन्द विश्वसनीय लग रहे थे वे सब जब अपनी भयमुक्त हँसी बिखेर रहे थे। वह उन्मुक्त हँसी ! वह आनन्दातिरेक ! वह बेधड़कपन ! और हमारे बाबा की हँसी ! खाली शोर था उसमें। सचेत होकर हँस रहे थे बाबा। अपने ही बरामदे में खुलकर नहीं हँस सके।

फिर उनमें से एक ने अपनी लाल पीक कोने में थूक दी। फिर एक-एक कर सभी ने अपनी लाल पीक अपने-अपने कोनों में थूकी—पिच्च, पिच्च। उनके हिलने-डुलने से उनकी धोतियाँ, उनके कुर्ते, उनकी चादरें भी सरसराईं। कपड़ों का संगीत कितना मधुर

और कितना ठंडक पहुँचाने वाला होता है ! वे एक बार फिर से पान खाए...सुपाड़ी खाए, तम्बाकू खाए, चूना लिए और अपनी हथेलियों को झाड़ते हुए गम्भीर हो गए। हमारे पड़ोस से कई लोग आकर अब तक वहाँ खड़े हो चुके थे। रामचन्दर बाबू ने बात प्रारम्भ की।

—मियाँ, हम लोग लज्जित हैं कि कल रात आपको हमारे गाँव आना पड़ा। अगर स्थिति इतनी गम्भीर थी तो हमें बुलवा लिया होता। क्या हम मर गए थे ? मियाँ... आँय ? अयोध्या में जो हुआ उससे हमें क्या। हम यहाँ अपने गाँव में कुछ नहीं होने देंगे। सुना है कि अख्तर और मोहब्बत अली बिना बताए गाँव छोड़ कर कहीं चले गए हैं। क्यों गए, बोलिए। किससे डर के गए। हमसे। पंडिताने वालों से, रामपुर वालों से...चमरौटी और अहिरौटी वालों से। मियाँ, क्या हुसैनपुरा वाले हमसे अब डरने लगे हैं ? ऐसा कैसे ? हे भगवान...।

रामचन्दर बाबू का गला भर आया था। और देखते ही देखते वे रोने लगे। आज इतने दिनों बाद भी मैं कह सकता हूँ कि यह दिखावटी रुलाई नहीं थी। अपने कड़कपन के बावजूद वे भावुक आदमी थे। सचमुच वे रो पड़े...थे। कुछ रुककर बोले—यह तो हमारे पूरे इलाके की इनसल्ट है...पूरे गाँव की इनसल्ट है। इतना भाई-चारे की बात हम करते हैं...लेकिन मिला क्या ? फिर बाबा की तरफ देखते हुए पूछा—आखिर गए कहाँ दोनों ?

वहाँ खड़े हुसैनपुरा वालों को यह सब बहुत अच्छा लग रहा था। वे जजबाती होने लगे थे। असुरक्षा की भावना जाने लगी थी। अन्दर वाले दरवाजे से सटी खड़ी महिलाओं पर तो भावुकता का ज्वर-सा चढ़ गया। कितने समझदार हैं ये हिन्दू...कितनी अच्छी बात किए अभी...इनके यहाँ कुछ हो जाए तो यहाँ से तो कोई जाए भी न। वे बोलीं।

खलील मियाँ रामचन्दर बाबू के पैताने बैठे हुए थे। उन्होंने रामचन्दर बाबू के मुँह से निकले एक-एक शब्द को ध्यानपूर्वक सुना था, एक-एक वाक्य पर कृतज्ञतापूर्वक हुंकारी भरी थी। आँखें डबडबा आयी थीं खलील मियाँ की। विपत्ति में पड़ा मनुष्य दो मीठे बोल बोलने वाले शत्रु की भी प्रशंसा और पूजा करने लगता है। खलील मियाँ रामचन्दर बाबू को बीच में टोकते बोल पड़े—बाबू साहब, तकिया ? फिर बिना प्रतीक्षा किए दौड़कर गावतकिया ले आए और रामचन्दर बाबू की पीठ से सटा दिया। फिर पूछे, चाय ?...थोड़ा-सा नमकीन...मिठाई...चलेगी न ? बस एक मिनट में हो जाएगा। आप बतियाते रहें...मैं लाया।

खलील मियाँ के पैरों में जैसे स्प्रिंग लग गई हो। वे चरपाई से लगभग कूदते हुए आँगन में जा पहुँचे। दादी को एक कोने में ले गए और कान में फुसफुसा दिया। बस फिर क्या था। दादी ने अम्मी से कुछ कहा...खोजा बी तलब हुईं...राशिदा जगाई गई...पड़ोसी औरतें बिना कहे जुट गईं। चूल्हे का घर आँगन में आ गया। आँगन गुलजार हो गया। सात शुभचिन्तक हिन्दुओं के लिए चाय-नाश्ता बनाना कोई खेल नहीं था। सभी दो दिन से हाथ पे हाथ धरे बैठी हैं...आज जो मौका मिला है तो अच्छी चाय

बनेगी...सोंधी पकौड़ियों तलेंगी...मीट-मछली नहीं है तो क्या, जो खाते हैं उनके लिए देसी अंडा उबाला जाएगा। खोजा बी ने खुशी से काँपते हुए भरभराए गले से अपनी मुर्गी का अंडा फ्री देने की पेशकश की। खलील मियाँ ने जेब से दो रुपए निकालकर देते हुए कहा—फ्री में नहीं ना। दादी अपसेट हो गईं, बोलीं—खलील, घर मेरा है, पैसा देने वाले तुम कौन ? उन्होंने भी दो रुपए दे दिए। खोजा बी को चार रुपए मिल गए। वह खुशी-खुशी दौड़ीं।

राशिदा तश्तरियाँ गिराए जा रही थी, दादी की डाँट खाए जा रही थी। हामिद बाबू दौड़कर ढाक का पत्ता तोड़ लाए। लंगड़ सुकुल मुसलमान के यहाँ खाते तो हैं लेकिन पत्ते में। दादी की चप्पल नहीं मिल रही थी। भीड़-भाड़ में उनकी चप्पल हमेशा खो जाती है। उतारी नहीं कि कोई और पहन कर चला गया। अब देर भी हो रही है...कहीं वे लोग उठ न जाएँ। किसी ने कहा उठने वाले हैं तो दादी खुद चाय छानने लगीं। आधी बाहर, आधी गिलास में।

इतनी देर की मेहनत दो मिनट में पेट के अन्दर। उमराव सिंह ने बाबा से कहा—मियाँ, अपनी पेटीकोट गौरमेंट को हमारा सलाम कहिएगा। और यह भी कि पकौड़ी से खाली काम नहीं चलेगा। जल्दी मीट-पुलाव पर बुलावें। उस वाक्य पर खलील मियाँ रुक-रुक कर खूब हँसे। खूब ही हँसे।

बाबा ने रामचन्दर बाबू, महराज, उमराव सिंह, मिसिर और लंगड़ सुकुल से हाथ जोड़कर अपील की कि कल की मीटिंग को हर हाल में रोकें। नहीं तो स्थान ही बदल दें, या फिर तारीख ही। हुसैनपुरा की भलाई इसी में है। अगर यह हो गया तो बड़ी मेहरबानी होगी...कृपा होगी...उनके दोस्तों का उन पर एहसान होगा...पूरे हुसैनपुरा पर कर्ज रहेगा।

आए हिन्दुओं ने इससे अपनी सहमति जताई। रामचन्दर बाबू ने उमराव सिंह और लंगड़ सुकुल से कहा कि वे आज रात ही नौजवानों से बात करें और तमाम कारसेवकों से मिलकर मीटिंग कैंसिल करवाने का प्रबन्ध करें। आवश्यकता पड़े तो उनका और महाराज का नाम लें या बुलाएँ।

उमराव सिंह रामचन्दर बाबू का उनकी मूछों, ठनकदार आवाज और घर पर बँधे हाथी के कारण बड़ा सम्मान करते थे। उन्होंने खड़े होकर कहा आज ही सबको मना कर देंगे।

जाते समय रामचन्दर बाबू और महराज बाबा के नजदीक आए। पर बोले रामचन्दर बाबू ही—मन्दिर बने या न बने, मस्जिद बने या न बने, नमाज हो या न हो, विजय-समारोह हो या न हो, हमारी दोस्ती बिलकुल भी प्रभावित नहीं होगी। मियाँ, मुसीबत के समय में हमें पुराने अच्छे दिनों को याद करना चाहिए। कैसे अच्छे दिन थे !

अब बाबा के हँसने की बारी थी। पर आजकल उन्हें न जाने क्या हो गया है। जब हँस लेना चाहिए था तो नहीं हँसे। इनका सेंस ऑफ टाइमिंग बिलकुल गड़बड़ा गया है। और, भाइयो, यह कोई अच्छी खबर नहीं थी। वे लोग तो चले गए लेकिन हामिद

बाबू को फिकर बनी हुई थी। शायद छोटी-सी शंका थी। कहने लगे, महराज तो कुछ बोले ही नहीं। पूरे समय बस चुप ही रहे। खलील मियाँ सफाई देना चाहे, लेकिन दादी ने उन्हें चुप करा दिया। दादी श्रेय लेना और देना खूब जानती थीं। गिलास उठाते हुए बोलीं—हमारे देवर ही तो सबको हँका के ले आए थे। अब खुद ही बोलने लगते तो अच्छा लगता क्या ?

बाबा ने उन्हें ऐसे देखा जैसे कह रहे हों—वाह बुढ़िया, तेरा जवाब नहीं !

रात खाना खाने के बाद बाबा लेट गए। पर पूरी तरह शिथिल नहीं हो पा रहे थे वह। दादी बड़ी देर तक उनके पास बैठकर वापस अपनी चारपाई पर चली गईं। वैसे तो कुल मिलाकर शाम वाली मीटिंग ठीक-ठाक ही रही थी। जिन परिस्थितियों में और जिन मजबूरियों के तहत उनके हिन्दू मित्र काम कर रहे थे परिणाम कुछ बुरा नहीं था। कम से कम वे आए तो। हँसे बोले तो। आश्वासन तो दिया।

फिर उन्हें गुलाम रसूल के साथ अपनी रात वाली मुठभेड़ का ख्याल आया। हशमतपुर के उस डॉन का चेहरा सामने आते ही वे हँस पड़े। आज बारह बजे से पहले ही 'सामान' पहुँच जाएगा ! खूब नाटक किया था बन्दे ने। कैसे भरोसा दिलाया था। गरदन झटकते हुए उन्होंने कोने में रखी अपनी साफ-सुथरी चमचमाती बन्दूक पर एक नजर डाली। फिर रजाई मुँह पर डाल सो रहे।

रात में एक बजे के लगभग दादी ने उन्हें झँझोड़कर जगाया। दो आदमी हमारे शटर गेट पर खड़े थे। और ताले को धीरे-धीरे बजाय जा रहे थे। वे बीच-बीच में आपस में बड़े धीरे-धीरे बतिया भी रहे थे। बाबा की चारपाई पर हरकत देख, एक बन्दा हौले से बोला।

—मियाँ, हम हशमतपुर से आ रहे हैं। गुलान भाई ने भेजा है। ठंडक है यहाँ... हमें अन्दर ले लीजिए।

दादी ने चाभी दी, बाबा ने गेट खोला और वे दोनों अन्दर दाखिल हो गए।

—यह कुछ सामान है, गुलाम भाई ने भेजा है...तीन बन्दूकें हैं।...दो तमंचा... देशी...और इधर इस पोटली में बम हैं...कुल दस। खूब शोर होता है इनसे...काम भी करते हैं। इन्हें ही जुगाड़ने में देर लगी। उसकी आवाज में तनिक भी उत्तेजना नहीं थी। बाबा उससे भी अधिक शान्त थे। दोनों उल्टे पैर वापस चले गए।

मेरे बूढ़े बाबा और उनकी जीवन-संगिनी इस अँधेरे में कुछ देर तक फुसफुसाते खड़े रहे। मेरे पूरे शरीर में एक सिहरन दौड़ गई।

लाए गए सामान को एक-एक कर दोनों ने बखारी में गेहूँ के बोरों के बीच छिपा दिया। फिर उसके ऊपर भूसा और पैरा डाल दिया। वापस बरामदे में आकर सुपारी खाए...कुछ देर बैठे बतियाते रहे...फिर अपनी-अपनी चारपाइयों पर चले गए।

मैंने अपनी आँखों से उन्हें ऐसा करते देखा। उनके इस अभियान को मैंने कितना असहज होकर...कितनी बेचैनी से...कितने अपराध-बोध से देखा उसका बयान इन पन्नों पर सम्भव नहीं। जिस बात से मुझे सर्वाधिक धक्का लगा और आश्चर्य भी हुआ वह

था दादी का बदला हुआ रूप। क्या वह वही बुढ़िया थी जो कल शाम को बाबा के बन्दूक माँगने पर जंग पर उतारू हो गई थी।

इस वदलाव का कारण शायद बाबा और दादी की गुप-चुप बातचीत में देख सकते हैं जो बाबा के हिन्दू मित्रों के चले जाने के बाद दोनों के बीच हुई थी। बाबा के मस्तिष्क में अनिश्चितता बरकरार थी...और दादी उनके साथ थीं। आखिर वे एक आदर्श जोड़ी थे। अपनी कमजोरियों, अपनी विशिष्टताओं के साथ समर्पित थे एक-दूसरे के प्रति। एक-दूसरे के लिए हमेशा तत्पर ! एक-दूसरे के दुख-सुख, पाप-पुण्य में बराबर के भागीदार !

सामान को सुरक्षित कर दोनों तो चैन से सोये। पर उसके बाद मेरी आँख नहीं लगी।

दादी अंग्रेजी राज की बहुत भारी फैन थीं। उस जमाने की कहानियाँ, कानून-व्यवस्था, न्याय और अत्याचार, सब का आँखों देखा हाल वह हमें सुनाती थीं। शेर और बकरी की कहावत तो आपने भी सुनी होगी। दोनों एक घाट पर पानी पीते थे अंग्रेजी राज में। कभी-कभी मुझे ऐसा महसूस होता कि दोनों पानी पीने के बाद अनिच्छापूर्वक अपनी-अपनी डगर जाते होंगे। बकरी शेर को चिढ़ाते हुए, और शेर बकरी को ललचायी नजरों से देखते हुए। जो भी हो, कानून-व्यवस्था फूल-प्रूफ थी। और इसका कारण था भय—लाल पगड़ी और लाठी का शाश्वत आतंक ! राज के खात्मे के बावजूद भी भारत के ग्रामीण समाज में यह भय अभी तक कम नहीं हुआ है। पुलिस के प्रति डर और भय-जनित सम्मान अभी भी कायम है। गाँवों में पुलिस का घर पर तहकीकात करने आना डर की बात तो है ही, इससे सामाजिक अपयश भी होता है। दिसम्बर 92 के पहले हफ्ते में इंस्पेक्टर त्रिपाठी और कांस्टेबल हवलदार सिंह हुसैनपुरा गाँव के चक्कर पे चक्कर लगा रहे थे। तत्कालीन सरकार को लगता था ये मुहल्ले शरारत के मुख्य केन्द्र हैं। इसके मद्देनजर त्रिपाठी और हवलदार सिंह दिसम्बर के दूसरे हफ्ते में मस्जिद के चले जाने के बाद भी चैन की साँस नहीं ले पा रहे थे। त्रिपाठी और हवलदार सिंह की जोड़ी एक खतरनाक जानलेवा जोड़ी होती थी, विशेषकर जब वे अपने ड्रेस में होते थे—इंस्पेक्टर त्रिपाठी की फुल शर्ट पैंट से बाहर और आस्तीन मुड़ी हुई, हवलदार सिंह धोती और खाकी हाफ शर्ट में।

पिछले चौबीस घंटों में बाबा की मुलाकात उनसे दो बार हो चुकी थी और खुदा न करे कि वे अब तीसरी बार टकराएँ। लेकिन यही हुआ। बाबा अलस्सुबह फजिर की नमाज अदा कर रहे थे कि इंस्पेक्टर त्रिपाठी ने उन्हें पीछे से पुकारा। वे दोनों चुपचाप पैदल ही आए थे और शायद इस बात से अनजान थे कि नमाज पढ़ते व्यक्ति को बुलाया नहीं जाता। कोई प्रतिक्रिया नहीं मिलने पर त्रिपाठी जी और नजदीक चले आए। पीठ पर हलकी-सी थपकी लगाते हुए बोले—मियाँ, हम आपके घर की तलाशी लेना चाहते हैं।

बाबा ने सुना और उनके होश उड़ गए। खून जम गया उनका। नमाज तो टूट

गई थी लेकिन वे उसी मुद्रा में बने रहे। शैतान सर पर सवार हो तो कोई नमाज कैसे पढ़ सकता है। अब वे नमाज पढ़ने का अभिनय कर रहे थे। उनका मस्तिष्क भयंकर गति से सोच रहा था। अभिनय करते जाते और बचने का उपाय सोचते जाते। आज लुट जाएँगे बाबा। यदि घर से गैर कानूनी अस्लहा, वह भी उतनी मात्रा में, बरामद होता है तो उनकी प्रतिष्ठा, उनकी मर्यादा का क्या होगा। क्या कहेंगे उनके हिन्दू मित्र। परिणाम की परिकल्पना से काँप गए वह।

पर हमारे बाबा बिना लड़े हार नहीं मानते थे। तलाशी अवश्यंभावी थी...कुछ तो करना पड़ेगा। नमाज की चटाई उठाते हुए वे कुरान की आयतें बुदबुदाते जा रहे थे। चटाई को कोने में रखा और पुलिसवालों के पास पहुँच गए। आँखें मात्र आधी खुली हुई थीं। अभी भी कुछ पढ़ते जा रहे थे। फिर उन्होंने अपने होठों को सीटी बजाने की मुद्रा में गोल किया और दोनों के ऊपर फूँक दिया—दो बार, चेहरे से लेकर सीने तक। उन्होंने फिर कुछ पढ़ा और फूँकने की प्रक्रिया को दोहरा दिया।

दोनों पुलिसवाले हिचकते झिझकते खड़े बाबा को देखते रहे। उनके चेहरे पर पुलिसियापन अभी भी बरकरार था। उनकी भाव भंगिमा से लगता था मानो वे पूछना चाहते हों यह सब क्या है। बाबा ने मनगढ़ंत व्याख्या तैयार कर ली थी। उन्होंने बताया कि सुबह की नमाज के बाद नमाजी के सामने जो भी पड़े—हिन्दू या मुसलमान उसे खुदा की इस नियामत से नवाज देना चाहिए। एक तो जिस पर यह फूँक छोड़ी जाती है वह ईश्वर की नजर में विशिष्ट होता है, दूसरे इसे हजारों अनुकम्पाओं के बराबर माना गया है।

बाबा को हिन्दुओं की धार्मिक सहिष्णुता और उनकी धर्मभीरुता के बारे में अच्छी तरह पता था। इंस्पेक्टर त्रिपाठी और हवलदार सिंह अपवाद कैसे हो सकते हैं ?

दोनों को बैठने के लिए कहकर वे स्वयं भी बैठ गए। फिर बड़ी ही विनम्रता से सुबह-सुबह उनके इस तरह आने का मकसद पूछा। उन्होंने यह आभास दिया कि तलाशी वाली बात तो उन्होंने सुनी ही नहीं और वह थपकी तो किसी और के पीठ पर लगी थी।

—जी त्रिपाठी साहेब, कैसे आना हुआ ?

त्रिपाठी कुछ गड़बड़ाए से अपना बाल खुजा रहे थे। नहीं समझ पा रहे थे कैसे और क्या कहें। जब कि बाबा इंस्पेक्टर त्रिपाठी से बात कर रहे थे, हवलदार सिंह की शंकालु दृष्टि कोनों की तलाशी लेती रही।

बाबा ने कांस्टेबल के बॉस के ऊपर पूरा ध्यान केंद्रित कर दिया था। उन्हें नमाज, नमाज के बाद की फूँक के बारे और भी बताया। फिर पिछली शाम महराज और रामचन्दर बाबू के आने की सूचना दी। और झूठ-मूठ यह भी बताया कि किस प्रकार उनके हिन्दू मित्र इंस्पेक्टर त्रिपाठी की भूरि-भूरि प्रशंसा कर रहे थे। उन्होंने आशा भी जताई कि इंस्पेक्टर त्रिपाठी के रहते आज की प्रस्तावित विजय-सभा और उसके बाद का जुलूस शान्तिपूर्वक सम्पन्न हो जाएगा।

इंस्पेक्टर त्रिपाठी की मनोदशा अजीब-सी हो गई थी। कुछ अचकचा गए थे वह। क्या करें...क्या बोलें मियाँ से। बरामदे में एक सरसरी-सी नजर डालते हुए वे उठ खड़े हुए। अपनी खाकी शर्ट को दोनों हाथों से नीचे की ओर खींचते हुए बाहर निकल आए। हवलदार सिंह अनिच्छापूर्वक पीछे-पीछे थे। बाहर जाकर दोनों फिर रुके। हवलदार सिंह त्रिपाठी को कुछ बता रहे थे। उँगली उनके मुँह के पास बार-बार ले जाकर कुछ समझा रहे थे। अचानक इंस्पेक्टर त्रिपाठी मुड़े, बाबा के पास पहुँचते हुए बोले।

—मियाँ, कल रात हमने हशमतपुर के दो सन्दिग्ध व्यक्तियों को गिरफ्तार किया। पूछताछ में उन्होंने बताया कि वे गई रात आपके पास आए थे।

—मेरे पास ? क्या ऐसा कहा उन्होंने ? दरोगा जी, महराज और रामचन्दर बाबू के जाने के बाद कोई भी नहीं आया यहाँ, कोई भी नहीं। बाबा ने फिर सफेद झूठ बोला।

—और यह भी बताया कि वे आपके लिए गैरकानूनी हथियार लेकर आए थे। इंस्पेक्टर ने बाबा की आँखों में झाँकते हुए कहा।

—हथियार ? गैर कानूनी ? मेरे लिए ? बाबा योजनाबद्ध तरीके से रुक-रुक कर बोले। जैसे उन्हें बड़ा धक्का लगा हो, बड़ी शर्मिंदगी हुई हो। जी नहीं दरोगा जी यह सरासर झूठ है। मेरे पास अपनी बन्दूक है, और वह लाइसेंसी है, पूरी तरह कानूनी। कहते हुए वह रास्ते से हट गए।

—मैं समझता हूँ कि मैं आपके घर की तलाशी लूँगा। त्रिपाठी अपने बेंत को हवा में लहराते हुए बोले।

बाबा बस खड़े रहे।

इंस्पेक्टर त्रिपाठी और हवलदार सिंह बरामदे के दोनों कमरों को देखने के बाद बखारी की ओर बढ़े। वहाँ पहुँचकर बाहर से ही जायजा लेने लगे। बाबा का चेहरा पीला पड़ गया। काटो तो खून नहीं ! पैरों के नीचे से जमीन खिसक रही थी पर किसी तरह खड़े रहे।

वे दोनों अँधेरी बखारी में टॉर्च की तेज रौशनी की मदद से घुसे। एक-एक कोने को छानने लगे, एक-एक बोरे को हाथ से दबाकर देखने लगे। भूसा और पैरा को उलट-पुलट कर रख दिया। पर...वे हारकर खाली हाथ निकल आए। बाबा का माथा चकरा गया। चेहरा और आँखें ऐसी हो गईं जैसे किसी दहशतगर्दी का मंजर देख रहे हों। जान बच जाने से ज्यादा इस बात पर हैरत हुई कि आखिर हथियार गए कहाँ !

—मियाँ लगता है उनसे कुछ और पूछताछ करनी पड़ेगी। हम फिर से आ सकते हैं।

बाबा के मुँह से एक शब्द भी नहीं फूटा। वे बखार के सामने जड़वत खड़े थे। दादी बरामदे में खड़ी मुस्कुरा रही थीं।

—मेरी बुढ़िया, तू सचमुच बहुत अच्छी है। बाबा ने एक वाक्य में दादी की बुद्धिमानी और उनकी कार्यकुशलता की प्रशंसा की।

—अब ? दादी ने प्रश्न किया।

—अब, वे एक अनुभवी योद्धा की तरह बोले, अब मुझे जल्दी से कुछ आदमी चाहिए जो हथियार चला सकें। अपनी मस्जिद की रक्षा कर सकें।

मेरी दादी ने फिर कोई प्रश्न नहीं पूछा। इस निर्णायक घड़ी में भला कैसी पूछपाछ। वे खामोशी से बाबा को देखती खड़ी रहीं। ठीक वैसे ही जैसे एक मुर्गी जबा हो रही दूसरी मुर्गी को देखती है—बिना फड़फड़ाए...बिना भागे...सन्न !

सुबह से ही मस्जिद के बगल वाले मैदान में विजय-यात्रा की तैयारी जोरों पर थी। पूरा इलाका भगवा रंग में नहाया हुआ था। रामभक्तों का सैलाब मैदान में उतर पड़ा था। नारों से आसमान फट जा रहा था। त्रिपाठी दरोगा की सलाह पर मुसलमानों ने अपनी-अपनी दूकानें बन्द रखी थीं। बाबा ने शकूर अली को दौड़ाया—पता करो महराज कहाँ हैं। देखो जुलूस रुकवाने की कोशिश कर रहे होंगे। शकूर अली खाली हाथ लौट आए। महराज तो नहीं मिले पर भगवा पट्टी बाँधे रामचन्दर बाबू जरूर माइक पर समझा रहे थे—यात्रा शान्तिपूर्ण होनी चाहिए। ऐसा-वैसा नारा बिलकुल नहीं। मस्जिद की ओर देखिए भी नहीं। नमाज में विघ्न न डालें अन्यथा हम आपके साथ नहीं। शकूर अली ने बताया कि उनके समझाने का वहाँ कुछ असर नहीं दिखता है।

खलील मियाँ ने छींटाकशी की—कल नाश्ता करने के लिए आए थे बस। कितना आश्वासन दिए थे, आज क्या हुआ। महराज तो बिल नें छिपे हैं। मियाँ, आप भी जाइए, जुलूस में शामिल हो जाइए।

बाबा ने एक गिलास पानी पिया और फिर हथियारों से लैस होकर अपने साथियों के साथ मस्जिद की ओर चल पड़े।

मस्जिद पहुँचकर चारों ने बाहर खड़े नमाजियों को अन्दर किया और खुद मुख्य द्वार पर खड़े हो गए।

ठीक उसी समय हामिद बाबू की तेज आँखों ने हवा से बातें करती मोटरसाइकिल को देखा। मोटरसाइकिल सीधे दनदनाती चली गई। इंस्पेक्टर त्रिपाठी चला रहे थे, हवलदार सिंह रायफल टाँगे पीछे बैठे थे। हामिद बाबू ने बाबा को दिखाना चाहा लेकिन तब तक चिड़िया उड़ चुकी थी।

—अच्छा हुआ कुत्तों की नजर इधर नहीं पड़ी। हामिद बाबू बोले और मस्जिद के अन्दर झाँकने लगे। बस पाँच मिनट की बात है, नमाज खतम और नमाजी घरों को वापस। हम लोग यहाँ यात्रा समाप्त होने तक जमे रहेंगे। बस। मुश्किल से दो मिनट बीते होंगे कि मोटरसाइकिल वापस मस्जिद पर। बाबा और हामिद बाबू उन्हें तब तक नहीं देख सके जब तक कि वे बिलकुल सामने आकर नहीं खड़े हो गए। दोनों फुल वर्दी में थे। उनकी चम्चमाती वर्दी, चमचमाता अहंकार, उनकी पुलिसिया खोजी आँखें ! हिल गए हथियारों से लैस हुसैनपुरा के चारों मुसलमान।

लेकिन अपने आपको नियंत्रित करके चुपचाप खड़े रहे।

—क्या मियाँ, नमाज नहीं अदा कर रहे हैं ? इंस्पेक्टर त्रिपाठी ने बाबा से पूछा, और फिर बोले, गार्ड कर रहे हैं क्या ?

यह कोई आसान सवाल नहीं था। दो ही विकल्प थे बाबा के सामने। हँस कर कोई बहाना बना दें या चेहरे पर गरिमामयी खामोशी ओढ़ लें। इंस्पेक्टर वापस चला जाएगा। बाबा ने एक तीसरा ही जवाब दिया—सीधा और सच्चा।

—सच कहते हैं दरोगा जी-हाँ, गार्ड कर रहे हैं...रखा रहे हैं नमाजियों को और मस्जिद को। कहिए ?

—कोई जरूरत नहीं जनाब। जब हम हैं तो आपको ड्यूटी देने की जरूरत नहीं। जाइए नमाज पढ़िए, आपका और मस्जिद का बाल भी बाँका न होगा।

चारों मुस्कुरा उठे। बोले कुछ भी नहीं। त्रिपाठी ने एक बार फिर अपनी खोजी दृष्टि डाली और लगभग व्यंग्यात्मक स्वर में बोले—और यह क्या भाई...इतनी अच्छी धूप है...और आप लोग कम्बल ओढ़े हुए हैं।

त्रिपाठी ने बाबा की आँखों में देखा...कुछ देर तक देखते रहे...फिर कम्बल को अपनी आँखों से सहलाने लगे। एक-एक कर चारों कम्बलों पर नजरें फिराते खड़े रहे।

वे चारों भी धीर-गम्भीर बने रहे। बाबा ने फिर इंस्पेक्टर त्रिपाठी को आमने-सामने के खेल में मात देने की कोशिश की। सच बोलकर अपने दुश्मन को चित करने की ठानी।

—दरोगा जी, दरअसल इन कम्बलों में हमने वही हथियार छिपा रखे हैं जिसे ढूँढ़ने के लिए आज सुबह आप हमारे घर आए थे।

त्रिपाठी विचलित हो गए—अरे नहीं मियाँ ऐसा क्यों कहते हैं। मुझे पता है मुसलमान हथियार लेकर मस्जिद नहीं जाते हैं। मुझे कोई संदेह नहीं है। बोलकर वे मुड़ गए। हवलदार सिंह एक बार फिर अनिच्छापूर्वक साथ हो लिए।

बचे-खुचे नमाजियों को अन्दर भेजकर तीनों मजार वाली दीवार से लगकर खड़े हो गए। विजययात्रा शुरू हो गई थी। नमाजी सीधी लाइनों में खड़े हो रहे थे। बाबा और उनके साथियों की नजरें मस्जिद के गुम्बद और गेट पर बारी-बारी से पहरा दे रही थीं। विजय मद में नहाए रामभक्त मस्जिद के नजदीक से जयघोष करते निकलने लगे। उनके नारों और चेतावनियों से आसमान एक बार फिर हिल गया। वे मस्जिद को ऐसे घूर रहे थे जैसे वह कोई सजीव अपराधिनी हो।

सजा माथा, आँखें लाल, बिखरे बाल, झटके से टेढ़ी होतीं गर्दनें, उस पर नीली पड़ती नसें, भिंचे हाथ और ऊँचे जाते सिर नारों के प्रभाव को और वीभत्स बना रहे थे।

कैसे-कैसे नारे ! व्यक्तिगंत और आहत कर देने वाले नारे ! पीढ़ियों से बने विश्वासों को झकझोर देने वाले नारे ! सदियों से चली आ रही एकता की रस्सी को तोड़ देने वाले नारे ! सम्मान और स्वाभिमान को चूर-चूर कर देने वाले नारे ! हिन्दू को हिन्दू, मुसलमान को मुसलमान बनाने वाले नारे ! इतिहास से प्रतिशोध के नारे ! उसे बदलने और मिटाने के नारे ! स्थिति बिगड़ सकती थी।

एक छोटी-सी शरारत बड़ा हादसा बनने को उतावली थी। पर बाबा ने ठान लिया

था—अपनी मस्जिद का बाल बाँका न होने देंगे। लोडेड गन कन्धे से टँगी थी। उधर उत्तेजना का ज्वर अपनी चरम पर था। तभी बाबा की आँखों ने भीड़ के एक कोने में महराज़ को देखा। उन्हें अपनी आँखों पर विश्वास नहीं हुआ। उन्होंने आँखें मलीं। महराज ही थे। कहीं कोई शक नहीं। बाबा ने कम्बल नीचे गिरा दिया और बन्दूक कन्धे से उतारकर मस्जिद की दीवार से टिका दिया।

उनके बदन में जुम्बिश होने लगी...आँखें भीग गईं। अपने साथियों से कुछ बोलना चाहे पर गला भर आया था...स्वर नहीं फूटा। हामिद बाबू ने उनके कन्धे को हलके से छुआ—क्या हुआ मियाँ ..बन्दूक क्यों...।

मियाँ की रूह जैसे वापस आ गई। दीवानों के मानिंद बड़बड़ाने लगे—देखो भाई, हामिद बाबू देखो, अख्तर साहब आप भी देखो, नज्जू इमाम से भी कहिए देखें। खलील मियाँ भी देखें। वह महराज हैं, हमारे बचपन के साथी, हमारी गोरी चमड़ी वाले दोस्त। महराज नौजवानों को कैसे मना कर रहे हैं, हाथ उठा-उठाकर कैसे समझा रहे हैं। देखो भाई अब नारा बन्द हो गया। ढोल-तमाशा भी थम गया। त्रिशूल और तीर का लहराना भी रुक गया। मस्जिद बच गई। गुम्बद को कुछ नहीं हुआ। गाँव पर हमला टल गया। महराज ने लाज रख ली। अपनी भी...हमारी भी।

इसके बाद सब कुछ जल्दी ही सामान्य हो गया। यह एक तूफान था जो आया और गुजर गया। पर साम्प्रदायिकता और मन्दिर-मस्जिद की जो विषाक्त हवा देश में बही उसने बाबा के गाँव हुसैनपुरा को भी छुआ। पर सबसे ज्यादा असर बाबा पर पड़ा। इस घटना के बाद जैसे उन्हें ग्रहण लग गया। दुखी और अलग-थलग रहने लगे। मिलने-जुलने वाले कम हो गए। दरवाजे पर सुबह-शाम की बैठकें खत्म हो गईं। बाबा का अधिकतर समय दादी के साथ बरामदे वाली छोटी कोठरी में बीतने लगा। बाबा अचानक बूढ़े दीखने लगे...चुके-चुके से। चेहरे की चमक जाने कहाँ खो गई...रौब की जगह लाचारगी ने डेरा जमा लिया...स्वर की गम्भीरता फुसफुसाहट में तब्दील हो गई। दाढ़ी जो पहले कभी न रखी थी बढ़ने लगी। नमाज और कुरान पहले से भी ज्यादा शिद्दत से पढ़ने लगे।

अयोध्या के लगभग चार महीने बाद घर में एक फंक्शन हुआ। अपने गैर-मुस्लिम दोस्तों को बुलाना चाहे, घर में बहुत प्रतिरोध हुआ। फिर भी चुपके से न्योता भेज दिया। पर कोई भी न पहुँचा खाली लंगड़ सुकुल आए, भगवा-पट्टी माथे पर सजाए। बाबा टूट गए। अवसाद से भर गए।

दूसरे दिन खलील मियाँ मिलने आए। मियाँ उनका हाथ पकड़कर खुद-ब-खुद बड़बड़ाने लगे—सन् सैंतालीस में हम भी जाने का मन बना लिए थे। जिस दिन हाजी साहब निकल रहे थे हमारी भी पूरी तैयारी थी। जवान थे, उमंग थी, उमर थी, चले गए होते तो...। पर ये है न तुम्हारी बहन...इसने रोका...इसी ने। कहने लगी, चलते हैं तो अपना खेत, अपना बाग-बगीचा और अपना पुश्तैनी कब्रिस्तान जिसमें बाप-दादा को

अपने हाथ से गाड़े हैं, जिसमें आपके अपने लोग सो रहे हैं, सब ले चलिए। महराज को भी कहिए साथ चलें। इन सबके बिना कैसे रहिएगा। किसको दावत पर बुलाइएगा। किसके साथ दिन-दिन भर बैठकी कीजिएगा। हम चुप हो गए। खलील मियाँ, हमारी समझ में नहीं आता था हम क्या करें। हाजी साहब चौथे महीने ही रोते हुए लौट आए कि वहाँ मन नहीं लगता था। खेत-खलिहान, चौक-चौराहे बहुत याद आते थे। नींद न आने की बीमारी हो गई थी उन्हें। फिर हम जिन्ना को उल्टा-सीधा कहने लगे। पाकिस्तान को गाली बकना शुरू कर दिए। हम जितना ही गाली बकते, हमें उतना ही सराहा जाता, अपनाया जाता। पर आज सोचते हैं कुछ गलत हो गया। शायद इतने सालों तक अपने आपको धोखा देते रहे, छलते रहे। इसका दंड तो भोगना ही पड़ेगा। कल दावत में कोई नहीं आया। महराज भी नहीं आए। शायद बीमार होंगे। या फिर लड़कों ने मना कर दिया होगा। सारे लोग कहाँ चले गए, खलील मियाँ।

मैं वहीं खड़ा था। बाबा की आत्मग्लानि और उनका अपराध-बोध मुझसे ढोया नहीं गया। मैंने उनके माथे पर हाथ रख दिया। बाबा, आपसे कुछ गलत नहीं हुआ। जो चले गए थे वे ही कौन बहुत खुश हैं वहाँ। हमें यहीं रहना है और रहेंगे। सबके साथ सबके बीच रहेंगे। इसी में हमारी भलाई है बाबा।

बाबा फिर कुछ बोलना चाहे पर आवाज नहीं निकली।

उनका गला चिपकने लगा था। आवाज साफ नहीं निकल रही थी। खलील मियाँ उनके बूढ़े पैरों को सहलाने लगे। उन्हें आराम मिला। आँखें बन्द करके सोना चाहे। पर मन कहीं भटक रहा था। आँखें बन्द थीं पर पलकों में हरकत होती रही। खलील मियाँ का हाथ थामकर फिर बहकने लगे—आप शायद ठीक कहते थे। कोई हाल पूछने नहीं आया। मैं हमेशा से मुसलमानों की दकियानूसी के खिलाफ रहा। हिन्दुओं में जो सहनशीलता है, अपनी रीतियों और कुरीतियों पर हँसने की जो क्षमता है, पढ़ाई-लिखाई और आगे बढ़ने का उनका जो शौक है, उसका कायल रहा। अपने गाँव वालों को हमेशा उनकी ओर देखने और उनसे सीखने को कहता रहा—पर...पर...आज मैं चुप हो गया हूँ...नहीं जानता कि क्या करूँ...क्या कहूँ। शकूर मियाँ भी हमारे ऊपर हँस रहे थे। नज्जू इमाम की तो चाँदी हो गई है। अयोध्या में दिनदहाड़े जो कुछ हुआ उसे मैं कैसे सही ठहरा सकता हूँ। बस मुँह चुराये पड़ा रहता हूँ।

खलील मियाँ खामोश थे। जानते थे मियाँ अपना सीना हलका कर रहे हैं। बड़े बहनोई का पैर सहलाते बैठे रहे। बाबा को खाँसी आयी। खाँसते-खाँसते उठ बैठे। खलील मियाँ ने सहारा दिया और वह आधा लेट गए। फिर वे बाबा की पीठ को थपकी देने लगे। बाबा पूरा लेट गए। बदन तप रहा था। खलील मियाँ ने चादर सीने तक खींच दिया, एक तकिया उनके पैर के नीचे रखा और धीरे से बोले—मियाँ सो जाएँ, मैं चलता हूँ। सुबह आऊँगा। सब ठीक हो जाएगा...आप फिकर न करें। कल महराज को लेता आऊँगा...सो जाइए।

अभी नींद कुछ दूर थी। मियाँ एक बार फिर से बेचैन होने लगे। खलील मियाँ के

दाहिने बाजू को छूते हुए कुछ-कुछ बोलते रहे। कभी कहते सबने मिलकर हमें ठगा। कभी कहते मुसलमानों को अपना दावा वापस ले लेना चाहिए। इसमें हार नहीं, जीत है। मन्दिर तो वहीं बनना चाहिए। फिर बहकने लगते, ऐसे कैसे तोड़ दिया...क्यों तोड़ा आखिर...।

खलील मियाँ उठकर चले गए। बाबा बोलते-बोलते सो गए थे। बगल की छोटी चारपाई पर दादी जाग रही थीं। रात दो बजे के लगभग बाबा ने एक बार फिर से बेचैनी महसूस की। कहा पेशाब के लिए जाना चाहते हैं...पर जिस्म ने उठने से इनकार कर दिया। दादी ने बिस्तर पर ही फारिग कराया। फिर समझ गईं...तजुर्बे ने बता दिया कि जंग खत्म हो गई है...पचास वर्षों का साथ छूटने वाला है...बाबा निढाल पड़े थे...कुछ-कुछ बड़बड़ाते-बोलते...दादी हाँ में-हाँ मिलाती जाती थीं...हाथ-पैर सहलाती जाती थीं...फिर बड़बड़ाना बन्द होने लगा...साँसें छोटी और तेज हो गईं...घर्र...घर्र... घ...।

अम्मी की नजर सामने ताख पर रखी पवित्र आबे जमजम की शीशी पर पड़ी...वे चम्मच लेने अन्दर की ओर भागीं।

सुबह चार बजे के करीब बाबा ने आखिरी साँस ली।

दादी, अब्बू, अम्मी और मैं उनकी मौत के चश्मदीद गवाह बने। बुढ़ापा अपने आप में एक बीमारी होती है, इसके अलावा उन्हें कोई रोग न था।

लोगों ने कहा मियाँ किसी बात को लेकर बड़े सदमे में थे। मैं सोचता हूँ सदमे से मरना था तो छः दिसम्बर को ही हार्ट फेल हो जाता। चार महीने और कैसे जी गए हमारे बाबा। दादी ने गुनकर बताया कि जिस साल मियाँ उन्हें ब्याह कर लाए थे उसी साल लाम में वे बर्मा गए थे। उस हिसाब से जोड़-जाड़ कर मरने के समय वे कुल तिहत्तर के बैठते थे।

उनके मरने के बाद दादी आठ साल अकेले जीवित रहीं। हमेशा कुढ़तीं कि अकेले छूट गईं। मियाँ अकेले चले गए। पर सार्वजनिक रूप से उन्हें आँसू बहाते किसी ने नहीं देखा। बाबा की बात छिड़ती तो आँखों में एक चमक तैर जाती—आँसू रोकते हुए बोलतीं—मियाँ अच्छी जिन्दगी पाए। शान से रहे। अपने वक़्त से चले गए। मरने पे चार गाँव के लोग इकट्ठा हुए। कब्रिस्तान तक जाने वालों में कितने तो हिन्दू थे। त्रिपाठी दरोगा तो आगे-आगे थे। मियाँ खुशनसीब थे। जहाँ पैदा हुए वहीं की मिट्टी में जा मिले। अल्ला मियाँ मुझे भी...। कुछ देर के लिए रुकतीं, फिर एक विचित्र मुस्कान चेहरे पर लाते हुए बोलतीं—वक़्त करीब आता है तो लोग अल्ला-अल्ला करते हैं, पर हमारे मियाँ तो बस...महराज-महराज रटते रहे...दम निकलने से पहले न जाने किससे कह रहे थे...ठहरिए...ठहरिए...रुकिए...रुकिए...अभी नहीं...अभी नहीं...खलील मियाँ लेकर आते होंगे...मिल लेने दीजिए...मिल लेने दीजिए।

बाबा के जाने के बाद हुसैनपुरा से हिन्दुओं की दूरी बढ़ गई। उन्हें अब मीट-पुलाव की दावत पर कोई नहीं बुलाता। मोहब्बत अली सपरिवार जो गाँव छोड़कर भागे तो

फिर नहीं लोटे। अपनी ससुराल में बस गए। हाँ अख्तर साहब और उनके परिवार का कुछ पता नहीं चला। कुछ दिनों तक हमारे परिवार में भी सब कुछ अस्त-व्यस्त रहा। पर गाड़ी जल्दी ही पटरी पर आ गई। जीना तो था ही। हम फिर से जीने लगे, यह जानते हुए कि आगे जीवन आसान न होगा। मुसलमानों के लिए दुनिया बदल रही थी, बदल गई थी। लेकिन ट्रेन का सफर तो करना ही पड़ेगा। मैंने टिकट खरीदा, और सवार हो गया फिर से ट्रेन पर। इस बार कहाँ ? और कहाँ, रजनीश दीक्षित के पास, उसकी शादी में। घाट-घाट का पानी पीने के बाद अपनी पड़ोसन को दिल दे बैठा था मेरा भाई।

13

फिर सालों बाद गोविन्द मिला !

भाइयो, बाबरी-विध्वंस के कई सालों बाद जब उस मुद्दे ने अपनी चमक खो दी, जब मुसलमानों के दिल एक बार फिर सामान्य रूप से धड़कना शुरू हो गए, उनके घाव वक़्त के साथ खुद-बखुद भरने लगे, जब हमने बुखारियों और शहाबुद्दीनों को सुनना बन्द ही कर दिया, जब धोखा खाए लोग उन ठगों को चुनावी दंड दे चुके, जब अख्तर साहब की बद्दुआ को सच साबित करते हुए दोनों तत्कालीन सरकारों के मुखिया अपने ही लोगों द्वारा तिरस्कृत हो भुला दिए गए, जब एक सच कई तकनीकी सत्यों के फेरे में पड़ गया, जब हिन्दू और मुसलमान सोचने लगे कि अब क्या करें, जब रजनीश दीक्षित ने अपने पड़ोस में रहने वाली शबनम खातून से प्रेम-विवाह रचा लिया, जब बाबा की मृत्यु से कमजोर पड़ी दादी ने अपने खास बक्से की चाभी अम्मी को थमा दी, जब गाँव की रामलीला गाँव के हिन्दुओं की जागीर बन गई, जब सुमित्रा देवी पुराने मित्रों को भूल दिल्ली में सबकी आँखों का तारा बन गईं, मेरी भेंट गोविन्द से हुई ! वह एक भीड़ के साथ था, शायद कोई रैली थी। दिल्ली जा रहा था।

कारसेवक गोविन्द ! वही जिसने मुझे उस यात्रा में चाय पिलाई थी, वह जिसने मेरा पैर खींच लखनऊ से पहले मुझे जगा दिया था, वही जिसने मुझे सोने के लिए जगह दी थी। उस मुश्किल यात्रा में वही तो एक था।

इतने सालों के बाद गोविन्द ऐसे टकरा जाएगा कभी सोचा भी न था। कलकत्ता जाने के लिए आज सुबह जब स्टेशन पहुँचा तो वहाँ तिल रखने की भी जगह न थी। किसी बड़ी राजनीतिक रैली का-सा माहौल था। पूरा स्टेशन झंडों एवं बैनरों से पटा पड़ा था। गोविन्द उसी भीड़ का एक हिस्सा था। मैं बेंच पर बैठा अपनी गाड़ी की प्रतीक्षा कर रहा था। मेरी नजर उस पर पड़ी तो वह मुझे ही घूर रहा था—एकटक। उसके इस तरह घूरने से मैं एक पल के लिए अचकचा गया। मैंने आँखें फेर लीं। पर अधिक देर के लिए नहीं। मैंने फिर उसे देखा। वह घूरे ही जा रहा था। जैसा कि होता है, मुझे लगने लगा मैंने इसे कहीं देखा है। मैं इससे मिला हूँ। कुहासे में एक तस्वीर उभरने लगी। एक चेहरा साफ होने लगा। मस्तिष्क के एक कोने में समाया, मरा-सा, एक महत्त्वपूर्ण पल बिजली की तरह कौंध गया। बहुत नहीं बदला था गोविन्द। बरसों पहले बारह घंटे की उस यात्रा में मैंने जितना उसे देखा था वह आज भी तकरीबन वैसा ही था। मेरे

चेहरे पर एक बासी, ठंडी-सी मुस्कान पसर गई, पर वह हँसते हुए मेरी ओर बढ़ने लगा।

मैं हैरान था। आखिर वह हँस क्यों रहा है ? क्यों मेरी ओर तेजी से बढ़ा था वह ? उसके हाथ में एक झोला था, फटा सा, गन्दा सा। दूसरे हाथ में एक झंडा थामे था वह। यों तो मैं खड़ा हो गया था, पर मैंने अपने शरीर में एक अकड़न-सी महसूस की। मेरे हाथ पैंट की दोनों जेबों में चले गए। वह मेरे सामने खड़ा हो गया--मन्द-मन्द मुस्कुराते हुए। पर न जाने क्यों मुझे उसके मुस्कुराने का ढंग अच्छा नहीं लगा। उसके गहरे काले-पीले दाँत होठों से बाहर झाँक रहे थे। उसका चेहरा भी अजीब-सा हो रहा था--शायद उसकी बेतरतीब दाढ़ी की वजह से। उसने अपना झोला और झंडा अपने पैरों से टिका लिया। उसके शरीर में कुछ हरकतें हो रही थीं--वह सहज नहीं लग रहा था। वह कुछ करना चाह रहा था। उसने अपनी बत्तीसी दिखाते हुए दाहिना हाथ आगे बढ़ा दिया। शायद वह मुझसे हाथ मिलाना चाहता था--या फिर बस मुझे छूना चाहता था, पर मैंने उसे मौका नहीं दिया। वह बहुत उत्तेजित लग रहा था--एक कदम और आगे बढ़ आया। लगा, मुझे अपने बाहुपाश में भर लेगा--गले लगा लेगा। पर मेरे हाथों को बाहर आना गवारा नहीं हुआ। बस मैं खड़ा रहा उसे निहारते हुए। मेरे चेहरे पर एक बेमन की अपरिचित मुस्कान लगातार जमी हुई थी। वह कुछ बोला और खुद ही बेतहाशा हँसने लगा। मुझे याद नहीं उसने क्या कहा था।

फिर उसका बढ़ा हुआ हाथ बालों से होता हुआ उसके दाहिने बाजू को खुजलाने लगा।

'पहचाना नहीं ?' गोविन्द ने कुछ विचलित होते हुए पूछा।

'नहीं !' मैंने साफ झूठ बोल दिया।

'मुझे नहीं जानते ?' उसने फिर पूछा। उसकी आवाज की उत्तेजना उड़न छू हो गई थी। चेहरे का रंग पीला पड़ने लगा था।

'क्या हम कभी मिले हैं ?' मैंने उसे बात बढ़ाने का अवसर दिया।

'लेकिन मैंने तो समझा था कि आप मुझे पहचान गए हैं। मेरा नाम गोविन्द है। याद है कई साल पहले ट्रेन पर मिले थे। सुमित्रा जी के साथ। बिलकुल भी याद नहीं ?' गोविन्द की आवाज धीमी हो गई थी।

काफी देर तक मैं चुप रहा। फिर याद करने का बहाना करते हुए, आँखों को अन्दर धँसाते हुए बोला, 'कुछ-कुछ'।

गोविन्द, मेरे दोस्त, मुझे सब याद है। उस यात्रा को मैं कैसे भूल सकता हूँ ? सुमित्रा, चौधरी, मेहरा, शर्मा सभी याद हैं मुझे। पर सबसे अधिक तुम, प्यारे तुम्हारे सहारे ही तो उस कठिन यात्रा को पूरी कर सका था। इतने सालों तक तुम्हारी वह चाय मेरा पीछा करती रही। और तुम्हारी वह सलाह ! ट्रेन में ही तुम्हारा शुक्रिया अदा करना चाहता था। फिर सोचा था कभी मिलोगे तो कहूँगा। सच मानो तब से प्रतीक्षा कर रहा था। कितने वर्ष लगा दिए तुमने। कितने सालों बाद मिले हो, मेरे भाई। शुक्रिया, दोस्त।

'हैलो, आप मुसलमान हैं न ?'

उसके इस अटपटे सवाल ने मेरी तन्द्रा तोड़ दो। विचारों की रेलगाड़ी डिरेल हो गई। इस प्रश्न के लिए मैं कतई तैयार नहीं था। फिर भी मैंने जिज्ञासा जताई, 'तुम्हें कैसे मालूम ?'

'वह तो मैंने ट्रेन में ही गेस कर लिया था।'

'हाँ, मैं मुसलमान हूँ, तुम्हारा अनुमान सही था।'

'हमने आपस में बहुत चर्चा की थी। सुमित्रा जो तो अन्त तक कनफ्यूज्ड थीं। पर मैंने गेस कर लिया था आपने अपने नाम के बारे में झूठ क्यों बोला था ?'

'बस संकोच के कारण।' मैंने हँसते हुए कहा।

'संकोच या डर ?'

'दोनों।'

मेरे उत्तर को सुनकर गोविन्द कुछ परेशान लगा। बड़े गौर से देर तक मुझे टटोलता रहा, फिर धीरे से बोला, 'क्यों ?'

मुझे अजीब-सा लग रहा था कि आखिर वह यह सब क्यों पूछ रहा है। मेरे लिए नाम छिपा लेना बड़ी सामान्य-सी बात थी। उसके 'क्यों' का उत्तर मेरे लिए महत्त्वपूर्ण नहीं था। मैं हँसने लगा। वह शान्त हो गया था। मैंने उसके चेहरे पर एक भाव देखा। एक अजीब-सी फीलिंग। वह अपने निचले होठ को चबा रहा था।

हम दोनों बेंच पर बैठ गए।

'आजकल सुमित्रा कहाँ है ?' मैंने कुछ देर बाद पूछा। गोविन्द कुछ बोलना चाह रहा था। उसने कुछ कहा भी शायद। पर मैं सुन न सका।

मुझे लगा उसने बस एक लम्बी साँस छोड़ी है। उसके बाद वह चुप हो गया। उसकी आँखें ऊपर हरहराते पंखे पर जम गईं।

'उससे तुम्हारा प्रेम था न !' मैंने एक आत्मीय मुस्कान छेड़ते हुए कहा।

वह हँसा। उसकी हँसी में एक सूनापन था। फिर वह मेरी आँखों में झाँकने लगा। मैं समझ गया वह कुछ बोलेगा।

'आपको कैसे मालूम ?' उसने खिसियाते हुए कहा।

'मालूम ? असल में मेरी मित्र मंडली में कई मजनूँ हैं। मैं खुद पार्ट-टाइम प्रेमी रह चुका हूँ। प्रेम करने वालों की पहचान मुझे है।

गोविन्द अपने को रोक न सका। मेरे उत्तर से एकदम खिलखिलाने लगा। मैं भी हँसने लगा। हँसी थमी तो वह फिर गम्भीर हो गया, बोला—वह तो उसी दिन दिल्ली चली गईं जिस दिन हमलोगों ने मस्जिद तोड़ी। रातों-रात बड़ी नेता बन गईं। कुछ दिन बाद मिलीं तो कहने लगीं कि राम ही मेरे सब कुछ हैं। मेरा पूरा जीवन श्रीराम के लिए है। मैं राम में लीन होना चाहती हूँ। मुझे जीवन का मिशन मिल गया है। इसमें और किसी के लिए स्थान नहीं है। तब से आज तक मेरी उनसे भेंट नहीं है।'

'आजकल तुम क्या कर रहे हो ?' मैंने बात की दिशा बदली।

'कुछ विशेष नहीं, बस रैलियों और धरनों का होकर रह गया हूँ। कुछ सोशल वर्क

भी चलता रहता है। मैंने दूसरी पार्टी ज्वाइन कर ली है।'

'चाय चलेगी ?' मैंने उसकी ओर गौर से देखा।

'क्यों नहीं भाई, पी लेंगे, जरूर पिएँगे।' गोविन्द मुँह में दबी खैनी को मेरे पैरों के पास थूकते हुए बोला। मैंने चाय वाले को आवाज लगाई और दो उँगलियाँ उठा दीं।

'ये सारे लोग दिल्ली जा रहे हैं ?' मैंने दो कप चाय थामते हुए बात आगे बढ़ाई।

'हाँ, एक रैली में भाग लेने के लिए हम लोग दिल्ली जा रहे हैं। केंद्र सरकार पर दबाव डालने। गरीबों का हक माँगने।'

गोविन्द अपनी चाय सुड़क रहा था। उसकी बातें सुनकर मेरे अन्दर एक प्रतिक्रिया होने लगी। मैंने घड़ी देखी। अब मैं उससे फ्री होना चाह रहा था। सोचा, जाते-जाते कह दूँ—तुम और तुम्हारे लोगों ने अयोध्या में जो किया वह नहीं करना चाहिए था। जिन लोगों ने तुम्हें वहाँ भेजा था वे पूरी तरह सही नहीं थे। उन्होंने तुम्हें बरगलाया था, धोखा दिया था। तुम्हारी समस्याओं का निदान अयोध्या में नहीं है। तुम क्यों उनकी बातों में आ गए थे गोविन्द ? उसके बाद क्या-क्या हुआ, कुछ है खबर ? तुमने सिर्फ शताब्दियों पुराना एक ढाँचा नहीं तोड़ा था मेरे दोस्त। उस उन्माद में एक पल रुककर सोचे होते कि क्या कुछ तोड़ रहे हो और जो तोड़ रहे हो उसे कैसे जोड़ोगे ?

पर मैं चुप रहा। न जाने कैसे मैं अपनी भावनाओं को दबा गया। पी गया गुस्से को। निगल गया मुँह में फड़फड़ाते शब्दों को।

चायवाला वहीं खड़ा था। मैंने चाय के पैसे उसकी ओर बढ़ाए।

'पैसे तो मिल गए साहब।' वह तपाक से बोला।

'मिल गए ?' चौंक कर मैंने गोविन्द की ओर देखा। मुझे उस पर क्रोध आने लगा। सोचा उसे भला-बुरा कहूँ। धोखेबाज...चालाक...हिन्दू। पूछूँ उससे कि क्या इसी के लिए इतने सालों तक प्रतीक्षा करवाई थी। वह निस्संग भाव से तम्बाकू में चूना मिला रहा था।

उसकी गाड़ी आ गई थी। उसके लोग मधुमक्खियों की तरह गाड़ी पर छा गए थे। वे नारे लगा रहे थे। राजनीतिक पार्टियों और नेताओं को गालियाँ बक रहे थे। उन्हें अवसरवादी, स्वार्थी, भ्रष्ट और साम्प्रदायिक कह रहे थे। सुनकर एक अजीब-सी रासायनिक क्रिया मेरे अन्दर होने लगी। मन हुआ कहूँ—बन्द करो इन बेमतलब के नारों को। मुझे तुमसे कोई हमदर्दी नहीं है। मत मचाओ शोर। मेरा सिर फट रहा है। मुझे उल्टी हो जाएगी।

पर मैं खामोश रहा।

गोविन्द जाने के लिए खड़ा हो गया। मैंने सुना, वह मेरा नाम पूछ रहा है। मेरा असली नाम। फरीद। पर मैंने अनसुना कर दिया। उसने फिर कहा, तो ठीक है चलता हूँ। उसने अपना हाथ बढ़ाया। मैंने इगनोर कर दिया। उसने पूरी विनम्रता से दोनों हाथ जोड़ लिए। मैं अपनी जगह से हिला तक नहीं। जैसे जड़ हो गया था। वर्षों से धन्यवाद के दो शब्द जेहन के एक कोने में समेटे रहा था एक अपरिचित सहयात्री के लिए। सोचा

कह दूँ—शुक्रिया मेरे दोस्त शुक्रिया, उस चाय और उस सलाह के लिए बहुत-बहुत शुक्रिया। पर होठ जैसे सिल गए थे। बर्फ पिघलते-पिघलते फिर जम गई।

वह हाथ जोड़े खड़ा था, मुस्कुराते हुए। उसका झोला उसके कन्धे पर था और झंडे को उसने उसी में उलटा खोंस रखा था। फिर वह मुड़ गया। अपना दाहिना हाथ माथे तक ले जाकर मैंने उसे विदाई देनी चाही, पर वह जा चुका था। भीड़ भरी बोगियों के पास पहुँचकर वह थमा। वहीं गार्ड के बक्से पर अपना झोला और झंडा रखकर मेरी ओर फिर लपका। उसके हाथ में एक पर्चा था। लाल रंग का। उसने जल्दी से पर्चे को मेरी ओर बढ़ाया और भीड़ में समा गया।

गाड़ी चली गई। मैंने पर्चे पर एक उड़ती नजर डाली। मोटे अक्षरों में लिखा था—पहले रोटी, नौकरी, फिर...। मैंने आगे नहीं पढ़ा। मेरे हाथ थरथराने लगे थे। मैंने पर्चे को मुट्ठी में भींच लिया—उसे मरोड़ने लगा। सोचा, तार-तार कर दूँ, चिन्दी-चिन्दी उड़ा दूँ उसकी। फिर पटरियों की ओर मैंने निशाना साधा। वहीं मैं उसे फेंकना चाहता था। और तकरीबन फेंक दिया था...। फिर न जाने क्या हुआ...मेरे बढ़े हुए हाथ रुक गए। मैंने पर्चे को फिर देखा...कुछ देर तक देखता रहा। गोविन्द ! उसकी छवि उस कागज में उभरने लगी थी...वह मन्द-मन्द मुस्कुराते अपना दाहिना हाथ आगे बढ़ाए झाँक रहा था। कह रहा था—कब तक...आखिर ये नाराजगी कब तक...फरीद भाई।

दोनों हथेलियों के बीच दबाकर मैं पर्चे की सिकुड़न को ठीक करने लगा। बहुत देर तक उसे सहलाता रहा...उससे लड़ता रहा...फिर अच्छी तरह मोड़कर कमीज की जेब में सरका लिया। गोविन्द, मेरे दोस्त, मेरे हमसफर, मेरे बड़े भाई, इस लड़ाई में मैं तुम्हारे साथ हूँ। घृणा के मन्दिर और नफरत की मस्जिद को साथ-साथ मिलकर तोड़ेंगे। फिर किले ढहेंगे, गुफाओं की दीवारें गिरेंगी। फिर बन्द गुफाओं से हमारे लोग बाहर आएँगे, किलों से तुम्हारे लोग बाहर आएँगे। उपयात्रा का मोह छोड़कर, उसके पाश को तोड़कर, हम और हमारे लोग उस मुख्य यात्रा में शामिल हो सकेंगे जो हमारी प्रतीक्षा कर रही है, जो हमारे बिना अधूरी है।

दोनों के बाहर आने से...साथ...साथ चलने से...एक उजाला फैलेगा। गोविन्द, मेरे भाई, मैं उस उजाले को देख रहा हूँ।

●●●